Knaur

Von Dean R. Koontz sind außerdem als Knaur-Taschenbücher erschienen:

»... alias Mike Tucker – Mike Tucker und der Maya-Fries/
Mike Tucker auf Tauchstation« (Band 1699)
»Unter Beschattung« (Band 1775)
»Codewort: Pentagon« (Band 1776)
»Chase« (Band 1777)
»Nackte Angst« (Band 1779)
»Flüstern in der Nacht« (Band 1781)

Deutsche Erstausgabe 1990

Titel der Originalausgabe »After The Last Race«

Umschlaggestaltung Manfred Waller
Umschlagfoto Photodesign Mall
Satz MPM, Wasserburg
Druck und Bindung Ebner Ulm
Printed in Germany 5 4 3 2 1
ISBN 3-426-01780-6

Dean R. Koontz: Nach dem letzten Rennen

Roman

Aus dem Amerikanischen von Marcel Bieger

Knaur

Die Century-Oaks-Rennbahn ist den normalen, durchschnittlichen Rennbahnen nachempfunden und spielt in keiner Weise auf eine bestimmte Stätte an. Ebenso sind die Charaktere in diesem Roman frei erfunden. Jede Ähnlichkeit mit lebenden Personen wäre rein zufällig.

Wein macht fröhlich; doch Geld gibt auf alles Antwort.

ECCLESIASTES,
X, 19

Ja, nimm das Geld und laß den Kredit fahren.
Und laß dich vom Dröhnen einer Trommel in der Ferne nicht bange machen.

OMAR KHAYYAM,
Rubaiyat

Geld stellt zwar die Prosa des Lebens dar, und in den feinen Salons entschuldigt man sich für den Gebrauch dieses Wortes, doch in seiner Macht und in seinen Gesetzen ist Geld so schön wie eine Rose.

RALPH WALDO EMERSON,
Nominalist und Realist

Erwirb Geld, erwirb es auf ehrliche Weise, wenn du kannst, und wenn nicht, dann erwirb es auf jede erdenkliche Weise.

HORAZ,
Briefe, Bk. I

Geld allein setzt die ganze Welt in Bewegung.

PUBLILIUS SYRUS,
Maxim 656

TEIL EINS

EINLAGEN VON SONNTAG BIS FREITAG …

1

Garrison drehte sich einmal um sich selbst und studierte die freie Stelle zwischen den beiden Birken. Hier würde der Pilot auf das Signal warten. Genau hier, wo die Sicht ausgezeichnet war. Genau hier, im Schatten. Genau hier, wo er ganz allein war mit den Vögeln. Die perfekte Stelle.

Um dreizehn Uhr war der dicht bewaldete Hang immer noch feucht vom morgendlichen Gewitterregen. Die Blätter an den unteren Zweigen glänzten von den dicken Wassertropfen, die Zug um Zug von den höheren Ästen herabgefallen waren. Näher am Boden bogen sich Lorbeer und Rhododendron von den Regentropfen, doch sie wirkten so frisch, sauber und grün, als hätte sich hier ein Kind mit seinen Buntstiften ausgetobt. Hier und da brach ein Sonnenstrahl durch den grünen Baldachin, aber der größte Teil des Hangs war kühl und lag im Schatten.

Edgar Garrison hatte ein wenig Mühe, den Hang bis zu den beiden Birken hinaufzukommen. Die Erde war naß, und der Laubteppich darauf glitzerte wie poliertes Schildpatt. Einige Male glitt er aus und mußte sich an einem Ast oder Felsstück des hier reichlich gebildeten Kalksteins festhalten, um nicht aufzuschlagen. Doch bis auf diesen

Umstand war der Aufstieg kaum anstrengender als ein Sonntagsspaziergang im Park.
Garrison war den Kanälen gefolgt, die das Regenwasser, das von oben hinabrann, gegraben hatte. Er brauchte nicht einmal zehn Minuten, um von der Lichtung im Tal hinauf zum Kamm zu gelangen.
Am Waldrand war er auf die besonders schattige Stelle zwischen den beiden schlanken Birken gestoßen, die unter dem Schutz einer so gewaltigen Fichte wuchsen, daß man sie für den Weihnachtsbaumkandidaten fürs Weiße Haus hätte halten können. Garrison stellte sich hinter einen Baum, so daß man ihn nicht entdecken konnte, und beobachtete die Century-Oaks-Rennbahn, die sich hell und deutlich von den sanft wogenden Hügeln Pennsylvanias abhob.
Das hintere Ende des Areals von zwölfhundert Morgen lag kaum mehr als hundert Meter vom Fuß des Hangs entfernt und war von einem hohen Maschendrahtzaun umgeben. Hinter dem Zaun standen achtundfünfzig lange Ställe, allesamt rostrot gestrichen und mit weißen Dächern. Bis zu achtzehnhundert Pferde konnten hier untergestellt werden. Ein halbes Dutzend Stallburschen und -mädchen standen beieinander vor dem »Motel«, das zur Rennbahn gehörte und in dem sich das Personal einquartierte. Die sechs lachten und unterhielten sich angeregt. Garrison konnte nichts von dem verstehen, was sie erzählten, doch ab und zu drang lautes Gelächter zu ihm herüber. Ein sehr schönes kastanienbraunes Stutfohlen stand in wahrhaft königlicher Haltung vor seinem Stall. Ein junges Mädchen bürstete ihm sorgfältig die Flanken. Zwei Pferde, die am ersten Nachmittagsrennen teilgenommen hatten, trotteten erschöpft durch die breite Gasse zwischen zwei Ställen und folgten den Pferdejungen, deren Aufgabe es war, sie zu beruhigen und abkühlen zu

lassen, bevor sie in ihre Boxen gebracht wurden. Die Szene war eine einzige Idylle, sanft, vollkommen und ruhig.
Die Erinnerungen, die dieser Anblick in Garrison hervorrief, waren allerdings nicht so angenehm. Er atmete heftig ein und riß sich gewaltsam von dieser Idylle los.
Hinter den Stallungen, entlang des Maschendrahtzauns, erhoben sich in gerader Ost-West-Linie fünfzig gewaltige Eichen. Sie wirkten wie Wächter. Die eigentliche Rennbahn, ungefähr eine Meile lang, lag jenseits der Eichenreihe. Die dortigen Geländer waren erst vor kurzem weiß gestrichen worden. Zwei knallgelbe Traktoren mit gestreiftem Sonnenschutz zogen schwere Planiereisen über den Turf, um alle Spuren des ersten Rennens zu beseitigen; bis zum zweiten Rennen dauerte es nicht mehr lange. Garrison sah sie, wenn sie in den Lücken zwischen den Eichen auftauchten.
Er blickte über die Wipfel hinweg und sah den Großteil des Klubhauses. Die unteren Ränge der Zuschauertribünen waren von Baumzweigen verdeckt. Doch von seinem Standort aus konnte Garrison die oberen Stockwerke des Gebäudes erkennen, vor allem das Restaurant des Klubhauses, das aussah, als wäre es ganz aus Glas, und das fast die gesamte vierte Etage einnahm. Außerdem waren hier die Büros, die Richtertribüne, die Umkleidekabinen für die Angestellten, der Presseraum und das luxuriöse VIP-Restaurant untergebracht.
Garrison hielt das Zeiss-Fernglas, das er um den Hals hängen hatte, an die Augen und richtete es auf die Videokameras, die am Dachrand des Klubhauses angebracht waren. Von dort aus senkte er das Glas, bis er direkt in den Presseraum sehen konnte. Die Entfernung dorthin betrug in der Luftlinie einen Kilometer. Ein halbes Dutzend Reporter und mindestens ebenso viele andere Personen

standen dort an den Fenstern und beobachteten die ständig wechselnden Wettanzeigen auf der elektronischen Totalisator-Tafel, die sich ihnen gegenüber innerhalb des Feldes befand. Das Fernglas war so scharf, daß Garrison sogar zwei der Reporter wiedererkannte.

»Wunderbar«, sagte er leise.

Er schwenkte das Glas von links nach rechts, vorbei an der Richtertribüne, dem Aufenthaltsraum der Kellner und an elf weiteren Fenstern, bis er das winzige Büro im Blickfeld hatte, das er suchte. Der Raum war dunkel. Die obere Hälfte des einzigen Fensters reflektierte das Sonnenlicht und ein paar verstreute, sich rasch bewegende graue Wolken, die den ansonsten strahlend blauen Frühlingshimmel trübten.

Garrison setzte das Fernglas ab und blickte auf seine Armbanduhr. Zwanzig Minuten nach dreizehn Uhr. Damit blieben ihm noch zehn Minuten.

Er hockte auf einem kleinen Felsbrocken, ein paar Schritte hinter den beiden Birken, und lauschte kurz dem Geschimpfe der Vögel, die sich damit abmühten, ihr Gefieder von den Wassertropfen zu befreien, die ständig von den Blättern über ihnen herabfielen.

Er wirkte in diesem Wald wie zu Hause. Garrison war über einen Meter achtzig groß, wog knapp zwei Zentner und war mit seinen siebenunddreißig Jahren so muskulös und durchtrainiert wie ein einundzwanzigjähriger Sportler. Sein Gesicht wirkte hart. Es war braungebrannt und von Wind und Wetter gegerbt. Die vielen kleinen Falten verliehen ihm kein altes, sondern eher ein interessantes Aussehen. Er hatte eine hohe Stirn, tiefliegende braune Augen und dichtes, nicht zu bändigendes braunes Haar. Er hätte in jedem Hollywoodfilm die Rolle des einsamen Cowboys übernehmen können. Sein Nacken und seine Schultern waren männlich breit, und nur die Arme wirkten etwas zu lang. Seine großen Hände mit den breiten und langen Fingern wären die ideale Voraussetzung für jeden Basketballspieler gewesen. Er trug Turnschuhe, Jeans, ein langärmliges blaues Arbeitshemd, und er hatte das Fernglas umhängen. Zu einer anderen Zeit und wenn er noch lange Lederhosen getragen hätte, hätte ihn jeder für einen Mann aus den Bergen gehalten.

Garrison sah wieder auf seine Uhr. Er stand auf, trat zwischen die Birken und hob den Feldstecher an die Augen.

Trotz der reflektierenden Strahlen entdeckte er sie jetzt hinter dem Fenster im vierten Stock. Sie trug einen beigefarbenen Hosenanzug und ein pimentfarbenes Halstuch. Und sie hielt ein rot-weiß gestreiftes Tuch in der Hand. Sie wirkte wie eine Fluglotsin, die Flugzeuge aufs Dach des Klubhauses leiten sollte. Garrison bewunderte das Zeissglas. Es war so gut, daß sie am Samstagnachmittag, wenn die Operation starten sollte, auf das rot-weiß gestreifte Tuch verzichten konnte.

Garrison nahm den Riemen vom Hals und verstaute das Glas in der Ledertasche, die er am Gürtel trug. Er verschloß die Tasche und ließ ein letztes Mal prüfend den Blick über die Lichtung streifen. In seiner Phantasie stellte er sich vor, jedes hellgrüne Blatt sei eine amerikanische Banknote. Zwei Millionen Dollar. Vielleicht sogar noch mehr. Damit konnte man ein neues Leben kaufen, sich neue Möglichkeiten eröffnen, sich mit neuer Würde ausstatten ...

Seine Gedanken wurden von einem Lärmen und Lachen bei den Stallungen abgelenkt. Ein hagerer grauer Ziegenbock hatte eine Brieftasche im Maul und rannte damit am Drahtzaun entlang. Ein hübsches blondes Mädchen jagte ihm mit rudernden Armen, hochrotem Gesicht und etlichen Flüchen hinterher. Sie versuchte mehrmals, den Stummelschwanz zu fassen, verpaßte ihn jedoch immer

wieder. Eine andere junge Frau und ein Pferdeknecht kamen ihr zu Hilfe, und schließlich entschied sich auch ein Trainer mittleren Alters, dessen Bauch über den Hosengürtel quoll, der jungen Frau beizustehen. Der Ziegenbock ließ sich davon jedoch nicht beirren und führte das Quartett am Zaun entlang und wieder zurück. Endlich hatten sie ihn umzingelt. Er starrte die Menschen an, die vor ihm die Arme ausbreiteten und sich ihm bedrohlich näherten. Dann ließ er die Brieftasche fallen und trottete davon, als sei nichts geschehen.
Edgar Garrison kannte solche Szenen. Rings um die Stallungen lebten auf den meisten Rennbahnen die unterschiedlichsten Tiere: Ziegen, Hühner, Katzen, Hunde, Enten und alles, was sonst noch zum Maskottchen taugte. Ein durchtrainiertes Pferd war ein hochgradig sensibles Geschöpf, und wenn es mit anderen Tieren zusammenlebte, hatte das eine sehr beruhigende Wirkung. Die Hunde, Ziegen, Katzen und so weiter waren die meiste Zeit mit ihm zusammen und gaben ihm das Gefühl, zu einer Familie zu gehören. Ziegen hatten sich dabei als die angenehmsten und besten Pferdefreunde erwiesen. Das traf allerdings nicht unbedingt für die Menschen zu, die hier arbeiten mußten. Die Ziegen waren ständig zu Streichen aufgelegt und bereiteten auch anderweitig Probleme. In den Jahren, in denen Garrison auf mindestens einem Dutzend Rennbahnen als Pferdetrainer gearbeitet hatte, hatte er mehr als einmal diebische Ziegen gejagt. Dennoch lächelte er jetzt leise, als er zusah, wie die Ziege majestätisch davonmarschierte. Er lächelte, als würde er so etwas Komisches zum erstenmal sehen.
Die zwei Jahrzehnte, die er an der Ostküste in den Stallungen der Rennbahnen verbracht hatte, kamen nun wie lautes Hufestampfen in der Erinnerung zurück. Erinnerung um Erinnerung galoppierte vor seinem geistigen Auge

vorüber: die ersten schwierigen Jahre als Pferdejunge, dann die Zeit als Stallknecht, schließlich die erste Anstellung als Trainergehilfe, das erste Pferd, das er eigenverantwortlich trainiert hatte, der erste Sieg seines Pferdes ... Viele gute Erinnerungen entstammten dieser Zeit. Aber er hatte dabei auch Helen verloren.

Als der Erinnerungsstrom an diesem furchtbaren Moment angelangt war, brach alles in ihm zusammen wie ein Pferd, das sich ein Bein bricht und strauchelt. Er stand breitbeinig da, hielt den Kopf gesenkt, hatte einen leeren Blick und wirkte mit seinem offenstehenden Mund wie ein Schwachsinniger.

Nach einem scheinbar endlosen Moment blinzelte er, schüttelte den Kopf und zwang sich dazu, den Kummer über die tote Frau zu verdrängen. Er kehrte der Century-Oaks-Rennbahn den Rücken zu. Garrison besaß keine Tränen mehr. So viele Jahre hatte er um Helen geweint. Jetzt versprach er sich nichts mehr von Trauer und Melancholie. Aber er versprach sich um so mehr von seiner Rache. Und für diese Rache hob er all seine Zeit, seine Kraft, seine Energie und seine Gefühle auf.

Er atmete mehrmals tief durch und sah dann wieder auf seine Uhr. Als der rote Sekundenzeiger die Zwölf erreichte, rannte Garrison los.

Er senkte den Kopf wie ein Stier und hielt den rechten Arm hoch, um sein Gesicht vor den Zweigen zu schützen. Er rannte über die breite Kuppe des Hügels. Eine lange Brombeerranke verhakte sich in seinen Jeans. Er riß sich los und stürmte weiter.

Als das Gelände sich zu senken begann, fand er ein Bachbett und jagte wesentlich schneller den Hang hinunter, als er heraufgekommen war. Poröser Kalkstein bildete das Bett der Rinne. Ein schlüpfriger Boden, vom Wasser glattpoliert. Natürlich glitt Garrison aus. Er rappelte sich wieder auf und rannte gleich weiter. Die Rinne gabelte sich vor einem spitzen Felsen, der der Erosion hartnäckiger widerstanden hatte als der weiche Kalkstein. Garrison zögerte keine Sekunde. Er wandte sich nach rechts, stützte sich am Felsen auf, stieß sich von ihm ab und war schon um ihn herum.

Sein keuchender Atem drang wie das ferne Pfeifen einer Sirene zu ihm. Zusammen mit dem Trommeln seines Herzens waren es die einzigen Geräusche, die er jetzt hörte.

Auf halbem Weg den Hang hinunter wuchs Lorbeer auf beiden Seiten der Rinne, er schob seine Zweige über den Rand. Eine Art Dach war entstanden und Garrison bückte sich, um darunter hindurchzukommen. Doch die Zweige hingen zu tief und wuchsen zu dicht. Er senkte den Kopf wie ein Stier, der ein rotes Tuch entdeckt hat, hielt sich einen Arm vors Gesicht und stürmte los. Zweige und Dornen zogen und zerrten an seinem Körper. Spitze Zweigenden rissen ihm die ungeschützten Wangen und das Kinn auf, rissen auch an seinem Hals. Der erhobene Arm und die schützende Hand wirkten nach einigen Metern wie eine rote Straßenkarte.

Garrison rannte weiter, so als würde er die Schläge und Schrammen gar nicht bemerken. Endlich hatte er den Hang hinter sich gebracht. Unten im Tal kam er noch schneller voran als den Hang abwärts. Er wich geschickt den Baumstämmen aus. Er hüpfte, duckte sich, drehte sich zur Seite oder ließ sich fallen, um Wurzeln und tiefhängenden Ästen zu entgehen. Aber er blieb keinen Moment stehen. Einige Male sprang er über Büsche und Dickicht.

Er gelangte aus dem Wald und erreichte eine runde Lichtung mit einem Durchmesser von hundertzwanzig Metern. Sie war ringsherum von dichtem Wald umgeben. Garrison hörte nicht auf zu rennen, bis er die Mitte der Lichtung erreicht hatte. Dort hielt er an, ließ sich ins hohe Gras

fallen und sah auf seine Uhr. Er hatte es von den beiden Birken bis hierher in drei Minuten und achtundzwanzig Sekunden geschafft.
Keine schlechte Zeit. Aber war das schnell genug?
Er legte sich auf den Rücken, schloß die Augen und dachte darüber nach. Sein Atem beruhigte sich und sein Herzschlag hörte sich jetzt nicht mehr so an wie die Faust des Sheriffs an der Wohnungstür eines Verdächtigen. Würde Dominick Savestio, der Pilot, es schaffen, hier in drei Minuten und achtundzwanzig Sekunden anzukommen? Und wenn Savestio fett und langsam geworden war? Und selbst wenn er einigermaßen fit war und es in unter vier Minuten schaffen würde, könnte er dann gleich starten? Oder brauchte er eine Verschnaufpause, um wieder zu Atem zu kommen und seine zitternden Hände zu beruhigen? Kaum eine Minute war vergangen, seit Garrison sich hier hatte fallen lassen, und schon fühlte er sich wieder normal. Aber was, wenn dieser Savestio länger brauchte? Oder wenn er auf halbem Weg den Hang hinunter eine Herzattacke erlitt?
Oder aber, der Bursche kommt in solchem Tempo den Hang herunter, dachte Garrison grimmig, daß er nicht mehr anhalten kann und in seinen verdammten Helikopter rennt und sich dabei den Kopf einschlägt oder den Hals bricht. Derweil sitzen wir irgendwo im Gebäude, sind von einer Armee Polizisten umzingelt und sehnen den rettenden Helikopter herbei, ohne zu ahnen, daß Savestio neben seinem Hubschrauber liegt. Darüber solltest du dir auch einmal Gedanken machen, Garrison.
Denn wenn er nur auf Gottvertrauen und ein Quentchen Glück setzte, war diese Unternehmung nichts für ihn. Der Plan ließ es nicht zu, daß auch nur eine Sekunde nicht vorbereitet und vorab durchgespielt war. Natürlich war hier Umsicht und Vorsicht notwendig, aber neurotische Angst-

zustände hatten hier nichts zu suchen. Er hatte den Piloten noch nicht kennengelernt. Solange das nicht erfolgt war, war es sinnlos, sich über die körperliche Fitneß von Savestio den Kopf zu zerbrechen.
Garrison erhob sich und ging langsam zum östlichen Rand der Lichtung, wo er seinen zwei Jahre alten Mazda abgestellt hatte. Er stieg ein, schloß die Tür, legte den Sicherheitsgurt an und sah wieder auf seine Uhr. Als der Sekundenzeiger die Zwölf erreichte, startete er den Wagen, legte den Gang ein und trat das Gaspedal bis zum Boden durch. Er hinterließ eine breite Spur im Gras auf der Lichtung.
Der Weg, der durch die Ostseite des Waldes und auf die sanft ansteigenden Berge zuführte, war nicht mehr als zwei tiefe Radspuren im Boden. Zwischen den beiden Spuren wuchs Gras, und Zweige der dichten Büsche an beiden Seiten hingen über den Weg. Vor fünfzig Jahren war das ein Waldweg gewesen, auf dem die Bauern in den Wald gelangt waren, um dort Bäume für Brenn- oder Bauholz zu fällen. Später wanderten über diesen Weg die heimlichen Pärchen zu ihren Treffpunkten, wenn im Wald eine Jagd abgehalten wurde. In den letzten fünf Jahren jedoch, seit die Rennbahngesellschaft dieses Stück Land erworben hatte, hatte niemand mehr diesen Weg benutzt; niemand bis auf Edgar Garrison.
Den ersten Kilometer stieg der Boden zur Rechten steil an, während er zur Linken ebenso steil abfiel. Immer wieder klatschten Zweige gegen die Windschutzscheibe oder kratzten an der rechten Seite des Wagens entlang. Wenn sie über das Dach streiften, hörte es sich so an, als würden lange und spitze Fingernägel darüberfahren.
Garrison schenkte dem Mazda nichts. Er riß das Steuer nach links herum, als der Weg urplötzlich abbog. Er konnte gerade noch einer Gruppe von Zwergkiefern ausweichen. Die Räder holperten über feuchte Wurzeln. Garrison

riß das Steuer wieder herum, diesmal nach rechts, als der Weg abrupt nach der anderen Seite hin abbog.
Der Wind pfiff durch das geöffnete Seitenfenster neben ihm.
Der Weg wurde schmaler, als Ulmen, Birken und Kiefern dichter heranrückten; wie Motorsport-Fans, die einen schweren Unfall erwarten. Bald war der Weg gerade noch breit genug für den Wagen.
Zahlreiche Insekten donnerten wie aus einem Maschinengewehr auf die Windschutzscheibe und fanden dort ihr Ende.
Der nächste Kilometer führte nach unten. Hier konnte Garrison mehr Gas geben. Er entdeckte, daß der Boden vor einem Hügel ebener wurde. Der Weg verschwand in einem Tunnel aus Kiefern. Garrison war überzeugt, die Route von seiner Fahrt zur Lichtung noch gut genug im Gedächtnis zu haben. Er beschleunigte den Mazda auf fünfundsechzig Meilen in der Stunde.
Die Räder rasten über den von Rinnen und Senken durchzogenen Boden.
Trotz der hohen Geschwindigkeit steuerte Garrison den Wagen wie ein erprobter Fahrer: umsichtig, konzentriert, einen Fuß auf dem Gaspedal und den anderen immer in der Schwebe über der Bremse. Als er direkt auf den Fuß des Hügels zuraste, mußte er all sein Können aufbieten.
Ein natürlicher Abzugsgraben neben dem Weg war beim morgendlichen Wolkenbruch übergelaufen. Die zwei tiefen Reifenspuren, in denen sich der Mazda bewegte, waren plötzlich weich und schlammig. Der Weg war so glatt wie eine Rutschbahn.
Der Wagen drohte für einen Moment auszubrechen, wurde aus den Spuren geschleudert und glitt in rasendem Tempo auf eine haushohe Ulme zu, in die einmal ein Blitz eingeschlagen hatte. Das Lenkrad drehte sich wie von

selbst trotz Garrisons verzweifeltem Griff. Er hatte keine Kontrolle mehr über den Wagen.

Als er auf die Bremse trat, erzitterte der Mazda. Garrison nahm den Fuß vom Bremspedal, wartete einen Augenblick und trat dann erneut darauf. Der Wagen drehte sich halb um sich selbst, und das Heck sauste um Haaresbreite an der Ulme vorbei.

Die Räder drehten noch immer durch.

Garrison nahm den Fuß von der Bremse, ließ dem Mazda für ein oder zwei Sekunden seinen Willen, trat dann wieder auf die Bremse, ließ ihn gewähren ... Der Wagen drehte sich immer noch wie ein Karussell. Er hatte sich mittlerweile um hundertachtzig Grad gedreht. Die Motorhaube wies nun in die Richtung, aus der er gekommen war. Und immer noch wollte der Mazda keine Ruhe geben.

Mit einem Mal dann spielte das Lenkrad nicht mehr verrückt. Garrison gewann ein Stück Kontrolle über den Wagen zurück. Die Geschwindigkeit war auf zwanzig Meilen gesunken. Garrison lenkte den Mazda herum, bis er wieder auf die Kiefern blickte, dann trat er aufs Gas und brauste los. Er gelangte in den natürlichen Tunnel. Die Äste bildeten ein Dach, und die Schatten wurden dunkler. Hier war der Weg deutlich trockener, und Garrison brauchte sich keine Sorgen mehr zu machen.

Der Schweiß rann ihm von der Stirn, rollte über sein Gesicht und durchnäßte sein Hemd. Garrison registrierte erst jetzt, daß er am ganzen Leib zitterte.

Eine halbe Minute später bremste er den Wagen ab und krachte durch eine dürftige Schranke aus hohem Gras, wildem Rhabarber, Wolfsmilch und anderen Kräutern. Dahinter gelangte er auf einen Platz, der ideal zum Picknicken gewesen wäre, und blieb dort stehen. Zehn Meter weiter verlief eine zweispurige Schotterstraße.

Garrison sah auf seine Uhr. Er hatte die zwei Meilen in drei

Minuten bewältigt. Das bedeutete, mit einer Durchschnittsgeschwindigkeit von vierzig Meilen in der Stunde über rauhestes Gelände. Das war ein besseres Ergebnis, als er erwartet hatte. Und das durfte für die Unternehmung mehr als ausreichen.
Er lehnte sich in den Sitz zurück und wartete darauf, daß das Zittern ein Ende finden würde.
Dann legte er den Gang ein und fuhr auf die Schotterstraße. Er befuhr nicht die Seitenwege, die er auf der Karte für den Weg nach Harrisburg herausgesucht hatte, sondern blieb auf dieser Straße und bog dann auf einen Highway ab, der am Eingang der Century-Oaks-Rennbahn vorbeiführte.
Wenige Minuten später steuerte er mit mäßiger Geschwindigkeit an den riesigen Parkplätzen und dem gewaltigen, rechteckigen und kastenförmigen Hauptgebäude der Anlage vorbei. Garrison mußte lächeln. Der Komplex war weiß gestrichen. Zwei Farbstreifen von etwa einem Meter Breite verliefen vertikal und horizontal über die Fassade. Das Ganze wirkte wie ein gigantisches Geschenkpaket. Und in gewisser Weise war es ja auch genau das für ihn: ein Geldgeschenk. Ein Geschenk von mehreren Millionen Dollar. Am Samstag nachmittag, nach einer Woche voller Sonder- und anderer Lockangebote, würde Garrison sich daranmachen, sein Geschenkpaket auszupacken.

2

Jack Killigan, Manager von Century Oaks, saß an seinem Ecktisch in der obersten Reihe des Horsemen's Club und verfolgte durch den Feldstecher, wie die Pferde in die Startboxen gebracht wurden. Während der letzten zwanzig Minuten war Killigan von Tisch zu Tisch gegangen, hatte unzählige Hände geschüttelt, die betuchten Wetter begrüßt, ihren Frauen artige Komplimente gemacht und dankbar manches Lob für den ausgezeichneten Zustand der Rennbahn am Eröffnungstag der ersten fünfzigtägigen Saison in diesem Jahr entgegengenommen. Doch jetzt, unmittelbar vor dem Start zum fünften Rennen, wußte Killigan, wohin er sich zu begeben hatte, nämlich dorthin, wo er niemandem im Weg war, da die Gäste nun ungestört sein wollten.

Der Horsemen's Club hatte lauter Glasfronten und stand lediglich Mitgliedern offen. Er befand sich im vierten Stock über einer Ecke des Restaurants auf der dritten Etage. Der Klub verfügte über einundsechzig Tische in zwei Abteilungen. An jedem Tisch konnten vier Personen Platz nehmen. Von jedem einzelnen Sessel im Klub hatte man eine hervorragende Aussicht auf die Berge am Horizont, die prachtvollen Eichen, hinter denen der Großteil der Stallungen verborgen lag, und auf die eigentliche Rennbahn, auf die sich nun die volle Aufmerksamkeit aller Anwesenden richtete.

In diesem VIP-Restaurant hatte man es an keinem Luxus mangeln lassen. Als Killigan jetzt das Fernglas absetzte und seinen Blick durch den Klubraum wandern ließ, fragte er sich, ob man es mit dem Luxus nicht ein wenig übertrieben hatte.

Die Tische boten genügend Platz, und auf jedem lag ein blütenweißes Leinentuch. Sollte eines dieser Tischtücher jemals einen Brandfleck von einer Zigarette erhalten, den man dann durch Nähen oder Bleichen nicht mehr entfernen konnte, wanderte es ohne Umwege ins Restaurant im dritten Stock, um einem fabrikneuen Leinentuch Platz zu machen. Das Porzellan und das Silberbesteck waren von ausgesuchter Qualität, und daneben fanden sich auf jedem Tisch kleine Väschen, die eine rote und eine weiße

Rose enthielten. Jeder der breiten, gepolsterten Sessel besaß Armlehnen und war mit Kunstleder überzogen. Der enggeknüpfte Teppich war sicher nicht so luxuriös, wie man ihn vielleicht in einem Privathaus vorfinden konnte, aber es handelte sich dabei um den teuersten strapazierfähigen Teppich, der auf dem Markt erhältlich war. Er war von dunkelroter Farbe, was dem Raum eine gewisse Wärme gab. An der rechten Wand ging der Teppich bis unter die Decke. Das wirkte nicht nur beruhigend fürs Auge, sondern dämpfte auch zusätzlich alle Geräusche, die vom Presseraum oder den Büros im vierten Stock herüberdringen mochten. Auch die Innenseite des Klubeingangs war mit dem roten Teppich ausgestattet. Somit war der Horsemen's Club wirklich ein ruhiger Ort. Die anderen Wände waren mit Mahagoni getäfelt, und die Decke hatte man mit Korkplatten von einem Meter Durchmesser in einem Chromrahmen verschönt.
Als Killigan am Freitag abend Rita hierhergebracht und ihr den Klub gezeigt hatte (zwei Tage vor der offiziellen Eröffnung), hatte sie sich recht begeistert gezeigt.
»Du hast ja wahre Wunder vollbracht, Jack!«
»Gefällt es dir wirklich?«
»Es trieft förmlich von Geld und Wohlstand.«
»Die Herrschaften auch, die dreitausend Dollar hingeblättert haben, um einen Tisch für die zweihundert Saisontage im Jahr zu reservieren, obwohl sie vermutlich nicht halb so oft ein Rennen verfolgen werden.«
»Herrschaften wie mein Vater? Oder wie ich?«
»Dein Vater trieft nicht von Geld, er schwimmt darin.«
Sie lachte. »Weißt du was?«
»Was denn?«
»Dieser Raum ist fürs Vögeln wie gemacht.«
»Jetzt hör aber mal, Rita!«
»Nein, es ist mir ernst. All diese warmen Farben, weichen

Gewebe ... und die fünfzehn Meter hohen Glaswände, das alles spricht den Exhibitionisten in mir sehr an.«
»Ich denke, wir sollten jetzt besser gehen.«
»Ach, Jack, du bist ein richtiger Spielverderber!«
»Und du, gib dir nicht soviel Mühe, mich zu schockieren!«
»Wer will denn hier schockieren? Ich schätze nur, es würde hier großen Spaß machen. Außer uns ist doch niemand in diesem Raum. Wir könnten das Licht dämpfen. Dann können wir auf die Rennbahn hinunterblicken, ohne von jemandem gesehen zu werden ...«
»Es ist schon reichlich spät.«
»Ehrlich, Jack! Hast du denn nie das Bedürfnis, mal auszubrechen? Willst du denn nie etwas Verrücktes tun, gegen alle Regeln und Gesetze verstoßen?«
»Nein, es ist schon kompliziert genug, die Regeln einzuhalten und trotzdem zu Rande zu kommen.«
»Dann gibst du dich also damit zufrieden, irgendwie zu Rande zu kommen?«
»Halbwegs zufrieden, Rita. Nur halbwegs zufrieden.«

Er hatte die Regeln eingehalten, vor allem die ungeschriebenen. Er hatte dem Aufsichtsrat geschmeichelt und gut zugeredet, er hatte ihn mit Argumenten überschüttet und ihm gedroht, bis er die Century-Oaks-Rennbahn wieder aufmöbeln konnte. Er hatte einen heruntergekommenen Betrieb vorgefunden, den er dann mit Elan und Energie modernisierte, umstrukturierte, effektiver machte und vor allem nach seinem Geschmack neu einrichtete. Das Ergebnis konnte sich wirklich sehen lassen. Der Horsemen's Club war ein besonders guter Beleg dafür, daß am Century Oaks nichts mehr heruntergekommen war.
Selbst die Wettstellen im Klub waren etwas Besonderes. Sie befanden sich hinter der zweiten Tischabteilung, abge-

trennt durch ein hellglänzendes Messinggeländer. Zwölf Wettstellen fanden sich hier: Platz für acht Ticketverkäufer, vier Kassen. Solche Stellen fanden sich nur hier, aber nicht in den anderen Stockwerken des Gebäudes. Sie präsentierten sich in Mahagoni und Chrom, waren sehr gepflegt und angenehm anzuschauen; ein gewaltiger Unterschied zu den ebenso gepflegten, aber eher nüchternen weißen Ständen mit der grünen Plastikverzierung und den Plexiglasscheiben auf den anderen Stockwerken; und Lichtjahre weit entfernt von den schmucklosen, mehr oder weniger verglasten Löchern im Beton an der Haupttribüne.

Die Klubmitglieder mußten sich nicht einmal aus ihren Sesseln erheben, um eine Wette zu plazieren. Zwölf Pony-Expreß-Mädchen standen an den strategisch günstigsten Standorten bereit, um von jedem willigen Wetter Geld entgegenzunehmen, das zu einer der acht Wettstellen zu bringen und mit den Tickets zurückzukehren. Die Pony-Expreß-Mädchen trugen Wadenstiefel und dazu passende, enganliegende, sehr kurze Shorts. Oben hatten sie weiße Pullover an, auf deren linker Brustseite ein rotes Pferd aufgenäht war. Auf dem Kopf trugen sie rot-weiße Jockey-Kappen, die sie jedoch, jede auf ihre Art, frech nach hinten geschoben hatten. Diese Mädchen kamen alle aus der Gegend, und man hatte bei der Auswahl auf Körperhaltung und freundliche Ausstrahlung Wert gelegt. Aber noch wichtiger waren lange Beine, runde, feste Hinterteile, schmale Taillen, hochstehende Brüste und hübsche Gesichter gewesen. Jede von ihnen war ein wirklich angenehmer Anblick. Wenn die Mädchen hin und her eilten, um die Wetten der Gäste zu plazieren, verging für die Klubmitglieder die Zeit zwischen den Rennen wie im Flug.

Natürlich mußte Rita einen Kommentar zu diesen Mädchen abgeben. Es war noch kein Wort über ihren wunder-

baren Mund geperlt, da wußte Killigan schon, was sie sagen würde.
»Was meinst du, wieviel Geld sie nebenbei machen? Ich spreche nicht von den Trinkgeldern.«
»Nebenbei?«
»Na ja«, lächelte sie giftig, »wieviel verdienen sie in der Rückenlage?«
»Du hast eine schmutzige Phantasie!«
»Ich bin nur realistisch. Und ich bin stolz darauf.«
»Die Mädchen kommen alle aus den Ortschaften in dieser Gegend, Rita. Und keine von ihnen ist ein professionelles Modell. Wir haben sie nicht über eine Agentur oder einen Begleitservice bekommen. Sie entstammen allesamt normalen Familien. Keine von ihnen geht der Prostitution nach.«
»Sie können sich trotzdem was nebenbei verdienen... was meinst du, auf wieviel sie kommen können?«
»Du bist unverbesserlich!«
»Sind alle diese Herren hier mit ihren Gattinnen erschienen?«
»Sie bringen nicht immer ihre Frauen mit.«
»Dann vielleicht eine kleine Freundin?«
»Auch das ist nicht die Regel.«
»Ob sie nun mit ihrer Angetrauten hier sind oder nicht, sie werden sicher den einen oder anderen Blick riskieren. Und egal, ob sie in Begleitung oder allein gekommen sind, bei einem solchen Anblick wächst in ihnen sicher der Wunsch, hier und dort mal zuzufassen. Du willst mir doch wohl nicht weismachen, daß diese Mädchen hier alle strikt ablehnen würden, wenn jemand ihnen einen kleinen Zusatzverdienst zukommen lassen will.«
»Okay, vielleicht würde die eine oder andere schwach. Aber höchstens eine oder zwei.«
»Dann gibst du es also zu?«

»Was soll ich zugeben? Daß ich die menschliche Natur nicht kontrollieren kann, oder was?«
»Daß du direkt oder indirekt für die Klubmitglieder so eine Art Zuhälter machst!«
»Ich möchte auf etwas so Ekelhaftes nicht antworten.«
»Ich halte es durchaus nicht für ekelhaft, Jack. Im Grunde genommen willst du doch bloß nett sein. Und zuvorkommend. Das Wohl deiner Gäste liegt dir eben in jeder Hinsicht am Herzen.«
»So was wie dich habe ich noch nicht erlebt.«
»Das sagst du mir jedesmal.«
»Dann sage ich es eben heute auch.«
»Gib es zu, Jack. In dem Moment, als du die Idee hattest, die Pony-Expreß-Mädchen einzusetzen, kam dir gleichzeitig der Hintergedanke, wie vielfältig diese jungen Dinger zu verwenden sind. Los, gesteh es, Jack!«
»Vielleicht ist mir mal kurz der Gedanke gekommen. Der Erfolg des neuen Century Oaks hängt eben zu einem großen Teil auch von der Menge der Personen ab, die an einem einzigen Tag drei-, vier-, fünf-, sogar zehntausend Dollar verwetten. Diese besondere Kundschaft möchte ich mir natürlich erhalten. Und wenn ich dafür eben einmal kurz wegsehen muß, wenn ein Kunde bei einem der Mädchen etwas bestellt, was nicht auf der Karte steht, dann sehe ich eben weg, na und? Ich muß mich dafür in keiner Form und vor niemandem rechtfertigen. Diese Rennbahn ist meine allerletzte Chance. Wenn ich es hier nicht schaffe, bin ich endgültig raus aus dem Geschäft.«
»Armer Schatz. Ich mache dir doch gar keine Vorwürfe. Du brauchst dich vor mir nicht zu rechtfertigen. Ich halte das ganze nämlich für etwas sehr Charmantes.«
»Ja, genau so schätze ich dich auch ein.«
Sie lachte nur.
Killigan wurde von der dröhnenden Stimme des Ansa-

gers, der die Startpositionen der Pferde im fünften Rennen bekanntgab, aus seinen Erinnerungen gerissen. Killigan griff nach seinem Fernglas und blickte auf die Rennbahn.
»Entschuldigen Sie bitte, Mr. Killigan.«
Er setzte das Glas wieder ab und drehte sich um. Ein Kellner in einem blütenweißen Jackett, einem weißen Hemd, einer schwarzen Krawatte und einer schwarzen Hose war an seinen Tisch getreten. Er hielt einen Telefonapparat in der Hand. »Ein Anruf für Sie, Sir. Sind Sie zu sprechen?«
»Ja«, sagte der Manager nur.
Der Kellner ging um den Tisch herum, stellte den Apparat dort ab und drückte den Stecker in eine im Boden eingelassene Dose. Gemäß den Vorschriften der State Horse Racing Commission waren öffentliche Fernsprecher auf Rennbahnen nicht zugelassen. Für den Manager gab es einen Apparat mit Tischanschluß, der aber nur bei besonderen Anlässen angeschlossen und ansonsten verborgen aufbewahrt wurde, um keinen der Gäste in Versuchung zu führen. Selbst die Geschäftsleitungen der Rennbahnverwaltung wurden eine Stunde vor dem ersten Rennen abgeschaltet; bis auf drei Ausnahmen: das Telefon im Büro des Managers und die beiden bewachten Apparate in den Stallungen und in der Vermittlung. Alle drei durften nur im Notfall benutzt werden. Diese Sicherheitsmaßnahme war notwendig, um gewisse Informationen des Rennens nicht an professionelle Betrüger gelangen zu lassen.
Der Kellner nickte und wandte sich zum Gehen.
»Einen Moment noch«, hielt Killigan ihn zurück. »Wenn Sie Speisen oder Getränke servieren und Sie sie nicht mir, sondern einem Gast bringen, sollten Sie besser warten, bis das Rennen vorüber ist. Man darf niemanden mitten in einem Rennen stören.«
Der Kellner errötete. Er war noch recht jung, hatte dunkle Ringe unter den Augen und eingefallene Wangen. »Tut mir

leid, Sir. Aber ich habe noch nie während eines Rennens serviert.«

Killigan lächelte: »Ich wollte es ja auch nur einmal bemerkt haben, damit Sie es nie vergessen.« Er hob den Hörer ab.

»Hier Killigan.«

»Hier Henry Cooper, Sir. Ich bin vom TRPB, und ich habe ein Problem. Könnten Sie vielleicht für einen Moment in Ihr Büro kommen? Ich warte dort auf Sie.«

»Was für ein Problem?« fragte Killigan den Sicherheitsbeamten.

»Wettscheinfälschung.«

»Ich bin in einer Minute bei Ihnen.«

»Ja, Sir.«

Killigan legte auf, trank seinen Bourbon aus, erhob sich und ließ den Feldstecher auf dem Tisch liegen. Er durchquerte den Klubraum und mußte immer wieder den Pony-Expreß-Mädchen ausweichen, die mit den Gewinn-Tickets des fünften Rennens zu den Kassen liefen. Killigan trat auf die unter dem Teppich verborgene Matte vor der verkleideten Tür, wartete, bis sie sich öffnete und gelangte dann in den Vorraum. Dahinter lag die große Halle des vierten Stockwerks, und von dort gelangte er rasch hinunter in sein Büro.

Obwohl Jack Killigan nur durchschnittlich groß und breit war, machte er doch auf jeden den Eindruck eines energischen und zähen Mannes, der hart zu verhandeln wußte. Er war einen Meter fünfundsiebzig groß und wog etwas über siebzig Kilogramm. Er war mager wie ein Windhund, und er bewegte sich wie eine Raubkatze. Sein Gesicht was eckig, wenn auch in der unteren Partie etwas langgezogen. Das Kinn war kantig, und zusammen mit den dünnen Lippen verlieh es seinem Gesicht einen Anflug von Grausamkeit. Die gerade Nase war etwas zu breit, um aristokratisch zu wirken, und in den blauen Augen brannte ein Feuer wie von Gasflammen. Er trug das Haar über die Ohren, und es war noch genauso voll wie in seiner Jugend. Mitte Dreißig waren die ersten grauen Haare sichtbar geworden. Heute war sein Haar stahlgrau, er war bereits über Fünfzig, aber wirkte immer noch mindestens zehn Jahre jünger. Als er durch den breiten Korridor schritt, gingen von ihm die Aura und Energie eines Jungmanagers aus.

Henry Cooper, der Agent vom Sicherheitsdienst der Rennbahngesellschaften, saß an dem ultramodernen Schreibtisch aus Stahl und Nußbaumholz im Sekretariat von Killigans Büro. Er erhob sich, als der Manager eintrat.

»Sind Sie der Mann, der mich angerufen hat?«

»Ja, Sir.«

»Nicht hier. Kommen Sie bitte mit in mein Büro.«

Killigan führte den Mann in sein Allerheiligstes und deutete auf den massigen, velourbezogenen Sessel mit dem hohen Rücken und den breiten Lehnen. Als Cooper sich niederließ, trat Killigan hinter seinen breiten Schreibtisch und setzte sich in seinen schweren und verstellbaren schwarzen Ledersessel.

Der Sicherheitsmann starrte neugierig auf den Schreibtisch. »Der sieht ja aus wie ein Flügel.«

Killigan lächelte und ließ seine Finger über die Schnitzarbeiten an einem der massiven Beine gleiten. »Ganz recht, ein Steinway. Ich habe die Saiten und das sonstige Innenleben entfernen lassen. Und ich habe den Deckel zuschneiden lassen, bis er genau auf den Rahmen paßte.«

»Eine hübsche Idee«, lobte Cooper.

»Damit stehen mir ein paar Quadratmeter Arbeitsfläche zur Verfügung ... Und es erinnert mich daran, daß ich als Kind oft und viel Klavier gespielt habe. Ein angenehmes Gefühl, an so einem Stück zu sitzen. Außerdem möchte ich nicht, daß mein Büro zu offiziell aussieht, meine Besucher einschüchtert. Deshalb sitzen Sie ja auch in einem sehr bequemen Sessel. Und aus diesem Grund habe ich hier Bücherregale, Samtvorhänge und einen Perserteppich herbringen lassen... In meinem Leben habe ich in zwei Dutzend verschiedenen Häusern mein Büro gehabt, doch diese Gegenstände haben mich überallhin begleitet. Wo ich auch gewesen bin, stets hat mein Büro so ausgesehen wie dieses hier.« Er klopfte mit der flachen Hand auf den Flügel. »Aber was hat es denn nun mit dieser Wettscheinfälschung auf sich?«

Cooper zog ein Zehn-Dollar-Ticket aus seiner Brusttasche. Der Mann war höchstens Ende Zwanzig, knapp zwei Meter groß, hatte eine stämmige Statur, trug lockiges braunes Haar, war eigenartig blaß und hatte dunkle Augen. Er bewegte sich langsam und harmonisch, und er machte ganz den Eindruck eines Mannes, der es nie eilig hat, aber dennoch doppelt so schnell vorankommt wie die meisten anderen. Cooper beugte sich vor und legte das Ticket vor Killigan auf den Schreibtisch. »Viertes Rennen. Pferd Nummer sechs auf Sieg. Eine gut gemachte Arbeit.«

Nachdem Killigan den Schein fast eine Minute lang betrachtet hatte, fragte er: »Sie wollen mir doch wohl nicht etwa sagen, das ganze Ticket sei eine einzige Fälschung?«

»Nein.«

»Aber ich entdecke nichts, was geändert und gefälscht sein könnte.«

»Es handelt sich bei diesem Schein eindeutig um eines unserer Zehn-Dollar-Tickets«, erklärte Cooper. »Doch die Nummer des Pferdes ist nachträglich geändert worden.«

Killigan studierte das Stück Papier noch einmal, diesmal gründlicher. Dann sagte er: »Tut mir leid, ich erkenne immer noch keine Fälschung.«

Cooper zog ein anderes Ticket aus der Brusttasche. »Das hier ist ein echter Wettschein. Vergleichen Sie bitte die beiden.«

Killigan legte die beiden Zettel nebeneinander vor sich hin und betrachtete sie intensiv. »Hm«, bemerkte er wenig später, »der Bauch der Sechs ist etwas zu groß. Nicht viel, nur ein wenig. Da hat sich wohl jemand ein Zehn-Dollar-Ticket gekauft, dann abgewartet, welches Pferd gewinnen würde, und sich in eine Toilettenkabine zurückgezogen, um dort die ursprüngliche Ziffer auszuradieren und die Sechs einzutragen. Aber bei allem was recht ist, der Fälscher hat perfekte Arbeit geleistet! Wollen Sie mir etwa weismachen, einer unserer Schalterangestellten hätte so gute Augen, daß er diese Fälschung auf Anhieb bemerken könnte?«
Cooper lächelte dünn. Seine dunklen Augen funkelten wie Messerspitzen. »Nein, so viel Glück hatten wir leider nicht.«
»Das habe ich mir gedacht. Erzählen Sie mir doch bitte, wie Sie dahintergekommen sind.«
Cooper hockte auf dem Rand des Sessels, stützte die Ellbogen auf die Lehnen und verschränkte die Hände vor den Knien. Der Sicherheitsbeamte bewegte sich kaum, während er berichtete. Er erinnerte Killigan an eine Eidechse, die auf einem Stein hockt.
»Professionelle Fälscher mischen sich im allgemeinen an der Haupttribüne unters Volk, weil man dort am wenigsten auffällt. Unser spezieller Freund aber versuchte, diesen Schein ins Restaurant zu schmuggeln. Das sagt für sich genommen noch nicht viel, eventuell operiert er auf mehreren Ebenen. Wie dem auch sei, zwanzig Minuten, nachdem die Ergebnisse vom vierten Rennen heraus waren, kam eine ältere Dame zu Jim Otley, einem unserer Kassierer auf der Westseite des Klubrestaurants, und legte ihm diesen manipulierten Wettschein vor. Sie wissen doch wohl, wie solche Fälscher arbeiten?«
Killigan nickte. »Nachdem er das Ticket ›umgeschrieben‹ hat, sucht er sich eine nette ältere Dame oder ein ähnlich

harmloses Opfer, erzählt ihr, er sei Angestellter der Rennbahn und dürfe daher nicht wetten. Doch heimlich würde er setzen, und jetzt habe er sogar einen Gewinn erzielt. Leider könne er den Wettschein nicht einlösen, weil er dann auf der Stelle die Kündigung erhielte. Ob sie nicht vielleicht für ihn das Geld holen könne.«

»Ja, ganz genau«, bestätigte Cooper und nickte unmerklich. »Doch diesmal hat unser Freund sich an die falsche Dame gewandt. Sicher, sie hat ihm gesagt, sie würde ihm gern helfen, aber dann ist sie mit dem Ticket zur Kasse gegangen und verlangte dort, den Geschäftsführer zu sprechen.«

Killigan fuhr hoch. »Sie hat was getan?«

»Otley fragte sie, ob etwas nicht stimmen würde. Die Dame entpuppte sich als alte Hexe. Sie begann lautstark darüber zu zetern, daß Angestellte der Rennbahn die Unverschämtheit besäßen, für sich selbst Wetten zu plazieren, wo diese Burschen doch über die besten Insider-Informationen verfügten. Eine Gemeinheit sei das, so die armen normalen Wetter zu übervorteilen. Die Dame ereiferte sich so, daß sie rot anlief und plötzlich keine Luft mehr bekam. Statt sich an Sie zu wenden, hat Otley den Alarm betätigt. Ich habe heute hier Dienst und bin dann gleich hinüber zu Otley. Die Dame stand immer noch dort und schimpfte. Ich bekam rasch mit, worüber sie sich beschwerte und bat sie, mir den Mann zu zeigen, der ihr diesen Schein gegeben hat.«

»Aber der war natürlich längst fort.«

»So als hätte es ihn nie gegeben.«

»Konnte sie ihn wenigstens beschreiben?«

Cooper grinste kurz. »Mittleren Alters. Weder groß noch klein. Weder dick noch hager. Dunkles Haar, vermutlich braun, vielleicht aber auch schwarz, könnte jedoch auch dunkelblond gewesen sein. Dunkelbraune Augen, zumindest aber dunkle Augen, möglicherweise dunkelblaue Augen. Normale Stimme. Kein Akzent. Gewöhnlicher Anzug. Hemd von der Stange. Ihr ist nicht aufgefallen, was er für Schuhe trug. Und Schmuck hat sie an ihm nicht bemerkt.«

Killigan nahm das gefälschte Ticket in die Hand und sagte: »Wenn er es im vierten Rennen versucht hat, dann sicher auch in den drei vorangegangenen. Nicht auszuschließen, daß er auch weiterhin dabei ist.«

»Und es ist nicht auszuschließen, daß er es pro Rennen mit mehreren falschen Scheinen versucht«, fügte Cooper hinzu. »Vielleicht zwei, vielleicht fünf, vielleicht aber auch zehn.«

»Bei Ihren Worten wird mir ganz übel«, brummte Killigan. »Wieviel könnte er damit schon verdient haben?« Er wedelte mit dem gefälschten Schein durch die Luft.

»Tja, schwer zu sagen. Das Pferd Nummer sechs im vierten Rennen hieß Cup o' Chocolate. Beim Start standen die Wetten auf ihn zehn zu eins. Mit diesem Zehn-Dollar-Ticket hätte unser Freund also hundert Dollar einstreichen können.«

»Und wenn er uns allein für dieses Rennen zehn falsche Scheine untergeschoben hat?« Killigan erhob sich und trat zur Bar, die in der Regalwand eingelassen war. Er öffnete die Rauchglastür. »Einen Drink?« fragte er.

»Nein, danke«, antwortete Cooper.

Killigan ließ zwei Eiswürfel in sein Glas fallen und goß »Wild Turkey«-Bourbon darüber. »Weiß Fletcher schon Bescheid?«

Oscar Fletcher war der Chef der TRPB-Agenten auf dieser Rennbahn. Er war siebenundfünfzig, fett, grobschlächtig, ungepflegt, aber so clever wie ein Magier und so effizient wie ein Computer.

»Er weiß Bescheid. Er hat mir die Ermittlungen in diesem Fall übertragen.«

Killigan lief nachdenklich auf und ab, während er an seinem Glas nippte. »Ausgerechnet heute! Ausgerechnet an einem solchen Tag, wo wir am allerwenigsten einen Bastard gebrauchen können, der uns übers Ohr hauen will. Wir werden schon von genug anderen ausgenommen.«
»Was meinen Sie damit?« erkundigte sich Cooper.
»Wir spenden zehn Prozent der heutigen Einnahmen für wohltätige Zwecke. Public Relations, Sie verstehen? Aber mit einem solchen Mistkerl, der uns auch noch ausnimmt, könnten wir schon am ersten Tag ein Minus machen. Wahrscheinlich wäre das alles noch nicht einmal so schlimm, wenn ich davon ausgehen könnte, daß der Bursche uns nur heute mit seinem Besuch beehrt und uns in Zukunft nie mehr behelligt. Aber das ist wohl ein Wunschtraum, nicht wahr?«
»Leider«, bestätigte der Sicherheitsmann. Er hockte immer noch reglos auf dem Sesselrand. Nur sein Kopf bewegte sich, während Killigan von einem Ende des Zimmers zum anderen schritt. »Es hat so viel Reklame für die Sonderangebote und die Lotterie gegeben. Da kann sich doch jeder an fünf Fingern abzählen, daß hier große Menschenmengen zusammenströmen. Und je größer die Menge, desto mehr Schutz für die Profis. Er wird wahrscheinlich jeden Tag kommen. Und am Samstag wird er erst richtig loslegen.«
»Es sei denn, wir bekämen ihn vorher zu fassen.«
»Das ist im Bereich des Möglichen.«
»Was wollen Sie denn jetzt unternehmen?«
»Einfach wird es sicher nicht«, entgegnete Cooper. »Wir haben alle unsere Männer in Alarmbereitschaft versetzt. Und für heute abend, nach dem letzten Rennen, haben wir eine Besprechung mit den uniformierten Wächtern von Melkins-Peterson angesetzt. Diese Herren wollen wir davon in Kenntnis setzen, nach wem genau sie Ausschau

halten sollen. Das Toilettenpersonal ist angewiesen, verstärkt auf Personen zu achten, die die Kabine mit einem großen Umschlag oder einer größeren Tasche betreten. Eine Fälscherausrüstung nimmt nämlich einigen Platz ein. Ansonsten ... nun, wir müssen eben darauf warten, daß unser Freund einen Fehler macht.«

»Großartig!« sagte Killigan ironisch.

Cooper erhob sich. »Keine Sorge. Er wird einen Fehler machen. Sie alle tun das, früher oder später.«

Killigan stürzte den restlichen Bourbon hinunter, stellte das Glas auf den Schreibtisch und hielt Cooper die rechte Hand hin.

Der Sicherheitsbeamte schüttelte sie.

»Ich wollte Sie nicht kritisieren«, erklärte der Manager. »Sie sind in meinen Augen ein verdammt brauchbarer, geistesgegenwärtiger Mann. Ich fühle mich wesentlich besser, seit ich weiß, daß Sie an dem Fall arbeiten.«

Ein Hauch von Röte zog sich über das Gesicht Coopers. »Vielen Dank, Sir.«

»Geben Sie mir bitte umgehend Bescheid, wenn noch mehr von diesen Fälschungen auftauchen. Oder wenn Sie diesem Dreckskerl auf die Spur gekommen sind.«

Cooper nahm die beiden Wettscheine vom Schreibtisch und schob sie in seine Brusttasche. »Das werde ich tun, Mr. Killigan. Und machen Sie sich nicht zu viele Gedanken. Früher oder später begehen sie immer einen Fehler.«

Als er allein war, nahm Killigan das Glas und kehrte an die Bar zurück. Er kippte die alten Eiswürfel aus, warf zwei neue hinein und goß zwei Zentimeter hoch Bourbon ein.

Er trank zuviel an diesem Tag. Er hatte auch in den letzten Tagen zuviel getrunken. Seit Rita aus Kalifornien zurückgekehrt war. Er ließ sich jedoch nie etwas anmerken. O ja, er war verdammt gut darin, niemanden etwas merken zu lassen. Niemandem fiel es auf, wenn er etwas getrunken hatte. Niemandem fiel es auf, wenn er reichlich getrunken hatte. Selbst nach fünf Gläsern konnte er immer noch gerade gehen und klar und deutlich sprechen. Seine Augen wurden nicht glasig, und sein Gesicht rötete sich nicht. Er gehörte zu den Trinkern, die mit jedem Glas vorsichtiger und bedächtiger werden, die wissen, daß der kleinste Fehler zu einem Desaster führen kann. Eigentlich wirkte er im angetrunkenen Zustand nüchterner als im trockenen.

Aber der Bourbon hat dich Hialeah gekostet, Jack.

In den letzten Tagen hatte er sich oft an diese schmerzliche Wahrheit erinnert. Jedesmal, wenn ihm auffiel, daß er zuviel trank und zu weit ging in seinen Rechtfertigungsbemühungen für den Alkohol, kam ihm wieder zu Bewußtsein, daß der verdammte Bourbon ihn seinen Managersessel in Hialeah gekostet hatte. Und danach den Sessel in Belmont. Dann den in Santa Anita. Den in Hollywood Park. Und nun hatte er seine letzte Chance. Er durfte es dem Bourbon nicht gestatten, ihn auch hier hinauszukatapultieren. Man hatte ihm diese heruntergekommene Century-Oaks-Rennbahn anvertraut und ihm einen Blankoscheck ausgehändigt. Jetzt wartete man darauf, was er zuwege brachte. Wenn er es jetzt schaffte, konnte er die Leiter wieder hinaufsteigen. Vielleicht durfte er eines Tages sogar nach Hialeah zurück. Wenn er ein weiteres Mal scheiterte, konnte er den Rennbahnen auf ewig Lebewohl sagen.

Er schwenkte den Bourbon im Glas. Die Eiswürfel klirrten und klangen wie Musik.

Man hatte ihn nie wegen seiner Alkoholabhängigkeit gefeuert. Niemand in der ganzen Branche ahnte, daß er ab und zu einen über den Durst trank (beschönigend ausgedrückt, wie er sich eingestand). Es war nur überall bekannt, daß er an einem gewissen Punkt seiner Managertätigkeit regelmäßig Fehler machte. Die erste Zeit leistete er stets großartige Arbeit, aber dann ... dann ließ seine Aufmerksamkeit nach. Er traf falsche Entscheidungen, vernachlässigte die PR-Arbeit. Dann starteten auf seiner Rennbahn immer seltener erstklassige Pferde. Damit sanken die Einnahmen. Bald wirkte sein Haus heruntergekommen. Seine persönliche Nachlässigkeit legte sich wie ein Schleier auf alles andere. Dann entließ man ihn, damit ein Neuer den Laden wieder in Schwung bringen konnte.

Doch gleich, ob sie es wußten oder nicht, schuld daran war nur der Bourbon.

»Von wegen«, erklärte er dem Glas in seinen Händen, als würde er mit dem Bourbon hadern und nicht mit sich selbst. »Es ist nicht der Alkohol. Es ist Rita. Es war immer Rita, seit Hialeah ... Sie ist ...«

Das Telefon auf seinem Schreibtisch summte leise.

Er fuhr zusammen und dachte: *Großer Gott, Jack Killigan, du bist wieder ganz schön auf dem Weg nach unten, wenn du schon Selbstgespräche führst.*

Das Telefon summte wieder.

Er leerte sein Glas und hob den Hörer ab.

»Killigan.«

Die Stimme am anderen Ende klang rauh und leise. »Jack, hier spricht Mickey.« Mickey Ginchey war das Faktotum von Century Oaks. »Ich habe hier ein verdammt großes Problem, Jack.«

»Haben wir das nicht alle?« Er ließ sich in seinen Sessel fallen. »Was gibt's denn, Mickey?«

»Sie wissen doch, daß wir einen Vertrag mit Agroco haben.«

»Das ist die Firma, die uns den ganzen Dreck aus den Ställen schafft, nicht wahr?«

Agroco war eine große Gesellschaft, die sich hauptsächlich mit der Zucht von Geflügel, der Herstellung von Fleischkonserven und der Versorgung von Höfen überhaupt beschäftigte. Die Gesellschaft war in zwölf Unterfirmen aufgeteilt. Eine davon verkaufte und transportierte chemischen und organischen Dünger. Diese Unterfirma von Agroco besaß ein Dutzend großer Tankwagen, mit denen das dungdurchtränkte Stroh aus den Stallungen fortgeschafft wurde. Da aber die meisten Farmer und Pilzzüchter der Gegend (die Champignonzucht war in diesem Teil von Pennsylvania stark verbreitet) chemischen Dünger bevorzugten, bestand bei Agroco kein besonders großer Bedarf nach den Abfällen von der Rennbahn. Doch dann erklärte sich Century Oaks bereit, die Transportkosten zu übernehmen. Agroco stellte seinen Fuhrpark und die Fahrer zur Verfügung, konnte jetzt den Naturdung zu einem Schleuderpreis verkaufen und sogar noch einen kleinen Profit herausschlagen. Zumindest behaupteten die Leute von Agroco, daß der Profit eher bescheiden ausfiel. Im letzten Jahr hatte Century Oaks der Firma Agroco hundertzwanzigtausend Dollar für den Abtransport des Dungs bezahlt.
»Nun«, fuhr Mickey fort, »am Freitag hat sich keiner von der Firma blicken lassen. Und als heute auch niemand kam, habe ich Simpson, den zuständigen Manager bei Agroco, angerufen. Ich wollte ihm nur erklären, daß er dafür Sorge tragen solle, am Montag die Tankwagen zu schicken. Im Büro habe ich ihn jedoch nicht erwischt. Dafür zu Hause. Hat ihm gar nicht gefallen, in seiner kostbaren Freizeit gestört zu werden. Er hat sich dann aber schließlich doch noch erbarmt und mir mitgeteilt, daß seine Fahrer streiken.«
Killigan zuckte zusammen. »O Gott!«
»Wenn wir uns nicht ganz schnell etwas einfallen lassen,

stecke ich schon am Montag bis zu den Ohren in Pferdescheiße«, sagte Mickey.
In den Stallungen von Century Oaks waren annähernd achtzehnhundert Pferde untergebracht. Jedes einzelne dieser edlen, sehr teuren Geschöpfe produzierte aus Leibeskräften Exkremente, so als hänge sein persönliches Heil davon ab. Wenn die Stallknechte am Ende eines Arbeitstages alle Ställe und Boxen gereinigt und das Stroh und den Dung zu den Sammelstellen gebracht hatten, und wenn dann Mickeys Männer diese Haufen zum zentralen Komposthaufen befördert hatten, kam dort leicht ein Berg mit einem Gewicht von vierzig bis fünfundvierzig Tonnen zusammen. Agroco sollte laut Vertrag immer am Montag, Mittwoch und Freitag diesen Berg abtransportieren. Wenn die Tankwagen am Freitag nicht gekommen waren und sie das heute nicht mehr nachholten, würde der Komposthaufen morgen das Gewicht von hundertfünfundsiebzig Tonnen erreichen.
»Hören Sie«, sagte Killigan, »meine Sekretärin ist nicht da, also muß ich mich selbst darum kümmern. Das wird eine gewisse Zeit in Anspruch nehmen. Und ich muß zurück in den Horsemen's Club, um dort denen die Hände zu schütteln, die ich beim ersten Rundgang übersehen habe. Aber ich verspreche Ihnen, daß morgen jemand kommen wird, um das Zeugs aufzuladen.«
»Ihr Wort in Gottes Ohr«, erklärte Mickey. »Denn spätestens ab morgen abend wird der Gestank den feinen Näschen des Publikums nicht mehr verborgen bleiben.«
Killigan hängte ein und kehrte zur Bar zurück. Ein kleiner Schluck nur, damit er wieder klar denken konnte.
Großer Gott, wie abwechslungsreich doch der Arbeitstag eines Rennbahnmanagers sein konnte. Zuerst ein Wettscheinfälscher, dann eine Lawine von Pferdescheiße. Und dabei war heute gerade der erste Tag der diesjährigen Saison.

Nach dem Schluck fühlte er sich wieder besser und voller Tatendrang. Er vergaß Hialeah, Belmont, Santa Anita, Hollywood Park und Rita Janifer. All seine Erfahrung und Aufmerksamkeit konzentrierten sich auf Century Oaks. Eine Herausforderung hatte seine Lebensgeister geweckt, so war es schon immer gewesen. Killigan hatte die Vorahnung, daß die Eröffnungswoche bis zum letzten Tag die größte Herausforderung seines Lebens werden würde.

3

Die Farm von Annie Sherred, auf der Garrison lebte, lag westlich von Dillsburg, einer Kleinstadt südlich von Harrisburg. Fünfundvierzig Minuten fuhr man von hier bis zur Century-Oaks-Rennbahn. Die Sherred-Farm besaß hundert Hektar sanft wogender Felder, die seit fast zehn Jahren nicht mehr bearbeitet worden waren und auf denen nun fettes grünes Gras wuchs. Außerdem gehörten zu der Farm sieben Hektar Wald. Die große Scheune war rot gestrichen mit weißen Zierleisten. Das Dach war mit schwarzem Schiefer gedeckt. Das Gebäude diente jetzt als Garage. Alle anderen Schuppen und Bauten waren weiß gestrichen, genauso wie das große Wohnhaus mit seinen neun Zimmern am vorderen Ende des Guts.

Nachdem Edgar Garrison seinen Mazda in der Scheune abgestellt hatte, betrat er das Haus durch die Küche, blieb einen Moment vor dem Kühlschrank stehen und ging dann hinaus auf die Veranda.

Seit einer Stunde hockte er nun schon im hölzernen Schaukelstuhl und ließ sich von der frischen Maibrise umwehen. Eine halbleere Bierdose stand neben ihm auf dem kleinen Korbtisch, und eine ungelesene Ausgabe der TIME lag auf seinem Schoß. Er schaukelte leicht hin und

her und beobachtete mit halb geschlossenen Augen die Landstraße und die lange Zufahrt, die von dort abbog, am Haus vorbeiführte und vor der Scheune endete.
Er dachte schon die ganze Zeit an den Überfall. Der Plan war in seinem Kopf wie eine unfertige Skulptur, an der er, der Bildhauer, unaufhörlich arbeitete, die er drehte, begutachtete und vervollkommnete. Er suchte nach Fehlern und grübelte über den Problemen von Form und Gestalt, die noch nicht entschieden waren. Und während er nachdachte, kam ihm immer wieder eine sehr lebendige Erinnerung in den Sinn. Eine Erinnerung in der Form eines grinsenden Totenschädels. Ohne daß er etwas davon bemerkte, kroch diese Erinnerung immer wieder in ihm hoch, bis sie plötzlich wieder vor ihm stand. *Das ist lange her. Ich war halt nur zur falschen Zeit am falschen Ort. Diese häßliche kleine Szene hätte sich auch ohne meine Anwesenheit genau so und nicht anders abgespielt. Auf gar keinen Fall war das ein schlechtes Omen oder ein Vorbote für den weiteren Verlauf meines Lebens. Nie und nimmer. Einfach lachhaft. Da kann ich ja gleich wieder an den Osterhasen und den Weihnachtsmann glauben ...*
Er hatte als Stallknecht gearbeitet, für den Trainer Sudsy McKay in Aqueduct. Sudsy hatte ihm wie üblich am Freitag seine Lohntüte ausgehändigt, ein dünnes Bündel Geldscheine, die mit einer Büroklammer an einem Zettel befestigt waren, auf dem Garrisons Name stand. Als er endlich am Nachmittag Zeit hatte, war er in seinen heruntergekommenen Henry Jay gestiegen und zur Bank im Ort gefahren. In jener Zeit pflegte er jede Woche fünf Dollar auf sein Sparkonto einzuzahlen, ganz gleich wie gering sein Lohn ausgefallen war. Er stand in der Schlange vor einem der Kassenschalter, als vier Männer durch die Vordertür hereinmarschierten. Sie trugen Schweinslederhandschuhe, schwarze Anzüge und Gesichtsmasken,

und zwei von ihnen hielten Maschinenpistolen in den Händen.
Binnen drei Minuten hatten sie die beiden Kassen ausgeräubert und auch das Geld aus dem Tresor geholt. Einer der vier riß Garrison die Lohntüte aus der Hand. Dann bewegten sie sich rückwärts zum Eingang. Sie gingen vorsichtig, aber rasch. Einer von ihnen stand schon an der Tür und wartete auf seine Kumpane. Der größte von ihnen redete beschwichtigend auf den Wächter und die Angestellten ein. Profis, echte Profis, die genau wußten, was sie zu tun hatten. Nun hatten sie die Tür erreicht. Zwei gingen nach draußen, während die beiden anderen immer noch die Menschen in der Schalterhalle in Schach hielten. Der Lange redete immer noch, erklärte, daß niemandem mit toten Helden gedient sei. Dann verschwanden auch die beiden letzten durch die Tür ... Nun das Gewehrfeuer ... *Großer Gott, das Gewehrfeuer!* — Wie ein Sommerregen brach es über sie herein. Die vier Meter hohen Glastüren explodierten in die Halle hinein, als ein Hagel von Polizeikugeln von der Granitfassade abprallte. Edgar Garrison warf sich flach auf den Boden und schützte den Kopf mit den Armen. Menschen kreischten. Jemand weinte. Millionen Glasscherben regneten auf den Marmorboden. Querschläger heulten von den Marmorsäulen, die die gewölbte Decke der Schalterhalle trugen.
Dann von einem Moment auf den anderen absolute Stille. Stille so tief und so vollkommen wie unter dem Meer. Edgar blieb noch vier Minuten auf dem Bauch liegen, zitterte, wartete auf die für ihn bestimmte tödliche Kugel. Als er es endlich wagte, den Kopf zu heben, war die Bank voller Uniformierter. Sie stellten ihm nur wenige Fragen und erklärten ihm dann, er könne jetzt nach Hause gehen. Als er durch die zerstörte Tür schritt, kamen gerade die Krankenwagen an. Sie fuhren ohne Eile und ohne Sirene. Vier

tote Männer lagen auf den Stufen. Sie waren voller Blut, als hätte man es mit Eimern über sie gegossen. Sie erinnerten Edgar Garrison an Roastbeef in Rotwein. Er ging vorsichtig um sie herum und wandte ihnen dann den Rücken zu. Zehn Meter weiter entdeckte er seine Lohntüte. Der Wind hatte sie dorthin getragen. Der Zettel war voller Blut, aber alle Scheine steckten noch in der Büroklammer.

Und heute, so viele Jahre später, während er auf Annie Sherreds Veranda hockte und an Century Oaks dachte, sah er vor seinem geistigen Auge immer wieder diesen verdammten Zettel und die grünen Geldscheine, beides blutbeschmiert . . .

Er nahm die Bierdose und trank einen kleinen Schluck. Das Bier schmeckte warm und schal. Er stellte die Dose wieder auf den Tisch und spuckte das Bier über das Geländer. Danach wischte er sich mit dem Handrücken über den Mund.

Auf der Landstraße näherte sich ein Wagen so rasch, wie es die holprige Schotterstraße mit den vielen Schlaglöchern gerade noch zuließ. Ein tiefliegender, dunkler Wagen. Der Motor dröhnte wie ein Löwe in der Brunft. Ein paar Augenblicke später bog ein verbeulter, schwarzer, fünf Jahre alter Chevrolet Corvette in die Zufahrt ein und steuerte auf das Haus zu. Der lose Schotter krachte und prasselte unter seinen Rädern. Als Annie am Haus vorbeifuhr, um den Wagen in der Scheune zu parken, lächelte sie und winkte ihm durch das offene Fenster an der Fahrerseite zu.

Der Motor erstarb stotternd und ratternd, und die ländliche Ruhe senkte sich wieder über den Hof.

Die Küchentür quietschte und wurde dann zugeschlagen.

Eine Minute später trat Annie auf die Veranda. Sie trug

immer noch den beigefarbenen Hosenanzug und den pimentfarbenen Schal. Und sie hielt zwei kalte Bierdosen in den Händen. »Durstig?«
»Aber immer«, lächelte er.
Sie stellte sich vor ihn hin. »Machst du sie mir auf?«
»Ich mach' dir doch immer alles auf.«
Sie grinste, während er die Laschen von den Dosen riß. Sie nahm ihre Dose und setzte sich ihm gegenüber in den zweiten Schaukelstuhl. Sie setzte die Dose an den Mund und trank einen kräftigen Schluck. Ihr langer, schlanker Hals pulsierte.
Gott, ist sie schön, dachte er und sagte laut: »Warum bist du so spät?«
»Ein Telefonanruf.«
»Ärger?«
Sie schüttelte den Kopf. Ihr langes, kastanienbraunes Haar tanzte wie eine Flamme hinter gefärbtem Glas. »Ich würde es nicht direkt Ärger nennen. Es hätte nur großer Ärger daraus entstehen können. Aber so, wie es dann verlaufen ist, ist nur eine kleine Unannehmlichkeit daraus geworden.«
»Aber der falsche Presseausweis hat seine Funktion erfüllt, oder?«
»Ich brauchte ihn nicht einmal vorzuzeigen. Ich bin einfach bis in den vierten Stock hinaufgefahren und in den Presseraum spaziert. Hast du den gestreiften Schal erkennen können, mit dem ich dir zugewunken habe?«
»Den brauchst du am Samstag nicht«, erklärte er. »Ich habe dich auch so deutlich erkennen können.«
»Auf *die* Entfernung?«
»Ich habe halt das beste Fernglas der Welt.«
»Du bist ja ein toller Bursche.«
»Am besten trägst du am Samstag etwas Rotes oder Gelbes.«

»Kein Problem.«
»Jetzt erzähl doch endlich!«
Sie nahm zuerst noch einen Schluck Bier. »Nun, ich stand da also am Fenster und habe drei Minuten oder so das Halstuch geschwenkt, bis mir die Arme müde wurden. Dann habe ich eine Weile gewartet und schließlich wieder das Tuch hochgehalten. Ich dachte mir, du könntest ja vielleicht zu spät auf den Hügel gekommen sein. Als ich mich endlich zum Gehen wandte, marschierte gerade der PR-Manager der Rennbahn zu seinem Büro. Und das liegt direkt neben dem, aus dem ich gewunken habe.«
»Hat er dich bemerkt?«
»Dann säße ich jetzt wohl kaum hier, sondern im Gefängnis. Auch zehn Presseausweise hätten dann wohl nicht erklärt, was ich an einem Sonntag nachmittag allein in einem geschlossenen Ablageraum der Rennbahngesellschaft verloren habe.«
»Wohl kaum.«
Sie rückte ihren Schaukelstuhl näher an den seinen heran und legte ihre Füße auf seine Knie. »Endlich ist der verdammte PR-Mann wieder gegangen. Ich wartete noch weitere fünf Minuten für den Fall, daß er etwas vergessen hatte. Als ich dann endlich gehen wollte, erschien ein anderer Mann im Flur und steuerte auf das Büro des Managers zu, das genau gegenüber lag.«
»Das war ja die reinste Prozession.«
»Wart's ab, ich bin noch lange nicht fertig. Also ich habe gewartet, daß der zweite Mann gehen würde. Aber er hat das Büro nicht wieder verlassen, statt dessen sind noch weitere Männer zu ihm gekommen. Sie haben sich dort etwa zwanzig Minuten lang aufgehalten. Ich habe dann noch zehn Minuten zugegeben, bevor ich die Ablagekammer endlich verlassen konnte. Und jetzt bin ich hier.«

»Ich habe mir Sorgen gemacht«, sagte er.
»Brauchtest du aber nicht.«
»Nun ja, du hättest leicht verhaftet werden können.«
»Hätte, bin aber nicht. So leicht kriegt man mich nicht.«
»Du scheinst längst nicht so nervös zu sein wie ich.«
»Frauen haben eben bessere Nerven als Männer«, grinste sie.
»Ja«, sagte er nur und verdrehte die Augen.
Daß sie bei ihm war, beruhigte ihn jedoch bald wieder. Annie Sherred war schlank, aber nicht dürr und sie hatte rote Haare. Sie hatte letzte Woche ihren dreiunddreißigsten Geburtstag gefeiert, aber sie hätte bei ihrer Figur auch ohne Make-up auf dreiundzwanzig geschätzt werden können. Annie war nicht im klassischen Sinn schön, und sie sah auch nicht aus wie ein Filmstar. Dafür hatte sie schon zu viele Sommersprossen. Außerdem war ihr Mund zu breit, und ihre Nase war etwas zu lang. Aber ihre Augen ... was für einmalige Augen! Sie waren unbeschreiblich. Rund, vollkommen rund. Kleine Lider, die nie die blaue Schönheit verbergen konnten. Die weiten, neugierigen Augen eines Rehs. Sie blickten immer drein, als hätten sie gerade etwas Verblüffendes gesehen. Doch diese Augen wären niemals fähig, verführerisch, lasziv oder sinnlich zu blicken. Garrison machte das nichts aus. Für ihn war Annie die schönste Frau der Welt, und mehr konnte er sich nicht wünschen.
»Ich mache mir zu viele Sorgen«, erklärte er.
»Davon kann man einen Herzschlag bekommen.«
»Ich denke, vielleicht geht ja doch alles gut.«
»Ich will kein *vielleicht* mehr hören!« schimpfte sie, und alles Lustige war mit einem Mal von ihr gewichen. Sie sah ihn ernst an, besann sich dann aber eines Besseren und versuchte, ihn zu beruhigen. »Edgar, dein Plan ist absolut narrensicher ...«

Ein grauer Cadillac erschien auf der Zufahrt und steuerte den sanften Hügel beim Haus an. Die Sonnenstrahlen des Spätnachmittags trafen die Windschutzscheibe wie eine Welle, wurden in verschwenderischer Vielfalt zurückgeworfen und ließen nur für einen kurzen Moment einen Blick auf die Insassen zu. Zu kurz, um sie zu erkennen.

»Das muß Willie sein«, vermutete Garrison. Er hob ihre Füße von seinen Knien und sprang aus dem Schaukelstuhl.

Annie erhob sich ebenfalls, folgte Edgar ans Verandageländer und legte ihm eine Hand um die Taille.

Der Cadillac hielt vor der Veranda an. Mit leisem Summen ging das Seitenfenster herunter. Willie Denver grinste die beiden an.

»Du parkst ihn besser in der Scheune«, sagte Garrison.

»Immer vorsichtig, immer diskret«, lächelte Willie.

»Genau.«

»Du hast wie immer recht.« Willie ließ das Fenster wieder hinauf und fuhr um das Haus herum.

Annie und Edgar gingen ins Haus, durchquerten das Wohnzimmer, liefen durch die kleine, dunkle Diele und gelangten schließlich in die Küche, wo sie Willie und einen anderen Mann an der Hintertür trafen.

»Willie Denver hält dich für hübsch«, sagte Willie. Er umarmte Annie, kaum daß er die Küche betreten hatte.

»Du scheinst mir auch nicht die schlechteste Partie zu sein«, lächelte Annie.

Willie Denver war ein gutaussehender kleiner Mann, fast klein genug, um Jockey zu sein. Er war nur einssechzig groß und wog lediglich fünfzig Kilo. Auf den ersten Blick hatte man von Willie den gleichen Eindruck wie von allen Jockeys, dachte Garrison: ein zerbrechliches, zartes Männchen. Doch wenn man Willie etwas besser kennenlernte, entdeckte man an ihm die gleichen Eigenschaften wie an einem Profi-Jockey: kleine, doch harte und durchtrainierte Muskeln, drahtige Statur und Kraft, Härte und Ausdauer. Sein Gesicht war sonnenverbrannt, und das schönste daran waren die Lachfalten und die tiefen Linien auf der Stirn. Wenn man einmal von diesen Falten absah, hätte ihn niemand für vierundfünfzig gehalten. Er hatte lockiges schwarzes Haar, funkelnde braune Augen und schneeweiße Zähne.

Willie ließ Annie los, drehte sich zu seinem Begleiter um und klopfte ihm auf die Schulter. »Das ist Lou Velinski. Er ist aus New York City gekommen, weil er sich für unsere Unternehmung interessiert. Lou, sag guten Tag zu Annie Sherred und Edgar Garrison.«

Sie gaben sich die Hand.

»Lou ist ein alter Freund«, fuhr der kleine Mann fort, »und Willie Denver kennt ihn schon seit zwanzig Jahren. Er gehört zu uns.«

Velinski unterschied sich von Willie ungefähr so wie ein Elch von einer Fliege. Er war einen Meter achtzig groß und wog mindestens hundertvierzig Kilo. Seine sanften braunen Augen leuchteten in einem fleischigen Gesicht. Die breite Nase erinnerte an eine große Zwiebelknolle. Er hatte Hängebacken wie Alfred Hitchcock, einen Stiernacken, breite, aber hängende Schultern und einen Schmerbauch. Seine Finger waren kurz und dick. Dünnes, gekräuseltes Haar wuchs auf den Fingern und beiden Handrücken. Willie wirkte jünger, als er war, aber Velinski sah man jedes einzelne Jahr an, er war deutlich über fünfzig. Willie war flink, energiegeladen und konnte kaum einmal fünf Minuten stillsitzen. Velinski hingegen wirkte phlegmatisch, bedächtig, fast stoisch. Willie war gut gekleidet. Er trug einen hellblauen Sommeranzug, ein blaßrosa getöntes Hemd, eine dunkelblaue Krawatte und Zweihundert-Dollar-Schuhe. Velinski wirkte so, als hätte er in seiner Woolworth-Kleidung, die komplett nicht mehr als fünfundsiebzig Dollar gekostet haben konnte, geschlafen. Velinski machte keinen sehr angenehmen Eindruck und hätte auf die meisten sogar abstoßend gewirkt, wenn die Natur ihm nicht einen unschätzbaren Vorteil mitgegeben hätte: sein Lächeln. Er besaß das breiteste, ansteckendste und aufrichtigste Lächeln, das Edgar je gesehen hatte. Und Velinskis musikalische, tiefe Stimme machte deutlich, daß dieser Mann es verstand, das Leben zu genießen.

»Ich habe Bier, Scotch und Gin Tonic«, sagte Annie.

»Gin und Tonic«, wünschte Willie.

»Was für einen Scotch haben Sie denn?« erkundigte sich Velinski.

»Johnnie Walker. Red Label.«

»Prima.«

Als alle etwas zu trinken in der Hand hatten, erklärte Garrison: »Gehen wir doch ins Wohnzimmer. Dort ist es wesentlich gemütlicher.«

Annie ging voran. Willie folgte ihr auf dem Fuße und plauderte charmant über das Wetter. Als Garrison hinter Velinski herging, stellte er verblüfft fest, daß dieser schwerfällige, massige Mann zu schweben schien. Er trat leise auf und bewegte sich geradezu anmutig.

»Was für ein nettes Zimmer«, lobte Velinski, als er sich sanft wie eine Feder im breitesten Sessel niederließ.

»Ich besuche gern Auktionen«, erklärte Annie. »Hin und wieder kann man da ein Schnäppchen machen.«

»Wie zum Beispiel den ovalen viktorianischen Spiegel dort an der Wand«, sagte Velinski mit Kennermiene. »Wissen Sie was, diese mit Samt ausgeschlagenen Stühle, der breite Sessel, in dem ich sitze, das wunderbar gemütliche Sofa, das alte Sideboard, die dunklen Tapeten ... das alles gibt mir das Gefühl, im *Zauberhaften Land* gelandet zu sein.«

Annie war überrascht.
»Na, der Film«, sagte Velinski. »Den haben Sie doch sicher gesehen, oder? Das Gutshaus am Anfang, dort, wo die kleine Dorothy zu Hause ist. Ihr Wohnzimmer besitzt denselben Charme wie das Wohnzimmer in dem Gutshaus.«
»Lou ist ein absoluter Filmfan«, erklärte Willie, während er energisch seinen Drink mit einem Plastikstäbchen umrührte.
»Tatsächlich?« fragte Annie interessiert.
»Die einzige Schwäche, die ich mir gestatte.«
»Wer war der ständig betrunkene Doktor in *Ringo?*« fragte Annie sofort.
»In der Originalfassung? Das war Thomas Mitchell.«
»Und der Sheriff?«
»George Bancroft.«
»Wer spielte den Gypo Nolan?«
»Victor McLaglen.«
»In welchem Film?«
»*Der Verräter* von John Ford, aus dem Jahre 1935.«
»Wer führte Regie bei *Hallelujah?*«
»King Vidor. Das war wirklich zu einfach.«
»Wer hat dort den Vamp gespielt?«
»Ein Vampir spielt dort doch gar nicht mit!«
»Nein, die weibliche Herzensbrecherin. Die Verführerin. Der Vamp.«
Er runzelte die Stirn. »Hm, das ist schwierig.«
»Hab ich Sie doch noch erwischt!«
Er grinste. »Tut mir leid. Das war natürlich Nina Mae McKinney.«
»Och, das haben Sie die ganze Zeit gewußt!«
»Auf diesem Gebiet bin ich unschlagbar.« Er schenkte ihr sein breitestes Lächeln.
Annie lachte herzlich und lehnte sich an Garrison. Die beiden hockten auf dem Sofa, gegenüber den beiden Ses-

seln, auf denen Willie und Velinski Platz genommen hatten. »Sie kennen sich wirklich mit Filmen aus.«
»Sie sind aber auch nicht schlecht.«
»Ihr seid ja beide verrückt«, murrte Willie, aber dann grinste er.
Velinski nahm den ersten Schluck von seinem Scotch. »Ah, das könnte ich mir stundenlang gefallen lassen. Aber ich fürchte, wir sind hier aus einem ernsteren Anlaß zusammengekommen.« Er wandte sich an Garrison: »Warum wollen Sie ausgerechnet eine Rennbahn überfallen?«
Der unerwartet ernste und kühle Tonfall des massigen Riesen kam für Garrison etwas überraschend. »Warum wollen Sie das wissen?«
»Weil Sie für ein solches Vorhaben sicher einen guten Grund haben.«
»Viel Geld.«
»Das ist kein ausreichender Grund.«
»Für Willie Denver ist das sogar ein ausgezeichneter Grund«, bemerkte Willie.
»Es gibt einfachere Wege, an eine größere Summe zu kommen«, entgegnete Velinski. »Eine Bank zu überfallen ist wesentlich unkomplizierter, als in eine besser gesicherte Rennbahnverwaltung einzudringen. Also haben Sie noch tiefergehende Motive.« Seine tiefliegenden Augen fixierten Garrison und ließen ihn nicht mehr los. Garrison kam sich vor wie ein Insekt, das von einer Pinzette gehalten wird. »Warum ausgerechnet eine Rennbahn?«
»Nun, weil sie da ist.«
Velinski starrte ihn nur weiter an.
»Okay«, gab sich Edgar schließlich geschlagen. »Es gibt noch einen anderen Grund.«
»Hab ich's mir doch gedacht.«
Garrison nahm einen großen Schluck Bier. »Ich habe fast mein ganzes Leben lang nichts anderes getan, als auf

Rennbahnen zu arbeiten. Ich muß wohl eine besondere Beziehung zu solchen Stätten haben. Vor zwanzig Jahren habe ich als Pferdejunge angefangen. Ich stellte mich nicht zu ungeschickt an und kletterte rasch die Karriereleiter hinauf. Stallknecht. Assistent des Trainers. Trainer. Eines Tages habe ich meinen eigenen Stall aufgemacht. Habe wirklich was aus dem Stall gemacht. Hab schwer geschuftet, bis ich eines Tages achtzig Pferde in den Stallungen hatte. Allesamt edle Vollblutpferde. Meine Frau . . . also meine Frau hat als Pferdemädchen begonnen. Sie hat sich ebenso wie ich hochgearbeitet. Und das damals, zu einer Zeit, als Frauen in dieser Branche nicht viel zu melden hatten. Sie war eine hervorragende Trainerin. Wir haben geheiratet und unsere Ställe zusammengeworfen. Wir begannen, gemeinsam Pferde dazuzukaufen. Dann gab es ein Feuer. Der ganze Stall ist ausgebrannt. Alle unsere eigenen Pferde sind dabei draufgegangen und die meisten von denen, die bei uns untergestellt waren . . .«
Annie ergriff seine Hand.
»Ich verstehe noch nicht ganz, was das für ein Motiv sein soll«, erklärte Velinski.
»Wir hatten große Schulden wegen der toten Pferde, die uns zur Betreuung überlassen worden waren«, fuhr Garrison fort. Seine Augen blitzten. »Die Pferde waren fort, aber die Schulden blieben. Die Banken wurden zunehmend unwirscher. Verdammte Aasgeier. Man überließ uns schließlich ein paar Pferde. Von Besitzern, mit denen wir schon früher zusammengearbeitet hatten und die uns wohl immer noch schätzten. Doch viele Leute in dieser Branche sind abergläubisch. Die meisten wollten uns keine Tiere mehr anvertrauen, so als hätten wir die Pest oder wären verhext. Wir haben es aber mit Ach und Krach geschafft. Nach einiger Zeit konnten wir uns wieder ein eigenes Pferd kaufen. Schließlich ein zweites. Haben wie-

der von vorn angefangen und unseren eigenen Stall aufgemacht. Wir waren gerade aus dem Gröbsten heraus, als eines unserer Pferde am Ende eines Rennens wegen Doping disqualifiziert wurde. Golden Warlock hieß das Tier. Ich mochte es sehr. Man hatte ihm Tranquilizer gegeben. Golden Warlock war so langsam, daß die Aufsicht gar nicht anders konnte, als seinen Urin zu untersuchen. Weder Helen noch ich wußten etwas von den Tranquilizern. Irgend jemand mußte das Tier aber gedopt haben, denn wir wollten eigentlich, daß unser Pferd *gewinnt!* Aber so ist das nun einmal, uns hat natürlich niemand geglaubt, daß wir mit der Sache nichts zu tun hatten. Wir waren in die Sache verwickelt, und man behielt uns besonders im Auge. Dann geschah es wieder. Einer unserer Hengste war bis zu den Ohren mit Drogen vollgepumpt und machte den ersten Platz. Auf den Rennbahnen herrschen strenge Regeln. Wirklich sehr strenge Regeln. Eine Gruppe von bekannten Stallbesitzern, die oberen Zehntausend sozusagen, die uns nicht mochten, weil wir für sie lästige Emporkömmlinge waren, sorgte dafür, daß wir für ein Jahr gesperrt wurden. Wir durften uns nicht einmal mehr auf einer Rennbahn blicken lassen. Wir mußten alle Pferde verkaufen, um uns über Wasser zu halten. Es war eine furchtbare Zeit.«
»Hört sich auch furchtbar an«, bestätigte Willie.
Velinski sagte nichts, denn er wartete auf das Ende der Geschichte.
Garrison fuhr fort: »Wir standen das Jahr irgendwie durch und haben dann wieder mitgemacht. Die Schulden haben uns fast das Kreuz gebrochen. Wir arbeiteten als Trainer und Assistent. Aber wir bekamen einfach keine guten Tiere. Wir mußten uns mit alten Kleppern und Jungtieren abgeben, die sich erst noch zu bewähren hatten. Um irgendwie finanziell über die Runden zu kommen, mußten wir

mehr Pferde annehmen, als wir verkraften konnten. Wir haben täglich bis spät in die Nacht gearbeitet. Sind mit unseren Tieren von Rennbahn zu Rennbahn gezogen. Haben uns ein Bein ausgerissen, um wenigstens ein paar bescheidene Gewinne einstecken zu können. Und um unseren Ruf aufzupolieren. Aber die Arbeit war zu viel. Wir hatten mehr Sorgen als Haare auf dem Kopf und bekamen zu wenig Schlaf. Helen ... Helen fing sich eine Lungenentzündung. Daran ist sie gestorben.«

Eine Standuhr tickte leise vor sich hin.

Willie Denver rutschte auf seinem Sessel hin und her, versuchte, sich aufrecht hinzusetzen.

»Rache?« fragte Velinski.

Edgar löste sich von den Gedanken an seine Vergangenheit und blickte sein Gegenüber direkt an. »Ja. Und Geld.«

»Eine gute Kombination«, erklärte Velinski. »Da bin ich dabei. Gier allein reicht nie aus.« Er nippte an seinem Glas. »Ich hätte allerdings noch ein paar Fragen.«

»Nur zu.«

»Arbeiten Sie immer noch als Trainer?«

»Nein. Ich bin vor zwei Wochen ausgestiegen. Damals haben wir angefangen, diese Unternehmung ins Auge zu fassen.«

»Sind Sie einfach gegangen?«

»Nein, ich habe meinem Chef zwei Wochen vorher Bescheid gesagt.«

Velinski stellte sein Glas ab und faltete die Hände auf seinem Bauch. »Sie denken sicher schon länger über den Überfall nach, nicht wahr?«

»Seit Monaten.«

»Sie haben sicher auch bei Century Oaks gearbeitet?«

»Die letzten zwei Jahre.«

»Dann kennen Sie sich dort gut aus?«

»So gut, wie ich mich mit Pferden auskenne.«
»Wie gut ist das?«
»Ich hatte einen hervorragenden Ruf als Trainer.«
Die Standuhr schlug die halbe Stunde.
Der schwere Mann richtete sich auf und lauschte dem Läuten, als wäre er Musikliebhaber und die Uhr ein Orchester. Als der letzte Ton verklungen war, lächelte er und sagte: »Wunderbar.« Dann blickte er wieder Garrison an und fragte: »Wie haben Sie Willie kennengelernt?«
»Hat er Ihnen das nicht erzählt?«
»Ich möchte es von Ihnen hören.«
»Ich habe ihn durch Annie kennengelernt«, antwortete Edgar.
Velinski wandte sich an die Frau: »Und wie kommt es, daß Sie einen Menschen mit einem so schlechten Ruf wie Willie Denver kennen?«
»Was soll das denn heißen?« empörte sich Willie.
»Nur ein kleiner Scherz«, lächelte Velinski und klopfte dem kleinen Mann sachte auf die Schulter.
»Ich habe früher als Kellnerin gearbeitet«, erklärte Annie.
»Und wo?«
»In Harrisburg.«
»Und Willie war in Ihrem Lokal Stammkunde?«
Annie lächelte schelmisch. »Er kam jeden Tag, sechsmal in der Woche. Unser Essen war sehr gut, und die Preise hielten sich im Rahmen des Erträglichen.«
»Und Willie Denver hatte ein Auge auf Annie geworfen«, erklärte Willie fröhlich. »Leider ist nie was draus geworden. Vermutlich der Altersunterschied. Willie Denver war ihr wohl zu jung.« Er zwinkerte Annie zu.
»Und haben Sie Willie nur aus einer Laune heraus von dem beabsichtigten Überfall erzählt?« wollte Velinski wissen.

Großer Gott, der Kerl ist wirklich unnachgiebig, dachte Garrison. *Was ist denn bloß los mit ihm? Warum will er das alles wissen?*
»Nein, nicht aus einer Laune heraus«, sagte Annie ernst. »Ich kenne Willie und wußte, daß er vielleicht interessiert sein könnte.«
»Was bewegte Sie zu dieser Annahme?«
»Ich wußte, daß er einmal einige Zeit wegen eines bewaffneten Überfalls gesessen hat«, antwortete Annie. »Für meinen Geschmack machte ihn das zu einem geeigneteren Komplizen als meine bettlägerige Tante, den Polizisten an der Ecke oder eine meiner Kolleginnen.«
»Woher wußten Sie, daß er gesessen hat?«
»Er hat es mir erzählt.«
Willie Denver erhob sich, kippte den restlichen Gin Tonic hinunter und erklärte: »Natürlich hat Willie Denver ihr davon erzählt. Dafür braucht man sich schließlich nicht zu schämen. Ein geschickter Dieb kann es zu Ruhm und Ehre bringen. Er ist dann eine Persönlichkeit wie ein bedeutender Anwalt oder ein großer Arzt. Und wenn man einmal ausrutscht oder meinetwegen auch zweimal ausrutscht, heißt das doch noch lange nicht, daß der Betreffende nur noch in Sack und Asche herumlaufen darf!«
Velinski seufzte und wischte sich mit einer fleischigen Hand über das fette Gesicht. »Annie, hat er Ihnen auch erzählt, daß es sehr kritisch ist und er tunlichst Gesetzesverstöße vermeiden sollte? Wenn er noch einmal ›ausrutscht‹, sperren sie ihn ein und werfen den Schlüssel von seiner Zellentür weg.«
»Auch das hat er mir erzählt«, sagte Annie. »Aber ich hatte den Eindruck, als suche er nach etwas Bestimmtem. Nach einer wirklich sehr großen Sache. Nach einem Jahrhundertunternehmen.«
»Fein beobachtet«, sagte Velinski.

»Willie Denver besorgt sich noch einen Gin Tonic«, erklärte Willie, wandte sich vor dem Gehen aber noch an Annie: »Das macht dir doch wohl nichts aus, oder?«
»Aber woher denn, Willie?«
Velinski hob mit einer Hand eine schwere Glaskugel vom Tisch, die neben der Lampe stand. Er betrachtete die Eskimoszene, die darin festgehalten war. Dann schüttelte er die Kugel und sah zu, wie die künstlichen Schneeflocken auf die eingeschlossene Arktis regneten. »So was hab ich ja ewig nicht mehr gesehen«, murmelte er.
»Die guten, das heißt die alten, findet man heutzutage auch nicht mehr sehr oft«, erklärte Annie.
Velinski setzte das Stück vorsichtig ab und sagte: »Edgars Motive sind klar: Rache und Reichtum. Warum aber wollen Sie bei der Sache mitmachen?«
»Ich glaube nicht, daß Annie sich hier rechtfertigen muß«, fuhr Garrison ihn an. »Lassen Sie sich von mir sagen, daß sie gute Gründe hat. Es besteht absolut kein Anlaß für Sie, Annie durch den Fleischwolf zu drehen!«
»Ist mir gleich«, sagte Annie, nahm Edgars Hand und drückte sie. »Lou, ich weiß nicht, wo und wie Sie aufgewachsen sind.«
»Nicht der Rede wert.«
Sie nickte. »Okay. Also, ich bin in einem Heim erzogen worden. Ein typisches Waisenhaus: traditionsbewußt, konservativ, sehr amerikanisch, und für alles gab es Regeln und Bestimmungen. Ich bin mit der Überzeugung groß geworden, daß es so etwas wie eine ausgleichende Gerechtigkeit gibt, daß die Welt den Tüchtigen belohnt, daß Gott gut ist und daß man der Regierung vertrauen sollte, weil sie nur zum Wohl aller Bürger handelt. Mit einundzwanzig Jahren habe ich Joe Sherred geheiratet. Ich habe ihn so sehr geliebt wie Edgar seine Helen. Wir haben zusammen drei wunderbare Jahre verbracht. Er erbte eine

hübsche Summe, von der wir uns diese Farm gekauft haben. Er war Englischlehrer und hatte außerdem Theaterwissenschaften studiert. Wir machten Pläne, die Scheune um- und auszubauen und daraus eine Bühne zu machen. Ach, wir hatten so viele schöne Ideen. Als er fünfundzwanzig wurde, nach diesen drei Jahren also, wurde er eingezogen. Joe war kein Quäker oder etwas in der Art, aber er verweigerte den Kriegsdienst aus Gewissensgründen. Es hat nie einen friedfertigeren Menschen als Joe gegeben. Deshalb verweigerte er der US-Army die Gefolgschaft. Aber sein Antrag auf Verweigerung wurde abgelehnt. Er wurde eingezogen, und man verwarf auch seinen Antrag, in der Heimat stationiert zu werden. Man gestattete ihm nicht einmal, in einer Sanitätseinheit Dienst zu tun. Also mußte er als gewöhnlicher Infanterist nach Vietnam.«
Velinski runzelte die Stirn. »Warum ist er nicht vor Gericht gegangen?«
Annie lachte bitter und drückte Edgars Hand noch fester. »Er ist ähnlich erzogen worden wie ich. Er glaubte an die Rechtschaffenheit der Regierung. Er respektierte ihre Entscheidungen. Er wollte zwar nicht Soldat werden, aber als man seinen Antrag abgelehnt hat, hat er sich gefügt. So etwas wie ziviler Ungehorsam war ihm absolut fremd.«
»Und er fand in Vietnam den Tod?«
»Ein Geschoß hat ihm den Kopf abgerissen.«
Edgar zuckte zusammen, obwohl er diese Geschichte schon einige Male von ihr gehört hatte. Annie gehörte nicht zu den Frauen, die einer schmerzlichen Wahrheit durch Beschönigungen aus dem Weg gehen wollten. Sie sprach die Dinge so aus, wie sie waren.
Willie kehrte mit einem gefüllten Glas aus der Küche zurück und brummte: »Was ist Willie Denver froh, diese Stelle verpaßt zu haben. Willie hat die Geschichte schon ein-

mal gehört und danach wochenlang Alpträume gehabt.« Er hockte sich wieder in seinen Sessel.

»Ihr Mann wurde getötet«, erklärte Velinski. »Ich kann verstehen, daß es Sie nach Rache gelüstet. Aber diese Rache sollten Sie eher gegen die Regierung als gegen eine Rennbahn richten.«

»Ich will Rache an der Autorität, am Establishment«, entgegnete Annie. »An jeglicher Form von Autorität. Die, die auf den Rennbahnen das Sagen haben, die haben Edgar schlecht behandelt. Also ist diese Autorität schon Ziel meiner Rache.«

Der schwere Mann leerte sein Glas und stellte es auf den Beistelltisch. »Und wie steht's mit dem Geld?«

Ihre Augen wurden riesengroß wie die einer Gazelle, die gerade im Gras einen lauernden Löwen entdeckt hat. »Oh, natürlich will ich das Geld. Wenn man reich ist, kann man nicht mehr von Autoritäten niedergemacht werden. Geld kauft Macht und ist daher Macht. Haben Sie je davon gehört, daß der Sohn eines Reichen nach Vietnam gehen mußte oder wegen seiner Wehrdienstverweigerung ins Gefängnis geworfen wurde?«

Velinski ging nicht darauf ein, sondern wandte sich an Edgar Garrison: »Willie hat mir erzählt, das Century Oaks hätte eines der besten Sicherheitssysteme in der ganzen Branche. Warum muß es also gerade diese Rennbahn sein?«

»Weil das dortige Sicherheitssystem sehr kompliziert ist«, antwortete Garrison. Er rutschte an den Rand des Sofas und wählte seine Worte mit Bedacht aus. »Je komplizierter ein System ist, desto leichter kann man dort eine Störung verursachen. Ein Beispiel: Je mehr Schaltkreise und Datenspeicher man in einen Computer einbaut, desto effektiver kann er arbeiten, desto schneller kann er rechnen. Doch gleichzeitig erhöht sich damit die Anzahl der Teile, die kaputtgehen können. Und die Anzahl anderer möglicher Fehlerquellen erhöht sich um ein Vielfaches. Davon abgesehen weiß ich einen Weg, das Sicherheitssystem vom Century Oaks zu überlisten.«

»Außerdem veranstalten sie dort gerade eine Werbewoche«, fügte Willie hinzu.

»Richtig«, bestätigte Garrison. »Century Oaks hat in der Vergangenheit nur Verluste gemacht. Jetzt haben sie dort einen neuen Manager und große Pläne. Bei den großen Rennen am Samstag sind vierhunderttausend Dollar ausgesetzt. Die Fernsehgesellschaft ABC sponsert die Veranstaltung und überträgt sie in ihrer Sendung *Wide World of Sports*. Die Leitung des Century Oaks hofft so, den Bekanntheitsgrad ihrer Rennbahn schlagartig zu erhöhen und Publikum auch aus Philadelphia und New Jersey anzulocken. Ob sie damit Erfolg haben, steht auf einem anderen Blatt. Aber der beste Termin für einen Raubzug ist der kommende Samstag. An diesem Tag stapeln sich in den dortigen Kassen sicher Millionen. Viele, viele Millionen.«

»Arbeiten Sie noch als Kellnerin?« fragte Velinski Annie.

»Ich habe letzte Woche gekündigt.«

»Mit welcher Begründung?«

»Daß ich es einfach nicht mehr schaffe«, antwortete Annie. »Man weiß dort, daß ich eine Farm besitze. Ich habe der Geschäftsleitung erklärt, die Arbeit mit meiner Farm würde mir zuviel, und ich wollte das Gut verkaufen, um mich dann mit dem Erlös irgendwo im Westen niederzulassen. Ich habe mich ziemlich vage ausgedrückt.«

Der massige Mann nickte anerkennend. Doch er hatte immer noch eine Frage: »Edgar ist auf der Century-Oaks-Rennbahn bekannt. Wir müssen ihn also verkleiden und schminken. Aber es ist nicht so einfach, eine hübsche junge Frau zu maskieren.«

»Ich bin noch nie dort gewesen«, erklärte Annie. »Und ich kenne niemanden von den Leuten, mit denen Edgar zusammengearbeitet hat.«
Velinski machte eine verwunderte Miene.
»Ich hielt das für besser, auch damals schon, als ich noch nicht an den Überfall gedacht habe«, sagte Garrison. »Annie soll nichts mit der Rennbahn zu tun haben. Helen ist wegen der Pferdezucht gestorben, und ... Ich fürchte, ich bin ein wenig abergläubisch.«
»Ist recht so«, sagte Velinski. Er nahm sein Glas in die Hand und beugte sich vor. Sein dicker Bauch reichte nun fast bis ans Kinn heran: »Könnte ich wohl noch einen Scotch bekommen?«
»Aber gern.« Annie erhob sich und nahm ihm das Glas aus der Hand.
Im selben Augenblick verging die Spannung. Velinski wirkte nicht mehr nachdenklich. Alle Kälte war aus seinen Augen gewichen. Er sah jetzt wieder aus wie ein großer, lachender Weihnachtsmann, natürlich ohne Rauschebart.
»Ich genehmige mir noch ein Bier«, sagte Garrison.
Willie sprang aus seinem Sessel. »Willie Denver hilft dir in der Küche, Annie!« Er eilte zu ihr.
Man hörte nur das Ticken der Standuhr.
Garrison lehnte sich auf dem Sofa zurück und schlug die Beine übereinander. »Und was ist Ihr Motiv?«
Der schwere Mann setzte eines seiner schönsten Lächeln auf. Kleine Fältchen bildeten sich um seine Augen. »Geld.«
»Das reicht nicht. Eben haben Sie mir erzählt, daß Geld allein als Motiv nicht ausreicht. Jetzt bin ich an der Reihe, bei Ihnen nachzubohren.«
»Warum nicht, wie du mir, so ich dir«, lächelte Velinski. »Sie müssen wissen, daß ich mein Leben lang dick gewesen bin. So ungefähr seit meinem achten oder neunten

Lebensjahr. Man darf bei manchem nicht mitmachen, wenn man zu dick ist. Die Schulkameraden lassen einen nicht mitspielen. Man bekommt kaum Freunde. Und die Frauen machen einen großen Bogen um einen. Ich habe es mir so eingerichtet, daß ich von Zeit zu Zeit eine Prostituierte aufsuche, um in dieser Hinsicht zu einer gewissen Befriedigung zu gelangen. Vielleicht mache ich mir da auch nur etwas vor. Wie dem auch sei, wenn man von vielem ausgeschlossen ist, bekommt man reichlich Probleme mit seiner eigenen Identität. Die meisten, die so dick sind wie ich, definieren sich durch ihr Gewicht: Ich bin ein Dicker. Das reicht ihnen offenbar. Sie plagen sich ständig mit irgendeiner Diät herum, kleiden sich so, daß ihr Übergewicht nicht sichtbar wird, oder versinken in Selbstmitleid und beklagen die Ungerechtigkeit des Schicksals — ›Warum ich, böses Schicksal, warum ausgerechnet ich?‹ Aber im Endeffekt ändern sie nichts an ihrem Übergewicht. Das hat mir nie ausgereicht. Da es nicht allzuviele Bosse gibt, die einen wie mich einstellen, sind meine Berufsaussichten immer schon bescheiden gewesen. Und es sind keine Jobs, auf die man stolz sein könnte. Jedenfalls reichen sie nicht, daß ich mich durch sie definieren könnte. Aber das Verbrechen bietet einige Möglichkeiten. Wie Willie eben schon sagte, wenn man ein großer Dieb ist, braucht man sich vor niemandem zu schämen.« Er lachte rauh. »Trotz des Umstands, daß Willie sich zweimal hat erwischen lassen, ist er doch ein großer Dieb. Für jeden Einbruch oder Überfall, den man ihm nachweisen konnte, hat er hundert andere begangen. Und ich möchte in aller Bescheidenheit hinzufügen, daß ich noch ein bißchen besser bin als er.«
Garrison glaubte ihm. Velinski prahlte nicht. Der Mann mußte ein verdammt guter Dieb sein. Er machte einen intelligenten und umsichtigen Eindruck, und diese beiden Vorzüge reichten schon aus, ihn als Sicherheit gegen mög-

liche Pannen zu betrachten. »Sie haben viel Zeit damit verbracht, sich selbst zu analysieren, nicht wahr?«
»Jahre.«
»Wo haben Sie es gelernt, Leute so gut auszufragen?«
Velinski lächelte von einem Ohr zum anderen. Er bewegte sich in seinem Sessel, und er wirkte wie ein Wal im Meer. »Alte Filme. Detektivgeschichten. Ich bin kein blöder Filmfan, der lediglich ein paar hundert Schauspieler mit Namen kennt. Ich versuche, aus Filmen etwas über das Leben zu lernen.«
Gelächter drang aus der Küche.
»Was ist mit Willie?« fragte Garrison.
»Was soll mit ihm sein?«
»Welches Motiv hat er?«
»Grübeln Sie nicht über Willie«, versicherte Velinski ihm. »Ich kenne ihn sehr gut. Er hat seine Gründe, und von seinem Standpunkt aus sind es sehr gute Gründe.«
Garrison dachte kurz darüber nach. »Haben diese Gründe etwas damit zu tun, daß er nie von sich in der ersten Person spricht?«
»Ich denke, ja.«
»Sie wollen es mir nicht sagen?«
»Fragen Sie ihn doch selbst.«
Garrison strich sich eine Haarsträhne aus der Stirn. »Sie wissen, daß das nicht geht«, erklärte er. »Er ist so ein verdammt liebenswerter kleiner Kerl. Ich brächte es nicht fertig, tiefer in ihn zu dringen und ihm damit womöglich weh zu tun.«
Das Lächeln des Schwergewichtigen wich einer traurigen Miene. Er nahm die Kugel wieder vom Tisch und ließ es über dem Eskimodorf schneien. »Sie reden und denken nicht so, wie ich das erwartet habe.«
»Wieso?«
»Sie sind viel zu intelligent und gebildet für einen einfa-

chen Pferdetrainer. Und Annie ist zu clever für eine Kellnerin.«

»Sie hat nicht immer als Kellnerin gearbeitet«, entgegnete Garrison. »Davon abgesehen wirken Sie auch nicht gerade wie ein Eierdieb.«

Velinski lächelte.

»Womit ich Ihnen natürlich nicht zu nahe treten wollte.«

»Habe ich auch nicht so verstanden«, erklärte der Dicke freundlich. »Ich war nie ein Eierdieb. Aber Sie haben ganz recht. Mit Schubladendenken erreicht man gar nichts.«

»Ich schätze, Sie interessieren sich für die Einzelheiten des Plans. Zumindest für das, was wir schon ausgearbeitet haben.«

»Nein«, erwiderte Velinski und betrachtete immer noch den arktischen Schneefall. »Wir sollten damit warten, bis die ganze Mannschaft versammelt ist. Morgen ist immer noch früh genug.«

»Dann wollen Sie also mitmachen?«

Velinski nickte langsam. »Warum nicht? Immerhin erhalte ich so die Chance, steinreich zu werden.«

»Und die Chance, sich selbst endlich definieren zu können.«

»Auch das.«

4

In dem Augenblick, in dem Jack Killigan sein Büro im vierten Stock betrat, klingelte das Telefon. Er zuckte zusammen, obwohl das Klingeln sehr leise eingestellt war. *O Gott, was denn jetzt noch?* Er hob den Hörer ab.

»Hier ist die Kasse, Mr. Killigan«, erklärte der Mann am anderen Ende. »Wir haben gerade die Abrechnung gemacht.«

Killigan sah auf seine Armbanduhr und stellte fest, daß eine Stunde seit dem Ende des neunten und letzten Rennens an diesem Tag vergangen war. Die Zeit raste nur so dahin. »Ich bin gleich bei Ihnen«, versprach er und hängte ein.
Ob er sich noch einen Drink genehmigen sollte?
Hialeah ...
Er verließ das Büro und eilte durch die Halle zum Treppenhaus. Er hätte natürlich auch den Aufzug nehmen können, aber er mochte es, durch das Gebäude zu gehen, wenn es so menschenleer war. Er kam sich dann vor wie ein König, der mit einigem Stolz sein Schloß inspiziert. Und dieses Gebäude hier konnte es von seinen Ausmaßen her mit jedem Schloß aufnehmen. Mit seinen unzähligen Sälen, Räumen, Wettstellen, Restaurants und Bars war es der größte Komplex unter einem Dach in ganz Pennsylvania. Ein Manager konnte sich hier leicht wie ein König vorkommen. Allerdings lastete auf ihm auch die große Verantwortung eines Regenten.
Während der letzten viereinhalb Monate hatte Killigan jeden Tag, auch die Sonntage, vierzehn Stunden gearbeitet. Er hatte sich ebenso intensiv um die Einrichtung des Horsemen's Clubs gekümmert wie um die Ausstattung des restlichen Gebäudes, die Sandstrahlbehandlung der Wände und Fassaden und die sonstigen Malerarbeiten. Er hatte der alten Werbeagentur der Rennbahn gekündigt und eine neue, junge Firma mit dynamischen und modernen Ideen gefunden. Er hatte die Versicherungsgesellschaft gewechselt, den Vertrag mit Agroco neu abgeschlossen, in vielen Verhandlungen die Lizenzen für drei Restaurants und zwölf Snackbars erhalten, er hatte die Kommission der Rennbahnverwaltungen so lange bedrängt, bis ihm die zusätzlichen fünfzig Renntage genehmigt worden waren (die hatte er von einer momentan stillgelegten Rennbahn in Po-

conos übernommen). Er hatte Mickey Ginchley eingestellt, hatte andere Angestellte gefeuert, hatte persönlich die Hälfte der Tische im Horsemen's Club verkauft, ebenso zweihundert von den achthundert Sitzplätzen auf der Ehrentribüne. Er hatte Entwürfe für die Ruheräume geprüft, hatte im März einen drohenden Arbeitskampf beigelegt, hatte ohne Honorar bei mindestens vierzig Vereinen Vorträge gehalten, hatte Kontakte zu Wohltätigkeitseinrichtungen im ganzen Land hergestellt und gepflegt und hatte, last not least, immerzu mit dem Aufsichtsrat um mehr Geld verhandelt. Tausend Dinge gab es für ihn zu erledigen, ein einziger Irrgarten von Kleinigkeiten, Rücksichtnahmen und Unaufschiebbarkeiten ...
Die Verhandlungen mit dem Aufsichtsrat waren für ihn die schlimmsten Stunden in diesem Jahr gewesen. Er hatte den Herren klarzumachen versucht, daß Century Oaks seit der Gründung vor drei Jahren zunehmend ein Verlustgeschäft war und daß man wie in ein Faß ohne Boden Geld kippen mußte, um endlich aus den roten Zahlen rauszukommen. Die etwas zurückhaltende Einstellung des Aufsichtsrats war verständlich und vor allem unter dem Aspekt nachvollziehbar, daß seit der Gründung der Rennbahn nichts anderes getan worden war, als laufend Millionen zuzuschießen. Doch Killigan hatte beharrlich sein Anliegen immer wieder vorgetragen, und nach und nach hatten die Herren ein wenig Einsehen gezeigt. Er hatte versucht, ihnen die Sache schmackhafter zu machen, indem er Pläne anfertigen ließ, wie aus der Rennbahn mehr Einnahmen herauszuholen waren. Während der rennfreien Tage vermietete er die Anlage. Im März fand hier eine Camping- und Freizeitmesse statt. Im April hatte ein Konsortium von Wohltätigkeitsorganisationen das Gebäude gemietet, um für alle Mitglieder und Freunde eine Art Karneval abzuhalten. Die Veranstaltung hatte sich als gro-

ßer Erfolg erwiesen. Weil an Montagabenden auf der Rennbahn wenig los war, plante Killigan für alle Montage nach der ersten Woche Stock-Car-Rennen. Sobald der Aufsichtsrat sich mit der Lotterie- und Werbewoche einverstanden erklärt hatte, war es Killigan gelungen, die Fernsehrechte an den Rennen an ABC zu verkaufen, was immerhin 65 000 Dollar eingebracht hatte.

Das hatte sie wenigstens für ein paar Wochen ruhiggestellt. Großer Gott, die fünfundsechzig Riesen waren erbärmlich im Vergleich zu der Summe, die sie für die Werbewoche aufbringen mußten, aber die Herrschaften waren vor Freude ganz aus dem Häuschen, nur weil sie ins Fernsehen kommen konnten.

In diesen Tagen war Killigan damit beschäftigt, dreihundert Hektar des Geländes an einen Unternehmer zu verkaufen, der dort Luxusapartments errichten wollte. Wenn auch dieser Abschluß die Zufriedenheit des Aufsichtsrats finden würde, wäre vielleicht endlich die Zeit des endlosen Feilschens, Beschwörens und Überredens vorbei.

Er mußte sich den Rücken von diesen Herrschaften freihalten. Während der letzten Wochen hatte er einfach zu wenig Zeit gehabt, sich sowohl um den Aufsichtsrat als auch um die täglich anfallende Arbeit auf der Rennbahn zu kümmern. Und jetzt, da die Saison begonnen hatte, würde die Arbeit auf der Rennbahn sich vervielfachen.

Um achtzehn Uhr zehn schob Killigan eine schwarze Tür auf, auf der in roten Lettern stand: KEIN ZUTRITT. Er befand sich nun im Westteil des Gebäudes und lief die Betonstufen zum Keller hinab. Als er dort ankam und über den Hauptkorridor lief, schwenkte die Videokamera, die an der Decke hing, sofort zu ihm herum. Die Kamera richtete sich auf ihn und folgte ihm seinen ganzen Weg lang.

Vor der Stahltür zum Kassenraum zog Killigan eine weiße Plastikkarte aus seiner Brieftasche. Er schob sie in den dafür vorgesehenen Schlitz. Der Zentralcomputer, an den auch die Totalisator-Tafel, die Registrierkassen, die Buchhaltung des Hauses und ein Dutzend andere Bereiche angeschlossen waren, erkannte seine Karte an, spuckte sie wieder aus und öffnete ihm die Tür.

Killigan trat ein.

Der Kassenraum — zentraler Endpunkt aller Geldtransporte von den Kassenschaltern und anderen Stellen der Rennbahn — war komplizierter als auf allen anderen Rennbahnen des Landes. Noch bevor die Architekten begonnen hatten, ihre Entwürfe anzufertigen, war eine New Yorker Sicherheitsfirma, Pro-Teck-Systems, bei Century Oaks vorstellig geworden und hatte angeboten, ihre modernsten Anlagen einzubauen, und dafür im Gegenzug nur zwei Zusagen verlangt: Die Architekten sollten sich mit den Pro-Teck-Experten abstimmen und sich deren Einwände zu eigen machen, auch auf die Gefahr hin, daß dabei ein besonders hübscher architektonischer Einfall auf der Strecke bleiben mußte. Zweitens: Century Oaks erklärte sich nach gegenseitiger Abstimmung bereit, den hiesigen Einbau der Pro-Teck-Systeme publik zu machen. Aus diesem Grund befand sich jetzt auch die Zentralkasse im Keller und nicht wie üblich im obersten Stockwerk des Hauptgebäudes. Der fünfzehn mal fünfzehn Meter große Raum beherbergte Monitore, auf denen die Wächter den gesamten Kellerkorridor überblicken konnten. Niemand konnte sich der Stahltür nähern, ohne von den Wächtern bemerkt zu werden. Und erreichte jemand die Tür, so wurde er nur eingelassen, wenn er den Wächtern bekannt war oder eine der wenigen ausgegebenen Sicherheitskarten vorweisen konnte.

Doch von diesen sicherheitstechnischen Neuerungen abgesehen unterschied sich der Kassenraum vom Century Oaks nur wenig von denen anderer Rennbahnen. Ein halbes Dutzend Schreibtische nebst Stühlen, fünf mitge-

nommene Sessel, ein breiter Tisch für die Wachmänner, Schließfächer, eine Hakenreihe an der Wand, an der Geldtaschen hingen, Geldzählmaschinen, Kästen mit Fächern für die verschiedenen Münzen, elektronische Rechenmaschinen und ein Telefon. Ein kleiner Kühlschrank voller nichtalkoholischer Getränke brummte lautstark in einer Ecke. Die Wände bestanden aus Beton. Die Decke war mit Schallschutzplatten bedeckt. Auf dem Boden war ein teurer blauer Teppich ausgelegt worden, vor allem, um die Kälte des Betons zu dämpfen. Der Raum war reichlich vollgestopft, und von ihm ging auch etwas Bedrückendes aus, aber die Arbeit funktionierte hier reibungslos.
Die fünf Wachmänner von Melkins-Peterson nickten Killigan zum Gruß zu.
Der Manager marschierte durch bis zum hintersten Schreibtisch, an dem Leroy Franson, der Chefbuchhalter der Rennbahn, saß und die Kontrollbögen überprüfte.
»Wieviel Minus haben wir denn heute gemacht, Leroy?« fragte Killigan.
Der Buchhalter sah von seinen Papieren auf und lächelte. Er war ein knochiger Farbiger mit einem breiten Gesicht und einer anziehenden Naturkrause im Haar.
»Sieht gar nicht einmal so schlecht aus, Jack. Immerhin hatten wir heute Eröffnung. Da halten sich viele noch zurück, weil sie auch an den anderen Tagen unserer Lotteriewoche kommen wollen.«
»Ihr Wort in Gottes Ohr.«
»Ich arbeite schließlich nicht erst seit gestern auf einer Rennbahn.«
»Und was ist dann die schlechte Nachricht?«
»Nun, so schlecht ist sie auch wieder nicht«, erklärte Franson. »Wir liegen etwas über dem Durchschnitt. Heute konnten wir etwas mehr als achttausend Besucher zählen.«

»Waren auch Leute aus Philadelphia dabei?«
»Die Busse hatten heute ihren großen Tag.«
»Und wieviel steht nun unter dem Strich?«
»Eine und eine viertel Million.«
»Das geht doch.«
Franson nickte. »Das wäre sogar gut, wenn wir nicht zehn Prozent des heutigen Umsatzes an wohltätige Organisationen spenden müßten...«
Auch Killigan wünschte sich etwas weniger Spenden für wohltätige Zwecke. Aber dieser Teil von Pennsylvania lag im Bibelgürtel, war also sehr fromm. Hier fand man eine kleine, aber lautstarke fundamentalistische Minderheit religiöser Eiferer, die den ganzen lieben langen Tag nichts Besseres zu tun hatten, als nach sündigem Treiben Ausschau zu halten und es öffentlich zu brandmarken (die eigenen Verfehlungen natürlich ausgenommen). Als die erste Saison dieses Jahres näher rückte, hatten sich einige dieser Eiferer lautstark in Harrisburg, Lancaster, York und Hershey zu Wort gemeldet, Century Oaks der Hölle gleichgestellt und gedroht, ihre Trupps vor dem Eingang zu postieren. Die einzige Möglichkeit, solchen Pharisäern Einhalt zu gebieten, bestand darin, sich als Wohltäter auszugeben und das immer und immer wieder von den Medien publik machen zu lassen, hatte sich Killigan gesagt.
Wie die meisten Normalbürger hatten auch die Eiferer absolut unrealistische Vorstellungen über die Finanzen einer Rennbahn. Sie lasen in den Zeitungen, daß Century Oaks Tageseinnahmen von eineinviertel Millionen Dollar hatte, und hielten das natürlich für reinen Profit. Dabei wurde leicht übersehen, daß schon vom Gesetz her den Rennbahnen nur fünfzehn Prozent der Einnahmen zustanden. Die restlichen fünfundachtzig Prozent mußten in irgendeiner Form wieder an die Wetter ausgeschüttet werden. Darüber hinaus mußte eine Rennbahn fünf Prozent der

Einnahmen an den Staat abführen. Somit blieb Century Oaks von den 1 250 000 Dollar lediglich 125 000, also zehn Prozent. Davon waren achtundvierzig Prozent, also etwa 60 000 Dollar, eine Rücklage für zukünftige Rennen. 40 000 mußten für Gehälter und ähnliches aufgewendet werden. Damit blieben 25 000, um die Leasinggebühren für die Computer und sonstigen elektronischen Anlagen zu entrichten, um die gewaltige Hypothek abzuzahlen und die Instandhaltungskosten des Hauses zu begleichen. Century Oaks war also auf Tageseinnahmen in der Höhe von eineinviertel Millionen angewiesen, um sich über Wasser zu halten. Keinesfalls durften die Tageseinnahmen unter eine Million sinken.

Vor drei Jahren war das noch anders gewesen. Und auch vor zwei Jahren war man mit deutlich weniger ausgekommen. Doch im Zuge der galoppierenden Inflation der Nixon-Jahre — und aufgrund der Unfähigkeit der Rennbahn, eine Zwei-Dollar-Wette einzuführen und durchzusetzen — brauchte man bald höhere Tageseinnahmen, um nicht auf der Strecke zu bleiben.

Heute konnte man über zwölftausend Dollar an Wohltätigkeitsorganisationen überweisen. Bei der knappen Kalkulation war selbst dieses kleine Stück von dem ganzen Kuchen schon so groß, daß danach die Bäcker vielleicht schon leer ausgingen.

Glücklicherweise gab es für die Rennbahnen nicht nur diese eine Einnahmequelle. Erst die Nebengeschäfte machten den eigentlichen Profit aus.

»Wieviel an Eintrittsgeldern?« wollte Killigan wissen.

Franson beugte sich über seine Zahlenkolonnen. »Nach Abzug aller Rabatte haben wir im Klubhaus achttausendfünfhundert und an der Tribüne zwölftausend eingenommen.«

»Parkgebühren?«

»Vierzehnhundertachtundachtzig Dollar.«
»Programmhefte?«
»Fünfzehnhundert.«
»Refaktien?«
Wenn die Auszahlungen kalkuliert wurden, kamen dabei oft krumme Beträge am Ende heraus. Um den Kassierern Zeit zu sparen, wurden sie daher auf zehn Cent ab- oder aufgerundet. Am Ende eines Tages kam oft eine erkleckliche Summe an »unkalkuliertem« Geld zusammen. Dieser Betrag wurde zwischen Rennbahn und Finanzamt geteilt. An einem weniger guten Tag waren die Refaktien manchmal der kleine Unterschied zwischen einem Verlust und der Kostendeckung.
Franson blätterte durch seine Unterlagen, bis er den Betrag gefunden hatte. »Hier haben wir es: knapp dreitausendvierhundert.«
»Wie ist es an den Bars, Imbißständen und in den Restaurants gelaufen?«
»Alle waren wirklich hungrig und durstig.«
Die beiden Männer wußten, daß diese Zahlen für die Tagesbilanz kaum ins Gewicht fielen. Erst am Saisonende würde sich ihre wahre Bedeutung zeigen. Die Rennbahn erhielt Vorschüsse für die Konzessionen, und erst am Saisonende wurde abgerechnet. Erst dann trafen neue Gelder ein. Die Vorschüsse hingegen waren längst ausgegeben.
Killigan und Franson unterhielten sich noch kurz über den Wettscheinfälscher. Fälscher tauchten immer wieder auf, und im Grunde genommen war der Schaden, der heute angerichtet worden war, gering im Vergleich zu den Summen, die in die Kassen flossen. Die Endsumme des heutigen Tages wies jedenfalls keine nennenswerten Einbußen auf. Century Oaks hatte nicht mehr als einen Nadelstich erhalten.

»Im Lauf der Woche wird unser Freund sicher gieriger werden. Heute hat er vermutlich nur die Möglichkeiten austesten wollen«, erklärte der Manager.
»Und dann werden die Männer vom TRPB ihn schnappen«, sagte der Buchhalter. »Diese Bastarde machen früher oder später immer einen Fehler.«
Killigan lächelte dünn: »Das gleiche sagt mir Cooper auch immer wieder. Ich wünschte nur, ich könnte mich darauf verlassen.«
»Wie dem auch sei«, erwiderte Franson, »trotz unseres Fälschungskünstlers scheinen wir am Eröffnungstag einen bescheidenen Profit gemacht zu haben.«
»Der Tag ist leider noch nicht zu Ende.«
»Stimmt etwas nicht?«
»Die Fahrer bei Agroco streiken. Man hat es dort noch nicht einmal für nötig gehalten, uns davon in Kenntnis zu setzen. Mickey hat angerufen, um herauszufinden, warum sie die Abfälle nicht fortgeschafft haben. Ich habe es heute mehrmals versucht, aber ich erreiche Simpson, den Verantwortlichen dort, einfach nicht. Vermutlich muß ich mich nach einer anderen Firma umsehen.«
»Haben Sie schon jemanden im Auge?«
»Ich habe mich noch nicht entschieden.«
Der Wachmann am Monitor rief: »Da kommen die Jungs vom Geldtransport!« Er legte eine Hand auf den Alarmknopf. Es war ja nicht auszuschließen, daß die Männer draußen sich verkleidet hatten.
Killigan marschierte zum Monitor und sah zu, wie die drei uniformierten Männer durch den langen Korridor kamen. Die Videokamera folgte ihnen auf Schritt und Tritt.
Einige Augenblicke später schob der Chef der kleinen Truppe seine Plastikkarte in den Schlitz, um eintreten zu können. Ein bewaffneter Mann blieb vor der Tür stehen, während die beiden anderen in den Kassenraum mar-

schierten, um die grauen Leinensäcke voller Geld abzuholen.
Der Manager bewunderte die Art, wie professionell die Männer arbeiteten. Sie handelten rasch, schweigend und effizient. Sie waren höflich und bemühten sich, keine Umstände zu machen. Mit diesem Dienst, dem TRPB und den Männern von Melkins-Peterson war die Century-Oaks-Rennbahn so sicher wie eine Schweizer Bank. Bei all dem, was Killigan belastete, war er froh, daß er sich wenigstens darum keine Gedanken mehr machen mußte.

Am Sonntag gegen einundzwanzig Uhr mußte Jack Killigan sich eingestehen, daß er das Problem des Komposthaufens, der mit jedem Tag größer wurde, nicht vor Montagmorgen lösen konnte. Er hatte eine Liste angefertigt, auf der er Transportunternehmen, Düngemittelfirmen und ähnliches zusammengestellt hatte, doch heute am Sonntag war dort niemand zu erreichen. Bei einigen besaß er sogar Privatnummern, doch wenn er dort anrief, wollte man am freien Sonntag keine Geschäftsgespräche führen, konnte man ihm nicht weiterhelfen, oder es wurde gar nicht erst abgehoben. Die Pferdescheiße mußte wohl noch einen Tag länger angesammelt werden, sagte er sich.
Plötzlich mußte er laut lachen.
Konnte man ein besseres Bild für das Leben finden als einen Berg von Pferdescheiße, der mit jedem Tag größer wird?
Er leerte sein Glas und begab sich ins Badezimmer seines Büros, um das Glas auszuwaschen. Dann beugte er sich über das Becken und spritzte sich kaltes Wasser ins Gesicht. Nachdem er sich abgetrocknet hatte, warf er einen Blick in den Spiegel und entdeckte ein paar Falten, die vorgestern noch nicht dagewesen waren. Darüber hinaus sah

er in seinem Gesicht Müdigkeit, grenzenlose Müdigkeit, die vor allem hier in Century Oaks größer geworden war. Eine Müdigkeit, wie er sie nie zuvor verspürt hatte.
Er löschte das Licht im Badezimmer, kehrte ins Büro zurück und stellte das saubere Whiskeyglas ins Regal über der Bar. Er nahm den Regenmantel vom Haken hinter der Tür, legte ihn über den linken Arm und schaltete die restlichen Lichter aus. Er verließ das Gebäude durch den Angestelltenausgang und gelangte auf den Sattelplatz.
Bert Runlon, einer der beiden pensionierten Polizisten, die hier als Nachtwächter Dienst taten, wartete schon auf ihn, um hinter ihm abzuschließen. Runlon war Ende Fünfzig, ein dünner, aber keineswegs knochiger Mann mit grauen Haaren. Dank der zwei Kugeln, die ihm, als er zweiundfünfzig war, in den Bauch eingedrungen waren, bewegte er sich sehr vorsichtig, so als liefe er über einen zugefrorenen See, dessen Eisschicht nicht nur glatt, sondern auch recht dünn war. »War heute ein langer Tag, was, Mr. Killigan?«
»Na ja, Bert, zumindest war er nicht so schlimm, daß ich mich in meinem Büro aufgehängt habe.«
»Aber Sie haben mit dem Gedanken gespielt, oder?«
»Das Seil schien mir zu brüchig zu sein.«
Runlon lachte.
»Passen Sie auf, Bert, daß uns niemand die tollen Sessel im Klub stiehlt.«
»Die sind nicht meine größte Sorge«, erklärte Runlon, als Killigan auf den Betonboden trat. »Ich fürchte mich vielmehr vor der internationalen Bande von Springbrunnendieben, die hier ihr Unwesen treiben soll.«
Nun mußte der Manager lachen. »Gute Nacht, Bert.«
»Schlafen Sie gut, Mr. Killigan.«
Sein neuer, weißer Thunderbird parkte in der ersten Reihe auf dem Parkplatz am Ausgang. Er schnallte sich an, star-

tete den Motor und fuhr ohne übertriebene Eile nach Hause. Er wollte sich bei der Fahrt ein wenig entspannen. Das sanfte Summen des Motors, der Geruch der neuen Polsterung und das weiche grüne Glühen der Lichter am Armaturenbrett hatten eine beruhigende Wirkung auf ihn. Killigan atmete ruhiger, schüttelte seine Sorgen ab und genoß die Fahrt. Selbst im dichtesten Verkehrsgewühl, sogar mitten in Manhattan, konnte Killigan das Fahren genießen. Für ihn war es die einzige Zeit am Tag, in der er sich wie er selbst fühlte und zu sich selbst fand.

Um viertel vor zehn fuhr er auf sein Grundstück und parkte den Thunderbird vor der weiß umrandeten Doppelgarage. Er kurbelte das Fenster hinunter, stellte den Motor ab und lauschte dem Konzert der Grillen und Frösche. Bis auf ein gelegentliches *Ping* vom abkühlenden Motor waren dies die einzigen Geräusche, die in der Stille der Nacht zu hören waren.

Er hatte Glück gehabt, daß er auf dieses Haus gestoßen war. Weil dieser Teil von Pennsylvania zu den Regionen an der Ostküste gehörte, die immer dichter besiedelt wurden, war der Wohnungsmarkt hier schlichtweg verheerend. In der Regel bekam man nur kleine Reihenhäuser mit Garten angeboten, die alle gleich aussahen, bei denen man Mühe hatte, sein eigenes wiederzufinden, und wo die Wände so dünn waren, daß man Hustensaft einnahm, wenn der Nachbar hustete. Ansonsten bekam man Häuser angeboten, die im günstigsten Fall dringend renovierungsbedürftig waren, nicht selten bestand sogar Einsturzgefahr. Oder aber häßliche Ranchnachbildungen, die mit den Häusern in der Nachbarschaft vollkommen identisch waren. Bei ihnen gewann man leicht den Eindruck, daß sie aus Plastik gepreßt direkt vom Fließband kamen.

Killigan hatte nach einem ganz anderen Haus gesucht: ein

altmodisches Landhaus mit zehn Zimmern und zwei Badezimmern. Und das hatte er auch gefunden. Es wurde ihm für zwei Jahre von einem pensionierten Arzt und seiner Frau überlassen, die sich auf eine ausgedehnte Weltreise begeben wollten. Das Haus war geschmackvoll eingerichtet und befand sich in einem ausgezeichneten Zustand. Natürlich gab es auch hier Nachbarn, aber von denen wurde er auf beiden Seiten von vierhundert Metern Gartenfläche getrennt. In klaren Nächten wie dieser, wenn die Grillen mit den Fröschen ein Duett sangen, glaubte er, es hier bis ans Ende seiner Tage aushalten zu können.

Als er aus dem Wagen stieg, bemerkte er, daß im Wohnzimmer eine Lampe brannte. Auch aus der Küche kam Licht, stellte er fest, als er um das Haus herumgegangen war. Er blieb an der Hintertür stehen, spähte ins Haus und hörte die Musik von Benny Goodman, die aus dem Wohnzimmer drang.

Rita erwartete ihn.

In der Küche legte er den Regenmantel über eine Stuhllehne. Dann durchquerte er das große Eßzimmer und gelangte durch die Diele ins Wohnzimmer.

»Endlich«, sagte Rita. Sie besaß eine samtige, rauhe Stimme, die hervorragend zu ihrer äußeren Erscheinung paßte. »Ich hatte schon halb befürchtet, du wolltest heute nacht im Büro schlafen.«

Rita Janifer war die schönste und attraktivste Frau, die Jack Killigan je kennengelernt hatte. Und er hatte in seinem Leben schon mehr als eine Frau kennengelernt. Sie war einssiebzig groß, und wenn sie hochhackige Schuhe anzog, konnte sie ihm gerade ins Gesicht sehen. Doch darüber hinaus ließ sie sich nur schlecht beschreiben. Ihre atemberaubende Schönheit entzog sich jeglicher Klassifizierung. Was ihn immer und ganz besonders an ihr anzog, so anzog wie einen Seemann der Gesang einer Sirene, war ihre süßliche Aura der Verruchtheit. Man brauchte sie nur anzusehen und ahnte schon, daß sie unaussprechliche Dinge erlebt und mitgemacht hatte — und daß sie jederzeit bereit war, so etwas noch einmal zu erleben und mitzumachen, weil sie es liebte und brauchte. Man ahnte bei ihr gleich, daß sie ein geheimnisvolles und fundamentales Wissen von allen dunklen Seiten des Lebens besaß. Und man erkannte, daß sie viel mehr über Sex wußte — gleich ob von seinen schönen oder von seinen weniger schönen Seiten —, als man selbst je erfahren würde. Doch trotz dieser dämonischen Aura zeigten sich an ihr nirgends körperliche oder seelische Narben, sah man keinerlei Spuren von ihren vielfältigen Ausschweifungen. Ihre Haut war so rein und frisch wie ein Gebirgsbach, und sie besaß eine angenehme bräunliche Hautfarbe, die sie nie durch Sonnenbänke und ähnliches auffrischen mußte. Sie war jetzt dreißig, doch von den fünfzehn Jahren einer verzogenen Kindheit und den folgenden fünfzehn Jahren ohne Stillstand und Besinnlichkeit war ihr nichts anzumerken. Weder Falten noch Ringe unter den Augen, nicht einmal ansatzweise. Ihr langes und dichtes Haar war schwarz wie das Gefieder eines Raben. Sie hatte es nie gefärbt, nie mit Spray oder Gel behandelt und nie so etwas wie eine Dauerwelle oder ähnliches nötig gehabt. Auch nach unzähligen orgiastischen schlaflosen Nächten waren ihre Augen immer noch klar und leuchtend. Sie waren so dunkel, daß man nicht sehen konnte, ob sie braun oder schwarz waren. Ihre Nase war zierlich und hatte eine leichte Tendenz zur Stupsnase, und die Nasenlöcher wirkten wie kristallene Ventile. Die Lippen wirkten so reif, daß es fast schon obszön war. Und die Zähne sahen so weiß und gerade aus, wie sie selbst der beste und teuerste Zahnarzt nicht hinbekommen konnte. Schon ihr leisestes Lächeln brachte einem ein Kribbeln in den Haarspitzen.

Unfaßbar, dachte Killigan, als er dastand und sie ansah. *Sie hat das gewisse Etwas, und sie hat reichlich davon. Rita ist alle Sexgöttinnen von Hollywood zusammengenommen. Harlow. Russell. Garbo. Lake. Lamarr. Astor. Dietrich. Monroe. Mansfield. Welsh ... Sie ist besser als sie alle zusammen.*
Wie um alles in der Welt war es möglich, daß aus ihrer Filmkarriere nichts geworden war? Im Alter von zweiundzwanzig Jahren hatte man sie »entdeckt«. Ihr erster Film, ein furchtbarer Streifen, war zwei Jahre später in die Kinos gekommen. Der Film fiel glatt durch, aber jedermann war auf Rita aufmerksam geworden. Die nächsten sieben Filme waren nicht viel besser, spielten aber wenigstens leichte Gewinne ein, vermutlich allein aus dem Grund, weil alle Rita sehen wollten. Rita war auf dem Weg nach oben gewesen, ganz ohne Zweifel.
Doch seit zwei Jahren war kein Film mehr mit ihr gedreht worden. Und in der einschlägigen Presse stand lediglich, daß sie »Drehbücher und Angebote prüfte«.
»Bist du es wirklich, Jack, oder ist es dein Geist?«
»Was?«
»Steh doch nicht da wie angewurzelt.«
»Tut mir leid.«
»Du hast mich angestarrt wie ein Zombie.«
»Ich bin so müde, daß ich kaum noch einen klaren Gedanken fassen kann.«
»Richtig unheimlich war das eben. Jetzt komm und setz dich. Ruh dich etwas aus.«
Er ging quer durch das Wohnzimmer zur Sitzecke und ließ sich in einem schweren, futuristischen und viereckigen Sessel aus Chrom und unechtem Fell nieder. »Es war halt wieder einmal einer von diesen Tagen.«
»Genau deshalb habe ich ja schon den Bourbon aus der Bar geholt.« Sie zeigte auf den Eiskübel, die Eiszange, das gespülte Glas und die Flasche *Wild Turkey,* die auf dem

massiven Beistelltisch aus Rauchglas standen. Rita trank ebenfalls Bourbon. Das Glas in ihrer Hand war zwar noch gefüllt, aber es war mit Sicherheit nicht ihr erstes an diesem Abend. Nachdem er einen Schluck getrunken hatte, sagte sie: »Erzähl mir doch einfach alles.«

Er berichtete über die Ereignisse in Century Oaks, als würde er einen Bericht aus der Zeitung wiedergeben, nicht aber so, als wäre er selbst dabeigewesen. Wann immer er mit Rita zusammen war, wurde für ihn alles andere unwichtig und irreal.

Rita hatte sich auf dem futuristischen Sofa ausgebreitet und es sich mit einem Dutzend Kissen bequem gemacht. Killigan waren die modernen Möbel im Hause eines pensionierten Landarztes etwas deplaziert vorgekommen. Doch Rita paßte hervorragend dazu. Sie trug ein langes, dünnes Seidenkleid, das sich wie angegossen an ihren Körper schmiegte. Dünne Bändchen legten sich über ihre runden Schultern, und der tiefe Ausschnitt offenbarte die wundervollen Rundungen ihrer Brüste. Die angeschwollenen Brustwarzen drückten sich gegen den dünnen Stoff. Rita kannte keine falsche Scham. Sie zeigte gern, was sie hatte, und das machte sie für Killigan noch begehrenswerter.

»Armer Schatz«, sagte sie, als er fertig war. »Mein Tag war stumpfsinnig wie immer.«

»Erzähl mir trotzdem alles.«

Sie hielt ihm ihr leeres Glas hin.

Er schenkte ihnen beiden nach. Als sie ihr Glas entgegennahm, nahm sie seine Hand für mehr als nur einen flüchtigen Augenblick, sah ihm tief in die Augen und verlieh ihm so zum millionstenmal das Gefühl, hilflos durch einen dunklen, aber nicht unangenehmen Schacht direkt in die Hölle zu fallen. Sie lächelte, als sie erkannte, wie leicht sie seine Sinne verwirren konnte, lehnte sich zurück und ließ seine Hand los.

»Ich habe bis mittags geschlafen«, berichtete sie. »Den ganzen Nachmittag habe ich nur herumgehangen. Am Abend bin ich zu Daddys Dinnerparty gegangen. Deswegen bin ich auch so festlich angezogen. Die Dinnerparty war ausgesprochen langweilig. Nur Leute aus dem Renngeschäft. Reiche Menschen. Pferdezüchter. Stallbesitzer und so weiter. Die Zusammenkunft der größten Arschlöcher in der ganzen Gegend.«
Killigan hatte es sich schon vor einiger Zeit abgewöhnt, bei ihren Gossenausdrücken zusammenzuzucken. Sie hatte schon mit sechzehn so geredet, als er zum erstenmal mit ihr ins Bett gegangen war. Damals hatten ihm ihre Ausdrücke noch sehr viel ausgemacht. Wie eine Nonne angesichts eines nackten männlichen Oberkörpers hatte er sich entsetzt, und es war ihm sehr peinlich gewesen. Heutzutage empörte ihn eine solche Sprache nur noch mäßig.
Er nahm einen großen Schluck vom Whiskey. »Wie ich dich kenne, hast du mittendrin die Dinnerparty verlassen.«
»Wie kommst du darauf?«
»Weil du jedesmal mittendrin die Dinnerpartys deines alten Herrn verläßt.«
Sie legte den Kopf in den Nacken und lachte laut. Ihre Brüste schoben sich unter dem dünnen Stoff nach oben, drückten schwer dagegen ... »Dabei war ich heute abend noch ausgesprochen höflich«, erklärte sie. »Ich habe mich an meinen Tischherrn zur Rechten gewandt und ihm mit einem Lächeln gesagt: ›Verzeihen Sie bitte, ich möchte nicht unhöflich erscheinen, aber ich kann mir diese Scheiße einfach nicht länger anhören.‹ Damit habe ich mich erhoben und die Tafel verlassen.«
»Warum haßt du deinen Vater eigentlich so?«
»Tue ich doch gar nicht.«

»Doch, du haßt ihn.«
»Er ist furchtbar stumpfsinnig.«
»Das ist nicht der wahre Grund.«
»Verpiß dich«, knurrte sie. Das Feuer in ihren Augen war viel zu lebendig, um bloßer Haß zu sein. Es erinnerte mehr an schrecklichen Widerwillen. Dieser Ausdruck verschwand ebenso schnell wieder, wie er gekommen war. Aber Killigan hatte ihn gesehen, und es war ihm dabei eiskalt den Rücken hinuntergelaufen. Rita nahm noch einen Schluck und lächelte dann wieder.
»Ich bin zu dir gefahren«, fuhr sie fort, »um auf dich zu warten. Hier ist mir auch recht bald langweilig geworden. Schließlich habe ich das Radio angedreht und eine Sendung gefunden, bei der Hörer anrufen können. Eine gewisse Form von Talk-Show, nicht wahr? Großer Gott, was haben die für einen Aufstand veranstaltet! Ich glaube, es war die Jerry-Williams-Show aus Boston. Aus dem ganzen Land haben irgendwelche Arschlöcher angerufen. Irgendwelche Penner aus Virginia, die mitteilen wollten, wie sich alle Probleme der Menschheit lösen lassen. Dann war da noch eine alte Schlampe aus Maine, die sich mehr Christentum in der Politik wünschte. Das hättest du hören müssen, man glaubt es einfach nicht. Was um alles in der Welt sind das für Spinner, die bei solchen Shows anrufen, um irgendeinen Mist abzulassen?«
Killigan zuckte die Achseln. »Vermutlich sehr einsame Menschen.«
»Einsam?«
»Ja, allein.«
»Nein, ich tippe eher auf entsprungene Irre.«
»Immerhin hast du dir ihren Mist angehört.«
»Aber ich habe nicht dort angerufen!« Sie wirkte plötzlich sehr wütend. Wenn sie wütend auf ihn war, erwartete ihn immer eine gnadenlose Nacht, in der sie das Letzte aus

ihm herauszuholen versuchte. Er hatte schon zu viele von solchen anstrengenden Nächten erlebt. »Ich habe nicht den Hörer genommen, den alten Williams angerufen und ihm erzählt, wie man durch die republikanische Partei zu Gott finden kann!« Sie lag nicht mehr auf der Couch, sondern saß aufrecht. Sie zitterte, und alle Farbe war aus ihrem Gesicht gewichen. »Willst du damit etwa sagen, ich wäre genauso eine Irre wie diese Penner?«

»Natürlich nicht«, sagte er beschwichtigend.

»Und ich bin nicht einsam.«

»Das habe ich auch gar nicht gesagt.«

»Blödmann!«

»Nun beruhige dich doch bitte wieder.«

»Ach, es ist alles zum Kotzen.«

Er sagte nichts dazu.

Sie stürzte den Bourbon in einem Zug hinunter und hielt ihm das leere Glas hin. »Mehr.«

Er beugte sich in seinem Sessel vor, gab neue Eiswürfel und Bourbon in ihr Glas und reichte es ihr. Sich selbst goß er nicht nach.

»Du auch!« befahl sie.

»Ich habe im Moment keinen Bedarf.«

Ihre Stimme schlug um. Schrill fuhr sie ihn an: »Verdammte Scheiße, werd' du bloß nicht auch so ein gottverdammter Langweiler!«

»Okay, ist ja schon gut.« Er füllte sein Glas erneut.

Rita schob ihr langes schwarzes Haar aus den Augen und sagte: »Eine wundervolle Nacht, nicht wahr?«

Nur eine der drei Birnen in der Bodenlampe brannte. Der größte Teil des Raums war in Schatten gehüllt. Durch die Fenster zeigte sich eine sternenklare Nacht. »Die Grillen singen heute abend, als würden sie ein Sommerfest veranstalten«, sagte er.

»Tatsächlich? Ich habe nichts davon gehört. Als ich die Ra-

dio-Show nicht mehr ertragen konnte, habe ich den Kasten abgeschaltet und eine Platte von Benny Goodman aufgelegt.«
Sie erhob sich aus einem plötzlichen Impuls heraus. »Ich möchte jetzt die Grillen singen hören.«
»Jetzt sofort?«
»Sie singen doch jetzt, oder?« Die wütende Miene war vergangen und hatte einem freundlichen, fröhlichen Ausdruck Platz gemacht. »Nein, mir kommt da eine noch viel bessere Idee!«
»Was denn?«
Sie schob die dünnen Träger über die Schultern und schaffte es mit ein paar wenigen Bewegungen, nackt dazustehen. Wie Killigan es erwartet hatte, trug sie nichts unter dem Kleid. Ihre hochstehenden Brüste schaukelten leicht. Sie hatte eine Taille, um die jedes Modell sie beneidet hätte. Das Becken war angenehm breit, aber nicht ausladend, und die sagenhaften Beine wirkten unendlich lang. Das schwarze Dreieck zwischen den Beinen war wie ein Nest aus lockigen Lakritzstreifen.
»Das ist wirklich eine bessere Idee!« sagte er rauh.
»Du hast sie ja noch nicht ganz gehört«, lächelte sie. Sie nahm die Whiskeyflasche, stieß sie zwischen die Eiswürfel im Eimer und nahm den Eimer und ihr Glas in die Hände. »Bring deinen Drink mit. Wir wollen heute nacht der Natur ganz nahe sein, uns nicht nur mit, sondern auch in der Natur vereinen. Wir legen uns auf die Wiese, lauschen den Grillen, betrachten die Sterne, betrinken uns und rammeln dann wie die Karnickel.«
»Rita!«
Aber sie stand schon vor dem Eßzimmer. Sie bewegte sich mit einer geschmeidigen, fließenden, hüftenschwingenden Grazie, von der Killigan immer glaubte, sie sei die einzige Facette ihrer Attraktivität, der Rita sich nicht bewußt

war. Es war der selbstbewußte und sinnliche Gang einer Frau, die in der Weite des Landes und auf dem Rücken von Pferden groß geworden war.
Sie drehte sich zu ihm um und fragte: »Worauf wartest du denn noch?«
»Die Nachbarn . . .«
»Willst du Gruppensex?« erwiderte sie und tat so, als wäre sie furchtbar schockiert.
»Du weißt genau, was ich meine.«
Sie lachte nur. »Was können sie denn schon sehen? Nichts. Draußen ist es dunkel. Der Mond steht nicht am Himmel, nur die Sterne. Und das nächste Haus steht vierhundert Meter weiter.«
»Du bist kindisch.«
»Dann bin ich eben kindisch.« Sie zuckte die Achseln. »Ich gehe jetzt nach draußen, setze mich ins Gras, lass' mich vollaufen und höre den Grillen zu. Wenn du dich endlich dazu durchgerungen hast, mir Gesellschaft zu leisten, darfst du gern nachkommen.« Sie verließ das Wohnzimmer. Die Hintertür fiel krachend zu.
»Verdammt!« stöhnte Killigan.
Er leerte sein Glas und marschierte nach oben. Im Schlafzimmer zog er sich aus, streifte die Pyjamahose über und begab sich ins Bad, um sich das Gesicht zu waschen. Danach ging er wieder nach unten. Von Rita war nichts zu sehen. Vermutlich hockte sie im Gras.
Was ist denn bloß los mit dir, Killigan? Warum läßt du dich von ihr zum Hampelmann machen? Warum läßt du dich von ihr tyrannisieren?
Er legte sich auf die Couch, auf der sie bis eben noch gesessen hatte. Er stellte sich vor, die Körperwärme zu spüren, die sie zurückgelassen hatte. Er bekam eine Erektion.
Als er die Augen schloß, sah er nur Bilder von Rita in allen

möglichen Stellungen ... Nachdem er etwas Ordnung in dieses Chaos gebracht hatte, tauchten zwei Fragen in seinem Bewußtsein auf: *Warum hängst du so an ihr, obwohl du doch genau weißt, daß sie dich kaputtmachen wird?*
Er hatte sie schon begehrt, als er sie zum erstenmal gesehen hatte. Damals war er sechsunddreißig gewesen und hatte das erste Jahr bei Hialeah gearbeitet. Damals war er der jüngste Rennbahnmanager weit und breit gewesen, und man hielt ihn übereinstimmend für einen Wunderknaben. Ritas Vater war W. Kane Janifer, Züchter und Besitzer von wirklich edlen Pferden. Sein Vermögen wurde auf dreihundert Millionen Dollar geschätzt. Rita war sechzehn gewesen und schon vollkommen zur Frau erblüht. Schon damals ging diese Aura der Verruchtheit von ihr aus. Ihr Vater besaß eine große Farm in Pennsylvania und ein Gestüt in Florida. Wenn sie mit ihrem Vater nach Florida kam, war sie die ganze Zeit über mit Killigan zusammen. Während der Schulferien, wenn ihr Vater quer durch die USA oder in Europa unterwegs war, erfand sie irgendwelche Ausreden, um ihrer Gouvernante zu entkommen, und fuhr nach Florida, um Killigan zu treffen. Er war ein kräftiger Mann, aber sie preßte ihn aus wie eine Zitrone. Sie wollte immerzu Sex von ihm, benutzte ihn für ihr unstillbares Verlangen, forderte so oft, daß er sie verführte. Ihr Sex war oft kalt, manchmal sogar völlig gefühllos, aber für ihn war es nie langweilig. So war es in all den Jahren gewesen. Während ihrer Zeit auf der High-School. Während ihrer Zeit in Hollywood. Und er mochte es sehr. Auch als er Hialeah verloren hatte, genoß er das Zusammensein mit ihr. Während all der Jahre hatte seine Lust auf sie nie nachgelassen. Und, ohne daß er es sich erklären konnte, auch ihre Lust auf ihn nicht. Zwei Jahre lang hatte dann Funkstille zwischen ihnen geherrscht. Eines Tages war sie wieder da und hatte gleich

alles daran gesetzt, die alte Lust in ihm neu zu entfachen ...

Und damit war Killigan bei der zweiten Frage. *Warum will sie mich?* Sie war mehr als reich, war berühmt und atemberaubend attraktiv. Sie brauchte nur mit der Wimper zu zucken, um jeden Mann zu bekommen, der ihr begegnete. Killigan wußte, daß er auf viele Frauen wirkte, aber das war etwas anderes. Verdammt noch mal, er war alt genug, um Ritas Vater sein zu können!

Zwei Fragen.

Er wußte weder auf die eine noch auf die andere eine Antwort.

Er stand auf, marschierte in die Küche und spähte durch die Küchentür hinaus in die Nacht. »Rita?«

Sie kicherte. »Na, möchtest du jetzt an den Busen der Natur?«

Er strengte seine Augen an und entdeckte endlich ihre Silhouette unter einer alten Weide. Sie hockte dort, etwa fünfzehn Meter von ihm entfernt.

»Kommst du wieder herein?« fragte er.

»Ach, also wirklich, Jack!«

»Komm, sei vernünftig.«

»Nein, ich verbringe die ganze Nacht hier draußen.«

»Ich möchte aber, daß du ins Haus kommst.«

»Und ich möchte, daß du dich zu mir setzt.«

»Das ist ja verrückt!«

»Aber irgendwie angenehm verrückt.«

Er schob die Hintertür auf.

»Warte mal!« rief sie. »Ich kann dich sehen. Du hättest das Küchenlicht ausmachen sollen. Ich kann sehen, daß du wieder diese unmögliche Pyjamahose anhast ...« Der Rest ging in einem Kicheranfall unter. Das Geräusch brachte die Grillen zum Schweigen.

»Rita ...«

»Sofort runter mit dem Ding!« rief sie. »Wenn du es wagst, dich mir mit dieser Hose zu nähern, schreie ich die ganze Gegend zusammen und rufe ›Vergewaltigung!‹. Darauf kannst du dich verlassen!«
Er zog die Hose aus und haßte sich dafür, daß er ihr wieder einmal nachgegeben hatte.
»Schon viel besser!« lobte sie.
Das Gras unter seinen Füßen war naß, und als er sich neben Rita auf den Boden hockte, fror sein Hintern, und er bekam kurz eine Gänsehaut. Doch die Nacht war erfreulich warm, und die Luft schmeckte unvergleichlich rein.
»Bourbon«, sagte sie und stieß ihm das Glas in die Hand.
»Ich bin schon beschwipst genug.«
»Nimm es!«
»Morgen habe ich einen Kater.«
»Dann nimmst du eben ein Aspirin.«
Er ließ sich das Glas füllen.
»Jetzt hör dir in aller Ruhe die Grillen an.«
»Ich höre ja schon die ganze Zeit zu.«
»Pscht!«
Die Nacht war still.
Plötzlich quakte ein Frosch.
Dann begann eine Grille zu zirpen. Eine zweite fiel ein. Dann ein Dutzend, und schließlich Hunderte, die gegen die Frösche ansangen.
Rita schüttelte ihr Glas, so daß die Eiswürfel gegeneinander prallten. Sie schenkte ihnen beiden nach.
»Es ist schön hier draußen«, sagte Killigan.
»Zur Hölle mit den Grillen!«
Sie stellte ihr Glas irgendwo ins Gras, griff Killigan zwischen die Beine, fand, was sie suchte, und arbeitete daran.
Er streichelte und knetete ihre Brüste. Sie waren groß und schwer, aber nicht so weich und teigig wie bei den meisten

Frauen mit großen Brüsten. Jeder einzelne Quadratzentimeter war fest, elastisch ... und verlangend.
Rita legte sich auf den Bauch, machte sich lang, vergrub ihr Gesicht in seinem Schoß und ließ ihre Zunge arbeiten.
»Wie angenehm.«
»Was für ein angenehmer Ständer.«
Die Grillen zirpten.
»Das kannst du wirklich wunderbar.«
»Ich habe ja auch lange geübt.«
»Sehr lange.«
»Mindestens tausendmal.«
»Ich will dich jetzt!«
»Einen Moment noch.«
»*Jetzt!*«
Sie erhob sich, stützte sich auf ihm ab, setzte sich auf ihn, führte ihn in sich hinein und seufzte, als er sie ungestüm nahm. Sie nahm seine Hände und führte sie an ihre Brüste. Sie half ihm, die Brüste zu massieren, während sie nun wild auf ihm ritt. Ihre Brüste waren feucht vom Tau, und ihr Unterleib bewegte sich wie von selbst. Ihr Körper war heiß, so heiß. Ihr Oberkörper sank auf ihn herab, preßte sich an ihn. Ihre Brüste lagen auf seiner Brust, und unentwegt kreiste und hüpfte ihr Unterleib.
Als alles vorüber war, sagte sie: »Bourbon.«
Sie lehnten sich an die Weide und tranken schweigend den Whiskey. Sie mußten jetzt nicht miteinander reden.
Irgendwann in dieser langen Nacht sagte er. »Wir passen prima zusammen, nicht wahr?«
»Wie Pott und Deckel.«
»Warum ist das so?«
»Das weißt du nicht?«
»Nein.«
»Ich kann es mir zumindest denken.«

»Erzähl es mir.«
»Weil wir beide dekadent sind.«
Er dachte kurz nach und sagte dann: »Das stimmt nicht.«
»Nun, auf mich trifft es jedenfalls zu.«
»Trifft was zu?«
»Daß ich dekadent bin. Ach, Schatz, du bist viel zu blau für eine solche Konversation.«
Er schüttelte den Kopf. »Ich bin nicht betrunken. Ich kann mich gar nicht betrinken. Schließlich muß ich morgen einen klaren Kopf haben.«
»Den wirst du schon haben.«
Er sah hinauf zu den Sternen. »Nein . . . nein, ich glaube nicht, daß ich morgen einen klaren Kopf haben werde.«
»Doch, doch. Wir bringen deinen Körper dazu, allen Alkohol in dir zu verbrennen.« Sie nahm ihm das Glas aus der Hand.
»Wieviel Uhr ist es?«
»Wen interessiert das?«
»Ich brauche wenigstens ein paar Stunden Schlaf.«
»Zuerst brauchst du mich.«
»Rita, ich habe ein wenig Angst.«
»Angst? Wovor denn?«
»Vor uns.«
»Wir sind Pott und Deckel, oder hast du das schon vergessen?«
Er seufzte, als ihre Arme ihn umschlossen. Er rollte sich auf sie, öffnete ihre Schenkel, drang in sie ein und stöhnte leise, als sie ihren Rücken durchbog. Er schwitzte trotz der kühlen Brise, während er wie ein Kolben in ihr auf und nieder fuhr. Auf und nieder, bis er glaubte, er sei aus einem Flugzeug gefallen und habe keinen Fallschirm dabei. Er fiel und fiel und fiel.

5

Der dichte hohe Wald auf der Halbinsel Ontario begrenzte die zweispurige Landstraße auf beiden Seiten. In den gelben Lichtkegeln der Scheinwerfer des Rovers erkannte Dominick Savestio die Stämme und Äste von Buchen, Birken, Tannen und Ahornbäumen.
»Wo sind denn die Kiefern?« fragte Savestio den Fahrer.
Der Fahrer war kaum zwanzig, schmal wie ein Handtuch und hatte knotige, gewaltige Hände, die so gar nicht zu seinem schmächtigen Körper paßten. Er sah kurz Savestio an und richtete seine Aufmerksamkeit dann wieder auf die Fahrbahn.
»Was denn für Kiefern?«
»Ich bin noch nie hiergewesen«, sagte Savestio, »in den kanadischen Wäldern. Wollte aber immer einmal hierher. Ich dachte, hier stünde alles voller Kiefern.«
»Die eigentlichen Kiefernwälder liegen nördlich von hier, oben, hinter Barrie und Orillia ... Sobald man Bracebridge hinter sich gelassen hat, sieht man nichts anderes mehr als Kiefern, Kiefern und Kiefern in den unterschiedlichsten Variationen ...«
»Aber hier unten nicht.«
»Doch hier gibt es auch ein paar Kiefern«, antwortete der Fahrer. »Aber nicht so, wie du dir das vorstellst.«
»Eines Tages werde ich Bracebridge hinter mir lassen.«
»Ist 'n schöner Landstrich.«
Dann waren beide still.
Die schweren Geländereifen brachten den Wagen gut über die unebene Fahrbahn.
Am Samstagnachmittag hatte Dominick mit einem geliehenen Wagen bei den Niagarafällen die Grenze nach Kanada passiert. Er hatte sich gefälschte Papiere eingesteckt,

und am Grenzübergang hatte es keine Schwierigkeiten gegeben. Er war in Richtung Hamilton gefahren und hatte dann am Ontariosee angehalten und die Nacht in einem guten Hotel verbracht. Nach einem reichhaltigen kanadischen Frühstück am Sonntagmorgen — bestehend aus fettem Speck, gebackenen Kartoffeln, die in Butter schwammen, pochierten Eiern auf Toast und mehreren Tassen Kaffee — hatte er das Hotel verlassen und sich einen neuen Wagen gemietet. Hinter Hamilton bog er nach Nordwesten ab und erreichte den Huronsee. In Kincardine, an der Westküste des Sees, hatte er sich wieder ein Zimmer gesucht und sich als Peter Yavich eingetragen (so hieß er laut seinen falschen Papieren). Er hatte dem Mann an der Rezeption umständlich erklärt, daß er auf dem Weg nach Tiverton sei, um dort Verwandte zu besuchen; und die habe er länger nicht mehr gesehen, so daß er eventuell über Nacht bei ihnen bleibe. Deshalb wollte er dieses Zimmer auch länger als nur für eine Nacht. Sozusagen als Ausrede seinen Verwandten gegenüber, die ihm so nahe nun auch wieder nicht stünden. Außerdem hätten sie einen riesigen, verzogenen Wolfshund, der die ganze Nacht über zu heulen pflegte. Deshalb wolle er das Zimmer für zwei Nächte haben. Der Mann an der Rezeption hatte dafür Verständnis. Dominick hatte nichts anderes erwartet. Er hielt sich erst seit vierundzwanzig Stunden in Kanada auf und war schon jetzt der Überzeugung, daß es sich bei den Kanadiern um die reizendsten, höflichsten und hilfsbereitesten Menschen weit und breit handelte.
Gegen einundzwanzig Uhr läutete das Telefon auf seinem Zimmer.
»Spreche ich mit Mr. Yavich?«
»Jawohl, hier Yavich.«
»Ich rufe im Auftrag von Mr. St. Cyr an.«
»Ich habe Ihren Anruf erwartet.«

»Wenn Sie in einer halben Stunde vor dem Haus stehen, werden Sie abgeholt.«

Der stille junge Mann mit der angenehmen Stimme und den riesigen Händen hatte ihn um Punkt halb zehn mit seinem Landrover abgeholt. Seit über zwei Stunden fuhren sie jetzt über Land- und Nebenstraßen nach Norden. Sie lagen gut in der Zeit, und sie sprachen nur wenig miteinander. Der Himmel wurde immer dunkler. Die Bäume standen dichter beieinander.

»Da sind sie«, erklärte der Fahrer und zeigte nach rechts.

»Wer ist dort?« wollte Dominick wissen. Er spürte, wie er sich verkrampfte.

»Kiefern«, antwortete der junge Mann. »Ein ganzer Kiefernwald.«

Dominick Savestio beugte sich vor und verrenkte sich den Hals, um die Bäume anzusehen. Gewaltige Kiefern mit buschigen Zweigen, die eine Höhe von über dreißig Metern erreichten. »Muß ja bei Tageslicht ein wunderschöner Anblick sein. So riesige Kiefern. So viel grün.«

»Sie hören sich an wie jemand, der aus den Bergen kommt.«

»Wollte schon immer mal so ein Leben führen.« Die Kiefern verschwanden und machten Tannen Platz. Savestio sank in seinen Sitz zurück. »Bin in Brooklyn aufgewachsen. Sind Sie jemals dort gewesen?«

»Nie.«

»Glaube kaum, daß es Ihnen dort gefallen würde. Nicht eine einzige Kiefer in ganz Brooklyn.«

»Wo leben Sie denn jetzt?«

»New Jersey«, antwortete Dominick. »Ist aber nicht viel besser dort. Man stolpert über Menschen, wohin man sich auch wendet.«

»Woher stammt das Interesse für Bäume?«

»Früher habe ich nie viel über die Natur nachgedacht, und

freies, unbewohntes Land interessierte mich nicht. Dann wurde ich nach Vietnam geschickt. Wir mußten auf Patrouille in den Dschungel. Da war alles so grün, so feucht und wie in eine andere Zeit entrückt. Als ich dann wieder zu Hause war, war es passiert, ich hatte diese eigenartige Sehnsucht nach Wäldern. Ich spare seit einiger Zeit, um mir irgendwo draußen in der freien Natur ein Stück Land zu kaufen. Ein paar hundert Hektar Land, die niemand außer mir betreten darf. Vielleicht irgendwo in den Rocky Mountains. Oder in Ihren Kiefernwäldern, nördlich von Bracebridge.« Savestio schwieg, atmete tief ein, hielt die Luft lange an und stieß sie dann seufzend wieder aus. Für ihn war das die längste Rede seit vielen Jahren gewesen.

»Sie müssen St. Cyr in Vietnam kennengelernt haben«, sagte der Fahrer.

»Das ist richtig.«

»Sie waren wohl in derselben Kompanie?«

»Ich möchte nicht über Nam reden«, erklärte Dominick kurz angebunden.

»Meinetwegen.«

»Es sind jetzt fünf Jahre, daß ich von dort fort bin. Und ich habe in dem verdammten Land viel verloren.«

»Verstehe.«

Sie fuhren schweigend weiter.

Eine halbe Stunde später bog der junge Mann nach links ab und hielt den Wagen vor einem Eisengitter an, das zu einem Elektrozaun gehörte. Zwei Scheinwerfer strahlten das Tor und das Häuschen des Wachmanns jenseits des Zauns an. Ein weißes Schild hing am Tor, auf dem in roten Lettern stand:

INTERNATIONAL PRODUCT RESEARCH

AND TESTING

Der Wachmann verließ sein Häuschen und marschierte wie die Militärpolizisten, die Dominick in Vietnam erlebt hatte, so steifbeinig auf das Tor zu, als hätte er ein Lineal verschluckt. Er trug an der rechten Hüfte einen Revolver in einem Holster. Hinter ihm erschien ein zweiter Wächter in der Tür des Häuschens.

Der Fahrer schaltete die Scheinwerfer des Landrovers aus.

Der erste Wachmann blieb lange am Tor stehen und studierte die Neuankömmlinge. Dann trat er einen Schritt zurück und rief seinem Kameraden an der Tür etwas zu. Der zweite Mann verschwand im Häuschen, und kurz darauf schwangen die beiden Hälften des schweren Tors automatisch auf.

Der junge Mann schaltete die Scheinwerfer wieder an und fuhr durch das Tor, das sich hinter dem Wagen sofort wieder schloß.

Sehr gut, dachte Savestio. Er war stolz auf Barry St. Cyr.

Sie fuhren durch dichten Wald auf einer breiten Schotterstraße, bis sie eine hundert Meter breite Lichtung erreichten. Fähnchen, die in Fässern steckten, markierten eine primitive Rollbahn. Drei Gebäude erhoben sich am diesseitigen Ende der Bahn. Ein Flugzeugschuppen aus rostigem Wellblech, der wohl noch aus den dreißiger Jahren stammte. Eine Garage mit acht Eingängen. Eine Holzhütte mit einer Veranda. Lichter brannten hinter den meisten Fenstern der Hütte. Der Schuppen war voll brauner Flecken. Die meisten Garagenfenster waren zerbrochen und mit Pappe ausgebessert. Das Holzhaus trug keinen Farbanstrich. Der junge Mann fuhr über die Rollbahn, am Schuppen und der Garage vorbei und hielt vor der zweigeschossigen Holzhütte.

»Nichts Besonderes«, erklärte er Dominick, »aber besser als gar nichts.«

Dominick folgte dem Fahrer über die Stufen ins Haus und

wunderte sich, daß auf dem Verandageländer immer noch Schnee lag. Der Raum, in den er gelangte, war eng und seit mindestens zwanzig Jahren nicht mehr angestrichen worden. Die Beleuchtung war spärlich, und alles roch nach schalen Küchendüften. Das Ganze erinnerte ihn an das Haus in Brooklyn, in dem er aufgewachsen war. Sie marschierten durch den Raum und betraten das Büro von St. Cyr.

Das mußte früher einmal das Wohnzimmer gewesen sein. Heute wirkte das Büro genauso heruntergekommen wie der Rest der Anlage. Gesprungene Plastikjalousien hingen vor den Fenstern. Darüber Brokatvorhänge, die vor Dreck und Staub standen. Der Kiefernbretterboden war wellig, zerkratzt und voller Flecken. Die Tapete hing von den Wänden. Das Mobiliar bestand aus einer grauen Couch, in der offensichtlich einige Federn gesprungen waren, einem halben Dutzend Stühle und einem Schreibtisch, dessen Platte die Spuren von unzähligen ausgedrückten Zigaretten trug.

St. Cyr saß hinter dem Schreibtisch. Als die beiden das Büro betraten, ließ er das Magazin, in dem er gerade las, fallen, sprang auf, stürzte auf Savestio zu und ergriff seine Hand, als wolle er sie ihm abreißen. »Wie ist es dir denn so ergangen, alter verdammter Hurensohn?«

Dominick lachte und erklärte: »Man schlängelt sich so durch.« Er war etwas verwirrt von der überaus herzlichen Begrüßung, doch auf der anderen Seite freute er sich, daß Barry noch so viel von ihm hielt. Er grinste jetzt auch und fragte: »Und was machst du so?«

»Mir geht's einfach super!« antwortete St. Cyr. Er entließ den Fahrer des Landrovers und führte Dominick zur Couch. Dann rannte er aus dem Zimmer, kehrte mit einem Sechserpack Bierdosen aus der Küche zurück und setzte sich zu dem alten Kriegskameraden. »Das wird sicher eine lange Nacht«, erklärte er. »Würde es dir etwas ausmachen, wenn wir erst das Geschäftliche hinter uns bringen? Danach können wir dann ungestört die alten Zeiten hochleben lassen.«

»Natürlich, gern«, sagte Dominick.

Unter »Geschäftliches« verstand Barry den An- und Verkauf von gestohlenen Waffen und anderem Kriegsgut. Er war vier Jahre in Vietnam gewesen und hatte die Zeit genutzt, Kontakte zu den amerikanischen Offizieren und französischen Geschäftsleuten zu knüpfen, die auf dem internationalen Schwarzmarkt tätig waren. Seit seiner Entlassung vor vier Jahren hatte er beständig an seiner Karriere in dieser Branche weitergearbeitet.

Einmal im Jahr besuchte er Savestio in Warren, New Jersey, und jeden Monat rief er am zweiten Montag oder Dienstag bei ihm an. Nach etlichen Anrufen war Dominick immer wieder überrascht, wo St. Cyr überall in der Welt herumkam. Er rief von den exotischsten Orten aus an: Paris, Rom, Hongkong, La Paz, Rio de Janeiro, Lima, Caracas, Sansibar . . . wirklich von allen fünf Kontinenten.

Offenbar hatte das Leben eines Waffenschmugglers auch seine romantischen Seiten. Dominick freute sich für Barry. Man konnte sich keinen besseren Freund wünschen, und einem solchen Freund gönnte man das Beste vom Besten.

Dominick verfügte stets über die Telefonnummer, unter der St. Cyr gerade zu erreichen war. Er durfte ihn auch zu jeder Zeit anrufen, wenn er Hilfe brauchte oder sich sonstwie in Not befand. Dominick vermutete, daß Barry glaubte, er schulde seinem ehemaligen Kriegskameraden etwas. Er glaubte, eine große Schuld aus Vietnam zurückzahlen zu müssen . . . Etwa zweimal im Jahr änderte sich die Nummer, aber Dominick wußte immer, wo er den Freund erreichen konnte.

Vor zehn Tagen hatte Savestio diese Nummer zum erstenmal in den vier Jahren benutzt. Eine Frau hatte abgehoben. Barry war gerade nicht da. Sie notierte Savestios Namen und versprach, St. Cyr von dem Anruf zu informieren.
Sechs Stunden später hatte St. Cyr zurückgerufen. Diesmal aus Mexico City. Er war besorgt gewesen, daß er sich nicht früher hatte melden können.
»So dringend ist es nun auch wieder nicht«, beruhigte Dominick ihn. »Ich habe die Chance, bei einer großen Sache einzusteigen. Dafür brauche ich deine Hilfe, und vielleicht hast du ja Lust, selbst bei der Geschichte mitzumachen.«
»Was muß ich mitbringen?«
Ohne lange Umschweife antwortete Savestio: »Einen Hubschrauber für drei Passagiere.«
Ohne Zögern fragte St. Cyr: »Bis wann?«
»Bis zum letzten Samstag im Mai.«
»Kein Problem. Aber er steht in Kanada. Wie du ihn von dort fortschaffst, ist deine Sache. Aber ansonsten sehe ich keine Schwierigkeiten.«
»Willst du denn nichts von der Sache erfahren?«
»Lieber nicht übers Telefon. Man kann nie wissen, wer gerade mithört. Du kannst mir ja immer noch in Kanada davon erzählen. Du wirst in ein paar Tagen einen Anruf erhalten, in dem dir mitgeteilt wird, wie du mich finden kannst.«
»Die Sache ist mir sehr wichtig«, sagte Dominick, »und ich weiß nicht, wie ich dir dafür jemals danken kann ...«
»Vergiß es«, sagte St. Cyr. »Von dir will ich keine Dankbarkeit. Nachher schwillt mir noch der Kamm. Warte auf meinen Anruf.« Barry hängte ein.

Vier Tage später war der Anruf erfolgt. Dominick hatte sich alles eingeprägt. Am Freitag verließ er Warren. Am

Samstag überschritt er die Grenze nach Kanada und fuhr Richtung Hamilton. Und nun befand er sich in diesem verfallenen Haus an einem alten Flugplatz mitten in den Wäldern am Huronsee. Er konnte es noch immer nicht richtig glauben: Ein Hubschrauber wartete auf ihn. Einfach so. Er hatte nur einem Freund diesen Wunsch vortragen müssen.

St. Cyr bediente sich reichlich am kalten Bier. »Okay, um was für eine Sache geht es?«

»Ich habe dir doch von einem Mann namens Jessup erzählt«, begann Dominick.

»Juwelenraub in Jamaika. Du hast ihn geflogen.«

»Ich habe ihn auch bei ein paar anderen Gelegenheiten geflogen. Zweimal habe ich das Fluchtauto gesteuert. Und einmal habe ich für ihn den Revolvermann gespielt.«

Nachdem Dominick sechs Monate nach dem Heimflug aus dem Krankenhaus entlassen worden war, hatte er seine Ersparnisse und einen Teil seiner Kriegsversehrtenrente dazu benutzt, seinen Pilotenschein zu machen. Er hatte sich auf Hubschrauber konzentriert, denn diese Maschinen hatte er in Vietnam schätzen und bewundern gelernt. Er erhielt einen zinsgünstigen Veteranenkredit und erwarb einen Gewerbeschein. Er kratzte alles Geld zusammen und verkaufte seinen Wagen, bis er auf einem privaten Flughafen in der Nähe von Warren eine Flugzeughalle mieten und seinen Helikopter-Charter-Dienst eröffnen konnte. Doch bald schon mußte er erfahren, daß Steuern und immer neue Gebühren es einem einsamen kleinen Piloten, der sich gerade auf die eigenen Füße gestellt hatte, gar nicht leichtmachten. Nein, ganz und gar nicht leicht. Schlimmer noch war der Zinssatz bei seinem Bankkredit, der sich an die Inflationsrate anpaßte. Und die Inflation galoppierte in jenen Tagen. Wenn da nicht eines Tages Pat Jessup vor ihm gestanden hätte und wenn

Dominick nicht seit seiner Rückkehr Kriegsheldentaten und Orden mit sehr viel Abstand sah, hätte er seinen Charterdienst rasch wieder schließen können. Doch Jessup war gekommen, und Dominick hatte mit illegalen Geschäften genug verdient, um nach einiger Zeit für sein Unternehmen schwarze Zahlen schreiben zu können.

»Diese Geschichte kommt wieder von Jessup«, erklärte Savestio seinem großen, schlanken und schwarzhaarigen Gegenüber. »Und mit meinem Anteil hätte ich für den Rest des Lebens ausgesorgt.«

»Erzähl' ruhig weiter.«

Dominick berichtete ihm von der Century-Oaks-Rennbahn, berichtete ihm vom ganzen Plan; zumindest von dem, was bis jetzt ausgearbeitet war.

»Es ist noch nie jemandem gelungen, eine Rennbahn auszurauben«, merkte St. Cyr an.

»So hat es ja auch noch nie jemand versucht«, entgegnete Dominick.

»Da muß ich dir recht geben.« Der farbige Kriegskamerad öffnete zwei weitere Bierdosen.

Dominick rutschte etwas nervös auf dem Sofa hin und her. »Bist du immer noch dabei?«

Barry sah ihn überrascht an: »Alles, was ich damit zu tun habe, ist doch, den Helikopter zur Verfügung zu stellen. Meine Haut riskiere ich dabei ganz bestimmt nicht. Ich sitze hier auf meinem Hintern und warte ab, bis fünfundzwanzigtausend hereinsegeln. Versuch' gar nicht erst, mich aus der Sache rauszudrängen, du Bastard!«

»Aber fünfundzwanzigtausend sind doch viel zu wenig!« protestierte Savestio. Er schätzte St. Cyrs Freundschaft, aber er wollte sich nichts von ihm schenken lassen. »Immerhin riskierst du einen teuren Militärhubschrauber. Du könntest ihn verlieren. Also hast du Anspruch auf mindestens ...«

»Sag du mir nicht, was ich verlangen soll. Ich mache jeden Monat locker dreißigtausend, warum sollte ich da einen Freund ausnehmen wollen? Diese Anlage hier sieht nicht so heruntergekommen aus, weil ich am Hungertuch nage und mir keine Renovierung leisten kann. Großer Gott, ich schmiere die Bullen jeden Monat mit einem kleinen Vermögen. Aber damit kann ich hier und drüben in den Staaten noch immer nicht tun und lassen, was ich will. Deshalb bin ich ständig auf dem Sprung und kann das alles hier ohne eine Träne zu vergießen zurücklassen. Ich besitze eine Villa in Frankreich. Dort will ich mein Alter verbringen. Ich verdiene mein Geld mit dem Verkauf von Gewehren, Handgranaten, Plastiksprengstoff und so weiter... Kleinvieh, wenn du verstehst, was ich meine. Ich habe gerade in Mexico City fünfhundert M-16-Gewehre verkauft und bin mit einem Profit von zwanzigtausend nach Hause gefahren. Das Problem ist, daß ich mit den großen Sachen keinen größeren Profit machen kann. Für ein Geschütz oder einen Panzer muß ich entsprechend mehr hinblättern. Außerdem habe ich noch nicht genügend Kunden für die großen Sachen. Eines Tages wird das für mich anders aussehen. Aber nicht im Augenblick.«

St. Cyr erklärte weiter, daß er diesen ehemaligen Flugplatz als Basis für die Geschäfte mit den großen Waffen nutzen wolle. Denn dazu drängte es ihn doch sehr. Diese Anlage lag zwischen Flint, Saginaw, Detroit und den anderen Städten am Michigansee, in denen Waffenfabriken standen. Durch seine Kontakte zu Offizieren in Depots der Armee und durch seine Verbindungen zu Gewerkschaftern und zur Schwarzen Bruderschaft (die ihn irrtümlicherweise für einen Revolutionär und nicht für einen billigen Waffenschieber hielten) erhielt er überschüssige Waffen, solche, die vom LKW gefallen waren und andere, bei denen man die Papiere so fälschen konnte, daß ihr Verlust

niemandem auffiel. Und es war absolut keine Schwierigkeit, diese Waffen dann über die amerikanisch-kanadische Grenze zu schaffen.
»Und es ist niemandem aufgefallen, daß gerade ein paar hundert M-16-Gewehre verschwunden sind?« fragte Savestio verwundert.
»Dazu mußt du das System kennen«, lächelte St. Cyr. »Zum ersten ist die Waffenproduktion trotz unseres Auszugs aus Nam nie wirklich gedrosselt worden. Die Waffen rollen vom Fließband und häufen sich in Lagerhallen und an sonstigen Orten an. Die Fabriken schwimmen in dem Zeugs. Und davon abgesehen, hast du dich noch nie gefragt, wie eine Gewehrfabrik im Wettbewerb bestehen und die Kosten für Entwicklung und Herstellung von fünfzigtausend Gewehren wieder hereinbekommen kann? Ganz einfach, die Fabrik stellt fünfundfünfzigtausend Gewehre her und verkauft die überschüssigen auf dem Schwarzmarkt.« Er grinste, als er das Entsetzen auf dem Gesicht des Freundes sah. »Weißt du, Dominick, als wir dort drüben in Vietnam waren, waren wir im Grunde nur Bestandteil eines Supergeschäfts. Unser Pech war, daß für uns selbst kein Profit dabei herauszuschlagen war.«
»Und der Helikopter kommt auch aus Detroit?«
»Aus der Gegend«, antwortete St. Cyr. »Er wartete mit einigen Kollegen in einem Lager, um abtransportiert zu werden. Und wohin? Zu einem neuen Lager, wo man ihn einmotten wollte. Glücklicherweise hat der Nachtwächter im dortigen Lager nichts dagegen, die Hand aufzuhalten. Glücklicherweise ergeht es dem Lagerverwalter der Tagschicht ebenso. So fällt es also nicht auf, wenn ein Hubschrauber auf einmal nicht mehr in den Listen geführt wird. Wir sind in der Nacht mit einem Lastwagen dorthin gefahren, haben das gute Stück aufgeladen und waren schon wieder fort. Das Ganze war nicht schwieriger, als ei-

nen Apfel vom Baum zu pflücken. Die ganze Affäre hat mich fünfundzwanzigtausend gekostet, inklusive den Transport zu der Flugzeughalle da draußen. Wenn ich also von dir fünfundzwanzigtausend bekomme, kann ich ihn danach immer noch für fünfundsiebzigtausend weiterverkaufen. Also, wo ist das Problem?«

»Ist er denn nicht mehr wert als fünfundsiebzigtausend?«

»Doch, schließlich handelt es sich dabei um einen funkelnagelneuen Kaman Huskie mit zusätzlichen Tanks. Der Bursche, dem ich das Ding für fünfundsiebzig verkaufe, wird es für hundertfünfundzwanzig Riesen weiterverscherbeln, vielleicht sogar für hundertundvierzig.«

»Aber dann . . .«

»Das hat überhaupt nichts mit unserem kleinen Geschäft zu tun«, erklärte der Schwarze. »Du mietest ihn für fünfundzwanzig, und damit kannst du genauso zufrieden sein wie ich.«

Dominick war noch immer nicht beruhigt. Er schüttelte langsam den Kopf. Sorgenfalten zeigten sich auf seinem Gesicht. »Und wenn er abstürzt oder sonstwie zu Bruch geht?«

»Was dann?«

»Dann hattest du einen Riesenverlust!«

»Ach was, kleine Fische.«

»Nein, das kann ich dir nicht zumuten!«

»Wenn der Kasten abstürzt, hast du sicher dringesessen«, sagte St. Cyr. »Und ich wäre bestimmt viel trauriger über den Verlust meines besten Freundes als über den von ein paar lausigen Scheinen.«

Savestio starrte auf seine leere Bierdose, während seine Hand sie zerdrückte. Er schien das gar nicht mitzubekommen und sagte schließlich: »Also, ich weiß nicht so recht . . .«

»Himmel, Arsch und Zwirn!« entfuhr es Barry. Er warf seine Bierdose an die Wand und stapfte unwirsch zu seinem Schreibtisch. Dort drehte er sich um und sah den Freund ernst an. Sein Kopf wurde von den mächtigen Schultern eingerahmt. Blitze fuhren aus seinen Augen, und sein dunkles Gesicht war zu einer Fratze des Zorns verzerrt. »Jetzt hör mir mal gut zu, Arschloch! Was dir in Nam widerfahren ist, hätte eigentlich mich treffen sollen! Ich gerate mitten in der Nacht an diese Sprengstoff-Falle, und die geht hoch. Doch noch während ich mir die Seele aus dem Leib brülle, springst du dazwischen!«

»Das ist doch schon so lange her!«

»Verdammt noch mal, was hat die Zeit damit zu tun? Ich war verantwortlich für die Patrouille, aber ich habe die Nerven verloren. Und jetzt hast du bis ans Ende deiner Tage die Folgen meines Versagens zu tragen! Du denkst wohl, das bedeutet mir nichts oder nicht viel. Vielleicht denkst du auch, daß einer wie ich keine Ehre im Leib hat. Daß Dankbarkeit und Verantwortungsgefühl so einem wie mir fremd sind. Aber das ist mir scheißegal, was du denkst, alter Arschficker. Ich tu' das nämlich nur für mich! Du kannst deinen eigenen verfluchten Hubschrauber bei dieser Geschichte nicht gebrauchen, denn wenn etwas schiefgeht und dein Kasten abstürzt und du irgendwie doch noch davonkommst, ist die Polizei dennoch in der Lage, anhand deiner Maschine auf dich zu kommen. Ich habe aber hier einen hübschen, anonymen Kaman Huskie für dich, und den wirst du, verdammt noch mal, auch nehmen! Mit dem wirst du Century Oaks ausnehmen. Und wenn du Mist baust und der Kasten abstürzt, habe ich wenigstens keine Schuldgefühle mehr. Denn dann weiß ich, daß ich dir etwas gegeben habe. Dann wird es mir auch gelingen, dich zu vergessen. Und wenn die Sache klappt, hast du die Kohle für deine zweihundert Hektar

Land mitten in der Einsamkeit zusammen. Das ist es doch, was du willst, nicht wahr?«
Savestio nickte.
»Damit ist der Handel für mich perfekt.«
Dominick wußte noch immer nicht so recht, was er sagen sollte.
»Damit ich dich loswerde«, erklärte St. Cyr schon deutlich ruhiger. »Einverstanden?«
»Einverstanden.«
Barry kehrte zur Couch zurück und öffnete die beiden letzten Bierdosen. Er reichte eine davon seinem Freund und nahm selbst einen tiefen Schluck aus seiner Dose. Plötzlich sah er Dominick fragend an: »Ich hab's dir eben doch hoffentlich nicht zu derb gegeben, oder?«
»Nein«, sagte Savestio. Er lächelte matt und schüttelte den Kopf. »Ich frage mich nur, womit ich einen Freund wie dich verdient habe.«
St. Cyr seufzte. »Was für ein störrischer, dummer Esel.«

6

Nach zwanzig Jahren Arbeit in Rennbahnstallungen schlief Edgar Garrison morgens nie lange. Nichts und niemand hätte ihn dazu bewegen können. Gewöhnlich war er schon um sieben hellwach. An diesem Morgen verließ er um halb acht die Dusche und kehrte ins Schlafzimmer zurück.
Annie lag mitten auf dem Messingbett. Sie lag auf dem Rücken und hatte die Hände hinter dem Kopf verschränkt. Ihre kleinen Brüste ragten keck in die Höhe. Ihr rotbraunes Haar breitete sich auf dem Laken aus.
»Frühstück?«
Sie sah ihn mit ihren großen Augen an. Den weichen Reh-

augen, die sie stets ein wenig entrückt wirken ließen. »O ja, das wäre fein.«
»Pfannkuchen?«
»Würstchen wären auch nicht schlecht!«
»Ich seh' mal zu, was ich zusammenzaubern kann.«
»Dann gehe ich so lange unter die Dusche.«
Er begab sich in die große, rustikale Küche und richtete so geschickt das Frühstück her, wie es nur jemand kann, der jahrelange Erfahrung hat und unzählige kulinarische Pannen erlebt hat. Er hatte alles zum Servieren bereit, als Annie in einem dünnen roten Seidengewand die Treppe herunterkam. Ihr kastanienbraunes Haar hing in nassen Strähnen herab. Es sah aus wie geschmolzenes Kupfer.
Sie tranken Melonensaft, den er im Mixer zubereitet hatte, und sie genossen dabei die warme Morgensonne, deren Strahlen durch das breite Küchenfenster hereindrangen.
Während er den Kaffee einschenkte, räumte sie das schmutzige Geschirr ab. Dann setzte sie sich wieder an den Tisch und sagte: »Wir beide sind ein prima Team, nicht wahr? Wir müssen nicht dummes Zeug schwatzen, um zu wissen, daß wir da sind. Wir beide können auch schweigend miteinander glücklich sein.«
»Ich schätze, du hast als Kellnerin genug Geschwätz zu hören bekommen. Und ich selbst habe mir auch viel zu viel von Pferdebesitzern, Rennbahnfunktionären und Jockey-Agenten anhören müssen. So viele tausend Stunden, die mit sinnlosem Gerede verlorengegangen sind.«
Annie lächelte. »Ich bin gern mit dir zusammen.«
»Danke, gleichfalls.«
Nachdem sie ihren Mann und er seine Frau verloren hatten, waren beide lange alleingewesen. Jahrelang alleingewesen. Weder sie noch er machten sich viel aus Geselligkeiten wie Bars, Partys, Diskotheken. Beide waren sie Einzelgänger. Und dann hatten sie beide den Partner ge-

funden, mit dem sie eng zusammensein konnten, ohne dabei zuviel von ihrer Privatsphäre aufgeben zu müssen.

Eigentlich macht die Sache mir Angst, sagte sich Garrison. *Da steht man am Anfang einer Beziehung, freut sich drauf und hat gleichzeitig wieder etwas, was man verlieren kann. Wenn ich Annie auch verlieren sollte ...*

»Hast du gut geschlafen?« fragte sie.

»So gut wie immer.«

»Ich nicht, ich habe nur gedöst.«

»Plagst du dich mit einem Problem herum?«

Sie rührte in der Kaffeetasse.

»Annie?«

»Glaubst du, daß jemand erschossen werden könnte?« fragte sie dann und sah ihm ernst in die Augen.

»Könnte sein. Aber dir kann kaum etwas passieren.«

»Und wie steht's mit dir?«

»Unkraut vergeht nicht.«

Sie trat ans Küchenfenster und starrte hinaus auf die wogenden Felder. »Angenommen, wir kommen heil und mit einem Haufen Geld aus der Geschichte heraus ... aber Willie oder Lou werden getroffen? Oder einer von den anderen. Ob wir uns das je vergeben können? Jeder Dollar, den wir von der Beute ausgeben, würde uns doch wieder daran erinnern.«

Er stellte sich hinter Annie und legte ihr die Hände auf die Schultern. »Wir zwingen sie ja nicht, ein solches Risiko einzugehen. Und es ist nicht ihr erster Überfall. Sie alle sind Profis, haben Überfälle aller Art begangen. Wenn du oder ich bei der Sache das Leben verlieren sollten, würde keiner von ihnen sich deswegen graue Haare wachsen lassen.«

»Willie vielleicht doch.«

»Gut, er steht eben auf dich«, sagte Garrison. »Aber wir sollten uns da keiner Selbsttäuschung hingeben. Hin und wieder würde Willie sich erinnern, daß es dich einmal gegeben hat. Und dann wäre er für ein Viertelstündchen sehr traurig. Aber diese Minuten gehen auch für ihn vorbei. Er wird viel mehr damit beschäftigt sein, seine Beute auszugeben.«

»Vermutlich hast du recht«, seufzte sie.

»Ja.«

Sie drehte sich zu ihm um und umarmte ihn. Dann ließ sie ihn wieder los und lehnte sich mit dem Hinterteil an die Spüle. »Aber was, wenn Außenstehende getroffen werden? Wenn es irgendeinen harmlosen Besucher erwischt?«

»Dazu wird es nicht kommen.«

»Und wenn doch?«

»Du hast sowieso nicht die Chance, jemanden umzuschießen«, entgegnete er. »Du trägst bei der Unternehmung keine Waffe. Und ich kann für mich nur sagen, daß ich mich nicht für fähig halte, auf einen Unschuldigen zu schießen; auch dann nicht, wenn es meine einzige Fluchtmöglichkeit wäre. Wenn einer von den anderen etwas zu nervös mit seiner Waffe herumfuchtelt ... na, das fällt dann nicht mehr in unsere Verantwortung.«

Ihre aufsehenerregenden Augen wurden jetzt noch größer. »Unsere Moralvorstellungen sind doch dehnbarer, als ich dachte.«

»In Zeiten wie diesen muß das nicht unbedingt schlecht sein.«

Gegen vierzehn Uhr erschienen Willie und Lou mit zwei Männern, die sie am internationalen Flughafen von Harrisburg abgeholt hatten. Die Fremden trugen Anzüge und Krawatten und wirkten auch sonst so, als seien sie auf dem Weg zu einer Geschäftsbesprechung. Da Willie Denver die beiden von früheren Unternehmungen kannte, stellte er alle vier einander vor.

Der interessantere von beiden war Pat Jessup, zumindest in den Augen Garrisons. Er war ein kräftiger Mann in den Vierzigern, etwa einsfünfundsiebzig groß, wog fünfundachtzig Kilo und hatte die Statur eines Gewichthebers. Sein Gesicht war flach, breit und dunkel. Über den außerordentlich schmalen Augen befanden sich buschige Augenbrauen. Auffällig waren seine wulstigen Lippen. Alles an ihm schien braun zu sein: die Haare, der Teint, die Hände, die Augen, der Anzug, das Hemd und die Schuhe. Als sie sich die Hand gaben, bemerkte Garrison, daß sein Gegenüber einen schweren Ring mit einem Rubin von der Größe einer Murmel trug. Und dieser Stein war der einzige Farbtupfer an diesem Mann.

Vince Greenfield, der zusammen mit Jessup aus New York City gekommen war, war Ende Zwanzig und machte den Eindruck eines erfolgreichen jungen Anwalts. Er war einen Meter achtzig groß, ziemlich schlank und gutaussehend wie ein Dressman. Er trug das rotblonde Haar ganz kurz. Er führte einen schwarzen Diplomatenkoffer mit sich, hatte einen maßgeschneiderten blaugraukarierten Sommeranzug an, trug ein blaues Hemd, eine graue Krawatte und auch sonst alles so wie ein Manager bei einer Aufsichtsratssitzung.

Mit der Ankunft dieser beiden war das Team fast komplett. Es fehlte nur noch Dominick Savestio, der Pilot.

Nachdem alle einander vorgestellt waren, bot Annie Drinks an. Jessup nahm einen Scotch mit Wasser (»Aber kein Eis, bitte!«). Greenfield wollte eine Cola, und die anderen nahmen das, was sie gestern schon genommen hatten.

Dann begaben sich alle mit ihrem Drink in der Hand ins Wohnzimmer, wo die Eskimos in der Kugel schon eine ganze Weile ohne Schneefall ausgekommen waren, die Standuhr behäbig in ihrer Ecke schlug und sie alle in dem alten viktorianischen Spiegel reflektiert wurden. Die ersten Minuten drängten sich alle um die drei Stühle, die Garrison aus der Küche hereingetragen hatte. Auf jedem Stuhl stand eine Pinnwand, auf der ein Plan vom Century-Oaks-Hauptgebäude angebracht war. Garrison hatte die Pläne selbst gezeichnet, hatte sie aus dem Gedächtnis angefertigt. Niemand sprach ein Wort, und einer nach dem anderen zogen sie sich von den Plänen zurück und ließen sich irgendwo nieder.

Keiner redete, und alle sahen einander abwartend an.

»Hier scheint sich ja jeder nur für das Geschäftliche zu interessieren, oder?« bemerkte Velinski schließlich. »Edgar, erklär' uns doch bitte den Plan.«

»Kann ich mir Notizen machen?« fragte Greenfield.

Im ersten Moment glaubte Garrison, der Mann wollte einen Witz machen. Dann bemerkte er, daß Vince Greenfield auf dem Rand seines Sessels hockte, die Knie aneinandergepreßt hatte und einen Block und einen Kugelschreiber in den Händen hielt. »Ja, meinetwegen«, antwortete er.

»Ich möchte ungern etwas vergessen«, erklärte Greenfield.

Garrison erklärte langsam und detailliert, wie er trotz der äußerst vertrackten Sicherheitsanlagen an das Geld im Kassenraum, an den Schaltern, in der Lotterie-Ausstellungshalle und im VIP-Restaurant von Century Oaks zu gelangen dachte. Willie und Annie kannten diesen Plan bereits zur Genüge. Velinski hatte sicher das meiste schon von Willie erfahren, und die beiden anderen hatten schon eine gewisse Vorstellung von der Unternehmung, sonst wären sie sicher nicht den weiten Weg hierhergekommen. Aber alle hörten aufmerksam zu, als würden sie zum erstenmal davon erfahren. Als er alles dargelegt hatte, sagte Edgar: »Noch Fragen?«

Pat Jessup hatte sein Glas geleert. Er hatte die Beine ausgestreckt und ließ seine Arme über die Lehnen baumeln. »Man hat doch den Horsemen's Club im vierten Stock erst kürzlich renoviert, nicht wahr?« erkundigte er sich.
»Ja, vor ungefähr vier Monaten.«
Jessup runzelte die Stirn. »Woher wissen Sie dann, ob es von da aus immer noch einen Weg auf das Dach des Gebäudes gibt?«
»Die Rennbahn veranstaltet Führungen«, antwortete Annie. »Ich war bei der ersten Führung am Samstag dabei. Man bekommt auch den Horsemen's Club gezeigt, und ich habe die Dachluke entdeckt.«
»Fein«, sagte Jessup. Er starrte sie bewundernd an. Annie saß neben Garrison auf der Couch, war aber so weit von dem Mann in Braun entfernt, daß er fand, sie hätten auf verschiedenen Planeten sein können. Sein Blick war etwas verschwommen, und er starrte sie auch dann noch an, als er Garrison fragte: »Wie kommt es, daß Sie so verdammt gut über die Sicherheitseinrichtungen Bescheid wissen?«
Garrison berichtete von den Sondervereinbarungen, die Pro-Teck mit der Rennbahnleitung getroffen hatte; vor allem über die Klausel, die Öffentlichkeit von den Einrichtungen in Kenntnis zu setzen. »Als die Rennbahn vor einigen Jahren eröffnet wurde, waren die Zeitungen voll von den Pro-Teck-Anlagen. Und die Rennsport-Gazetten haben größere Artikel darüber gebracht.«
»Damit wären für mich alle Fragen geklärt«, sagte Jessup. »Es kommt mir so vor, als könnte nichts schiefgehen, wenn jeder seinen Job ordentlich erledigt.«
Er hatte keine Sekunde aufgehört, Annie anzustarren.
Garrison wäre am liebsten zu ihm gegangen und hätte ihm den Kopf nach hinten gedreht.
Um Jessup ein deutliches Signal zu geben, nahm Annie Garrisons Hand und drückte sie fest.

Garrison drückte ihre Hand ebenso fest.
Jessup verzog das Gesicht ein wenig. Dann wandte er sich an Lou Velinski und sagte: »Und Sie sind wirklich in der Lage, an eine der Sicherheitskarten für den Kassenraum zu gelangen?«
Velinski hatte die Hände vor dem gewaltigen Bauch verschränkt. Er lächelte und wirkte rundum zufrieden. »Der Hauptsitz von Pro-Teck ist in New York City. Ich kenne dort einen verdammt guten Privatdetektiv, der sich bei seiner Arbeit nicht immer die Grenzen vom Gesetz setzen läßt. Er arbeitet an der Sache und hat mir die Karte für Mittwoch versprochen.«
Seit Garrison angefangen hatte, den Plan zu erläutern, war Willie Denver vor den drei Stühlen in der Mitte des Raums auf- und abgelaufen und hatte ununterbrochen die Zeichnungen angeschaut. Jetzt drehte er sich auf dem Absatz herum und sagte: »Pat, Willie Denver hat damit gerechnet, daß du uns mit den nötigen Waffen versorgst. Kann Willie Denver immer noch davon ausgehen?«
»Klar doch«, antwortete Jessup. »Meine Quelle liegt in Queens, New York. Du hast von einer Maschinenpistole und vier Revolvern gesprochen, allesamt in erstklassigem Zustand und nicht nachprüfbar. Kostet fünfzehnhundert. Wer besorgt das Geld, oder will jeder seinen Anteil in den Topf werfen?«
»Ich finanziere die Sache«, erklärte Garrison.
»Fein«, sagte Jessup.
»Aber da es mein Geld ist, möchte ich gern dabeisein, wenn Sie es ausgeben. Einverstanden?«
Jessup zuckte die Achseln. »Kein Problem. Wir ziehen morgen los.«
Vince Greenfield räusperte sich, um die allgemeine Aufmerksamkeit auf sich zu lenken, und sagte dann: »Ich würde gern etwas mehr über dieses Geld im Ausstellungs-

raum erfahren.« Er klopfte mit dem Zeigefinger auf seinen Block. »Die Werbekampagne der Rennbahn basiert doch wohl im wesentlichen auf dem Hauptpreis von einer Million Dollar in der Lotterie. Diese Million werden sie doch wohl auch hinter kugelsicherem Glas ausstellen. Soviel ich weiß, soll der Hauptgewinn heute nacht dort aufgebaut werden, oder?«

»Ja, das stimmt«, bestätigte Garrison.

Greenfield klappte seinen Block zu. »Woher wissen wir, daß dort wirklich eine Million liegt? Sie könnten doch auch ein paar Scheine über einem Haufen Papierschnipsel ausbreiten.«

»Das könnten sie natürlich«, sagte Garrison und fühlte sich etwas unbehaglich. »Aber eigentlich haben sie um die Sache einen zu großen Wirbel gemacht. Eine Bank aus Harrisburg leiht ihnen die Million. Die örtliche Zeitung hat ein großes Bild von Killigan, dem Manager der Rennbahn, gebracht, wie er die Versicherungspolice für die Anlage unterzeichnet. Also dürften wir ruhig davon ausgehen, daß sich tatsächlich soviel Geld dort befindet.«

»Natürlich kann von dem Lotteriegeld fürs erste nichts ausgegeben werden«, fügte Willie hinzu. »Alle Scheine sind frisch aus der Notenbank, und ganz ohne Zweifel sind auch ihre Nummern notiert. Also wird Willie Denver sich diesen Batzen nehmen und damit zum Waschen nach New York fahren. Willie Denver kennt dort einen Knaben mit gewissen Verbindungen, der das Geld im ganzen Land verteilen kann. Er zahlt uns sicher fünfzig Cent für den Dollar. Also bringt Willie Denver eine halbe Million zurück.«

»Wieviel haben wir denn überhaupt insgesamt zu erwarten?« wollte Velinski wissen.

»Schätzungsweise zwei Millionen, und das ist die Untergrenze. Die halbe Million gewaschenes Geld ist dabei schon mit eingerechnet.«

Willie klatschte grinsend in die Hände.
Lou Velinski stieß einen leisen Pfiff aus und sagte: »Eine Menge Holz!« Es klang, als würde er aus einem Film zitieren.
Greenfield seufzte und rückte seine graue Krawatte gerade.
»Wie hoch ist unser Anteil?« fragte Jessup.
»Wir teilen durch sieben, und jeder bekommt den gleichen Anteil. Vielleicht kommt jemand auf die Idee, daß Annie nicht soviel verdient hätte, weil wir beide zusammen sind und sie an der eigentlichen Unternehmung nicht teilnimmt. Aber auch Annie trägt ein Risiko. Und sie hat eine Menge Vorarbeit geleistet. Also erhält sie auch ein Siebtel. Irgendwelche Einwände?«
Niemand hatte dazu etwas vorzubringen.
»Großer Gott«, meldete Willie sich dann zu Wort, »warum sollte jemand einen Einwand haben? Bei der Beute ist doch nun wirklich genug für jeden da.«
Lou Velinski beugte sich vor, und es machte kurz den Eindruck, als würde sein mächtiger Bauch ihn aus dem Gleichgewicht bringen, so daß er auf den Boden rollen müßte. »Ist noch genügend Scotch für alle da?« fragte er. »Ich meine, damit wir auf dieses Ereignis anstoßen können?«
Nachdem Annie und Willie jeden mit einem neuen Drink versorgt hatten — bis auf Greenfield, der immer noch an seiner ersten Coke trank —, änderte sich schlagartig die Stimmung. Die Anspannung war gewichen. Man unterhielt sich über dieses und jenes. Machte Kalauer und andere flaue Witzchen. Alberte herum. Selbst Greenfield nahm am allgemeinen Gelächter teil. Nur Jessup hockte mit steinerner Miene da, sagte kaum etwas und lachte nie.
Man könnte glauben, sagte sich Garrison, *daß sein Mund überhaupt nicht in der Lage ist, ein Lachen zu produzieren.*

Kurz vor siebzehn Uhr erhoben sich die vier Gäste zum Gehen.
In der Küche drehte sich Annie zu Velinski um und sagte: »Selznicks *Since You Went Away* aus dem Jahre 1944?«
Velinski grinste: »Was ist damit?«
»Die drei Frauen?«
»Jennifer Jones, Claudette Colbert und Shirley Temple.«
»Der Freund von Jennifer Jones?«
»Natürlich Robert Walker.«
»Ein alter knurriger Mann, lebte im Obergeschoß?«
»Monty Woolley.«
»Perfekt!« lobte Annie.
Velinski gab ihr einen Kuß auf die Wange. »Aber natürlich, meine Teure. Halbe Sachen mache ich nie!«
Als letzter verließ Jessup das Haus. Während die anderen zur Scheune marschierten, in dem Willies Cadillac abgestellt war, blieb Jessup schon nach ein paar Metern stehen und drehte sich um. Er steckte die Hände in die Hosentaschen und starrte Garrison an. Er sah nur auf Garrison, obwohl Annie neben ihm in der Tür stand. Sein braunes Gesicht war wie stets ausdruckslos, als er rief: »Wie eng sind Sie mit dieser Frau befreundet?«
Edgar war von dieser Frage so verblüfft, daß er zunächst gar nicht wußte, was er darauf sagen sollte.
»Sehr eng?« beharrte Jessup.
»Ja.«
»Sie leben zusammen?«
»Was zum Teufel geht das Sie an?« Garrison war empört über diese Attacke auf sein Privatleben. Und gleichzeitig hatte er Angst, denn aus den Fragen des Mannes war etwas Bedrohliches herauszuhören. Dann sah er plötzlich, daß Jessups Körperhaltung — vorgebeugte Schultern, Hände in den Hosentaschen — im Widerspruch zu der Aggressivität seiner Fragen stand. Der Mann wollte Garri-

son Annie nicht mit aller Gewalt streitig machen. Er wollte nur wissen, wie die Dinge für ihn standen. »Ja«, sagte Edgar deshalb, »wir leben zusammen.«
»Und sind glücklich miteinander?«
»Sehr sogar.«
»Dann ist es ja gut«, sagte er, drehte sich um und lief den anderen hinterher.
»Warten Sie!« rief Garrison ihm nach.
Jessup blieb stehen und warf einen Blick über die Schulter.
»Was haben Sie eigentlich mit diesen Fragen bezweckt?«
»Wenn Sie beide sich nicht nahegestanden hätten, hätte ich sie genommen«, erklärte Jessup. Er sah Annie noch immer nicht an. Seine Augen waren so hart und so kalt wie Gletschereis. »Mir gefällt es, wie sie aussieht. Aber ich will bei unserem Job keinen Ärger haben. Persönliche Animositäten und Rivalitäten um Frauen können den besten Plan zunichte machen. Sie brauchen sich um mich keine Sorgen zu machen. Sie beide sind ein Paar, und damit ist der Fall für mich erledigt, mag sie auch noch so gut aussehen.« Er zog die Hände aus den Hosentaschen und marschierte zur Scheune.
»Mein Gott!« flüsterte Annie.
Garrison fühlte sich immer noch eigenartig, so als käme er gerade von einer Schiffsschaukel. Seine Knie waren wie aus Gummi. »Was für ein unangenehmes Arschloch, nicht wahr?«
»Ich glaube, ich habe gerade eben den Auftritt des Königs aller Machos miterlebt. Er sprach von mir, als sei ich ein Gegenstand, ein Stück Beute! Als wenn ich ein verdammter Besitz von jemandem wäre!«
Garrison legte einen Arm um sie und spürte, daß ihr Herz so schnell wie das eines Hasen auf der Flucht schlug. Die warme Frühlingsbrise, die jetzt über die Veranda wehte, hatte etwas Erstickendes, etwas Gräßliches an sich.

»Dieser Mann ist gefährlich«, sagte Annie.
»Das denke ich auch.«
»Er würde bestimmt nicht zögern, einen Unschuldigen zu erschießen, der ihm im Weg steht.«
»Ach komm, wir wollen diese Diskussion nicht noch einmal führen!«
»Tut mir leid«, sagte sie, und es war ihr ernst damit.
Der Cadillac verließ die Farm und fuhr die Auffahrt hinunter. Willie hupte zweimal zum Abschied.
Edgar Garrison blickte dem Wagen nach. Als er nicht mehr zu sehen war, betrachtete Garrison die Frühlingslandschaft. Doch das war nur äußerlich, denn vor seinem geistigen Auge spielte sich eine ganz andere Szene ab: zerbrechendes Glas, tote Männer auf Granitstufen, blutbefleckte Geldscheine . . .

7

Gegen fünfzehn Uhr am Montag begab sich Ely Grimes auf sein Zimmer im Lazy-Time-Motel, zwei Meilen westlich der Century-Oaks-Rennbahn. Der Raum war drei mal vier Meter groß, und in einer Ecke hatte man ein kleines Badezimmer eingefügt, in dem man sich gerade noch um sich selbst drehen konnte. Das Zimmer erinnerte Grimes eher an eine Zelle. Die Matratze im Doppelbett hing durch, die Federn quietschten, und darauf war eine geflickte gelbe Decke aus Chenille ausgebreitet. Die Schaumstoffpolsterung des Sessels im skandinavischen Stil war durchgesessen und klumpig. Der Garderobenständer aus furniertem Walnußholz war von Zigarettenflecken übersät, aber eigenartigerweise auf Hochglanz poliert.
In den dreißig Jahren, in denen er als Vertreter für Damenoberbekleidung ständig unterwegs gewesen war, war Ely

Grimes in Hunderten besserer Zimmer abgestiegen. Doch für die nächsten sechs Tage wollte er etwas Billiges, denn er beabsichtigte so viele Dollar wie nur möglich für seine Wetten auf der Rennbahn aufzusparen.
Er packte seinen Koffer aus und hängte alles in den Kleiderschrank. Wie üblich hatte Clara seine Sachen hübsch und ordentlich gefaltet. Sie hatte sogar Küchenpapier zwischen die Falten seiner Hemden und Hosen gelegt, damit sie nicht knitterten.
Der Gedanke an ihr liebes Kofferpacken und ihre Sorge, seine Hosen könnten voller Falten sein, riefen in Ely ein schmerzliches Schuldgefühl hervor. In seiner Brieftasche befanden sich fünftausend Dollar. Die hatte er erhalten, als er eine zweite Hypothek auf ihr kleines Haus in Tenafly aufgenommen hatte. Sie hatten die erste Hypothek erst vor achtzehn Monaten abbezahlt, und das war vor allem Clara zu verdanken, die sich einen Teilzeitjob gesucht und es über die Jahre verstanden hatte, immer wieder ein paar Dollar beiseitezulegen. Sie hatte auch einiges von seinem Gehalt einbehalten, damit er es nicht auf Rennbahnen oder bei privaten Pokerrunden ausgeben konnte.
Ely Grimes hatte die neue Hypothek erhalten, indem er Claras Unterschrift gefälscht hatte. In seiner Brieftasche befanden sich außerdem dreißig Hundert-Dollar-Noten, die ganze Summe, die sich auf ihrem gemeinsamen Sparkonto befunden hatte. Sie würde es nicht bemerken, daß er das Konto aufgelöst hatte. Und vermutlich hatte sie in ihrem Leben noch nie etwas von einer Century-Oaks-Rennbahn gehört. Sie glaubte, er wäre auf seiner Pennsylvania-Tour, würde dies und das verkaufen und die meiste Zeit sehr einsam sein . . .
So rasch, wie das Schuldgefühl gekommen war, verschwand es auch wieder. Immerhin unterschied sich diese Situation doch sehr erheblich von den anderen heimli-

chen Gelegenheiten, in denen er sich zum Glücksspiel davongeschlichen hatte. Hier und heute plagte ihn nicht Spielsucht, sondern bittere Not, Panik, Furcht und Verzweiflung. Dies war seine letzte Chance, Clara etwas geben zu können — mehr als die Liebe und Zuneigung, mit der er sie ein Leben lang bedacht hatte. Er wollte ihr für zweiunddreißig Jahre Geduld, Zärtlichkeit und Liebe etwas zurückgeben. In spätestens einem Jahr würde Ely Grimes tot sein. Er wollte ihr ein halbwegs angenehmes Leben für die Zeit nach seinem Tod ermöglichen. Sie sollte finanziell unabhängig genug sein, sich die beste Zukunft auszusuchen. In den zwölf Monaten, die ihm noch blieben, könnte er niemals soviel verdienen, um ihr eine solche Zukunft zu sichern. Daher blieb ihm heute nichts anderes übrig, als alles auf eine Karte zu setzen.

Er hängte seine Jacke und die Reisetasche in den Schrank. Dann begab er sich ins Badezimmer, um sich Hände und Gesicht zu waschen.

Diesmal habe ich alles zusammen, sagte er sich. *Diesmal habe ich alle Hausaufgaben gemacht. Ich habe die Sache von jedem nur möglichen Gesichtspunkt aus untersucht. Ich habe mir jeden erdenklichen Aspekt durch den Kopf gehen lassen. Dieses Mal kenne ich die Gewinner. Oder zumindest werde ich sie in dem Moment kennen, wenn die Plazierungen bekanntgegeben werden. Sechs Tage, an denen ich Gewinne machen kann. Oder genauer gesagt, fünf siegreiche Nächte und ein siegreicher Tag, denn auf Century Oaks werden nur an Wochenenden und Feiertagen tagsüber Rennen abgehalten. Aber gleich ob Tag oder Nacht, ich werde gewinnen. Ja, genau so wird es kommen. Diesmal lasse ich mich von niemandem mehr zum Narren halten.*

Als er das Badezimmer wieder verließ, zog er gleich den Sessel ans Bett heran, so daß es ihm als Schreibtisch dienen konnte. Er öffnete die kleinere Reisetasche und breitete den Inhalt auf der Tagesdecke aus: Bleistifte, Kugelschreiber, acht Ringbücher, die zweihundert Blätter voller enggetippter Daten enthielten, einen Aktenordner voller graphischer Darstellungen, einen elektronischen Taschenrechner, einen Ordner, der Zeittafeln und Wetterkarten enthielt, zwei Lineale, ein Vergrößerungsglas und drei Plastikkästen, in denen sich zwölfhundert Karteikarten befanden. Ely nahm die Ausgabe der DAILY RACING FORM, die er vor einer Stunde in Harrisburg gekauft hatte, und schlug die Seite auf, die die Tabellen vom Century Oaks aufführte. Er legte die Zeitung neben das Vergrößerungsglas.

Lächelnd und zufrieden machte er sich an die Arbeit.

Nachdem er im letzten Jahr mehrmals sehr viel Geld auf der Rennbahn verloren hatte, hatte Clara ihm schwere Vorwürfe gemacht. Ely hatte sich sehr geschämt. Immerhin hatte er in einer einzigen Woche dreitausend Dollar zum Fenster hinausgeworfen. Seitdem hatte er sich sehr zusammengenommen. In den letzten zwölf Monaten hatte er in der Woche höchstens einmal zehn Dollar bei einem Buchmacher gesetzt oder sich ein Lotterielos gekauft.

Doch er hatte nicht einen Tag aufgehört, seine Unterlagen über nahezu dreitausend reinrassige Rennpferde und deren Abstammungslinien auf dem laufenden zu halten. Obwohl er seit einem Jahr auf keiner Rennbahn mehr gewesen war, hatte er sich doch jede Ausgabe des RACING FORM gekauft und alle Rennergebnisse und anderes Wichtiges in seine Dateien und Karteien eingetragen. In Gedanken hatte er Wetten plaziert und am nächsten Tag nachgerechnet, ob er etwas gewonnen oder wieder alles verloren hätte.

Und seit vier Monaten »gewann« er unablässig. Seine »Verluste« wurden immer seltener, und jeder neue Tag beglückte ihn mit einem höheren imaginären Profit: hundert Dollar an einem Tag, fünfzig am nächsten, tausend am über-

nächsten ... Ely Grimes war auf ein Wettsystem gestoßen, das tatsächlich funktionierte. Natürlich stand bis jetzt alles nur auf dem Papier. Aber um das zu ändern, war er ja hierhergekommen.
Fünf profitable Nächte, ein siegreicher Tag ...

»Krebs?« Das Wort hallte unangenehm in dem Raum mit der hohen Decke wider. »Sind Sie sich da auch hundertprozentig sicher, Jim?«
»Ely, ich bin seit zwanzig Jahren Ihr Arzt ... und fast ebensolange Ihr Freund. Als die ersten Ergebnisse aus dem Labor gekommen sind, wollte ich es nicht glauben. Aus diesem Grund habe ich die Tests noch einmal wiederholt. Und nun ist es traurige Gewißheit, und wir müssen uns den unangenehmen Tatsachen tapfer stellen.«
»Leukämie?«
»Eine seltene Form ...«
»... die nicht geheilt werden kann. Wie lange bleibt mir noch?«
»Vielleicht ein Jahr.«
»Das ist mehr, als ich erhofft hatte.«
»Wir können Sie ambulant behandeln und regelmäßig untersuchen. Sie müßten dafür nicht einmal in eine Klinik. Neun Monate könnten wir Sie so schmerzfrei halten. Aber was danach kommt ... wenn Sie Glück haben ...«
»So wie die Dinge stehen, scheint mir das Glück nicht gerade wohlgesonnen zu sein.«
»Auch wenn es sich jetzt vielleicht verrückt anhört, Ely, aber Sie dürfen die Sache nicht so pessimistisch sehen. Ihnen bleibt ja noch eine gewisse Frist. Jede Minute ist jetzt kostbar für Sie, und Sie sollten sie genießen und ausschöpfen.«
»Vermutlich haben Sie recht.«
»Aber übertreiben Sie es nicht. Machen Sie bloß keine aus-

gedehnten Urlaubsreisen in ferne Länder, hängen Sie nicht jede Nacht in Bars herum. Versuchen Sie, sich an den kleinen Dingen zu erfreuen, an denen man sonst im Eifer unserer Zeit achtlos vorüberrennt. Und genießen Sie die Zeit mit Clara.«

Ely nickte.

»Wann wollen Sie es ihr mitteilen?«

»Muß ich es ihr denn sagen ... ich meine, kann ich nicht warten, bis man es nicht mehr verheimlichen kann?«

»Es ist immer günstiger, einer solchen Angelegenheit gemeinsam gegenüberzutreten. Sie müssen ihr Zeit geben, sich psychisch und emotional darauf einzustellen. Außerdem gibt es da auch einige praktische Gesichtspunkte ... Sie können Ihre Finanzen in Ordnung bringen, können sich überlegen, ob Sie das Haus verkaufen wollen, und gegebenenfalls die nötigen Vorbereitungen treffen.«

»Kann ich nicht noch ein paar Monate damit warten? Vielleicht ein Vierteljahr? Damit wir diese Zeit miteinander genießen können, ohne ständig die verfluchte Leukämie im Hinterkopf zu haben? Drei Monate?«

»Ich denke, das ließe sich verantworten.«

»Und Sie werden ihr nichts davon sagen?«

»Nicht bevor Sie mich dazu auffordern.«

»Möglicherweise kann ich in den drei Monaten ein paar wichtige Dinge erledigen ...«

Fünf profitable Nächte.

Ein siegreicher Tag.

Danach könnte er mit einer Tasche voll Geld nach Tenafly, New Jersey, zurückfahren. Clara würde er nichts von seinen Gewinnen sagen. Er würde das Geld in staatliche Schatzbriefe zu einem Zinssatz von acht Prozent anlegen. Und nach seinem Ableben würde all das Geld auf sie warten und für sie weiterwachsen. Eine bessere Zukunft, als sie wohl nach zweiunddreißig Ehejahren mit einem ewig zu kurz Gekommenen erwarten würde. Er wünschte, er könnte dann ihr Gesicht sehen.

Ely studierte die erste Seite der Century-Oaks-Aufstellungen in der RACING FORM. Das erste Rennen in dieser Nacht ging über eine Meile. An ihm nahmen dreijährige und ältere Stuten teil, um eine Siegprämie von zweitausend Dollar zu erringen. Diesen Stuten war gemeinsam, daß noch keine von ihnen jemals ein Rennen für sich entschieden hatte. Die Siegprämie war so gering — dafür konnte nun wirklich jeder Klepper angemeldet werden, indem der Besitzer lediglich seine Startabsicht erklärte und einen Stammbaum für sein Pferd vorlegte —, daß die Besitzer der hier laufenden Tiere von ihren Stuten so gut wie gar nichts mehr erwarteten.

Ely seufzte enttäuscht und schüttelte den Kopf. Er suchte das nächste Rennen. Wie sollte sich jemand zwischen solchen abgetakelten Gäulen entscheiden? Dieses erste Rennen war wohl nur für Amateure gedacht, die ungetrübt von Sachkenntnis und Pferdeverstand eine Wette plazieren wollten. In der Regel wurden die ersten Rennen eines Tages immer für die Neulinge abgehalten.

Die Aufstellung für das zweite Rennen war schon besser. Es verlief über zwölfhundert Meter, und dort starteten Dreijährige beiderlei Geschlechts. Bei diesem Rennen gab es kein Limit, denn die Tiere waren alle gut.

Ely nahm seine Lupe und studierte die vorangegangenen Plätze der Pferde bei diesem Rennen. Er schlug unter jedem Namen in seinen Ordnern nach und erfuhr dort, wie sich die Tiere in der Vergangenheit entwickelt hatten. Er überprüfte die Zeittafeln und Wetterkarten.

Ely trat an die Tür, öffnete sie, sah hinauf zu dem blauen Frühlingshimmel und schnupperte die Luft. Dann kehrte er zum Sessel zurück und betrachtete ein weiteres Mal seine Unterlagen. Er tippte einige Werte in den Taschenrechner ein. Er führte Berechnungen durch. Und endlich begann er mit großer Sorgfalt, die Werte auf das System zu übertragen, das er in den letzten zwölf Monaten — seit er nicht mehr im Dienst war — bis zur Vollendung entwickelt hatte.

8

Nach kaum fünf Stunden Schlaf wachte Jack Killigan am Montag morgen um neun Uhr auf. Er kletterte aus dem Bett und lief ins Badezimmer. Sein Kater machte ihm schwer zu schaffen, und er nahm zwei Anacin ein. Er stellte sich eine Viertelstunde unter die heiße Dusche, bis die dampfenden Tropfen allen Schmerz aus seinem Nacken vertrieben hatten. In seinem Bauch herrschte Aufruhr, und er hatte einen unangenehmen Geschmack im Mund. Der Lärm, den der elektrische Rasierapparat machte, kam ihm so vor, als würde jemand neben seinem Ohr eine Kreissäge laufen lassen. Die Morgentoilette war für ihn meist ein bis an die Grenzen des Erträglichen gehendes Ritual. Er zog sich einen grauen Anzug, ein helles Hemd mit Fischgrätenmuster, eine schwarze Krawatte und schwarze italienische Schuhe an.

Auf dem Bett lag Rita auf der Seite und verschlief all diese Ereignisse. Sie atmete langsam und tief. Das schwarze Haar verdeckte den Großteil ihres Gesichts. Der Mund stand halb offen, und ein dünner Speichelfaden glitzerte auf dem Kinn. Die Decke reichte ihr nur noch bis zur Hüfte. Nur unzureichend von einem Arm verdeckt, wirkten die großen Brüste sehr verlockend. Eine dunkle Brustwarze ragte keck über einer Falte im Laken hervor. Rita stand nie vor elf Uhr auf, und das auch nur in Notfällen. Für ge-

wöhnlich schlief sie bis in den Mittag hinein. Wenn er es jetzt gewagt hätte, sie zu wecken, hätte sie ihm dafür die Hölle auf Erden bereitet.
Unten in der Küche brühte er Kaffee auf und trank zwei Tassen mit Süßstoff. Feste Nahrung konnte er jetzt noch nicht zu sich nehmen. Wenn er sich auf seinen Magen konzentrierte, hätte er leicht den Eindruck gewinnen können, er befände sich bei hohem Seegang auf einem Schiff.
Um viertel nach zehn rief er seine Sekretärin Molly Barnes an.
»Ich bin erst vor einer Viertelstunde ins Büro gekommen«, erklärte sie, »und schon hatte ich Mickey Ginchey an der Strippe. Er sagte, bis heute abend hätten wir einen Pferdemistberg von zweihundertundfünfzig Tonnen zusammen. Und wenn wir nicht bald etwas dagegen unternehmen würden, würde das Gewicht dieses Berges das hintere Ende der Anlage nach unten und das vordere in die Höhe drücken.« Molly war eine standhafte, großmütterliche Person von über Fünfzig, und sie besaß einen derben, aber erfrischenden Humor.
Killigan erklärte ihr, daß auf seinem Schreibtisch eine Liste mit den Namen von Dung- und Abfalltransportfirmen läge. »Rufen Sie doch bitte die an, die ich gestern nicht erreichen konnte. Stellen Sie fest, ob die jeweiligen Fuhrunternehmen über die für uns richtigen Absaug- und Transportfahrzeuge verfügen. Und sobald Sie jemanden gefunden haben, auf den das zutrifft, nageln Sie ihn fest und machen Sie einen günstigen Preis mit ihm aus.«
»Und wenn ich nur Nieten ziehe?«
»Darüber machen Sie sich erst dann Sorgen, wenn ich im Büro eingetroffen bin.«
»Fein«, sagte Molly, »und wann werden Sie in etwa hiersein?«
»Nicht später als halb zwölf.«

Nachdem er eingehängt hatte, begab er sich wieder in die Küche und trank noch zwei Tassen Kaffee. Er probierte zwei Bissen von einer trockenen Scheibe Toast. Sein Magen hob und senkte sich bedenklich. Killigan entschied, daß er besser das Mittagessen zur ersten Mahlzeit des Tages machte. Er warf den angebissenen Toast in den Mülleimer.

Bevor er das Haus verließ, blieb er an der Treppe zum ersten Stock stehen und lauschte. Alles war still. Rita schlief immer noch tief und fest.

Kurz vor halb zwölf erreichte er sein Büro. Molly legte gerade den Hörer auf, als er eintrat. Wie üblich berichtete sie ihm zuerst, was die Wettervorhersage ihr um halb elf am Telefon mitgeteilt hatte: klarer Himmel, auch in der Nacht, keine Niederschläge, warm. Dann kam sie zu den schlechten Nachrichten: Wie sie es befürchtet und er es erwartet hatte, verfügte außer Agroco kein Transportunternehmen über den nötigen Fuhrpark, um solche Mengen Pferdemist fortschaffen zu können. Bei einigen Firmen hatte Molly den Eindruck gehabt, sie hätten überhaupt kein Interesse an einem solchen Auftrag.

»Und was nun?« fragte Molly.

Killigan dachte kurz nach. Er wünschte, er würde sich nicht so zerschlagen fühlen ... und das Rumoren in seinem Magen würde aufhören. »Verbinden Sie mich mit Simpson bei Agroco. Eigentlich müßte er doch eine Vorstellung haben, wie lange sich die Verhandlungen noch hinziehen sollen und wann der Streik endlich vorbei sein soll.«

Aber alles, was Simpson zu sagen hatte, diente nur dazu, Killigans Laune weiter zu verschlechtern. Agroco beschäftigte vierhundert Menschen. Davon waren achtzig Fahrer und Zulieferer. Und nur diese achtzig waren in den Streik getreten. Sie verlangten eine deutliche Gehaltserhöhung und drohten damit, die ganze Firma lahmzulegen, wenn auf ihre Forderungen nicht eingegangen würde. Die Geschäftsleitung hatte die Hälfte der geforderten Gehaltserhöhung angeboten und weigerte sich, auch nur einen Cent mehr zuzugestehen. Die Geschäftsleitung hatte den Streikenden das Ultimatum gestellt, bis spätestens Mittwoch morgen wieder zur Arbeit anzutreten. Falls dann weiter gestreikt werden sollte, würden alle achtzig Fahrer auf der Stelle entlassen und durch neue Leute ersetzt.

»Ehrlich gesagt«, erklärte Simpson dann, »ich glaube nicht, daß die Herren am Mittwoch klein beigeben. In ihren Reihen befindet sich ein ziemlich radikaler Gewerkschafter, der die Fahrer ganz schön aufgewiegelt hat.«

»Wenn sie am Mittwoch nicht zur Arbeit antreten«, fragte der Manager, »wie lange wird es dann dauern, bis Sie bei uns wieder Abfälle fortschaffen können?«

»Wir müssen achtzig neue Fahrer einstellen, sie ausbilden, sie mit ihren Routen vertraut machen ... na ja, das dauert alles seine Zeit. Ich würde einmal schätzen, daß wir frühestens in zwei Wochen bei Century Oaks vorbeikommen können.«

»Ausgeschlossen!« rief Killigan. »Bis dahin habe ich hier fünfzehnhundert Tonnen Dreck herumliegen!« Er schlug beim Reden mit einer Faust auf den Schreibtisch, ohne etwas davon zu bemerken. »Ich möchte, nein, ich verlange, daß sofort etwas geschieht, Mr. Simpson! Ich will den Dreck forthaben!«

»Ich kann sehr gut nachempfinden, in welcher Lage Sie sich befinden«, antwortete Simpson. »Ist sicher nicht sehr angenehm da draußen bei Ihnen. Aber in dem Vertrag, den wir mit Ihnen abgeschlossen haben, findet sich auch eine Passage zum Streik. Solange die Fahrer sich im Ausstand befinden und solange wir noch keine neuen eingestellt und ausgebildet haben, sind wir nicht haftbar zu machen.«

»Ich weiß«, sagte Killigan und fühlte sich plötzlich sehr müde. »Hören Sie, ich rufe Sie im Laufe des Tages noch mal an.«

»So schnell wird sich hier kaum etwas ändern.«

»Hier auch nicht!« Der Manager legte auf.

Als Molly Barnes um halb eins zum Mittagessen ging, hatte Killigan noch immer keine Lösung gefunden. Er saß an seinem ehemaligen Klavier und kritzelte auf einem Zettel herum. Er suchte immer noch nach einer Lücke in dieser anscheinend undurchdringlichen Wand aus Dornen.

Er fühlte sich elend. Kopfschmerzen begleiteten ihn schon seit einer ganzen Weile. Sein Magen revoltierte immer noch, und er fühlte sich insgesamt vollkommen zerschlagen. Plötzlich erhob er sich, goß sich Bourbon über Eis ein und nahm einen vorsichtigen Schluck. Als er das Glas geleert hatte, fühlte er sich wieder halbwegs normal.

Aber das Problem Agroco war damit noch nicht aus der Welt geschafft.

Wenn der gottverdammte Aufsichtsrat im Januar auf ihn gehört hätte, gäbe es dieses Problem heute nicht. Er hatte die Herren überreden wollen, einen besonderen Verbrennungsofen zu kaufen, der den Pferdekot verbrannte, ohne dabei allzuviel Asche, Rauch oder Gestank zu produzieren. Aber ein solcher Ofen kostete etwa eine Million Dollar, und der Aufsichtsrat hatte lediglich den Preis, nicht aber den Nutzen gesehen. Killigan hatte erklärt, daß die Rennbahn ohnehin in acht Jahren eine Million an Agroco gezahlt hätte, und das schon bei den derzeitigen Gebühren. Er hatte auch darauf hingewiesen, daß es in dieser Gegend wenig Abfallkippen oder Müllverwertungsanlagen gebe. Und so würden viele der Gemeinden im Umkreis von zehn Meilen um Century Oaks gern Gebühren dafür bezahlen, im Ofen der Rennbahn ihre Abfälle verbrennen zu können. Allein mit diesen Gebühren würde man einen guten Teil der Kosten wieder hereinholen. Und über kurz oder lang, jedenfalls früher als in acht Jahren, hätte sich diese Investition gelohnt. Aber diesmal hatten sich die Mitglieder noch sturer gezeigt als bei anderen Gelegenheiten, bei denen Killigan Geld aus ihnen herauslocken wollte. Die Herren wollten lieber einsparen, wollten einen geringen Verwaltungsaufwand und so einen mittelprächtigen Profit haben. Doch auf diese Weise konnte man eine Rennbahn nicht führen. Entweder machte man viel Geld, indem man viel Geld investierte, oder man blieb immerzu ein kleiner Krauter.

Und nun, da die Krise eingetreten war, würde man Killigan auffordern, sie auf der Stelle zu lösen. Schließlich war er der Manager. Er allein mußte die ganze Verantwortung tragen. Niemand würde aufstehen und sagen: »Sie haben uns das vor ein paar Monaten prophezeit, aber wir wollten Ihnen ja nicht zuhören.« Killigan erschien das alles höchst ungerecht.

Er fühlte große Verzweiflung in sich aufsteigen, und er sagte sich: *Du bist die letzte Pfeife, Killigan! Hör endlich auf herumzujammern! Tu doch mal lieber was! Tu endlich was! Wenn du noch nicht einmal in der Lage bist, mit Pferdescheiße fertigzuwerden, wie willst du dann die größeren Probleme lösen?*

Sein Versagen hatte stets so begonnen. Irgendwann scheiterte er an einem rein organisatorischen Problem. Es erwies sich einfach als zu groß für ihn. Artverwandte Schwierigkeiten gesellten sich dann dazu. Stück für Stück ging um ihn herum alles in die Brüche. Bis er das Handtuch warf. Bis man ihm die Kündigungspapiere überreichte.

Aber dieses Mal sollte es nicht so weit kommen!

Er hatte gerade den zweiten Bourbon geleert, als ihm eine Idee kam. Gegen halb zwei kehrte Molly von der Mittagspause zurück. »Verbinden Sie mich noch einmal mit Simpson«, erklärte er ihr.

Sie zog die Bluse über ihrem gewaltigen Busen gerade, legte den Kopf schief und sagte: »Aha, Sie scheinen die Lösung also gefunden zu haben.«
»Könnte sein.«
Als er Simpson an der Strippe hatte, erklärte der: »Tut mir leid, Mr. Killigan, aber hier ist alles noch unverändert.« Er schien leicht verstimmt darüber zu sein, daß Killigan schon jetzt wieder anrief.
»Dann werden wir eben dafür sorgen, daß sich etwas ändert«, sagte Killigan.
Simpson wußte nicht, wie er das verstehen sollte.
»Wie viele Fahrer genau sind bei Ihnen angestellt?«
»Genau achtzig. Warum?«
»Wieviel Gehaltserhöhung verlangen sie?«
Simpson zögerte. »Das ist eigentlich eine innerbetriebliche Angelegenheit.«
Killigan seufzte ungeduldig und erklärte: »Ich möchte auch nichts von den Interna Ihrer Gehaltspolitik erfahren, ich möchte lediglich wissen, wieviel mehr Geld sie verlangen.«
»Nun ... zwanzig Dollar. Für jeden zwanzig.«
»Pro Woche?«
»Ja.«
»Sie haben mir heute vormittag gesagt, Agroco sei bereit, ihnen zehn Dollar mehr in der Woche zu zahlen.«
»Wir halten das für ein recht großzügiges Angebot«, sagte Simpson.
»Dann habe ich, wie ich glaube, Ihr und mein Problem gelöst. Century Oaks zahlt die andere Hälfte der zwanzig Dollar. Für den Zeitraum von einem Jahr.«
Simpson zögerte: »Sir, ich fürchte, ich habe nicht recht verstanden.«
»Sie machen mit Ihren Fahrern einen Vertrag. Wir nehmen eine neue Klausel in den Vertrag zwischen uns auf. Wir

zahlen zusätzliche 41 600 Dollar — das sind zehn Dollar für jeden Ihrer achtzig Fahrer in der Woche über einen Zeitraum von zweiundfünfzig Wochen — im laufenden Geschäftsjahr. Wir nennen das zusätzlich anfallende Transportkosten, aber Sie sorgen dafür, daß Ihre Männer das Geld auch erhalten.«

Simpson klang mißtrauisch, als er fragte: »Ist das Ihr Ernst?«

»Mein voller Ernst.«

»Einen Augenblick bitte.«

»Nehmen Sie sich alle Zeit, die Sie brauchen.« Er hörte Simpsons lautes Atmen, während er anscheinend hastig etwas auf einen Block notierte.

»Es gibt da leider noch ein Problem«, erklärte der Mann schließlich.

»Nur heraus damit.«

»Wenn wir jetzt nachgeben und diese unverschämt hohe Gehaltsforderung erfüllen, kommen sicher bald die anderen Angestellten von Agroco und verlangen ähnliche Aufbesserungen. Ehe wir uns versehen, sind unsere Lohnkosten rapide in die Höhe geschossen.«

»Wir wollen jetzt aber keine Spielchen treiben«, erwiderte Killigan energisch. »Wenn Sie den Fahrern schon freiwillig eine Erhöhung von zehn Dollar in der Woche zubilligen, dann haben die armen Teufel sicher auch die zwanzig verdient!« Simpson wollte widersprechen, aber der Manager ließ ihn gar nicht erst zu Wort kommen. »Und wenn Sie in Ihrer Firma radikale Gewerkschafter haben, stecken Sie gehörig in Schwierigkeiten. Solchen Herrschaften kann man nur begegnen, indem man etwas Unerwartetes tut. Also gewähren Sie den Fahrern die zwanzig Dollar. Damit stehen Sie als der gute Junge da, während Ihr Gewerkschafter ziemlich dumm aus der Wäsche schaut und alle ihn für einen notorischen Stänkerer halten. Und selbstver-

ständlich erhalten alle anderen Angestellten Ihres Unternehmens auch eine Gehaltsaufbesserung. Sonst kommt Ihr Gewerkschafter noch auf die Idee, daß eine andere Abteilung infiltriert werden könnte, und der ganze Ärger beginnt für Sie von neuem. Ich biete Ihnen 41 600 Dollar, nicht mehr und nicht weniger. Ich kann schließlich nicht alle Ihre Probleme lösen!«
»Sie nehmen kein Blatt vor den Mund, nicht wahr?«
»Tut mir leid, ich wollte Ihnen nicht zu nahetreten.«
Simpson schwieg eine Weile am Telefon, beziehungsweise er hielt eine Hand auf die Sprechmuschel. Nach einiger Zeit war er wieder zu hören: »Was diese Klausel angeht, die wir zusätzlich in unseren Vertrag einfügen wollen ... würden Sie einem Zusatz zustimmen, der Sie auch für ein zweites Jahr an diese Abmachung binden könnte?«
»Ein Jahr«, erklärte Killigan mit fester Stimme. »Zwölf Monate, keine dreizehn und keine vierundzwanzig.«
»Aber da Agroco als einziges Unternehmen die Kapazität hat, Ihre Abfälle fortzuschaffen, könnten wir ja nach Ablauf der zwölf Monate die Gebühren um 41 600 Dollar erhöhen. Oder vielleicht der Optik wegen noch ein bißchen mehr.«
»Das könnten Sie natürlich«, gab der Manager zu. *Aber das nützt euch Mistkerlen wenig, denn spätestens in zwölf Monaten habe ich hier den Müllverbrennungsofen stehen.* »Mir ist es jedoch leider unmöglich, Mr. Simpson, ein solches Abkommen über mehr als ein Jahr zu treffen. Entweder nehmen Sie die 41 600, oder wir sitzen hier weiter herum und warten darauf, daß der Streik irgendwann zu Ende geht.«
»Wann möchten Sie die Transporter haben?«
»Morgen früh«, antwortete Killigan und wußte, daß er gewonnen hatte.
»Das wird aber nicht so einfach.«
»Aber es ist möglich. Sie setzen die Klausel auf und brin-

gen sie zu unserem Anwalt Jeff Cassarian in Harrisburg. Geben Sie das Schreiben nicht bei der Post auf, sondern lassen Sie es durch einen Boten überbringen. Und sehen Sie zu, daß das Schreiben innerhalb der nächsten Stunde rausgeht. Wenn unser Anwalt keine Einwände hat, läßt er mir sofort den Vertragszusatz überbringen. Ich unterzeichne ihn dann noch heute nachmittag. Eine Kopie können Sie bis um achtzehn Uhr in Händen haben.«
»Zusammen mit dem Scheck.«
»Über ein Zwölftel der Gesamtsumme.«
»Einverstanden.«
»Und die Wagen sind morgen früh hier.«
»Spätestens morgen nachmittag«, sagte Simpson.
»Mein Verwalter wird Ihren Fahrern einen roten Teppich ausrollen.«
»Angenehm, mit Ihnen Geschäfte zu machen«, verabschiedete sich Simpson.
»Wie stets«, verblieb Killigan. Er hängte ein, lehnte sich in seinem Sessel zurück und atmete erleichtert auf.

Killigan verbrachte den restlichen Nachmittag am Telefon. Er versuchte, die Zustimmung des Aufsichtsrats für seine neue Vereinbarung mit Agroco zu erlangen. Der Aufsichtsrat setzte sich aus zehn Männern zusammen, von denen jeder eine größere Summe in Century Oaks gesteckt hatten. Killigan rief sie nacheinander an. Natürlich traf er anfangs stets auf Widerstand gegen seine Lösung. Aber der Manager verstand sich auf diplomatisches Vorgehen, und am Ende hatte er die Zustimmung von allen zehn Aufsichtsräten. Fünf von ihnen gratulierten ihm sogar zu seiner unkonventionellen und geschickten Problembewältigung.
Als er Molly halb stolz und halb belustigt von diesen Gratulationen berichtete, schüttelte sie den Kopf und erklärte:

»Wunder treten immer dann ein, wenn man sie schon nicht mehr für möglich hält.«
»Es hat schon lange keine Wunder mehr gegeben«, entgegnete er. »Vielleicht haben sie sich nur zurückgezogen, um etwas zur Ruhe zu kommen, und kehren nun gestärkt zurück.«
Molly machte um siebzehn Uhr Schluß. Sie fuhr aber noch nicht nach Hause, sondern machte sich auf den Weg zur Verwaltung von Agroco in Hershey, um dort eine unterzeichnete Kopie des Zusatzvertrags (zusammen mit einem Scheck über 3467 Dollar) an Paul Simpson auszuhändigen.
Killigan war nun allein in seinem Büro. Im gesamten vierten Stock befand sich außer ihm nur noch Roy Aspin, der Leiter der Presseabteilung. Er war um sechzehn Uhr zur Arbeit gekommen und würde bis nach dem letzten Rennen des heutigen Abends bleiben. Aspin hieb unentwegt auf seine Schreibmaschine ein, ein eigenartiger Rhythmus zu den Schritten von Molly Barnes.
Killigan schloß die Tür seines Büros. Er trat an die Bar und goß sich seinen dritten Bourbon für heute ein.
Erst drei. Nicht schlecht. Vielleicht bekommst du das Problem ja auch noch in den Griff.
Er stand vor dem kleinen Kleiderschrank, in dem er ständig frische Hemden, Socken, Krawatten, Unterwäsche und drei Anzüge aufbewahrte. Er entschied sich für einen beigefarbenen Sommeranzug und ein blaßgelbes Hemd. Beides trug er ins Badezimmer und hängte es über der Tür an einen Kleiderbügel. Er stellte sein Glas ab und zog sich aus.
Nackt stellte er sich vor den mannshohen Spiegel und betrachtete sich kritisch. Er schwebte noch immer im Hochgefühl seines Erfolgs bei Agroco, und daher fiel seine Prüfung recht positiv aus. Für einen Fünfzigjährigen war er noch sehr gut in Form. Sein Haar war zwar grau, aber das war es schon seit fünfzehn Jahren. Die Haarfülle und die

Locken hatte er noch genauso wie früher. Seine strahlend blauen Augen wirkten klar und lebendig. Nicht ein Gramm Fett zuviel fand sich an seinem schlanken, drahtigen Körper. Die Muskelpartien waren alles andere als schlaff. Die Bauchpartie war angenehm flach. Nicht einmal ein Unterbauch war auszumachen, wie er das bei Männern seines Alters schon oft beobachtet hatte. Die Beine waren gerade und muskulös. Die Schambehaarung war schwarz und füllig, daraus ragte ein dicker und etwas längerer Penis. Keine Sensation, aber durchaus ausreichend. Zumindest hatte Rita sich noch nie beklagt.
Der rosafarbene Penis richtete sich wie eine Schlange zur Musik auf.
Killigan lachte und trat unter die Dusche. Er stellte das Wasser so heiß ein, wie er es gerade noch aushalten konnte, und stieg in den aufquellenden Dampf.
Das heiße Wasser belebte ihn. Er war stolz auf seine Erektion, die noch immer nicht abklingen wollte. Er dachte an Rita und hoffte, sie würde heute abend wieder auf ihn warten. Er verdrängte all die kleinen Unannehmlichkeiten der letzten Nacht. Rita war eben launisch, trotzig, kindisch und vielleicht auch ein wenig versponnen. Aber sie stellte keine Bedrohung für ihn dar. In der letzten Nacht hatte er sich selbstkritische Fragen gestellt und hatte an sich gezweifelt. Aber alle Minderwertigkeitsgefühle waren mit dem Erfolg bei Agroco fortgeweht worden. Nun wollte er Rita. Er wollte sie ganz dringend.
Er verließ die Dusche, leerte das Bourbonglas in einem Zug und genoß die wohligen Schauer, als der Whiskey in der Speiseröhre brannte.
Um viertel nach sechs band er sich eine Krawatte um, zog seinen Kragen gerade, strich über die Schöße seines Jacketts und betrachtete sich noch einmal im Spiegel. Dann machte er seine Runde durch das Hauptgebäude.

Was er zu sehen bekam, erfreute ihn. Bereits dreihundert Gäste hatten sich im Oakview Room, dem gewaltigen Restaurant auf dem zweiten und dritten Stockwerk, eingefunden. In der Halle der vierten Etage hielten sich unweit der Wettschalter weitere fünf- oder sechshundert Personen auf, meistens Männer, die mit Zetteln und Rennzeitungen herumwedelten oder sie eifrig studierten. Fünfzig Menschen befanden sich in der Saddle-Bar, die — mit den Herren- und Damentoiletten auf beiden Seiten — die langen Reihen der Wettschalter in zwei Hälften teilte. Über dem ganzen Gebäude lag eine Atmosphäre von Fröhlichkeit und Heiterkeit. Die neuen Gäste, die in Scharen aus den Fahrstuhlkabinen strömten, schwatzten und lachten. Dutzende hübscher Frauen in luftigen Sommerkleidern verschönten die Halle. Von den langbeinigen und tief dekolletierten Pony-Expreß-Mädchen ganz zu schweigen, die fleißig Programmhefte verkauften, bis es für sie Zeit wurde, im fünften Stock die Arbeit im Horsemen's Club zu beginnen. Diese Periode voller Erwartung und Vorfreude, die Stunde vor dem ersten Rennen, war stets der angenehmste Teil der Nacht.

Wie das Vorspiel zu einer heißen Nacht, dachte Killigan.

Obwohl die Gäste auf der großen Tribüne etwas angespannter wirkten als die im Klubhaus — die Männer und Frauen studierten die Listen und Tabellen mit zusammengepreßten Lippen und grimmiger Entschlossenheit —, war die Atmosphäre hier keineswegs unangenehm, sondern eher elektrisch aufgeladen. Hier war das Verhältnis Frauen zu Männer noch ungünstiger als im Klubhaus. Dafür sah man hier aber auch deutlich weniger Abendanzüge und -kleider. Die Imbißstände von Harry M. Stevens machten hervorragende Umsätze, obwohl die Preise hier vornehmer waren als die gereichten Speisen. An allen Säulen hingen Plakate, die die Besucher auf die Tausend-Dollar-Ziehung zwischen dem achten und dem neunten Rennen an jedem Abend dieser Woche hinwiesen. In den paar Minuten, die Killigan benötigte, um zur großen Tribüne hinüberzuspazieren, wurde er von etlichen Besuchern gegrüßt, obwohl er diese Leute noch nie gesehen hatte. Er lächelte jedem zu, schüttelte die Hände, die ihm entgegengestreckt wurden, und beantwortete jede Frage, die ihm gestellt wurde.

Century Oaks verfügte über zwölftausend Sitzplätze auf den Tribünen. So viele Besucher, wie sich jetzt schon hier aufhielten, ließen darauf schließen, daß bis zum ersten Start so gut wie alle Plätze besetzt sein würden. Diese Nacht würde wohl deutlich mehr als den durchschnittlichen Umsatz bringen.

Fünfzehn Minuten, nachdem die Ergebnisse des vierten Rennens bekanntgegeben worden waren, gab ein Kassierer im Klubhaus das Notsignal an die Männer vom TRPB. Die kleine rote Birne blinkte über dem letzten Häuschen am äußersten westlichen Ende der Halle.

Henry Cooper, der die Ermittlungen bei den jüngsten Wettscheinfälschungen leitete, hielt sich gerade in der Nähe auf. Er saß auf einem Sofa unweit des Geländers, das die Halle vom Restaurant trennte. Er tat zwar so, als würde er sich brennend für die Tabellen auf den Monitoren interessieren, doch in Wahrheit behielt er diejenigen Personen im Auge, die ihre Gewinnscheine den Kassierern vorlegten. Er bemerkte das rote Licht sofort und machte sich gleich auf den Weg zu dem Schalter.

Nur ein Wetter stand davor. Er war ein paar Zentimeter kleiner und fünfundzwanzig Kilo leichter als Cooper. Der Mann hatte ein rundes, blasses Gesicht und unauffällige Züge. Sein Anzug wirkte etwas verknittert. Mit seinen langen Fingern hielt er sich am Brett vor dem Fenster fest,

so als wolle er dagegen ankämpfen, auf der Stelle im Boden zu versinken.
»Was gibt's?« fragte Cooper die hübsche blonde Kassiererin.
Sie schob einen Wettschein durch die Scheibe. Als Cooper ihn entgegennahm, erklärte die junge Frau: »Dieser Schein wurde nachträglich verändert.«
Für den Sicherheitsmann war an dem Zettel nichts Auffälliges zu entdecken. Er fragte daher: »Woran erkennen Sie das?«
»Tasten Sie die Oberfläche ab.«
Er strich mit den Fingerspitzen leicht über den Schein und spürte eine rauhe Stelle genau dort, wo die Startnummer des Pferdes eingetragen war. »Sie könnten recht haben. Sie passen verdammt gut auf, nicht wahr?«
Die blonde Frau errötete leicht und zuckte die Achseln. »Dies hier ist ein Schalter für Zehn-Dollar-Wetten. Hier wird man nicht so stark in Anspruch genommen wie an den Zwei- oder Fünf-Dollar-Schaltern.«
Cooper wandte sich nun zum erstenmal an den reichlich nervösen Mann, der neben ihm stand. »Gehört dieser Wettschein Ihnen?«
»Ja. Das heißt... nicht mir. Nein, ich meine...«
»Jemand hat Ihnen den Schein gegeben«, unterbrach Cooper ihn. »Er bat Sie, den Schein für ihn einzulösen, weil er hier bei der Rennbahn angestellt sei und daher nicht wetten oder gar kassieren dürfe.«
»Das stimmt!« entfuhr es dem Mann.
Wettscheinfälscher benutzten in der Regel ältere Damen, vor allem solche, die einen mütterlichen, hilfsbereiten Eindruck machten. Diese sollten dann ihre manipulierten Scheine zur Kasse bringen. Doch im Augenblick hatte wohl gerade keine Oma zur Verfügung gestanden, und da mußte sich der Fälscher mit einem normalen Mann zufriedengeben. »Wo steckt er?« fragte Cooper.

»Ich habe es der jungen Lady hier schon erklärt. Er stand bis eben dort drüben vor den Monitoren. Aber jetzt ist er verschwunden. Ich weiß, das hört sich etwas unglaubwürdig an, und vermutlich halten Sie mich für einen Lügner, aber ...«

»Ich glaube Ihnen«, sagte Cooper. »Auf diese Weise versuchen sie es immer.«

Der schmale Mann schwitzte und hielt sich immer noch an dem Brett fest, als sei das der einzige Halt, den er noch hatte. »Ich heiße Hudson, Arthur Hudson, und ich habe mir noch nie etwas zuschulden kommen lassen ...« Er hörte sich nicht so an, als wollte er den Sicherheitsmann überzeugen, sondern vielmehr so, als wäre er sich bei diesen Angaben selbst nicht mehr ganz so sicher. »Ich bin noch nie in eine so peinliche Situation geraten ...« Seine braunen Augen wirkten ganz so, als würden sie im nächsten Moment in Tränen ausbrechen.

»Machen Sie sich mal keine unnötigen Gedanken, Mr. Hudson«, beruhigte ihn Cooper. »Man hat Sie mißbraucht. Sie sind nicht der erste, dem das widerfährt.«

»Dennoch ist es beschämend.«

Cooper führte ihn zu einer Couch neben den Monitoren. Er bedeutete ihm, sich hinzusetzen, und ließ sich neben ihm nieder. Dann zog der Sicherheitsmann einen Block und einen Stift aus der Jackentasche. »Ich brauche jetzt ein paar Informationen von Ihnen, Mr. Hudson. Danach können Sie überall hingehen, wohin Sie möchten.«

»Diese Sache hat mir den Abend jetzt gründlich verdorben«, stöhnte Hudson.

»Nehmen Sie es nicht so schwer. Versuchen Sie, sich zu amüsieren. So etwas kann jedem passieren. Und Sie trifft doch nicht die geringste Schuld.«

Hudson wirkte wenig überzeugt. Seine Lippen zitterten.

»Beschreiben Sie bitte den Mann«, sagte Cooper.

»Er war ziemlich groß«, zeigte sich Hudson willig, »etwa Mitte Dreißig, schätze ich. Braungebrannt. Gut gekleidet.« Cooper atmete innerlich auf. Dieser Mann war bei der Beschreibung nicht so unpräzise wie die ältere Dame, die er tags zuvor befragt hatte.
»Haarfarbe?«
»Blond.«
»Sind Sie sich da ganz sicher?«
»Ziemlich sicher.«
»Augenfarbe?«
»Blau.«
»Irgendwelche besonderen Merkmale?«
»Nun, äh, also er hatte eine geradezu klassische Nase.«
»Eine lange, sehr gerade Nase?«
»Ja, genau.«
»Sonst noch etwas? Narben vielleicht?«
»Nein, nicht daß ich wüßte.«
»Einen Schnurrbart? Oder einen Backenbart?«
»Nein, sauber rasiert, entsprechend seinem Äußeren.«
»Die Haarlänge?«
»Volles Haar, aber nicht sehr lang. Sah nach einem teuren Haarschnitt aus.«
»Koteletten?«
Hudson zögerte nicht eine Sekunde. »Keine übertrieben langen, wenn Sie das meinen.« Er mochte schmächtig und unauffällig sein, aber zumindest besaß er die Fähigkeit, die Details seiner Umgebung genau zu registrieren.
»Sie sagten eben, er sei gut gekleidet gewesen.«
»Ja, das stimmt.«
»Erinnern Sie sich noch an die Farbe seines Anzugs?«
»Dunkel. Blau oder schwarz.«
»Und das Hemd?«
»Blau oder weiß. Wenn blau, dann ein sehr helles.«
»Uni oder gemustert?«

»Uni.«
»Krawatte?«
»Eine gestreifte Krawatte.«
Cooper stellte noch eine Reihe weiterer Fragen, wie ein Wurm, der sich hartnäckig durch einen Apfel bohrt. Cooper war sehr erfahren im Verhören, und er war sich dieser Erfahrung bewußt. Er war geradezu für solche Arbeiten geboren. Und er hatte auch nie etwas anderes werden wollen. Während er Hudsons Gedächtnis durchkämmte, spürte er, wie dabei seine Freude und Erheiterung zunahm.
Während seiner Zeit auf der High-School hatte Cooper geplant, sich beim FBI zu bewerben. Nach den Zwischenzeugnissen sandte er eine Bewerbung ein und wurde angenommen. Er strengte sich an und wurde schließlich als Außendienstmitarbeiter eingestellt. Aber diese Tätigkeit desillusionierte ihn rasch. Er mußte erkennen, daß FBI-Agenten deutlich mehr Zeit mit der Verfolgung von politischen Wirrköpfen als mit der Jagd auf Verbrecher verbrachten. Die Tage, in denen Mafiabanden zerschlagen wurden, gehörten längst der Vergangenheit an. Die Mafia arbeitete heute so offen und von ihren Anwälten so abgesichert, daß man sie beinahe für ein legales Unternehmen halten konnte. Somit beschäftigte sich das FBI jetzt vornehmlich mit der Verfolgung von Friedensaktivisten, Kommunisten, allen Arten von Linken und unzähligen politischen Splittergrüppchen, die allerdings für die amerikanische Gesellschaft eine lachhaft geringe Gefahr darstellten, wenn man es mit den Familien der Unterwelt verglich. Cooper wollte lieber der Mafia nachstellen, die den Drogenhandel, das Glücksspiel und die Prostitution in der Hand hatte. Doch er mußte bald feststellen, daß man im FBI die Mafia für eine geradezu amerikanische Institution hielt, für einen Bestandteil des Establishments, nicht aber

für einen wirklichen Gegner. Angewidert hatte Cooper seinen Job schließlich hingeschmissen. Eines Tages hörte er vom Sicherheitsdienst der Rennbahngesellschaften, und diese Firma schien ihm genau die Arbeit zu erledigen, die er eigentlich beim FBI vorzufinden gehofft hatte.
Eine Rennbahn beschäftigte im Schnitt zwischen fünfzig und fünfundsiebzig uniformierte Wachmänner, die man bei solchen Agenturen wie beispielsweise Melkins-Peterson mietete. Diese Männer waren nicht nur als Wächter, sondern auch als Auskunftspersonen und ähnliches tätig. Sie wurden so postiert, daß jedermann sie leicht sehen und ihnen bei Bedarf Fragen stellen konnte. Dem normalen Besucher mochte es durchaus so vorkommen, als seien diese Uniformierten die einzigen Ordnungshüter am Platz.
Dem war natürlich nicht so. Die TRPB-Agenten waren überall.
1946 gründeten die Vereinigten Rennbahngesellschaften — der Dachverband der US-Rennbahnen — ein Detektivbüro als Unterabteilung und beauftragte diese damit, den Rennsport zu säubern und ihn auch sauberzuhalten. In jener Zeit war der Pferderennsport allgemein als korrupt und betrügerisch verschrien. Und die Vorstellungen der Öffentlichkeit waren keineswegs übertrieben. Doch diese Einheit, der Sicherheitsdienst der Rennbahngesellschaften, leistete von Anfang an gute Arbeit, und seitdem war es für alle Elemente des organisierten Verbrechens extrem schwierig, wenn nicht gar unmöglich, im Rennsport größere Betrügereien durchzuziehen. Spencer J. Drayton, ein ehemaliger FBI-Agent, hatte das TRPB gemäß den Strukturen des FBI aufgebaut; und zwar so, wie das FBI zu der Zeit organisiert war, als es noch damit beschäftigt war, die Banden des organisierten Verbrechens zu zerschlagen. Heutzutage ist das TRPB die effizienteste und modernste priva-

te Polizeiagentur der Welt. Dieser Einheit ist es zu verdanken, daß nahezu alle Formen des Renn- und Wettbetrugs enttarnt und eliminiert werden konnten. Das TRPB entwickelte zum Beispiel die Methode, Pferden die Lippen zu tätowieren, damit es niemandem mehr möglich war, ein falsches Pferd in ein Rennen zu schmuggeln. Das TRPB führte darüber hinaus eine Kartei mit den Daten und Fingerabdrücken von gut dreihunderttausend Rennbahnangestellten. Zusammen mit diesen und anderen Maßnahmen war es ihnen gelungen, nahezu alle Kriminellen aus diesem Sport zu entfernen.

Eine Abteilung der TRPB-Einheit war auf jeder Rennbahn, die Mitglied im Dachverband war, fest stationiert. Dutzende von TRPB-Agenten in Zivil — zum Teil getarnt als Stallknechte oder Bedienstete, zum Teil wie normale Besucher gekleidet (so zum Beispiel Cooper) — patrouillierten unablässig über das ganze Gelände vom Klubhaus zur Tribüne, von der Koppel bis zu den Stallungen. Nicht einmal der Manager war darüber informiert, wie viele TRPB-Agenten sich gerade auf seiner Rennbahn aufhielten. Und er kannte in der Regel nur einen kleinen Teil von ihnen mit Namen oder vom Sehen.

Doch ganz gleich, wie viele Agenten sich auf einer Rennbahn aufhalten mochten, sie hatten stets alle Hände voll zu tun. Im Pferderennsport kam mehr Geld zusammen als in jeder anderen amerikanischen Sportart. Und wo soviel Geld floß, da fühlten sich viele hingezogen, die auf mehr oder weniger legale Weise ein Stück von diesem Kuchen abhaben wollten. Seit Cooper vor vier Jahren zum TRPB gekommen war, war es ihm bei der Arbeit nur sehr selten langweilig geworden.

»Gab es an diesem Mann noch irgend etwas anderes, was uns seine Identifizierung erleichtern könnte?« fragte er schließlich Hudson. »Oder habe ich vergessen, nach irgendeinem Punkt zu fragen?«

»Nein, Sie waren ziemlich gründlich«, antwortete der kleine Mann.
Cooper nickte. Er wußte, daß er nichts übersehen hatte. »Okay, dann wären wir fast durch. Wenn Sie sich jetzt bitte ausweisen und mir noch ein paar Fragen zu Ihrer Person beantworten, kann ich Sie danach entlassen.«
Panik zeigte sich auf dem blassen, runden Gesicht. Hudson zuckte zusammen. Er sah sich ängstlich um, so als glaube er, jeder hier in der Halle würde ihn anstarren. Dabei interessierte sich überhaupt niemand hier für ihn oder Cooper. »Ich dachte, ich wäre nicht verdächtig?«
»Das sind Sie doch auch nicht«, erklärte der Agent. »Aber Sie sind unser Hauptzeuge. Falls wir die Betrüger zu fassen bekommen, sind wir auf Ihre Aussage angewiesen.«
Hudsons Miene hellte sich ein wenig auf. »Ja, natürlich, da haben Sie vollkommen recht. Entschuldigen Sie, aber daran habe ich im Moment nicht gedacht.« Er öffnete seine Brieftasche und reichte Cooper seinen Führerschein und eine Master-Charge-Karte, auf der er mit Foto abgebildet war.
Cooper notierte sich Hudsons Adresse in Baltimore und gab ihm dann Ausweis und Karte zurück. »Welchen Beruf haben Sie, Mr. Hudson?«
»Lehrer. Nein, das heißt, ich war Lehrer. Ich bin pensioniert.«
»Sie sehen aber für eine Pensionierung noch recht jung aus.«
»Ich bin siebenundvierzig.« Hudson zuckte wieder zusammen. »Na ja, ich lebe von den Investmentpapieren meiner Familie.«
»Sind Sie allein hierhergekommen?«
»Nein, ich . . . nun, äh . . . ich bin mit einer Bekannten hier. Wir verbringen die ganze Woche hier. Sie sehen mich also bestimmt wieder.«

»In welchem Hotel sind Sie abgestiegen?«
Hudson nannte ihm den Namen und die Adresse.
»Ich rufe Sie an, wenn wir Ihre Hilfe benötigen«, erklärte Cooper. »Und jetzt hoffe ich, daß Sie heute abend doch noch ein wenig Spaß finden werden.«
Nachdem Hudson sich rasch verdrückt hatte, studierte Cooper seine Notizen. Die Beschreibung war sehr gut. Damit müßte sich verdammt noch mal etwas anfangen lassen.
Sobald er sich das Aussehen des Gesuchten fest eingeprägt hatte, klappte der Sicherheitsmann seinen Block zu, erhob sich und verbrachte den restlichen Abend damit, von einem Ende des Klubhauses zum anderen zu schlendern. Er begegnete einigen Männern, auf die Hudsons Beschreibung mehr oder weniger zutraf, doch auf keinen paßte sie genau. Und niemand trug heute abend eine Kombination aus dunklem Anzug, hellblauem Hemd und gestreifter Krawatte. Nach dem letzten Rennen war Cooper doch etwas frustriert. Aber zum Aufgeben war es noch viel zu früh. Er wußte, daß der Gesuchte über kurz oder lang einen Fehler machen würde. In seinen vier Jahren beim TRPB hatte Cooper noch jeden Wettscheinfälscher, illegalen Tipgeber und Pferdemanipulator enttarnt und gefaßt, der ihm irgendwie aufgefallen war. Dies war der Krieg gegen die Banden, aber die Herausforderung war selten groß genug, um Coopers gesamte Aufmerksamkeit zu beanspruchen.

Als Jack Killigan um halb eins am Dienstagmorgen endlich zu Hause ankam, befand er sich in absoluter Hochstimmung. In den vergangenen Stunden hatte es keine neuen besonderen Probleme gegeben. Der Umsatz konnte als Rekord für einen normalen Wochentag angesehen werden: über viertausend Gäste im Klubhaus, achttau-

sendfünfhundert Besucher auf der Tribüne, da war es nicht verwunderlich, daß diesmal zwei Millionen in die Kassen geströmt waren. Der Nettogewinn konnte sich sehen lassen. Endlich schienen sich die Werbemaßnahmen, die Rundreisen und die anderen PR-Maßnahmen der letzten Monate auszuzahlen.
Im Schlafzimmer wartete Rita schon auf ihn, und das war der krönende Abschluß eines erfolgreichen Tages.
Rita lag auf dem Bett und sah sich eine Talk-Show an, bei der sie selbst während ihrer Jahre in Hollywood einige Male zu Gast gewesen war. Rita war nackt, lag auf dem Bauch und hatte die Füße verschränkt. Eine Hand diente dem Kinn als Stütze, mit der anderen umschloß sie ein Whiskeyglas. Im blauen Licht des Bildschirms wirkte sie wie ein erotischer Traum.
Killigan entkleidete sich und erzählte ihr dabei vom Zuschaueransturm, vom Umsatzrekord und schließlich von seinem Abkommen mit Agroco. Er war sehr zufrieden mit sich und versuchte das auch gar nicht zu verbergen. Sie aber reagierte nur mit einsilbigen Bemerkungen auf seinen Bericht, und das auch nur, wenn er eine Antwort von ihr verlangte. Sie sah ihn nicht einmal an, sondern starrte unentwegt auf den Fernsehapparat, als würde dort gleich der Hauptgewinner einer Lotterie bekanntgegeben.
Nachdem er die Unterhose ausgezogen hatte, rollte Killigan sich nackt aufs Bett neben sie und sagte scherzhaft: »Muß ja ein faszinierendes Programm sein.«
»Das Übliche.«
»Na, dann können wir uns ja angenehmeren Dingen widmen.«
»Ich bin nicht in Stimmung dafür.«
»Dann laß mich dir ein wenig auf die Sprünge helfen.«
»Ich sagte, ich bin nicht in Stimmung.«
Er faßte mit beiden Händen an ihre Brüste und vergrub

sein Gesicht zwischen den beiden Hügeln. Er leckte und küßte sie, knabberte und saugte an den Brustwarzen, bis sie hoch und fest standen. Als er mit einer Hand sachte über ihren Bauch strich, stellte er fest, daß sie die Oberschenkel fest zusammenpreßte. Er versuchte, sie zu öffnen, aber sie gab nicht nach.
»Du bist ein Mistkerl«, sagte sie. Ihre Stimme klang leise, melodisch und erregt. Sie machte Killigan fast wahnsinnig vor Lust. »Du bist den ganzen Tag fort. Es fällt dir überhaupt nicht ein, mich mal anzurufen. Ich hocke hier herum und warte. Das Telefon schweigt, als wäre es tot. Schließlich ist es Zeit für das erste Rennen. Ich weiß, daß du jetzt erst recht nicht mehr anrufen wirst. Ich bin stocksauer. Ich fange an zu trinken. Das einzige, was ich noch will, ist, mich so lange vollaufen zu lassen, bis du endlich nach Hause kommst und ich dir sagen kann, was für ein Riesenarschloch du bist. Ich starre in die Glotze. Bei dem Programm werde ich ganz blöd. Und wenn ich blöd werde, werde ich wie ein kleines Kind. Und wenn ich wie ein kleines Kind bin, werde ich immer sentimental. Ich werde ganz blöd im Kopf. Ich heule wie ein Wasserfall. Und dann kommst du endlich hereinspaziert, entschuldigst dich nicht einmal dafür, daß du dich den ganzen Tag nicht gemeldet hast, und willst nur noch dein dummes Ding in mich stecken, als wäre ich nicht mehr als eine Art Masturbationskiste. Verfluchte Scheiße noch mal, mir ist so hundeelend zumute, daß ich dir noch nicht einmal sagen kann, was für ein Bastard du bist!«
Killigan war wie betäubt. Er hatte sie noch nie weinen gesehen. Sie gab sich immer so hart, oft genug sogar gehässig. Aber sie war nie weich, zumindest hatte sie das noch nie gezeigt. Nie zugegeben, daß sie verwundbar war. Killigan stand vor einer gänzlich neuen Erfahrung. Wie hätte er auch darauf kommen sollen, er hatte sie ja nie so erlebt.

»Du gehörst nicht zu den Frauen, die stundenlang vor dem Telefon hocken und auf einen Anruf warten«, verteidigte er sich schwach. »Und ich war wirklich den ganzen Tag schwer beschäftigt, Rita. Es waren hektische Stunden.«
»Scher dich zur Hölle!«
»Ich wollte dir nicht weh tun.«
»Mit mir ist alles in Ordnung«, erklärte sie patzig und starrte weiterhin auf den Bildschirm. »Ich will mir nur noch diese Show ansehen und dann schlafen. Ich bin viel zu besoffen, um noch nach Hause fahren zu können.«
Er faßte sie sanft an den Schultern und wollte sie zu sich herumdrehen. »Es tut mir leid, entschuldige bitte.«
»Großartig. Aber das nutzt dir jetzt auch nicht mehr viel. Vor allem kommt dein Schwanz heute nicht mehr zum Zuge.«
»Ich habe sowieso nicht mehr vor, dich zu lieben.«
»Liebe? Pah! Nein, du willst *ficken*. Heute nacht mußt du mich schon vergewaltigen, sonst läuft für dich nichts!«
»Ich würde nie Gewalt gegen dich anwenden.«
»Wirst du aber schon müssen.« Zum erstenmal wandte sie sich vom Fernseher ab und sah ihn an. Sie hatte die glänzenden roten Lippen leicht geöffnet. Ihre Augen waren dunkel, wolkig und voll unausgesprochener Aufforderung.
Wo bin ich denn hier gelandet? fragte sich Killigan. *Was geht hier vor? Was verlangt sie von mir? Und was bezweckt sie damit? Was habe ich ihr getan?*
Er nahm die Hände von ihren Schultern und berührte wieder ihre Brüste. Er spürte ihren Herzschlag. »Wenn du nichts von mir willst, warum liegst du dann nackt auf dem Bett?«
Sie starrte ihn mit wild funkelnden Augen an.
Er riß ihr das Glas aus der Hand und warf es auf den Boden. »Los, gib mir sofort eine Antwort!«

»Scher dich zur Hölle!«
Er packte sie und drehte sie auf den Rücken. Er ignorierte ihre scharfen Fingernägel auf seinen Schultern, Armen und Händen, so gut er konnte. Als er versuchte, ihre zusammengepreßten Schenkel zu öffnen, kratzte sie ihn mit aller Wucht ins Gesicht. Blut rann von seiner linken Wange.
»Verdammt noch mal!«
Sie wand sich auf dem Bett hin und her.
Er packte sie fester und legte sie wieder in Position. Als sie nach ihm trat, nutzte er die Gelegenheit, ein Knie zwischen ihre geöffneten Schenkel zu schieben.
»Saukerl!« fauchte sie.
Er schob beide Hände unter ihren Hintern und hob sie zu sich heran, während sie mit Schlagen, Beißen und Kratzen nach einer Fluchtmöglichkeit suchte. Als sein Penis die feuchten, zuckenden Schamlippen erreichte, entdeckte er tiefempfundenen Haß auf ihren schönen Zügen. Er zögerte, da er noch immer nicht begriff, was hier gespielt wurde. Hatte er jetzt vielleicht die Regeln verletzt?
Sie nutzte seine momentane Verwirrung aus und stieß ein Knie in seine Weichteile. Er schrie vor Schmerzen auf und ließ Rita los. Während er sich krümmte und die Hände an seinen Unterleib preßte, befreite sie sich von ihm, kroch zur Bettkante und eilte flink aus dem Zimmer.
Trotz seiner Schmerzen stolperte er ihr nach und fing sie an der Tür zum Badezimmer ab. Er hob sie hoch und trug sie zum Bett zurück. Sie strampelte, kreischte und fauchte. Er warf sie aufs Bett und drückte ihr Gesicht ins Laken. Er packte ihre Pobacken, fuhr mit dem Daumen durch die Spalte, als öffnete er einen Brief, spreizte die Backen und stieß seinen Schwanz hinein, bevor sie überhaupt wußte, wie ihr geschah.
Bei jedem Stoß von ihm schrie sie auf, versuchte den Kopf zu befreien und den Rücken zu wölben. Anfangs glaubte

er, sie würde sich wirklich nach Kräften gegen ihn zur Wehr setzen. Dann begriff er, daß sie wollte, daß er das glaubte. Gleichzeitig bewegte sie ihre feuchten inneren Muskeln mit der Geschicklichkeit einer teuren Hure. Als er das erkannte und ihm auch noch klarwurde, daß sie ihn mit dem ihr eigenen Geschick binnen Sekunden zur Ejakulation bringen würde, zog er rasch seinen Penis aus ihrem Hinterteil. Sein steifes Glied befand sich noch zwischen den Pobacken, als es schon zu spät war. Sein Schwanz spuckte einen großen, glitzernden Klecks auf ihren Hintern.

In dem Augenblick, als Rita fühlte, wie die dicke, weiße Flüssigkeit an ihren Seiten herabrann, nutzte sie seine momentane Schwäche und befreite sich von ihm. Sie rollte aus dem Bett, rannte ins Badezimmer, warf die Tür hinter sich zu und sperrte ab. Sie heulte und weinte endlos lange, bis ihr Schluchzen alles Menschliche verloren hatte und wie das Geschrei von Möwen in einem Sturm klang. Ihre Laute hallten unheimlich in dem kleinen Badezimmer wider.

Aber sie wollte doch mit Gewalt genommen werden, oder? fragte sich Killigan.

Warum heulte sie dann?

Er fand darauf keine Antwort. Er wußte überhaupt nicht mehr, was Rita eigentlich wollte. Was verlangte sie denn von ihm? Was erwartete sie um alles in der Welt von ihm? Und was würde sie ihm noch alles antun wollen?

Killigan lag einige Minuten auf dem Bett und gab sich seiner Erschöpfung hin. Seine Genitalien schmerzten immer noch etwas. Aber der wirkliche Schmerz, der in ihm bohrte, war nicht physischer Natur. Er kam sich billig, mißbraucht und wertlos vor. Er schämte sich furchtbar. Als er die Augen schloß, verwandelte sich sein Geist in ein ekelhaftes, von Geschwüren besetztes Füllhorn, das unablässig die fauligen Früchte seiner Vergangenheit auskippte: seine Mutter, wenn sie böse mit ihm war; seine Mutter, als sie ausgemergelt und krank im Sterben lag; die blassen, verzerrten Gesichter der Priester hinter dem Gitter der Beichtkabine; die strengen Blicke des Priesters, als er über dem kalten Leichnam seiner Mutter etwas Geheimnisvolles murmelte; erbarmungslose Nonnen, die in schrecklichem Schweigen durch die endlos langen Gänge des Klosters eilten; Nonnen, die wie riesige Raben wirkten, wenn sie im Garten waren und der Wind in ihre Gewänder fuhr; der anklagende Ausdruck auf dem leidenden Gesicht des Gekreuzigten, den er so oft als Chorknabe in der Kirche hatte anschauen müssen ... Killigan überraschten diese finsteren Erinnerungen, denn er war seit über dreißig Jahren in keiner Kirche mehr gewesen. Er hatte irgendwann seinen Glauben verloren, einfach so, von einem Tag auf den anderen, und hielt sich heute für einen Atheisten. Und plötzlich in diesen Minuten war alles wieder da, war ohne Warnung zurückgekehrt: die ganze verdammte Kette von Schuldgefühlen, von Furcht, von Unterdrückung, von unbedingtem Gehorsam ...

Großer Gott, warum tust du mir das an?

Dabei hatte er so einen ausgefüllten und erfolgreichen Tag hinter sich. Er war voller Stolz nach Hause gefahren, weil endlich einmal alles in den richtigen Bahnen verlaufen war. Und dann war plötzlich alles vom Kurs abgekommen. Nun lag der Tag in Scherben da.

Er stand auf und sah Ritas Glas am Boden. Er füllte es mit Eiswürfeln und Bourbon, die neben dem Bett auf einem Schränkchen standen, und leerte es in einem Zug, als würde er Wasser hinunterstürzen.

Langsam, ganz langsam, Junge. Oder hast du schon vergessen, wie du dich heute morgen gefühlt hast?

Er konnte sich morgen keinen weiteren Kater leisten.

»Ach, zur Hölle damit!« fuhr er den Moderator an, der ihn vom Bildschirm anlächelte. »Wie soll ich sonst in dieser Nacht Schlaf finden? Also halt' dich gefälligst da raus!«
Er stürzte den nächsten Bourbon hinunter. Während er darauf wartete, daß Rita endlich aus dem Badezimmer kam, arbeitete er nach Kräften daran, sich vollaufen zu lassen.

9

Als er kurz nach Mitternacht in sein Zimmer im Lazy-Time-Motel zurückkehrte, marschierte Ely Grimes direkt auf seinen skandinavischen Sessel neben dem Bett zu. Noch während er sich niederließ, wand er sich aus seinem leichten Mantel, öffnete die Krawatte und rollte die Ärmel hoch. Er schlug die vielfach bekritzelte Ausgabe der DAILY RACING FORM auf, in der er Anmerkungen für die Rennen des heutigen Abends gemacht hatte. Sorgfältig studierte er seine Notizen mit der Lupe. Dann arbeitete er sich durch seine Karteien und Graphiken. Er ging langsam und methodisch vor, so als würde er diese Unterlagen zum erstenmal zu sehen bekommen, so als hätte er tatsächlich Geld gesetzt und etwas gewonnen. Er hatte in der Tat Geld gesetzt. Und er hatte alles verloren. Nun mußte er dringend herausfinden, warum sein System versagt hatte.
Zu seiner großen Verblüffung stellte er fest, daß der Sieger im zweiten Rennen genau das Pferd war, auf das er ursprünglich hatte setzen wollen. Aus irgendeinem unerfindlichen Grund hatte er sich jedoch für einen Verlierer namens *Insouciant* entschieden. Hätte er sich an sein System gehalten — das System, das er in so langer und mühseliger Arbeit entwickelt hatte —, hätte er *Insouciant* gar nicht erst ernsthaft in Erwägung gezogen.

Verdammt noch mal, Grimes, dachte er verärgert, *ein Pferd wie »Insouciant«! Der elende Gaul hat sein letztes Rennen nur durch einen puren Zufall und um Haaresbreite gewonnen. Und da denkst du, es sei jetzt auf dem Weg nach oben, und es würde sich lohnen, auf dieses Pferd zu setzen. Gut, auch andere Faktoren haben für »Insouciant« gesprochen. Das Pferd besitzt Durchhaltevermögen und Kampfgeist. Und schließlich hat es sich im Endspurt durchgesetzt, damals. Aber damals hatte es auch einen anderen Jockey auf dem Rücken: Joey Misakonis! Misakonis ist ein heller Kopf. Er hält sein Pferd anfangs zurück, bleibt im Mittelfeld und startet dann zum Finish, wenn die anderen ihre Kräfte schon fast verbraucht haben. Das ist die Spezialität von Misakonis. Aber heute saß ein anderer auf dem Pferd: Billy Fiore. Fiore treibt sein Pferd gleich vom Start an nach vorn. Er bevorzugt es, gleich zu Beginn an der Spitze zu sein und diese Position nicht mehr aufzugeben. Fiore und Misakonis, zwei berechenbare Jockeys, die sich dennoch grundsätzlich voneinander unterscheiden. Ach, Grimes, ist dir denn dein ganzer Pferdeverstand abhanden gekommen? Kennst du dich denn mit den Regeln deines eigenen Systems nicht mehr aus? Du hättest zweihundert auf »Ring the Bell« setzen sollen. »Insouciant«! Pah! Da kannst du ja beim nächsten Mal gleich dein ganzes Geld zum Fenster hinauswerfen.*

Er hatte heute abend bei den neun Rennen fünfmal gesetzt und kein einziges Mal etwas gewonnen. Und jetzt mußte er entdecken, daß er bei jedem Rennen hätte gewinnen können, wenn er seine Unterlagen etwas genauer studiert hätte. Sein System funktionierte tatsächlich! Er mußte sich nur etwas mehr an den Regeln orientieren, dann konnte er auch einen Gewinn machen. Er hatte zwölf Monate damit verbracht, die Rennen auf dem Papier zu verfolgen und nur in Gedanken Wetten zu setzen. Er hatte so lange kein echtes Geld mehr gesetzt, daß er fast vergessen hatte, wie ernst diese Form des Glücksspiels war. Aber das würde sich von nun an ändern. Von heute an würde er prüfen, gegenprüfen und nochmals prüfen, bevor er seine endgültige Wahl traf.

Während der ganzen Fahrt zurück zum Motel war Grimes enttäuscht und verwirrt gewesen. Er hatte achthundert Dollar an den Wettschaltern verloren, soviel wie nie zuvor an einem einzigen Tag. Er hatte Mühe gehabt, sich auf die Straße zu konzentrieren, und war mehr als einmal in der Böschung gelandet, einmal sogar den Bahngleisen gefährlich nahe gekommen. In seinen Gedanken sah er nur die Verlierer vor sich, auf die er blöderweise gesetzt hatte. Sein Magen hatte im Takt zu den galoppierenden Hufen revoltiert, hatte sich verkrampft und verknotet.

Aber jetzt fühlte er sich wieder besser. Das System hatte sich als perfekt erwiesen. Sein Pech war allein auf sein persönliches menschliches Versagen zurückzuführen. Wenn er nun mit viel mehr Gründlichkeit seine Entscheidungen traf, konnte morgen eigentlich nichts schiefgehen, und auch übermorgen und die ganze Woche bis zum Samstag nichts. Er hatte heute mehr verloren, als er kalkuliert hatte, aber ab morgen würde er alles und noch viel mehr wieder hereinholen.

Er räumte alles vom Bett, zog sich aus, legte sich aufs Bett, schob sich das Kissen unter den Rücken und nahm sich die Zeitung vor. Zum erstenmal studierte er nicht die Tabellen vergangener und zukünftiger Rennen, sondern las die Nachrichten auf der ersten Seite. Er entdeckte dort die Meldung, daß der Besitzer von *Magic Pitcher* sein Pferd beim großen Rennen am Samstag starten lassen wollte. Ely Grimes spürte die Erregung in sich aufsteigen, als er diese Meldung las. *Magic Pitcher* war das jüngste Wunderpferd und hatte eine Abstammungslinie, in der es viele Gewinner gab und die Grimes jahrelang verfolgt und schließlich auch in seinen Unterlagen erfaßt hatte. Wenn es nach *Secretariat* je ein Pferd geben würde, das noch zu Lebzeiten Unsterblichkeit erlangen könnte, dann nur *Magic Pitcher*. Den meisten Sportreportern war das bislang entgangen, obwohl *Magic Pitcher* doch schon mit einer ganzen Reihe beeindruckender Siege aufwarten konnte. Vermutlich hatte keiner dieser Schreiberlinge es für nötig gehalten, sich die Abstammung dieses edlen Tieres genauer anzusehen. Es gab keine andere Möglichkeit, *Magic Pitcher* würde das große Rennen am Samstag gewinnen — auch wenn in letzter Minute ein anderes erstklassiges Pferd zum Start gemeldet würde, und auch trotz des Umstands, daß *Magic Pitcher* auf einer Bahn wie der von Century Oaks nicht in Höchstform gelangen konnte —, und die Wetten auf dieses Tier würden mindestens vier zu eins stehen, wahrscheinlich sogar noch besser. Mein Gott, auf eine solche Chance warteten manche Wetter ihr Leben lang! Ein Pferd, das von den sogenannten Experten übersehen worden war und das einfach nicht verlieren konnte! Grimes las die anderen Nachrichten und kehrte immer wieder zu der Meldung über *Magic Pitcher* zurück. Er träumte mit offenen Augen von seinem System, das es ihm ermöglichen würde, einen Aspekt der Leukämie zu besiegen und Clara eine sorgenfreie Zukunft zu schenken. Ely Grimes schlief schließlich im Sitzen ein.

Zwei Meilen entfernt vom Lazy-Time-Motel lehnte Danny Eugene Foxen an der Ecke eines Gebäudes bei den Stallungen. Er spähte hinein in einen Stall, und sein Blick wanderte über die Boxen. Sechs schwache elektrische Birnen hingen in imitierten antiken Laternen von der Decke und vermochten kaum mehr, als die Schatten unter dem Dach ein wenig aufzuweichen. Um diese Zeit hielt sich hier niemand mehr auf; abgesehen von ein paar TRPB-Agenten. Doch von diesen Mistkerlen war niemand in der Nähe. Selbst die Ziegen, Enten, Katzen und anderen Tiere hatten sich schlafen gelegt.

Foxen schlich sich zum Stalltor, ging auf Zehenspitzen hinein und blieb vor einer Box stehen. Leise rief er den Namen des Pferdes darin. Das Tier schnaubte und schmatzte, zeigte sich aber nicht. Foxen rief ein zweites Mal. Kurz darauf schon *Magic Pitcher* seinen wunderschönen kastanienfarbenen Kopf über die Absperrung, um nachzusehen, wer denn da seine Ruhe störte.
»Hallo, alter Junge«, grüßte Foxen.
Das Pferd betrachtete ihn mißtrauisch mit seinen großen, hellen Augen.
Foxen schob ihm einen Würfelzucker ins Maul.
Magic Pitcher zerbiß das Stück und schluckte es hinunter. Dann hob er auffordernd den Kopf, um mehr zu erhalten. Was für ein prachtvoller Zweijähriger, dachte Foxen. Sein Besitzer hatte auf der Keeneland-Sommerversteigerung in Kentucky eine viertel Million Dollar für das Tier bezahlt. Und in Keeneland wurden die besten Einjährigen der Welt angeboten. Die Viertelmillion war ein Durchschnittspreis, doch *Magic Pitcher* würde das Geld mehr als wieder hereinholen. Er war vielleicht nicht der allerbeste Zweijährige seiner Klasse, aber er würde etliche Male den Sieg davontragen.
Foxen ließ seinen Blick durch den Stall wandern. Er war immer noch allein hier. Er zog zwei weitere Würfelzucker aus der Hosentasche und reichte sie dem Pferd. Während der Zweijährige gierig darauf herumkaute, holte Foxen ein Päckchen Streichhölzer aus der Hemdtasche. Er entzündete ein Streichholz an der Box und wedelte dem Tier mit der Flamme vor den Augen herum.
Magic Pitcher reagierte augenblicklich, obwohl dieses edle Tier viel zu stolz war, um in Panik zu geraten. Es riß den Kopf hoch und rollte mit den dunklen Augen. Es schnaubte empört und verächtlich, so wie ein Gentleman vielleicht auf einen bettelnden Penner reagieren würde. Offenbar

konnte *Magic Pitcher* nicht begreifen, warum dieser Mann ihm erst Zucker gab und ihn dann mit einem Feuer erschrecken wollte. Das Pferd fletschte die Zähne und zog sich in seiner Box zurück.
Foxen kicherte. Sein Gesicht glänzte vom Schweiß. Er ließ das abgebrannte Streichholz auf den Boden fallen und entzündete ein zweites. Er malte mit der Flamme Figuren in der Luft und erfreute sich daran wie ein Kind angesichts eines Feuerwerks.
Magic Pitcher zog sich weiter in seiner Box zurück, bis er am hinteren Ende stand. Das Tier schnaubte lauter und stampfte mit den Hufen auf. Eine Brise brachte den Gestank des Kotberges mit.
Foxen lachte.
Ein Papagei, der »Freund« von *Magic Pitcher*, erwachte in seinem Käfig, der von der Decke hing. Er flatterte mit den Flügeln, tanzte nervös auf seiner Stange herum und beschimpfte Foxen wütend.
Foxen entzündete ein drittes Streichholz. Dieses Mal hielt er die Flamme in die Box hinein und wedelte damit herum.
Endlich geriet das Pferd in Panik. Es warf den Kopf in den Nacken und stieß den eigenartigen spitzen Schrei seiner Rasse aus. Seine Hinterhufe traten gegen die Boxenwand. Der Papagei kreischte, als würde er gerupft. Binnen Sekunden fielen die Pferde zu beiden Seiten dieser Box in den Aufruhr ein. Der Friede in den Stallungen war um drei Uhr nachts zu Ende.
Foxen zitterte vor Erregung. Er hüpfte von einem Bein aufs andere und rannte dann den Gang zwischen den Boxen entlang. Er gelangte aus dem Stall, rannte zwischen den Ställen entlang und wurde immer schneller. Als er mindestens zwanzig Ställe passiert hatte, wendete er und lief den Weg zurück. Er hörte bald wieder den Lärm aus den

Boxen rings um *Magic Pitcher.* Doch jetzt mischten sich auch Männerstimmen darunter. Foxen konnte ein Kichern nicht unterdrücken und eilte daher zu seinem kleinen Zimmer in den billigen Personalunterkünften. Er schloß die Tür hinter sich und fühlte sich sicher.

Er hockte sich auf sein schmales Bett, zog die Knie bis ans Kinn heran und umfaßte seine Beine.

»Mein Gott! Meine Güte!« sagte er leise und ergriffen.

Endlich erhob er sich und marschierte in dem kleinen Zimmer auf und ab.

Er zog die Packung Streichhölzer aus der Hemdtasche und starrte sie an.

Er fing wieder an zu kichern.

Er ging in die Küche am Ende seines kleinen Zimmers, drehte das Gas auf und hielt die Hände über die Flamme wie ein Mann, der sich im Winter wärmen will. Sein Gesicht rötete sich. Schweiß rann ihm über die Wangen. Die Erregung durchzuckte ihn in heftigen Wellen. Er fürchtete sich davor, wollte sie niederzwingen. Aber er konnte die eigenartige Gefühlsmischung aus Freude, Angst und Verzweiflung nicht unterdrücken.

Seit fünf Jahren, seit er achtzehn war, hatte Danny Foxen in Rennbahnstallungen gearbeitet: Liberty Bell, Bowie, Delaware Park, Hagerstown und jetzt Century Oaks. Er hatte als Pferdejunge angefangen, hatte Ponys für Kinder herumgeführt. Danach hatte er die Pferde nach den Rennen geführt, sie abkühlen lassen. Bald darauf war er Stallknecht geworden, und als solcher arbeitete er jetzt bei Century Oaks.

Angesichts all der komplizierten Prozeduren, die nötig waren, um ein Pferd auf ein Rennen vorzubereiten, war der Stallknecht für den Erfolg fast ebenso wichtig wie der Trainer. Foxen mußte das Tier versorgen, es abbürsten, reinigen, baden und das Stroh wechseln. Dazu gehörte auch die weniger angenehme Aufgabe, den Kot aus der Box zu schaffen. Oder die schon wesentlich leichtere Arbeit, dem Pferd das Zaumzeug und den Sattel aufzulegen. Wenn ihm ein Pferd übertragen wurde, konnte er es rascher und effektiver beruhigen als der Trainer oder das jeweilige Lieblingstier. Dieses Pferd suchte dann die Nähe seines Knechts, wenn es nervös war oder es sich gesundheitlich nicht auf der Höhe fühlte.

Danny Foxen besaß die besondere natürliche Gabe, diese undefinierbare Befähigung, die einen hervorragenden Pferdehüter von einem durchschnittlichen oder auch guten unterschied. Foxens Schützlinge wurden seltener krank als die seiner Kollegen. Foxen rieb seine Pferde täglich, Woche für Woche, in der gleichen Weise ab und kannte so ihren Leib besser als seinen eigenen Körper. Wenn dann ein Pferd während des Abreibens zusammenzuckte, obwohl es das vorher nie getan hatte, wußte er sogleich, daß etwas mit dem Tier nicht stimmte. Eine verzogene, gezerrte Sehne, ein verspannter Muskel, eine Verrenkung, eine Verstauchung, ein Splitter unter der Haut, ein Geschwür oder sonst was — Foxen konnte das dann beinahe genauso schnell feststellen wie der Tierarzt.

Aber Foxen würde es nie zum Trainer bringen. Auch wenn er die nächsten zwanzig Jahre bei Century Oaks bleiben würde, er würde es nie weiter als bis zum Pferdeknecht bringen, der er ja jetzt schon war. Ein Trainer durfte sich nur einer Leidenschaft hingeben, den Pferden. Doch das war bei Danny nur Nebensache. Viel mehr und über allem anderen begeisterte er sich am Feuer.

Danny Foxen war Pyromane. Im Alter von fünfzehn Jahren hatte er zum erstenmal ein Feuer gelegt, in einem verlassenen Haus. Die Flammen vermittelten ihm das Gefühl, endlich etwas vollbracht zu haben, endlich jemand zu sein. Er verspürte dabei eine Macht, wie er sie sonst nie kennengelernt hatte. Im Alter von sechzehn hatte er ein weiteres leerstehendes Haus niedergebrannt, hatte dann ein bewohntes Mietshaus angezündet und schließlich zwei parkende Autos in Brand gesteckt. In den letzten sieben Jahren hatte er weitere einundzwanzig Feuer gelegt. Bei jedem neuen Brand hatte er seine wunderbaren Machtträume wieder erlebt. Fasziniert wie ein reicher Geizhals angesichts seines Goldes hatte er in die Flammen gestarrt. Sein ungesunder Drang hatte nie nachgelassen, war eher noch stärker geworden. Und die Erregung, die er bei Feuer verspürte, war ihm immer noch der höchste Genuß.

Mehr als jeder andere Brand begeisterte Danny ein Feuer in den Stallungen, das außer Kontrolle geriet. In über tausend Nächten hatte er denselben erregenden Traum gehabt: Die Ställe standen ruhig und friedlich in Reih und Glied da; leise schnarchten die Pferde in ihren Boxen; dann der erste graue Rauchfaden, der sich wie eine Spirale in den Nachthimmel hinauf bewegte; dazu der erste schwache Geruch von brennendem Holz, ein Geruch wie von einem exotischen Gewürz; die ersten dämonischen Flammen, die an einer Stallwand hinaufzischten, Flammenzungen wie von Höllenmonstern; die schrillen Schreie der eingesperrten Tiere; das panikerfüllte Donnern der Hufe; Männer, die schrien und brüllten, manchmal sogar weinten; Strohberge, die von einem Moment auf den anderen in weißem Licht explodierten; Schatten an den Wänden, die grotesk verzerrt waren; Schatten, die tanzten, sprangen und sich wanden; satanische Schatten voller bösartiger Bedeutung und gräßlicher Symbolik; die Schatten des Holocaust ...

Danny grunzte wie ein Mann bei den Zuckungen des Orgasmus und zog die Hände von der brennenden Gasflamme. Er schaltete den Herd aus, legte sich aufs Bett und streckte sich. Er schloß die Augen und dachte an ein Feuer. Allmählich beruhigte sich sein Körper ...

Feuer.

Von all den Feuern, die er in seinem Leben gelegt hatte, hatte es nur zweimal auf einer Rennbahn gebrannt. Danny kam sich wie ein willensschwacher Übergewichtiger vor, der sich auf Diät gesetzt hatte und sich nur noch einen Schokoriegel pro Woche erlaubte. Er litt und litt wochen- und monatelang, wenn er pro Woche nur einen Riegel verdrücken durfte, und dann eines Tages war es so weit, er stopfte sich rücksichtslos mit Süßigkeiten voll. Die TRPB-Agenten waren zu gründlich, um einen Brandstifter entkommen zu lassen. Danny wußte, daß er nur frei bleiben konnte, wenn er mit der größten Umsicht vorging und seine Besessenheit so lange wie möglich im Zaum zu halten versuchte.

Foxen erinnerte sich an seine früheren Brände auf Rennbahnen. Jersey vor fünf Jahren: zwei Ställe bis auf den Grund niedergebrannt, zwei weitere Ställe schwer beschädigt, zwölf Pferde tot, vier Männer mit Verbrennungen und Rauchvergiftungen im Krankenhaus. Vor zwei Jahren in New York: sechs Ställe zerstört, zwanzig Pferde tot, drei Männer im Krankenhaus.

Feuer.

Feuer war wie das Gehalt, von dem Foxen existierte. Die Feuer, die er legte, konsumierten die Besitztümer anderer Menschen, gingen damit gewissermaßen in Dannys Besitz über. Er hatte oft über diesen Aspekt nachgedacht. Das war doch die Grundregel aller Wirtschaftsvorgänge: Man gewann sein Geld, indem man anderen das ihre wegnahm. Dannys Teilnahme am Wirtschaftsleben war, Feuer zu legen, genau so wie ein Bankier Kredite vergab und Zinsen einstrich. Die Flammen waren dabei Dannys Imperium. Feuer brachte Danny, wenn auch geheim, Status. Er hatte viel über Geld und Geldwirtschaft, aber auch über psychische Krankheiten gelesen und hatte über das alles viel nachgedacht. Eines Tages war er zu der Erkenntnis gelangt, daß es sich bei psychischen Störungen nicht notwendigerweise um Krankheiten handeln mußte. Danny sah sie eher als Meinungsunterschiede zwischen einem Individuum und den Regeln und Normen der Gesellschaft. Wenn er sich hin und wieder doch Gedanken über seine geistige Gesundheit machte, bei den seltenen Gelegenheiten, wenn er an der Richtigkeit seiner Besessenheit zweifelte, konnte er sich stets rasch damit beruhigen, daß er doch im Prinzip dasselbe tat wie alle anderen auch: Er jagte Reichtümern hinterher. Der Unterschied bestand lediglich darin, daß Flammen das Zahlungsmittel bildeten. Flammen waren der Geldkreislauf seiner privaten Welt.

In der kommenden Freitagnacht, am Vorabend der großen Lotterie, wollte er sich seinen größten Reichtum verschaffen. Er wollte in den Stallungen ein Feuer legen, das die beiden früheren Rennbahnbrände um ein Vielfaches übertraf.

10

Am Dienstag morgen fuhren Edgar Garrison und Pat Jessup nach New York City, um sich mit Schußwaffen zu versorgen. Edgar fuhr den gemieteten Chevrolet von Harrisburg bis Easton. Pat saß die zweite Hälfte der Fahrt hinter dem Steuer. Sie hielten nur zweimal an: einmal, um zu tanken, das andere Mal, um in einem Schnellimbiß Cheeseburger und Pommes frites zu sich zu nehmen. Die Fahrt dauerte vier Stunden, und währenddessen redeten die beiden Männer nur wenig miteinander. Als Jessup endlich den Wagen in einer Seitenstraße in Queens parkte, hatten die beiden kaum hundert Worte miteinander gewechselt.

Pat deutete durch die Windschutzscheibe auf ein paar alte Häuser gegenüber.

Hinter dem Abfall auf dem Bürgersteig, den geparkten Wagen und einigen kümmerlichen Buchen, die in regelmäßigen Abständen in den Gehsteig eingelassen waren, erkannte Garrison ein halbes Dutzend heruntergekommener, dreigeschossiger Gebäude. Die oberen Etagen waren Wohnungen vorbehalten, während ebenerdig Geschäfte in den Räumen waren. Eine Schnellwäscherei, ein Second-hand-Buchladen, ein Friseursalon, ein Straßencafé, ein Schuster und ein Plattenladen, dessen Schaufenster mit allerlei modischem Schnickschnack vollgestopft waren.

»Welcher Laden ist es?« fragte Garrison.

»Der Buchladen.«

»Und da gehen wir einfach hinein?«

»Kennen Sie eine bessere Möglichkeit, einen Laden zu betreten?« Pat stieg aus und überquerte die Straße. Edgar folgte ihm.

Jessup trug einen neuen Anzug, und der war ebenso farblich abgestimmt wie der, den er am Montag getragen hatte. Was gestern schokoladenbraun gewesen war, war heute beige: Anzug, Hemd, Krawatte und Schuhe. Nur der Ring war derselbe geblieben.

Aber er wirkt hier nicht so fremd wie gestern auf dem Land, dachte Garrison. *Diese Brauntöne, man könnte sie hier in Queens fast für eine Art Tarnung halten. Jessup ist durch und durch Stadtmensch, er besitzt sogar die dafür passende Ausstattung.*

Die alte Glastür des Second-hand-Ladens wurde von schmalen Streben aus Mahagoniholz in acht Teile geteilt. Handgeschriebene Buchstaben, die über vier von diesen verteilt waren, verrieten erst im Zusammenhang, um was für ein Geschäft es sich handelte:

B U C H

S H O P

Eine Kette mit Messingglöckchen bewegte sich, als Pat die Tür öffnete.

Vier Meter hohe Bücherregale bedeckten ringsum die Wände des Ladens. Auf den einzelnen Brettern stapelten sich ganze Berge von alten Magazinen und Groschenheften aller Art: Krimis, Science-fiction, Thriller, Liebesgeschichten, Western, Horror und Fantasy. Andere Regale erhielten Unmengen von gebrauchten Taschenbüchern aus den letzten drei Jahrzehnten. Auf dem Boden standen sechzig oder siebzig lange Tische (mit schmalen Gängen dazwischen), auf denen ebenfalls Unmengen von Lesestoff ausgebreitet war. Die Taschenbücher waren so übereinandergestapelt, daß nur ihre Rücken zu sehen waren. Die Magazine hingegen, die älter und gesuchter waren (der Laden präsentierte in der Hauptsache Ausgaben von 1920 bis 1940), lagen so, daß ihre grellbunten Cover zu sehen waren. Garrison fielen einige der Titel ins Auge. Ausgaben von CAPTAIN FUTURE, WEIRD TALES, THRILLING DETECTIVE STORIES, ACE SPORTS STORIES, WESTERN TRAILS ... Der leichte Schwefelgeruch des sich allmählich auflösenden, holzhaltigen Billigpapiers der Magazine erfüllte den Raum wie ein schweres Parfüm in einer heißen Augustnacht.

Ein Mann in einem Rollstuhl näherte sich ihnen durch einen der schmalen Gänge und hielt vor ihnen an. Er war Mitte Fünfzig, trug weiße Haare und einen ebenso weißen Bart und hatte Augen, die an verblichene Druckerschwärze erinnerten. Seine Arme waren muskulös, kräf-

tig und behaart. Doch mit seinen Beinen konnte er nichts mehr anfangen. Die Hosenbeine hingen schlaff und faltig über den Gliedmaßen, die nur noch aus Knochen zu bestehen schienen.
»Hallo, Pat«, sagte der Alte. »Wen haben Sie denn da mitgebracht, einen Freund?« Seine Stimme klang sehr melodisch. Vermutlich konnte er gut singen.
»Er heißt Edgar«, antwortete Jessup.
»Erfreut, Sie kennenzulernen, Edgar«, sagte der Alte. »Ich heiße Bill McGill.« Er lächelte angenehm.
Sie schüttelten sich die Hände. Garrison machte sich schon auf einen Händedruck gefaßt, der ihm fast die Finger brechen würde; eine Überkompensation, die von den nutzlosen Beinen herrührte. Doch McGill gehörte nicht zu dieser Sorte Mensch. Er brauchte mit der Kraft seiner Arme nicht zu prahlen. Sein Händedruck war fest, aber vergleichsweise sanft.
»Sie haben Glück«, erklärte er, »ist gerade keine Kundschaft da. Ich schließe nur eben ab, dann können wir uns den Geschäften widmen.« Er rollte zur Tür und sperrte zu. Dann drehte er den elektrischen Rollstuhl um hundertachtzig Grad und sauste an Garrison vorbei auf einen Lastenaufzug am hinteren Ende des Ladens zu. Die Seiten der alten Magazine raschelten vom Fahrtwind.
»Nun kommen Sie schon!«
Die hintere Hälfte des Kellers unterschied sich in keiner Weise vom Laden. Über zehntausend alte Bücher und Magazine quollen aus Regalen und Kisten.
»Es hat sicher viel Zeit und Geduld erfordert, all diese Schätze zusammenzutragen«, bemerkte Garrison, als er hinter McGill herlief.
»Ich habe mein ganzes Leben nichts anderes getan.«
»Kann man denn damit wirklich Geld verdienen?«
McGill blieb vor einem Regal stehen und fuhr sanft mit den

Fingerspitzen über die Rücken einer vollständigen Ausgabe alter GALAXY-Hefte. »Ich setze damit etwa zehntausend im Jahr um. Ich könnte erheblich mehr verdienen, wenn ich es nur über mich brächte, die wertvollen Sachen anzubieten. Sie müssen wissen, ich besitze einige vollständige Ausgaben von BLACK MASK, drei davon sind in einem tadellosen Zustand. Außerdem fünfmal WEIRD TALES komplett. Jede Ausgabe bringt etliche tausend Dollar. Aber ich kann mich einfach nicht davon trennen. Diese alten Bücher und Magazine, sie waren schon immer mein ein und alles. Seit meinem sechsten Lebensjahr bin ich an den Rollstuhl gefesselt.« Er wandte sich abrupt von den Magazinen ab und rollte in die vordere Kellerhälfte.

Dort war eine Tür, und dahinter lagerten die Schußwaffen des Gelähmten. Zweihundert Gewehre, Schrotflinten und Pistolen waren in samtbezogenen Kisten ausgestellt, die auf Wandregalen standen. Bei den meisten handelte es sich um Revolver oder automatische Pistolen, die gereinigt oder repariert werden mußten. Der Raum enthielt sogar einen kleinen, gasbetriebenen Schmiedeofen, Tiegel und Formen, in denen Metall geschmolzen und gegossen werden konnte. Daneben entdeckte Garrison Fräsen, eine Drehbank, Metallsägen, eine Werkbank und unzählige Werkzeuge. Alle Tische und Arbeitsplatten waren so tief, daß ein Beingelähmter bequem daran arbeiten konnte.

McGill saß mit dem Rücken zum Schmiedeofen, hielt die Finger an den Hebeln und Schaltern seines Rollstuhls, so als wolle er im nächsten Moment die Flucht ergreifen, und lächelte Jessup an: »Was brauchen Sie diesmal?«

»Vier Pistolen.«

»Ist das alles?«

»Für den Anfang.«

»Genügen Revolver?«

»Sie müssen in Achselholstern getragen werden können.«
»Dann besser automatische, die sind nicht so groß.«
»Was haben Sie denn gerade da?«
McGill fuhr zu einer der Werkbänke, und die beiden Besucher folgten ihm. Der Krüppel zeigte auf die ersten vier Pistolen in einer Reihe von zwanzig Handfeuerwaffen.
»Ich kann Ihnen vier gleiche Waffen geben.«
»Die sehen aus wie Brownings.«
»Ganz recht, Brownings. Browning M-35, halbautomatisch. Gute Verarbeitung, FN in Belgien. Sind zwar alte Pistolen, noch aus dem Krieg, aber ich habe mir bei diesen Stücken besonders viel Mühe gegeben, sie wieder instandzusetzen. Der einzige Nachteil ist das Luger-Kaliber von neun Millimetern. Und der Abzug ist etwas langsam.«
»Ich denke, das dürfte für unsere Zwecke reichen.«
»Ganz wie Sie wünschen.«
»Und die Durchschlagkraft?«
»Als wenn man mit einem Schmiedehammer zuschlagen würde.«
Edgar war verlegen und kam sich etwas fehl am Platz vor. Er sah von einem Mann zum anderen und fühlte sich dabei wie ein Parodist, der einen Tenniszuschauer darstellt. Feuerwaffen waren ihm nicht ganz unbekannt, und er wußte ziemlich genau, wie man mit ihnen umzugehen hatte. Aber er war kein Waffennarr, der sich in allen Details auskannte.
»Wieviel Schuß kommen ins Magazin?« fragte Jessup. »Zehn?«
»Dreizehn.«
»Das ist prima, kommt uns sehr gelegen. Und wie steht's mit der Treffsicherheit?«
»So gut wie bei allen Brownings«, antwortete McGill und

nahm eine der Pistolen in die Hand. »Die hier gehört sogar zu den besseren. Der Lauf ist nicht abschraubbar und sitzt daher auch nach einiger Zeit nicht schief oder locker wie bei den meisten Selbstladepistolen.« Er reichte Jessup die Waffe.

Pat betrachtete sie fast zärtlich. Der harte Ausdruck verschwand aus seinen Augen, und ein Lächeln zeigte sich auf seinen dicken Lippen. »Ein hübsches Stück.« Er reichte die Pistole an Garrison weiter.

»Da gibt es allerdings noch einen Punkt«, erklärte McGill. »Wenn man eine solche Waffe nicht kennt, kann es einem leicht passieren, daß der Hahn beim Zurückschnellen die Hand des Schützen verletzt. Mit ein bißchen Praxis dürfte das aber kein Problem mehr sein.«

Edgar betrachtete die Pistole mit deutlich weniger Zuneigung, als Jessup das getan hatte. Sie war schwerer, als er erwartet hatte. Der gummibezogene Griff wurde nur von einer Kerbe markiert. Ansonsten bestand die Waffe aus glatten Flächen, geraden Linien und absolut keinen Dekorationen oder Verzierungen. Ganz eindeutig handelte es sich hierbei um eine Militärwaffe und nicht um eine Sportpistole oder ein Sammlerstück. In diesem Moment fiel Garrison das wieder ein, was Annie am meisten fürchtete... daß ein Unschuldiger verletzt oder getötet werden könnte. Die Browning wirkte kalt und grausam. Eine effektive, tödliche Waffe.

Er gab sie McGill zurück.

»Was ist mit den Seriennummern?« wollte Jessup wissen.

»Es gibt keine Seriennummern«, antwortete der Krüppel. »Darauf habe ich natürlich beim Zusammenbau geachtet. Nicht einmal die Säureprobe kann die Nummer ans Tageslicht befördern. Ich habe die Läufe geglättet und gefräst, so daß die Kugeln nicht mehr die gleichen Spuren tragen wie früher, bevor sie in meine Hand gekommen sind.

Niemand kann also Rückschlüsse auf den früheren Besitzer oder Gebrauch dieser Waffen ziehen. Sie wissen doch, wie gründlich ich arbeite, Pat.«
»Ich denke, wir nehmen sie«, sagte Jessup.
»Auch Munition?«
»Zwei Streifen pro Waffe. Und dann vielleicht noch hundert Schuß zum Üben.«
»Selbstverständlich.«
»Wieviel?«
McGill kratzte sich am bärtigen Kinn. »Mit Munition und angesichts der Arbeit, die ich in diese Dinger gesteckt habe ... zweihundertfünfzig für jede.«
»Zweihundert.«
McGill verzog das Gesicht: »Ich habe nichts zu verschenken.«
»Sie haben die Dinger doch für höchstens fünfundzwanzig bekommen!« brummte Jessup.
»Aber ich habe eine Menge Arbeit in jede einzelne gesteckt.«
»Wir könnten Sie zusammenschlagen und aus dem Rollstuhl stoßen. Dann bräuchten wir überhaupt kein Geld hierzulassen.«
»Einen Moment, Pat!« rief Garrison erschrocken. »Wir haben das Geld. Ich habe soviel dabei.«
»Halten Sie den Mund!« fuhr Jessup ihn an, ohne den Blick von dem Alten zu wenden.
McGill erklärte lächelnd: »Natürlich könnten Sie mich umstürzen und was weiß ich sonst noch. Ich bin eben nicht mehr als ein hilfloser Krüppel. Aber dann würden Sie nie wieder etwas von mir beziehen können. Und es wäre ja ganz schön dumm von Ihnen, Ihre beste Quelle zu verlieren. Vergessen Sie nicht, daß Sie hier keinen Schund, sondern Qualitätsware bekommen.«
»Zweihundert«, knurrte Pat.

McGill zuckte die Achseln: »Zweihundertfünfundzwanzig.«
»Sie sind ein alter Blutsauger, McGill!«
»Sie kennen doch den Spruch mit dem Glashaus, oder?«
»Das wären dann neunhundert für alle vier, nicht wahr?« fragte Garrison nervös.
»In bar.«
»Einverstanden.«
Garrison öffnete seine Brieftasche. In diesem Moment wurde ihm bewußt, daß schon der Kauf dieser nicht registrierten Waffen ein Verbrechen war. Das reichte schon, um ihn hinter Gitter zu bringen. Aber wenn er jetzt zögerte, würde es keinen Überfall, keine große Beute und keine Zukunft, sondern nur das Leben geben, das er gewohnt war und das aus harter Arbeit und wenig Freude bestand.
Edgar zählte neunhundert Dollar ab und reichte sie dem Alten. Seine Hände zitterten. Die Hand des Alten war ruhig und fest.
»Sonst noch was?« erkundigte sich McGill leutselig.
»Bei dem, was wir vorhaben, kommt es für uns darauf an, den Leuten von Anfang an solche Angst zu machen, daß es für sie kein Nachdenken gibt, ob sie kooperieren wollen oder nicht. Und nichts macht Menschen mehr Angst als eine Maschinenpistole. Eine große Maschinenpistole. Eine, die gefährlich aussieht.«
»Aber gern«, rief der Gelähmte. Er klopfte sich an die Hemdtasche, in der er die neunhundert Dollar gesteckt hatte. »Ich habe genau das, was Sie brauchen.«
Garrison konnte es nicht fassen. McGill sprach so selbstverständlich und bereitwillig darüber, daß es Edgar schwindelte. »Großer Gott, gibt es überhaupt etwas, was Sie nicht besorgen können?«
»Ja, leider«, brummte der Gelähmte. »Mir fehlt eine Ausgabe, dann hätte ich DOC SAVAGE komplett. Und beim

Dime Mystery Magazine fehlen mir noch drei Nummern. Seit Jahren bin ich da hinterher, aber ohne Erfolg. Das macht mich noch ganz krank!«

Kurz vor zwei Uhr morgens in der Nacht zum Mittwoch rollten Barry St. Cyrs Männer den Helikopter aus der Flugzeughalle und stellten ihn mitten auf die Rollbahn. Ein Kaman Huskie, der vielseitig verwendbare Standardhubschrauber der US-Luftwaffe. Der graue und orangerote Militäranstrich war mit hellgelber Farbe und schwarzen Markierungen zugedeckt worden. Der Helikopter stand auf vier Hydraulikrädern. Das vordere Paar war kleiner und weniger belastbar als das hintere. Die Kanzel, eine Kuppel aus Plexiglas, spiegelte das Licht des Mondes und das Licht aus den Fenstern des Gebäudes wider. In diesem Schein wirkte die Kanzel wie ein riesiges Auge. Der Rumpf war klobig, und auf ihm thronte ein Lycoming-T-53-Motor. Darüber die ruhenden vier Drehflügel. Sie wirkten wie die Flügel einer Riesenmotte. So ganz allein mitten auf der Rollbahn erinnerte der Helikopter tatsächlich an ein Ungeheuer aus einem Monsterfilm.
An einer Seite, hinter der Tür, verkündete ein schwarzer Schriftzug:

Roto-Transport

Alle Frachtarten

Auch Eiltransporte

Standort: Mineola, New York

Als Savestio auf den Pilotensitz gestiegen war und St. Cyr neben ihm Platz genommen hatte, fragte er den Schwarzen: »Gibt es die Firma Roto-Transport tatsächlich?«

»Weder in Mineola noch sonstwo«, lächelte Barry. »Ich habe mir den Namen ausgedacht. Klingt doch hübsch, nicht wahr?«

»Doch, irgendwie echt.«

St. Cyr nahm einen mächtigen Zug aus der Dose Budweiser, die er mitgebracht hatte. In den letzten Tagen hatte Dominick mitbekommen, daß sein alter Freund immer eine Bierdose bei sich hatte. Er trank Bier, wie Kettenraucher eine Zigarette nach der anderen brauchen. Savestio erinnerte sich, daß Barry in Vietnam nicht soviel getrunken hatte. Der Alkoholkonsum war anscheinend das äußere Anzeichen dafür, unter welchem Streß sein alter Freund stand, wie zermürbend das Waffenschmuggelgeschäft war. Doch obwohl er täglich unzählige Dosen Bier trank, hatte Dominick ihn noch nie betrunken erlebt. Da er niemals stillstand, unablässig redete und immerzu mit den Händen herumfuchtelte, verbrannte der Körper den Alkohol wohl ebenso rasch, wie er ihn zu sich nahm.

»Okay, dann wollen wir die ganze Scheiße noch einmal durchgehen«, sagte Barry gerade, »damit auch ganz bestimmt nichts schiefgeht.«

Dominick seufzte und schüttelte den Kopf: »Barry, ehrlich, ich weiß, was ich zu tun habe, ganz ehrlich. Ich schwöre es dir.«

»Klar doch, klar, Mann. Aber laß uns das Ganze trotzdem ein letztes Mal durchgehen. Man kann nie umsichtig genug sein. Also ... Wenn du hier abhebst, wendest du dich nach Südosten, genauer nach ...«

»Scranton.«

»Braver Junge. Jetzt erzähl' mir, wie dein Flugplan aussieht. Dein Kurs und so weiter. All die besonderen Punkte, an denen du dich orientierst. Alles!«

Dominick ratterte die Punkte herunter.

»Vergiß nicht«, mahnte Barry, »mit den Zusatztanks hast

du einen maximalen Flugbereich von fünfhundert Meilen.«

»Das sollte wirklich genügen.«

»Aber du hast nur fünfhundert Meilen, wenn du deine Geschwindigkeit zwischen hundert und hundertzehn hältst. Wenn du schneller fliegst, säuft der Motor das Benzin gieriger als ein Penner aus seiner Zweiliterflasche Roten. Wenn du konstant mit hundertfünf fliegst, müßtest du den Flughafen Scranton bei Sonnenaufgang erreichen, genauer gesagt nach etwa vier Stunden. Du wirst dort erwartet, und vertraue mir, der Mann dort ist zuverlässig. Und ab Scranton, tja, mein Bester, da bist du dann auf dich selbst angewiesen.«

»Was wird aus Peter Yavich?« fragte Dominick. Barry hatte ihm vor einer Woche falsche Papiere mit diesem Namen zugeschickt, und mit diesen Papieren war Savestio am Samstag über die kanadische Grenze gelangt.

»Was soll schon aus ihm werden? Es hat ihn ja nie gegeben. Er verschwindet einfach wieder in der Versenkung.«

»Aber die Listen an der Grenze. Dort notiert man die Namen und Anschriften aller Grenzgänger.«

»Natürlich, aber es gibt nur zwei Gründe, warum die Grenzer sich die Mühe machen sollten, in ihren Unterlagen zu suchen, wann und ob ein gewisser Peter Yavich die Grenze in Richtung USA überquert hat. Einmal, wenn die Bullen nachfragen, und das werden sie nicht, weil sie ja nichts von Peter Yavich wissen. Und sie werden auch nie von ihm erfahren. Zum anderen könnte die Familie von Peter Yavich Nachforschungen über seinen Verbleib veranlassen. Und das wiederum wäre ein Ding der Unmöglichkeit, weil es keinen Peter Yavich gibt und er folglich auch keine Familie hat. Wer sollte also je Fragen nach Peter Yavich stellen? Keine Bange, Dom, die Sache ist wasserdicht.« Nach einer so langen Rede mußte er wieder aus der Dose trinken.

Savestio schüttelte den Kopf und verbarg seine Bewunderung nicht. »Du bist mir vielleicht einer. Nein, ehrlich, was du so alles machst.«
St. Cyr grinste: »Bist du wirklich erst jetzt darauf gekommen?« Er klemmte die Bierdose zwischen die Knie und zog den Reißverschluß seiner Kunststoffjacke herunter. Plötzlich hielt er einen dicken Umschlag in der Hand und reichte ihn Dominick.
»Was ist das denn?«
»Vielleicht geht ja doch etwas schief. Du magst entkommen, aber einen von deinen Kumpeln kriegen sie zu fassen. Und der Kerl verpfeift dich, um seinen eigenen Kopf aus der Schlinge zu ziehen. Die Bullen kommen dir auf die Spur ... Deshalb habe ich dir hier einen neuen Satz falscher Papiere zusammenstellen lassen. Ist alles dabei: Paß, Führerschein von Ohio, Sozialversicherungskarte, Geburtsurkunde, BankAmericard, Master Charge und so dies und das. Aber die Kreditkarten darfst du nicht benutzen, denn dann würdest du auf der Stelle auffliegen. Sie sind nur dabei, um der Sache den Anschein der Vollständigkeit zu geben. Laut diesen Papieren heißt du Charles Amory Haney und bist Sportlehrer an einer High-School in Cleveland. Mit deinen Schultern und deinem Bizeps nimmt dir das jeder ab. Haney ist unverheiratet und dreißig Jahre alt. Doch bevor du diese Papiere benutzt, solltest du dir alles in dem Umschlag gründlich durchlesen.«
»All diese gefälschten Dokumente müssen dich ein Vermögen gekostet haben«, erklärte Savestio und schob den Umschlag in die Umhängetasche im Seitenfach der Helikoptertür.
»Kaum der Rede wert.«
»Na, ein paar tausend sicher.«
»Kannst du mir ja zurückgeben, nachdem du Century Oaks ausgenommen hast.« Er setzte die Bierdose an und

leerte sie. »Ich muß mir wohl eine neue holen«, brummte er. »Und du solltest dich besser auf den Weg machen.« Er reichte ihm die Hand. »Halt' die Ohren steif.«

»Du auch.«

»Ich wurde schon so geboren.«

St. Cyr glitt aus der Kanzel und warf die Tür hinter sich zu. Er rannte über die Rollbahn auf den rostenden Flugzeugschuppen zu, drehte sich dort noch einmal um und winkte.

Savestio schob sich den Kopfhörer über die Ohren, doch nicht, weil er über Funk Nachrichten empfangen oder ausstrahlen wollte, sondern um seine Ohren vor dem gewaltigen Lärm des Motors und der Drehflügel zu schützen. Er schaltete die Lichter am Armaturenbrett ein und studierte die Kontrollanzeigen, mit denen er sich gestern nachmittag vertraut gemacht hatte. Er zog den Choke und drückte den Starter. Über ihm begann die Turbine zu husten und zu heulen. Dominick hielt einen Fuß fest auf der Bremse, schaltete dann die Rotoren ein und gab ihnen langsam Saft, bis der Helikopter startbereit war. Das Gefährt zitterte, zog nach links und wollte aufsteigen. Savestio nahm den Fuß von der Bremse und ließ den Kaman Huskie in die kanadische Nacht hinaufgleiten.

Er drehte einen Kreis über dem kleinen Flugfeld.

Barry St. Cyr stand noch immer am Schuppen und winkte ihm zu.

Du bekommst ihn bestimmt zurück, dachte Dominick. *Ich schwöre es dir bei Gott. Und du kriegst mehr als nur die fünfundzwanzigtausend. Viel mehr. Und wenn ich es dir mit Gewalt aufzwingen muß.*

Er steuerte den Kaman Huskie nach Südosten.

Der Mond lag jetzt hinter ihm. Die Landschaft breitete sich blaß und geisterhaft aus, so als hätte man sie mit Asche bestreut. Der endlose Wald wirkte wie Millionen

Finger, die nach oben zeigten. Er behielt eine Flughöhe von lediglich zehn Metern über den Wipfeln bei. Wenn er eine Lücke oder eine Lichtung erreichte, senkte er den Helikopter auf fünfundzwanzig Meter über dem Boden. Er durfte es nicht riskieren, von einem Radar oder einem Tower erfaßt und bemerkt zu werden. Man würde ihn sofort und unmißverständlich auffordern, sich auszuweisen.

Er behielt eine Geschwindigkeit von etwas über hundert Meilen in der Stunde bei und orientierte sich an Radiostationen, die in Richtung Scranton ausstrahlten. Das erste Signal kam von einer Station in Hamilton, Ontario. Danach Buffalo, New York, und schließlich Binghamton. Und endlich fing er einen UKW-Sender ein, der direkt in Scranton, Pennsylvania, stand. Unterwegs begegnete er keinem anderen Flugzeug oder Hubschrauber. Er wurde von keinem Radar erfaßt, und er kam auch nicht vom Kurs ab. Um viertel nach sechs am Mittwoch morgen machte er den Flughafen Bishop fünf Meilen vor Scranton aus. Er hatte den Flug erfolgreich hinter sich gebracht.

Bishop war ein kleiner Flughafen, auf dem keine größeren Maschinen als zweimotorige Flugzeuge landen konnten. Er verfügte über fünf Flugzeughallen und ein flaches Hauptgebäude. Der Flughafen machte einen gepflegten Eindruck. Auf dem Dach des Gebäudes stand in großen weißen Lettern der Name des Flughafens.

Vor der äußersten Halle stand eine hölzerne Landeplattform auf zwölf Rädern. Ein Traktor war vor die Plattform gespannt. Der Traktor zeigte in Richtung Halle.

Man erwartete ihn also, wie Barry es vorhergesagt hatte.

Dominick steuerte den Kaman Huskie in einer Bilderbuchlandung auf das Holz hinunter. Er schaltete den Motor ab und befreite sich von den Sicherheitsgurten.

Noch bevor die Drehflügel zur Ruhe gekommen waren,

lief ein Mann in einem schwarzen, karierten Regenmantel aus der Halle. Er schwang sich auf den Traktorsitz und zog den Helikopter in die Halle.
Dominick nahm den Kopfhörer ab. Als die Plattform sich in der Halle befand, verließ er den Huskie.
Hier herrschte nur trübes Licht. Abgesehen von ein paar Holzböcken und ein paar alten Gerätschaften schien der Schuppen ausschließlich für den Helikopter reserviert zu sein.
Der Mann im Regenmantel hatte eine Hakennase, schwarze Augen und mattes dunkles Haar. Er stotterte. »E-e-eins wo-o-ollen wi-i-ir gle-e-eich zu-u-u A-a-anfang kla-a-arstellen, i-i-ich wi-i-ill ni-i-icht wi-i-issen, wa-a-as Si-i-ie tu-u-un!«
»Einverstanden«, sagte Savestio.
Der Mann schien sich zu beruhigen. »Ich habe ein Motelzimmer für Sie reserviert.«
»Ich hole mein Gepäck aus dem Helikopter.«
Draußen schob der Mann die Tore zu, was ihn wieder aufzuregen schien: »Di-i-ieser Schu-u-uppen wi-i-ird nie bebe-nutzt. Ke-e-einer ko-o-ommt hi-i-ierher.«
Sie erreichten einen neuen Buick. Der Mann fuhr Dominick vom Flughafen fort.
»Der Helikopter muß aufgetankt werden.«
»Wi-i-ird ge-e-emacht. A-a-auch Wa-a-arten?«
»Na ja, Sie können ja einmal einen Blick drauf werfen.«
»Wa-a-ann bra-a-auchen Si-i-ie i-i-ihn?«
»Samstag morgen. Aber schon sehr früh.«
»Wi-i-ird e-e-erledigt.«
Nach drei Meilen bog der Mann auf den Parkplatz eines Motels ab und hielt vor Zimmer 44 an. Er reichte Dominick einen Schlüssel. »Ru-u-ufen Si-i-ie mi-i-ich a-a-an, we-e-enn Si-i-ie e-e-etwas bra-a-auchen.«
»Kann ich hier irgendwo einen Wagen mieten?«

»Re-e-ezeption. Da-a-as Mo-o-otel ve-e-ermietet Wagen.«
Dominick nickte und stieg aus dem Buick.
»Bra-a-auchen Si-i-ie Fra-a-au?«
Savestio sah den Mann verständnislos an. Der Stotterer grinste.
»Was soll ich brauchen?«
»Fra-a-au? Fi-i-icken?«
»Nein, danke.«
»Si-i-ie i-i-ist hü-ü-übsch. I-i-ich a-a-arrangiere a-a-alles.«
»Vergessen Sie's!« entgegnete Dominick barsch.
»Wo-o-ollte nu-u-ur e-e-einem Fre-e-eund von St. Cy-y-yr e-e-einen Ge-e-efallen tu-u-un!«
Dominick schaffte sein Gepäck ins Zimmer.
Er entkleidete sich, nahm ein ausgiebiges, heißes Bad und legte sich dann zum Schlafen hin. Er war die ganze Nacht unterwegs gewesen und fühlte sich recht müde. Aber er mußte die ganze Zeit an das Angebot des Stotterers denken. Eine Frau. Eine hübsche Frau. *Fra-a-au? Fi-i-icken?* Er ertappte sich dabei, wie er sich in Gedanken diese Frau vorzustellen versuchte: langes Haar, blaue Augen, Beine, die unendlich lang waren, und große Brüste, riesengroße Brüste, gewaltig riesengroße Brüste . . . Bevor seine Phantasie endgültig mit ihm durchging, nahm er ein Taschenbuch aus seiner Tasche und begann zu lesen. *Fra-a-au? Fi-i-icken?* sprang es ihm von jeder Seite entgegen. Er wußte sich nicht anders zu helfen und nahm eine Schlaftablette ein. Eine halbe Stunde später, als er in einen Traum hinüberdämmerte, fragte er sich, was diese hübsche Frau wohl zu dem Umstand gesagt hätte, daß er in Vietnam durch eine Mine beide Hoden und den halben Penis verloren hatte. Savestio liefen die Tränen über die Wangen, ohne daß er es bemerkte.

11

Als Edgar Garrison sich endlich dazu entschlossen hatte, die Sache ins Rollen zu bringen und Willie Denver zu gestatten, mit einigen seiner Freunde in Kontakt zu treten, hatte er zuerst geglaubt, die Tage unmittelbar vor dem Überfall würden zu einer einzigen Qual. Er hatte befürchtet, die Stunden würden nur so dahinschleichen. Und wenn jede Minute sich wie eine Stunde hinzog, würde er alle Energie und allen Mut verlieren.

Doch das war nicht eingetreten. Im Gegenteil, die letzte Woche raste nur so dahin, wie ein Film im Zeitraffer vergingen die Stunden, so schnell wie eine LP, die man auf 45 Umdrehungen ablaufen läßt. Das verwirrte Edgar. Machte ihm sogar etwas Angst. Der große Augenblick raste heran, und Edgar fürchtete, sie würden ihn bei diesem Tempo noch verpassen.

Die Fahrt nach Queens, der Erwerb der Waffen und die Rückfahrt — der Dienstag war voller Hektik vergangen.

Am Mittwoch war Lou Velinski mit zweitausend Dollar weniger, aber dafür mit einer Plastikkarte aus New York City zurückgekommen. Er hatte tatsächlich eine der Sicherheitskarten erhalten, mit deren Hilfe man in den Kassenraum des Century Oaks eindringen konnte. Er hatte einem befreundeten Privatdetektiv dafür zweitausend Dollar ausgehändigt. Der wiederum hatte davon tausend an einen Operator weitergegeben, der bei Pro-Teck arbeitete.

Im Laufe des späten Nachmittags und frühen Abends kam das ganze Team zusammen. Nur Savestio fehlte noch. Man wollte den Plan ein weiteres Mal durchsprechen und in dem Ahornwäldchen hinter der Farm mit den Brownings ein Übungsschießen veranstalten.

Am Donnerstag morgen kam Dominick Savestio in Harrisburg an. Garrison und Annie führten ihn zu der Lichtung, auf der er am Samstag landen sollte, um das Team aufzunehmen und fortzubringen. Savestio prägte sich alle markanten Punkte ein und nahm das Fernglas Edgars (das er nicht wieder zurückgab), um das Fenster auszumachen, aus dem Annie winken würde. Dann rannte er den Hang hinunter bis zur Lichtung, und Annie stoppte seine Zeit. Er war elf Sekunden langsamer als Garrison, aber er war nicht sonderlich außer Atem, als er auf der Lichtung ankam. Savestio war breitschultrig und hatte eine mächtige Brust. Er verfügte über mehr Kraft, als er für die Unternehmung benötigen würde.

Als Savestio gegen sechzehn Uhr nach Scranton zurückfuhr, begab sich Edgar noch einmal zum Ahornwäldchen, um mit der Browning zu üben. Von den hundert Schuß Übungsmunition, die sie bei McGill gekauft hatten, waren noch fünfzehn Kugeln übrig. Edgar wollte sie bis zur letzten aufbrauchen. Er feuerte auf eine menschliche Silhouette, die er auf ein großes Stück Papier gemalt hatte.

»Ich dachte, du wärst nicht in der Lage, von einer Waffe Gebrauch zu machen«, sagte Annie. »Ich war der Meinung, du könntest nicht auf einen Menschen schießen.«

»Wahrscheinlich ist mir das auch nicht möglich. Doch wenn mir kein anderer Ausweg bleiben sollte, will ich wenigstens mit einer Pistole umgehen können.«

Er tötete den Papiermann dreimal, verwundete ihn fünfmal und verfehlte ihn siebenmal.

Wenn er echt wäre und auch eine Waffe hätte, wäre ich bereits siebenmal tot.

Später am Abend nahmen sie große Steaks, gebackene Kartoffeln, einen Riesensalat und aufgebackene Brötchen zu sich. Edgar war von seinem gewaltigen Appetit überrascht. Die Henkersmahlzeit eines zum Tode Verurteilten?

Annie und Edgar duschten gemeinsam, kamen sich dabei

sehr nahe, gelangten schließlich irgendwann ins Schlafzimmer und liebten sich dort noch heftiger. Garrison erlebte die Liebe intensiver als er es sich je hatte vorstellen können. Er hatte den Eindruck, daß Annie ebenso fühlte. Jede Berührung, jede Empfindung, der Rhythmus, ein süßes, dunkles Verlangen, das in einem Lichtball explodierte. Und irgendwann mischte sich der Tod darunter. Er bekam seinen Höhepunkt, als sie ihn wie von Furien gehetzt ritt. Er starrte in ihre wunderschönen Augen. Ihre besonders großen Augen. Ihre Gazellenaugen . . . Sie wurden noch größer, als sie spürte, wie er sich in sie ergoß. Aber nur für einen Moment, dann schloß sie die Augen und ließ sich auf ihn fallen.

Die Uhr auf dem Nachttisch zeigte ein Uhr morgens an. Der Freitag war angebrochen. Annie brach das lange, beidseitige Schweigen: »Glaubst du, daß es so etwas wie Ganovenehre gibt?«

»Wie meinst du das?«

»Können wir ihnen trauen?«

Er streichelte ihre Brüste.

»Können wir?«

»Warum nicht?«

»Wir sind Amateure.«

»Du traust aber zumindest Willie, oder?«

»Ja, Willie schon.«

»Und Lou Velinski?«

»Dem auch.«

»Savestio kommt mir für eine solche Unternehmung viel zu sanft vor. Und Greenfield hat nur seinen Notizblock im Kopf.«

Sie drehte sich zu ihm herum auf die Seite, kuschelte sich an ihn und legte einen Arm über seine Brust. Ihr Körper war noch immer warm von der Liebe, und sie roch angenehm nach Parfüm und Schweiß. »Und was ist mit Jessup?« wollte sie wissen.

»Ich denke, wir können ihm trauen.« Edgars Mund war plötzlich ausgetrocknet. Er war froh, daß es im Schlafzimmer so dunkel war und Annie sein Gesicht jetzt nicht sehen konnte. Er erinnerte sich, wie Pat den Gelähmten bedroht hatte.

»Ich traue ihm nicht über den Weg.«

»Er hat ein Dutzend Überfälle hinter sich«, entgegnete Garrison. »Und er hat dabei noch nie einen Partner umgebracht.«

»Zumindest wissen wir nichts davon.«

»Willie und Lou würden etwas darüber wissen. Und wenn Jessup unzuverlässig wäre, hätten sie ihn bestimmt nicht hierhergebracht. Und glaubst du im Ernst, er würde dich oder mich umbringen können, ohne daß Willie und Lou ihn danach fertigmachten?«

Annie dachte darüber nach.

»Also?«

»Ich schätze, wir müssen ihm eben vertrauen.«

»Außerdem springt bei der Sache genug Geld für jeden von uns heraus.«

»Ich bekomme trotzdem bei ihm immer eine Gänsehaut.«

»Nach dem Samstag wirst du ihn nie wieder sehen.«

»Dem Himmel sei Dank dafür.«

»Wir können die Sache immer noch abblasen oder aussteigen.«

»Nein«, sagte sie rasch und fuhr dann langsamer fort, »es ... es ist nur so, daß ich dich nie verlieren möchte.«

Er räusperte sich: »Weder dir noch mir wird etwas zustoßen«, erklärte er mit belegter Stimme. Er mußte gegen seinen Willen an die vier toten Männer auf den Granitstufen denken. Und er dachte an seine erste Frau, Helen, wie sie blutige Klumpen gehustet hatte, ihr Gesicht so weiß wie ein Fischbauch, wie sie unter dem Sauerstoffzelt gelegen hatte, wie sie gekeucht und um Atem gerungen hatte ...

»Nichts wird uns zustoßen«, wiederholte er. »Diesmal sind wir an der Reihe. Das große Glück ist bei uns längst überfällig. Würde. Reichtum. Eine Chance. Bald lacht uns die Sonne entgegen.«

Jessup lag nackt auf seinem Motelbett. Die ganze Nacht hatte er nichts anderes getan, als die nervöse Anspannung in sich abzulassen, die sich stets vor größeren Unternehmungen in ihm aufbaute. Und immer noch hatte er reichlich Energie in sich.

Als die langbeinige Brünette aus dem Badezimmer kam, sagte er nur: »Komm her.«

Sie blieb auf der Stelle stehen.

»Komm her.«

»Guter Gott, schon wieder?«

»Ich habe dir fünfhundert gegeben«, entgegnete er. »Die hast du noch nicht abgearbeitet.«

»Ich fühle mich wie eine neunzigjährige Oma.«

»Wir machen so lange weiter«, grinste er, »bis du auch so aussiehst.«

Sie schritt zum Bett. Ihre Brüste tanzten.

»Da ist ja meine Schöne.«

»Und wie diesmal?«

»Nimm ihn in den Mund«, grunzte er.

Ihre Züge heiterten sich etwas auf.

»Ich meine, für den Anfang.«

Sie verzog das Gesicht: »Du reißt mich noch auseinander.«

Er lachte.

Sie ließ sich seufzend zwischen seinen Beinen nieder.

»Sehr schön«, sagte er, als ihre Lippen sich um seine Penisspitze schlossen.

Sie gab sich tüchtig Mühe, ihm einen zu blasen. Aber er durchschaute sie, wußte gleich, daß sie ihn so zu einem raschen Höhepunkt bringen wollte.

»Das reicht für den Moment«, sagte er und hob ihren Kopf. »Es würde dir aber sehr gefallen.«
»Das andere gefällt mir noch mehr.«
Er drehte sie auf den Rücken. Dann öffnete er ihre Schenkel und stieß sein Glied ohne weitere Umstände in sie hinein. Er stieß mit solcher Kraft und Geschwindigkeit, als würde er nicht mit einer Frau schlafen, sondern einen Gegner zu Tode prügeln wollen.
Als er sich von ihr rollte, blieb sie noch eine Weile reglos und leise wimmernd liegen. Dann glitt sie vom Bett, erhob sich, eilte in gekrümmter Haltung zum Sessel und griff nach ihrem Slip.
»Was hast du vor?« fragte er.
»Ich schätze, daß ich jetzt mindestens wie neunzig aussehe.«
»Im Gegenteil, noch lange nicht.«
»Ich gehe«, erklärte sie mit zitternden Lippen.
»Da wüßte ich aber von.«
»Doch, ich gehe wirklich.«
Er sprang aus dem Bett.
»Bleib mir vom Leib!«
»Du gehst noch nicht.«
»Ich habe mir die verdammten fünfhundert redlich verdient!« Sie zitterte am ganzen Körper.
»Du bist kaum zwanzig wert gewesen.«
»Dreckskerl!«
»Wenn du auch nur den Versuch machst, das Zimmer zu verlassen, schlage ich dich windelweich.« Er ballte die Hände zu Fäusten und hielt sie drohend hoch.
Sie starrte ihn verwirrt an.
»Vielleicht bringe ich dich sogar um.«
»Das traust du dich ja doch nicht.«
»Laß es lieber nicht drauf ankommen.«
»Ich würde das ganze Haus zusammenschreien!«

»Mein erster Schlag wird deinen Kehlkopf zerschmettern.«
»Oh, mein Gott!«
»Hier bin ich Gott.«
Tränen traten in ihre Augen.
»Aber, aber«, sagte er mit gespielter Anteilnahme.
Sie ließ das Höschen fallen und wischte sich die Tränen von den Wangen. Sie richtete sich so weit auf, wie es ihr schmerzender Unterleib zuließ, und versuchte, nicht mehr zu zittern. Sie setzte ein strahlendes Lächeln auf und sagte dann: »Also gut, aber wie wäre es denn vorher mit einem Drink?«
»Gern. Mix' uns doch was.«
Sie nahm die Whiskeyflasche, Sodawasser, Eis und Gläser. Jessup lehnte am Kopfende des Bettes und beobachtete sie. Als sie ihm über die Schulter einen Blick zuwarf, lächelte er ihr zu. Sie drehte rasch den Kopf weg, und er lachte in sich hinein. Was für ein Hühnchen! Er war schon fertig mit ihr gewesen, aber dann war sie aufgestanden und wollte gehen, ohne ihn um Erlaubnis zu fragen. Nun mußte er es ihr noch einmal besorgen, um ihr zu beweisen, daß sie ihm nicht auf der Nase herumtanzen konnte.
Morgen nacht würde er eine andere haben. Eine Blondine. Ja, das wäre doch einmal eine nette Abwechslung. Er würde auch sie so lange bearbeiten, bis sie nicht mehr laufen konnte. So erging es ihm immer vor wichtigen Unternehmungen. Seine Geilheit kannte dann keine Grenzen, und er war so voller Energie, als würde ein Orkan in ihm rasen. Für den Überfall mußte er diese Energie abbauen, und dafür gab es nur eine Methode.
Vor dieser Aktion war er nervöser als bei früheren Gelegenheiten. Der Überfall auf Century Oaks war kompliziert und würde von der Bande alles verlangen. So vieles konnte schiefgehen. Und selbst wenn alles glattging, wenn alles so klappte, wie sie sich das bei der Planung vor-

stellten, würde es spätestens auf der Lichtung Schwierigkeiten geben. Dann nämlich, wenn er die Maschinenpistole auf die anderen abfeuerte ... Wenn er sich die gesamte Beute aneignete ... Er brauchte nur daran zu denken, und schon geriet er in neue Erregung.
In den über zwanzig Jahren seiner kriminellen Laufbahn hatte er nie versucht, seine Kumpane zu hintergehen oder zu ermorden. Er hatte sich stets mit seinem Anteil zufriedengegeben. Er hatte seine Partner fair behandelt, jeden einzelnen von ihnen. Er wußte zu gut, daß die Nachricht sich in Windeseile verbreiten würde, wenn er einen Kumpan falsch behandelte oder zu hintergehen versuchte. Niemand würde dann mehr mit ihm zusammenarbeiten wollen. Ihm blieben dann nur noch die Unternehmungen, die einer allein bewerkstelligen konnte. Und daß man dabei auf eine Riesenbeute stieß, kam sehr selten vor. Also hatte sich seine Aufrichtigkeit in der Vergangenheit bezahlt gemacht.
Aber bei Century Oaks sah alles etwas anders aus. Zwei Millionen warteten hier. Vermutlich sogar noch mehr ... Und damit konnte Pat Jessup bis ans Ende seiner Tage glücklich sein. Danach brauchte er nie wieder zu arbeiten. Er konnte es anlegen und von den Zinsen leben.
Zwei Millionen ...
Dafür konnte man sechs Morde auf sich nehmen: Denver, Velinski, Greenfield, Savestio, Garrison und diese Annie-Sherred-Schlampe.
Die Brünette setzte sich zu ihm auf die Bettkante und reichte ihm sein Glas. Sie rieb sich aufreizend die Brüste, lächelte verführerisch und bewegte langsam den Unterleib, um ihn scharf zu machen. »Liebling«, fragte sie mit aufgesetzter Freundlichkeit, »was denkst du denn die ganze Zeit? Du siehst aus wie die Katze, der es endlich gelungen ist, den Kanarienvogel zu fressen.«
Er lächelte kalt: »Ich fresse alle Kanarienvögel der Gegend.«

12

Am Freitag morgen erwachte Jack Killigan wie jeden Morgen in dieser Woche mit einem entsetzlichen Brummschädel. Er war schweißgebadet. Sein Kopf fühlte sich an, als würden in ihm die Apachen ihren Kriegstanz aufführen.
Er blickte auf die Uhr: elf Uhr zehn.
Er würde heute noch später als sonst in seinem Büro sein!
»Verdammt!« krächzte er. Seine Stimme war kaum noch als menschlich zu bezeichnen.
Von allen Katern, die er je gehabt hatte, war der heutige der schlimmste. Eine lange und sehr heiße Dusche half kaum, die gräßlichen Schmerzen aus dem Kopf zu verscheuchen. Von den Schmerzen im Nacken ganz zu schweigen. Auch die zwei Aspirin, die fünf Tassen Kaffee und die weiteren zwei Aspirin verschafften ihm lediglich kurz eine Erleichterung.
Um viertel nach zwölf rief er Molly Barnes an. »Was melden die Wetterfrösche?«
»Bewölkt«, antwortete die Sekretärin. »Aber warm und niederschlagsfrei.«
»Großartig.« Zumindest würde das Wetter ihm keinen Strich durch die Rechnung machen. »Ich fürchte, ich komme heute etwas später ins Büro«, erklärte er und war sich sicher, daß man ihm seinen Kater nicht anmerkte. »Ich habe da noch ein paar Sachen zu erledigen.«
»Hier gibt's sowieso nichts Wichtiges«, erklärte sie. »Erst gegen vierzehn Uhr brauchen wir Sie. Sie haben dann eine Verabredung mit Mr. Harry Zuverbeck.«
»Der Betriebsprüfer?«
»Genau der.«
»Wann hat er sich denn angemeldet?«

»Er hat heute morgen angerufen. Klang recht nervös. Er wollte Sie unbedingt sprechen.«
Killigan schloß die Augen und rieb sich mit der freien Hand den schmerzenden Nacken.
»Mr. Killigan?«
»Ich bin noch dran«, antwortete er. »Ich mußte gerade an etwas denken ... Ich habe doch morgen ein Treffen mit der ganzen verdammten Bande und allen Anwälten. Warum will er mich dann vorher sprechen?«
»Sie haben den Ausschuß in Angst und Schrecken versetzt«, entgegnete sie.
»Unsinn. Das sind stahlharte Jungs, jeder einzelne von ihnen. Denen kann man so leicht keinen Schrecken einjagen.«
»Nun, Sie werden es ja um vierzehn Uhr erfahren.«
»Gut, bis dann bin ich im Büro.«
Er nahm noch mehr Kaffee und noch mehr Aspirin zu sich. Um dreizehn Uhr rief er bei den Janifers an und verlangte, Rita zu sprechen.
Das Hausmädchen, das seinen Anruf entgegennahm, erklärte: »Miss Janifer ist nicht im Hause, Mr. Killigan. Wollen Sie eine Nachricht hinterlassen?«
»Wann erwarten Sie sie denn zurück?«
»Das kann ich leider nicht sagen.«
»Unter welcher Nummer kann ich sie erreichen?«
»Sie hat leider nicht hinterlassen, wohin sie gegangen ist, Sir.«
Er dachte: *Was für eine Scheiße!*
Er sagte: »Verstehe.«
»Möchten Sie etwas hinterlassen?«
Sein Magen brannte von zuviel Kaffee und zuviel Aspirin. Die Kopfschmerzen waren immer noch da. Er hatte eine miserable Laune, und dieses verdammte Hausmädchen war ihm absolut keine Hilfe.

»Ich habe die ganze Woche nichts anderes getan, als irgendwo Nachrichten zu hinterlassen«, erklärte er.
»Ja, Sir.« Ihrem Tonfall war zu entnehmen, daß sie das nicht im mindesten bekümmerte.
Killigan empfand das als Demütigung. Er kam sich vor, als würde er vor dieser Angestellten auf dem Bauch kriechen.
»Hat sie denn meine anderen Nachrichten erhalten?« fragte er beharrlich weiter.
»Ich persönlich habe jede einzelne Ihrer Nachrichten an sie weitergegeben, Sir«, erklärte das Hausmädchen in gleichgültigem Tonfall.
»Aber sie hat nie zurückgerufen!«
»Nein, Sir.« Ihre Stimme war absolut neutral.
Killigan seufzte: »Also gut, dann hinterlasse ich noch eine Nachricht. Aber nicht bloß meinen Namen und meine Nummer. Die kennt sie ja auswendig. Nein ... Haben Sie einen Stift und einen Block zur Hand?«
»Ja, Sir.«
»Dann notieren Sie ... Ja, das Gras wächst immer höher auf meinem Rasen. Es fühlt sich schon an wie eine weiche Matratze. Ich möchte wissen, ob ich es weiterwachsen lassen oder mähen soll.«
Endlich zeigte sich so etwas wie eine Gefühlsregung in der Stimme des Hausmädchens. »Wortwörtlich, Sir?«
Er lächelte: »Ja, wortwörtlich. Lesen Sie bitte alles noch einmal vor.«
Das tat sie.
»Ja, das ist gut.«
»Ich werde Miß Janifer diese Nachricht überreichen, sobald sie das Haus betritt, Sir.«
»Ja, tun Sie das.«
Er hängte ein.
Seit der »Vergewaltigung« in der Nacht zum Dienstag hatte Rita kein Wort mehr mit ihm gewechselt. Sie hatte eine

halbe Stunde lang im Badezimmer geheult. Dann war sie plötzlich herausgekommen, hatte sich rasch angezogen und das Haus verlassen. Wenn er sie nicht so gut gekannt hätte und so oft mit ihr im Bett gewesen wäre, hätte sie ihn in diesem Moment an eine Jungfrau erinnert, der er gerade ihren teuersten Schatz gestohlen hatte. Sie war eine so verdammt gute Schauspielerin. Sie reagierte nicht auf seine Entschuldigungen. Sie wollte ihn nicht einmal mehr ansehen. Einmal hatte er versucht, sie anzufassen, und sie hatte sich ruckartig von ihm losgerissen. In den drei langen Tagen seit diesem unangenehmen Vorfall setzte sie bedenkenlos alle Hausangestellten ihres Vaters ein, um jeden Annäherungsversuch von ihm abzublocken.

Am schlimmsten war für Killigan, daß er ohne sie nur ein halber Mensch war. Als sie vor einer Woche aus Kalifornien gekommen war — er hatte sie nach fast zwei Jahren endlich wiedergesehen —, erkannte er sofort, daß die alte magnetische Anziehungskraft zwischen ihnen immer noch genauso stark war. Aber er hatte nicht damit gerechnet, daß diese Kraft noch so gewaltig und beherrschend war wie früher. In nur zwei Tagen hatte Rita es vermocht, die vergangenen zwei Jahre ohne sie komplett auszulöschen. Wie früher auch wurden seine Tage immer mehr von Rita bestimmt. Und er fühlte sich nur dann wirklich lebendig, wenn sie bei ihm war. Seine Gier nach ihr verwandelte sich rasch in eine Besessenheit. Und diese Besessenheit drohte nun zu einer Manie zu werden.

Stehe ich an der Schwelle zum Wahnsinn?

Er konnte diese Frage nicht beantworten.

Er wußte auch nicht, wie er dieser Besessenheit Einhalt gebieten konnte.

Rita war einfach nicht gut für ihn, sie war pures Gift für ihn. Und das schlimmste war, daß er das ganz genau wußte. Früher oder später (eher früher) würde sie ihn zugrun-

de richten. Dennoch brauchte er sie mindestens so dringend wie Luft, Wasser und Essen.
Er suchte verzweifelt nach den Gründen dafür.
Aber er fand kein Licht in diesem Tunnel.
Das einzige Gegenmittel bei den Schmerzen, die er empfand, wenn sie nicht da war, war der Bourbon. In den letzten drei Tagen hatte er dieser Medizin sehr zugesprochen. Der Schmerz verging tatsächlich ein wenig, verschwand hinter einem Nebel. Wenn er abends nach dem letzten Rennen nach Hause raste, rasten die Schmerzen neben ihm her und waren meistens vor ihm da.
Weil er soviel »Medizin« zu sich nahm, war er im Büro nicht mehr so wendig und geschickt wie vorher. Er brauchte mehr Zeit, um eine Lösung zu finden. Gestern hatte er sogar Fehler gemacht, sicher, es waren nur verhältnismäßig geringe Schwierigkeiten gewesen, aber immerhin . . .
Und er konnte nicht vom Bourbon lassen.
Als er um dreizehn Uhr dreißig am Freitag mittag in sein Büro kam, beschloß er, den Teufel mit dem Beelzebub auszutreiben und den Kater mit Bourbon zu bekämpfen. Zwanzig Minuten vor der Besprechung mit Harry Zuverbeck stürzte Killigan seinen ersten Whiskey hinunter. Der Kater ließ deutlich nach, während er das Glas ausspülte und in die Bar zurückstellte. Als Molly den Gast in sein Büro führte, war Killigan immer noch nicht guter Laune.
Zuverbeck ließ sich in einem Samtsessel nieder, und der Manager bot ihm einen Drink an.
»Nein, danke«, erwiderte der Gast.
»Macht es Ihnen etwas aus, wenn ich ein Glas zu mir nehme?«
»Bitte sehr.«
Während Killigan sich einen Bourbon einschenkte, erklärte er: »Ich trinke gern ein Gläschen vor dem Essen, sozusagen als Appetitanreger.«

»Sie haben noch nicht zu Mittag gegessen?«
»Ich hatte heute viel um die Ohren.«
»Oh, tut mir leid, ich wollte Sie nicht vom Essen abhalten.«
»Nein, nein, ist schon okay«, sagte der Manager rasch. Er setzte sich hinter seinen Schreibtisch und nahm einen Schluck. »Ich wollte nicht zu Tisch, ehe ich erfahren habe, was Sie so Dringendes mit mir zu bereden haben.«
Harry Zuverbeck war ein übergewichtiger, rotgesichtiger Holländer. Sein gelbweißes Haar, das schon deutlich weniger wurde, war sehr kurz geschnitten. Er trug einen dezenten, konservativen Anzug. Er bewegte sich wie ein Oberfeldwebel im Ruhestand.
»Es geht um die morgige Versammlung«, begann der Gast.
»Was ist denn damit?«
»Nun ja, vielleicht kommt es dort zu häßlichen Szenen.«
»Das denke ich auch.«
Killigan mochte Zuverbeck nicht. Der Bourbon, der seinen Kater vertrieben hatte, machte ihn mutig, und er entschied, dem Mann keinen Fußbreit entgegenzukommen.
Der Holländer setzte sich noch steifer in seinen Sessel. »Die Zeitungen verlangen, daß ein Pressevertreter an der Sitzung teilnehmen soll. Das Gesetz gibt ihnen das Recht dazu.«
»Ja und?«
Killigan wußte jetzt schon, daß er dieses Gespräch genießen würde.
»Einige Reporter verbreiten das Gerücht, Sie wollten morgen Beweise vorlegen, die den Betriebsprüfungsausschuß des Kreises als ... als korrupt hinstellen.« Er zwinkerte langsam wie eine Eidechse im Sonnenlicht.
»Wo könnten sie das denn wohl herhaben?«
Zuverbecks Unterkiefer wirkte hart wie Beton. »Ich vermute, daß entweder Sie oder einer Ihrer Anwälte dieses Gerücht in die Welt gesetzt haben. Aber darauf kommt es

jetzt nicht an. Viel wichtiger ist die Frage, was Sie morgen vorbringen wollen. Alles, was Sie sagen, wird in den Zeitungen erscheinen.«

»Schon möglich.«

»Die anderen Ausschußmitglieder und ich haben einen gewissen Ruf zu verlieren. Heutzutage wird ja bereitwillig alles geglaubt, wenn nur eine Autorität oder Behörde mit Dreck beworfen werden kann. Daher ... um uns vor unnötiger feindseliger Publizität zu schützen, möchten wir dafür Sorge tragen, daß diese kleine Unstimmigkeit noch vor der Sitzung aus der Welt geschafft werden kann. Am besten jetzt. Und hier. Zwischen Ihnen und mir. Mir ist vom Ausschuß die Vollmacht übertragen worden, über alle Punkte zu verhandeln.«

Killigan täuschte Verblüffung vor. »Aber, Sir! Wollen Sie damit etwa andeuten, daß es tatsächlich korrupte Praktiken im Ausschuß gibt, die jetzt vor der Öffentlichkeit verborgen werden sollen?«

Zuverbeck nahm eine noch steifere Haltung an. »Es gab und gibt keine korrupten Praktiken.«

»Aber wovor fürchten Sie sich dann?«

Der Holländer sagte nichts. Er hatte als Anwalt viele Jahre Berufserfahrung hinter sich und wußte, wann es klüger war zu schweigen.

Killigan sagte ebenfalls nichts und trank noch einen Schluck.

Zuverbeck verlor als erster die Geduld. »Was wollen Sie morgen vorbringen?«

»Oh, es wird bestimmt keine lange und vertrackte Ansprache«, antwortete Killigan überfreundlich. »Ich möchte mich darauf beschränken, ein paar Fakten vorzutragen.«

»Fakten, wie sie sich Ihnen darstellen?«

Der Bastard hat eine Scheißangst, freute sich der Manager in Gedanken. *Sind denn im ganzen Ausschuß nur Papiertiger wie er? Haben sie denn jahrelang herumwurschteln können, weil ihnen nie zuvor jemand auf die Finger geschaut hat?*

Killigan hob einen Finger: »Fakt Nummer eins: In jedem Frühjahr schickt der Betriebsprüfungsausschuß eine Steuerschätzung raus, die erschreckend viel höher ist als die des Vorjahres.«

»Die Grundstückspreise explodieren eben.«

»Wenn sie so ansteigen würden, wie der Ausschuß das annimmt«, entgegnete Killigan, »müßte jeder Grundbesitzer bald Milliardär sein.« Er hob den nächsten Finger: »Fakt Nummer zwei: Jedes größere Unternehmen des Kreises bekommt aberwitzige Gewerbesteuern aufgebrummt, aber bei Century Oaks haben Sie in dieser Hinsicht wirklich den Vogel abgeschossen. In diesem Jahr lag unsere Steuerschuld um hundertzehntausend Dollar über der vom letzten Jahr.«

Der Holländer starrte ihn an. Sein Unterkiefer schob sich nach vorn.

Killigan genoß die Situation immer mehr. »Fakt Nummer drei: Obwohl die Steuervorauszahlungen Jahr für Jahr höher angesetzt werden, ist Century Oaks nicht gezwungen, jede Erhöhung mitzumachen. Wenn wir von der letztjährigen Bilanz ausgehen, können wir sogar eine Steuersenkung geltend machen.«

»Wir haben uns an Gesetze und Regeln zu halten«, brummte Zuverbeck säuerlich.

»Fakt Nummer vier: Obwohl wir einen guten jungen Anwalt allein dafür beschäftigen, sich um die anderen Auflagen zu kümmern und obwohl drei von unseren zehn Aufsichtsratsmitgliedern Anwälte und geachtete Mitglieder der Anwaltsvereinigung von Pennsylvania sind, erscheint uns die ganze Steuerschätzungsgeschichte so kompliziert, daß unser geballter juristischer Sachverstand nicht ausreicht, sich darin zurechtzufinden. Einmal haben wir einen unserer Anwälte damit beauftragt, eine Steuersenkung zu beantragen. Er hatte überhaupt keinen Erfolg damit. Um also in dieser Angelegenheit etwas ausrichten zu können, müßte sich die Rennbahn nach noch mehr und vor allem noch besseren juristischen Sachverständigen umsehen.«

»Ich bin nicht hierhergekommen, um mir Ihren Sarkasmus anzuhören«, erklärte Zuverbeck.

»Nein, aber Reporter hören so etwas sehr gern.«

Die Miene des Holländers umwölkte sich.

Der Manager ignorierte das. »Ich will Ihnen etwas verraten: Wir haben jetzt die besseren Anwälte, und diese Herren werden die Angelegenheit dem Prüfungsausschuß in allen Details vortragen. Und sie sind so gut vorbereitet, daß wir nicht nur mit einer Senkung, sondern auch mit einer Rückerstattung in Höhe von fünfundneunzig Prozent der Einlagen rechnen. Könnte gut sein, daß wir danach statt der hundertzehntausend Vorauszahlung nur noch zehntausend entrichten müssen.«

»Ich habe jetzt genug gehört«, erklärte Zuverbeck.

»Nein, das haben Sie noch lange nicht«, entgegnete Killigan. »Man hat Sie hierhergeschickt, um zu erfahren, was ich morgen zu sagen beabsichtige und was einen Tag später in allen Zeitungen stehen wird.«

Wenn der Holländer nicht aufpaßte, würden seine Gesichtsmuskeln überstrapaziert und wie eine Melone zerplatzen.

Killigan leerte sein Glas. Er fühlte sich sehr gut. Angesichts seines Gegenübers freute er sich wie ein kleines Kind.

»Fakt Nummer fünf: Für ihre Bemühungen, Ihren Ausschuß davon zu überzeugen, daß er Century Oaks in der Vergangenheit ausgepreßt hat wie eine Zitrone, erwarten unsere besonders guten Anwälte natürlich ein besonders gutes Honorar. Bei den zu erwartenden hunderttausend nehmen sie zwanzig Prozent. Zwanzigtausend Dollar eben, und die geben wir gern, denn Spitzentalente dürfen Spitzenhonorare verlangen.«

Er grinste Zuverbeck an. Sein Gegenüber ließ sich nicht zu einem Lächeln verleiten.

»Fakt Nummer sechs: Die übertriebene Steuerschätzung trifft jedes Frühjahr so pünktlich ein wie das Erblühen der Tulpen. Fakt Nummer sieben: Unter der Menge der Anwälte, die sich in und um eine größere Stadt wie Harrisburg tummeln, finden sich nur drei, die in der Lage zu sein scheinen, mit Ihrem Ausschuß umzugehen. Einer dieser ›Spezialisten‹ ist Ihr Sohn. Ein Zufall?«

Zuverbeck wirkte jetzt tatsächlich so, als würde er im nächsten Moment zerspringen.

»Ein anderer dieser ›Spezialisten‹ ist der Schwager eines Ihrer Ausschußmitglieder. Und der dritte ›Spezialist‹ war sechs Jahre lang selbst Mitglied des Ausschusses, bevor er seine eigene Kanzlei eröffnete ...« Killigan lehnte sich zufrieden in seinen Sessel zurück. »Ich kann mir nicht helfen. Ich schätze, für die Presse wären solche Neuigkeiten ein gefundenes Fressen.«

Zuverbeck hockte da wie aus Stein gehauen: »Ich könnte einige Löcher in Ihre schöne Theorie reißen.«

»Bitte.«

»Sie unterstellen uns, vorsätzlich überhöhte Vorauszahlungen von den größeren Unternehmen zu verlangen.«

»Na gut, sagen wir nur von der Hälfte. Aber alle großen sind dabei.«

»Und Sie unterstellen, daß wir das schon seit Jahren tun.«

Der Manager zuckte die Achseln.

Der Holländer ballte auf den Knien die Hände zu Fäusten: »Wenn es Beweise geben sollte für das, was Sie eben angedeutet haben ...«

»Es gibt diese Beweise.«

»Wenn es sie wirklich gibt, warum ist dann vor Ihnen nie-

mand auf die Idee gekommen, uns an den Pranger zu stellen? Warum haben alle anderen Firmen brav die überhöhten Forderungen geschluckt?«
»Da finden sich sicher einige Gründe«, antwortete der Manager. »Vielleicht wollen die anderen Unternehmen sich keine einflußreichen Feinde schaffen. Vielleicht sind die anderen Firmen auch zu pessimistisch, was den Ausgang ihres Einspruchs angeht. Vielleicht glauben sie, daß sich nichts, aber auch gar nichts ändern würde, selbst wenn man die Mitglieder Ihres Ausschusses in Schimpf und Schande aus dem Amt jagen oder gar ins Gefängnis sperren würde. Vielleicht erwarten die anderen, daß die neuen Ausschußmitglieder in Null Komma nichts den Praktiken ihrer Vorgänger frönen werden. Sie kennen doch das Sprichwort: Man kann sich besser auf einen Teufel einstellen, den man schon kennt, als auf einen neuen.«
»Und Sie gehören nicht zu den Pessimisten?«
»Ich würde es gern mit neuen Ausschußmitgliedern versuchen.«
Zuverbeck lief purpurrot an.
»Vielleicht würde ich mich auch damit zufriedengeben, den alten Ausschuß zu reformieren«, ergänzte Killigan. »Die meisten Wirtschaftsleute sind der Ansicht, daß man ganz gut dabei fährt, wenn man sich auf korrupte Beamte einstellt. Man zahlt brav seinen Anteil und darf dann die eine oder andere Gefälligkeit erwarten. Ich allerdings bin der Ansicht, daß Century Oaks vom hiesigen Betriebsüberprüfungsausschuß keinerlei Gefälligkeiten nötig oder zu erwarten hat. Was meine Rennbahn jedoch braucht, ist ein Budget, mit dem sich ein funktionierendes Unternehmen aufrechterhalten läßt. Und dabei stören natürlich lachhaft hohe Steuerschätzungen.«
Zuverbeck schoß wie von der Tarantel gestochen aus seinem Sessel. Er marschierte ans Fenster und blickte hinaus

auf den Turf und die Eichenbäume. Er hielt die Hände auf dem Rücken verschränkt und starrte das Fenster an, als er sagte: »Was verlangen Sie?«

»Eine neue Bewertung«, erklärte der Manager. Er wußte, daß er gewonnen hatte. Allerdings war er ein wenig enttäuscht, daß sein Gegner so schnell klein beigegeben hatte. Killigan hatte den Kampf sehr genossen. Er hätte es gern gesehen, wenn der Holländer sich am Boden gewunden hätte. »Dieselbe Summe wie im letzten Jahr.«

»Sie verlangen eine ganze Menge.«

»*Sie* verlangen eine ganze Menge.«

Zuverbeck drehte sich um, blieb aber mit den Händen auf dem Rücken am Fenster stehen. Sein ohnehin rötliches Gesicht wirkte noch dunkler als zu dem Zeitpunkt, als er das Büro betreten hatte. »Wäre das alles?«

»Nun ja«, lächelte Killigan, »Sie verstehen sicher, daß ich mir die Kosten für besonders gute Anwälte gern ersparen möchte, um an die niedrigere Einschätzung zu kommen.«

»Angenommen, Sie bestellen einen besonders guten Anwalt. Angenommen, Sie geben es auf, gegen Windmühlen anrennen zu wollen. Dann könnte es leicht sein, daß Sie eines Tages in Ihrer Post einen besonders dicken Umschlag finden. Voller Fünfzig-Dollar-Noten. Sagen wir, vierzig Stück.«

»Jetzt verblüffen Sie mich aber wirklich«, erwiderte Killigan. »Ich will aber gleich wieder vergessen, was Sie gerade gesagt haben.« Er schob den Sessel zurück und erhob sich, um Zuverbeck auf gleicher Höhe gegenübertreten zu können. »Unser Mann wird am nächsten Montag vor dem Ausschuß erscheinen. Und seine Argumente werden so überzeugend sein, daß Sie der neuen Einschätzung gern zustimmen werden.«

Zuverbeck atmete hörbar schwer. Zum erstenmal fragte sich Killigan, ob sein Gegenüber gleich einen Herzschlag erleiden würde. Er war bis zum Äußersten gegangen. Zu-

verbeck hatte sich nur noch mit Mühe zurückhalten können. Die Augen drohten ihm aus dem Höhlen zu treten. »Gern?« zischte er. »Wir werden gern zustimmen? Und schon am Montag? Sie sind sich Ihrer Sache etwas zu sicher, werter Herr!«
Killigan war diese Debatte leid. Er hatte Zuverbeck in eine Ecke gedrängt, und nun versuchte der Mistkerl, sich da irgendwie herauszuwinden. Vermutlich würde er gleich seine Integrität hervorkehren und seinerseits Anschuldigungen machen. Dazu hatte Killigan absolut keine Lust. Er wünschte sich, der Holländer würde so rasch wie möglich das Büro verlassen, damit er sich noch einen Bourbon einschenken konnte. Er sagte: »Ganz recht, ich bin meiner sehr sicher. Vor allem deshalb, weil Sie ein Betrüger sind. Ich weiß das. Sie wissen das. Und wenn Ihnen etwas daran liegt, daß nicht die ganze Welt davon erfährt, müssen Sie jetzt in den sauren Apfel beißen.«
»Sie überschlauer Hurensohn!« schimpfte Zuverbeck. Seine Stimme klang drohend, wie das Zischen einer Schlange. Sein Gesicht war nun krebsrot, und er hatte den Unterkiefer so weit vorgeschoben, daß er deformiert aussah. »Ich bin hierhergekommen, um mit Ihnen eine gütliche Einigung anzustreben. Ich bin kein hinterhältiger Aasgeier, und ich bereichere mich auch nicht an anderen. Ich tue nichts, was gegen das Gesetz verstößt. Ich presse niemanden bis aufs Blut aus, und ich pfände Menschen nicht das Heim unterm Hintern weg. Mag sein, daß wir beide, Sie und ich, uns nicht sonderlich sympathisch sind und das wohl auch nie sein werden. Aber man kann trotzdem eine Einigung erzielen. Leider hatten Sie nicht das mindeste Interesse daran. Sie wollten hier lieber den Schlaukopf spielen.«
»Sie sind ein Träumer«, erklärte Killigan, »wir beide hätten niemals zu einem Abkommen unter der Hand gefunden. Ich mache keine Geschäfte mit Blutsaugern.«

Zuverbeck marschierte zur Tür. Er hielt die Hände jetzt an den Seiten, hatte sie aber immer noch zu Fäusten geballt.

»Bis Montag«, rief Killigan ihm lächelnd nach. Er fühlte sich großartig nach dem Bourbon und dem K.-o.-Schlag für den Holländer.

Zuverbeck drehte sich zu ihm um. »Nein.«

»Nein?«

»Bis morgen.«

Killigan war überrascht. Er fühlte sich bereits vom Alkohol ein wenig desorientiert. »Sie wollen es tatsächlich riskieren, daß die Zeitungsmenschen alles erfahren?«

»Ich lasse mich nicht gern herumschubsen.«

»Trotzdem . . .«

»Und ich lasse mich nicht gern mit Schimpfworten belegen.«

Seine Miene wirkte so starr wie aus Bronze gegossen.

»Ich werde Sie und den Ausschuß ruinieren.« Killigan drohte nicht, er stellte lediglich fest.

»Vielleicht.«

»Sie wissen sehr gut, daß es so kommen wird.«

»Morgen sehen wir weiter«, antwortete Zuverbeck. Damit schien er wohl den Großteil seiner Würde zurückerlangt zu haben und verließ das Büro.

Der Manager sank in seinen Sessel und starrte zuerst auf die geschlossene Tür, dann auf das Fenster, an dem der Betriebsprüfer gestanden hatte, und endlich auf sein leeres Glas. Das Hochgefühl, das der Whiskey ihm beschert hatte, war verflogen. Jetzt umgab ihn nur noch grauer Nebel. Das Triumphgefühl nach seinem Sieg war so schnell vergangen. Killigan konnte es nicht glauben. Obwohl er mit jedem Fakt bei Zuverbeck einen Volltreffer gelandet hatte, war der Holländer nicht als Verlierer gegangen.

Alles gleitet mir wieder aus den Händen, dachte Killigan.

Er rief Jeff Cassarian an, den Anwalt der Rennbahn, und berichtete ihm von Zuverbecks Besuch. Er beschönigte den Bericht ein wenig und ließ sich selbst weniger sarkastisch, feindselig und triumphierend erscheinen.

»Er ist gekommen, um sich mit Ihnen in Güte zu einigen«, sagte Cassarian nachdenklich. »Er hat Ihnen sogar zweitausend Dollar angeboten, wenn Sie dafür den Mund halten und die Rennbahn bluten lassen. Aber dann hat er sich plötzlich von einem Moment auf den anderen besonnen, ist unnahbar geworden und beleidigt hinausmarschiert. Was mag ihn zu diesem Sinneswandel bewogen haben?«

»Keine Ahnung«, log Killigan.

Sein Gegenüber schien jedoch zu spüren, daß der Manager auswich. »Haben Sie mir auch wirklich alles erzählt?«

»Schließlich sind Sie mein Anwalt«, wich Killigan erneut aus.

Cassarian dachte kurz nach. »Nun, zumindest können wir davon ausgehen, daß die Herrschaften im Ausschuß ganz schön nervös sind.«

»Sind Sie sich da sicher?«

»Das liegt ja wohl auf der Hand, Jack.«

»Das habe ich auch geglaubt, anfangs zumindest.«

»Machen Sie sich mal keine Sorgen. Ich treffe Sie morgen um neun Uhr dreißig. Um zehn beginnt die Ausschußsitzung. Aber Sie werden keine Gelegenheit erhalten, über die Korruption öffentlich zu sprechen. Ich schlage Ihnen eine Wette vor. Sagen wir um fünf Dollar? Ich wette, daß Zuverbeck die Sitzung mit der Ankündigung eröffnen wird, daß die Festsetzung der Steuervorauszahlung für die Century-Oaks-Rennbahn noch einmal überprüft werden muß.«

»Ich hoffe, daß ich die fünf Dollar zahlen muß.«

»Sie sind nicht davon überzeugt?«

»Ich halte Zuverbeck für sehr gerissen.«

Cassarian seufzte ungeduldig: »Mir kommt es so vor, als

wären manche Menschen nur glücklich, wenn sie unglücklich sind.«

»Tut mir leid«, sagte der Manager, »es ist nur so, daß hier in letzter Zeit etwas zu viele Probleme aufgetaucht sind.«

»Das höre ich nicht gern. Kann ich Ihnen in irgendeiner Weise vielleicht weiterhelfen?«

»Nein«, antwortete Killigan müde, »meistens sind das hausinterne oder personelle Probleme. Trotzdem vielen Dank, Jeff.«

»Vergessen Sie nicht unseren morgigen Termin.«

»Wie könnte ich den vergessen?«

Nachdem er eingehängt hatte, fühlte er sich hundsmiserabel. Jetzt wurde ihm klar, daß er Zuverbeck vollkommen falsch behandelt hatte. Gestern hatte er einige Fehler im Umgang mit wirklich drittklassigen Problemen gemacht; Probleme, die er früher mit einem Fingerschnippen aus der Welt geschafft hätte. Und schlimmer noch, er hatte seine Beziehung zu Rita kaputtgemacht ... Was würde er als nächstes in den Sand setzen?

Er brauchte dringend einen Bourbon. Doch er wußte, daß er dieser Gier nicht nachgeben durfte. Der Tag hatte für ihn erst angefangen, und schon hatte er zwei Gläser zu sich genommen. Er mußte für die Rennen am Abend nüchtern bleiben. Verdammt, hatte er denn keine Willensstärke mehr? Er bewies sich seine Willensstärke. Fast eine Stunde lang. Dann goß er sich das dritte Glas voll.

Henry Coopers Gesicht war erschreckend blaß. Er hatte dunkle Ringe unter den Augen, und seine Wangen wirkten eingefallen. Als er sich vor dem Klavier-Schreibtisch niederließ, schien er fast in den Sessel zu fallen.

Er bemerkte, wie bestürzt Killigan ihn ansah, und erklärte: »Ich habe sehr viel Zeit in diese Fälschungsgeschichte investiert.«

»Wann beginnt Ihre Schicht?« fragte Killigan.
»Um sechzehn Uhr.«
»Und wann haben Sie mit Ihrer Arbeit begonnen?«
»Neun Uhr morgens, manchmal erst um zehn.« Er erwartete dafür keine Belobigung, er gab nur Antwort auf eine Frage. »Und mein Dienst endet in der Regel gegen Mitternacht.«
Der Manager kannte Cooper gut genug, um zu wissen, daß er jetzt kein Mitleid erwecken wollte. Killigan schüttelte den Kopf und sagte: »Das ist der Arbeitstag eines Managers.«
Cooper lächelte matt.
»Und was haben Sie herausgefunden?«
Das Lächeln verschwand augenblicklich. »Nicht viel«, antwortete der TRPB-Mann enttäuscht. »Wir haben es hier mit einem cleveren Fälscher zu tun. Am Montagabend nach dem vierten Rennen bin ich auf einen weiteren Unschuldigen gestoßen, der für unseren Freund ein gefälschtes Ticket einlösen wollte. Ein Lehrer aus Baltimore, Arthur Hudson. Er konnte mir aber eine brauchbare Beschreibung von unserem Mann geben. Ich habe mir alles notiert, vervielfältigt und an unsere Leute ausgegeben.«
»Und?«
»Nichts.«
»Wäre es nicht möglich, daß er sich schon verzogen hat?« fragte Killigan. »Sind Sie sicher, daß er sich noch bei uns aufhält?«
Cooper hatte nicht den geringsten Zweifel: »Sechs Männer arbeiten mit mir an diesem Fall. Ich habe sie alle Gewinntickets der letzten drei Nächte überprüfen lassen.«
Killigan machte große Augen.
»Natürlich sind das verdammt viele Zettel, jede Nacht einige tausend. Aber sechs Männer können sie rascher durchsehen, als man glaubt.«

Killigan dachte kurz nach. Dazu mußte er sich allerdings gehörig konzentrieren: »Die meisten Gewinne erfolgen auf Zwei-Dollar-Wettscheinen. Das sind für einen Fälscher zu kleine Fische. Ich nahm also an, daß Ihre Leute nur die Tickets mit höheren Gewinnen durchgecheckt haben.«
Der TRPB-Mann nickte. »Wir haben sogar einen Wassertest entwickelt, mit dem die Prozedur wesentlich beschleunigt wird.«
»Nur Wasser?«
»Uns ist aufgefallen, daß die Tinte, die unser Freund benutzt, überhaupt nicht wasserfest ist. Wenn man einen normalen Wettschein für etwa eine Minute in warmes Wasser legt, löst er sich auf, aber der Aufdruck verläuft nicht. Aber bei den gefälschten Scheinen zerläuft die Tinte schon nach einer halben Minute.«
Killigan beugte sich vor: »Dann wissen Sie wohl auch, wieviel der Kerl uns gestohlen hat!«
»Vorausgesetzt, daß uns nicht ein paar Scheine durch die Lappen gegangen sind, können wir die Summe in etwa abschätzen.«
»Spannen Sie mich nicht länger auf die Folter.«
»Dienstagnacht haben wir keine manipulierten Tickets entdeckt«, erklärte Cooper. »Aber am Mittwoch waren es vierundzwanzig Tickets zu fünf, vierzehn Tickets zu zehn und sieben Tickets zu fünfzig Dollar. Die Gesamtsumme beträgt knapp achttausend Dollar.«
»O Gott!«
»Er schröpft uns in großem Stil«, fuhr der TRPB-Mann fort. »Jede Nacht sind so viele Besucher gekommen und haben so fleißig gewettet, daß dieser Verlust noch gar nicht aufgefallen ist. Aber uns fehlen trotzdem achttausend.« Er klang so besorgt, als wäre dieses Geld sein persönliches Eigentum.
»Und Donnerstag?« wollte Killigan wissen.

Cooper legte die Hände in den Schoß und antwortete: »Die meisten Fälscher sind schon zufrieden, wenn sie in einer Saison ein- bis zweitausend machen können. Aber unser Freund scheint der Vampir unter den Fälschern zu sein. Letzte Nacht hat er einunddreißig Tickets zu zehn und sieben Tickets zu fünfzig Dollar eingelöst.«
Obwohl er es eigentlich gar nicht wissen wollte und obwohl er an diesem miserablen Tag nicht noch mehr Ärger haben wollte, fragte der Manager trotzdem: »Und wieviel hat er insgesamt kassiert?«
»Er scheint eine gute Nase zu haben. Unter anderem das dreißig-zu-eins im fünften Rennen. Gestern abend hat er um die vierzehntausend nach Hause getragen.«
»Das tut weh!« stöhnte Killigan.
»Sie sagen es.«
Der Manager erhob sich und trat an die Bar. »Wie wär's mit einem Drink? Es wird Zeit fürs Abendessen. Davor nehme ich immer gern ein Glas zu mir, um den Appetit anzuregen.«
»Ich hätte schon gern einen Drink«, erklärte Cooper, »aber so erledigt wie ich bin, würde mich der jetzt glatt umhauen.«
Killigan schenkte sich den vierten Bourbon dieses Tages ein.
»Das war leider noch nicht alles«, sagte der TRPB-Agent.
»Was war noch nicht alles?«
»Die vierzehntausend.«
Killigan verschluckte sich fast.
»Bis gestern hat unser Freund normale Wettscheine gekauft und im nachhinein die Nummer des Pferdes verändert; und das ungefähr ein- bis zweimal pro Rennen. Letzte Nacht hat er dann seine Technik entscheidend verbessert. Beim sechsten Rennen hat er acht Exacta-Scheine gefälscht.«

»Dann haben Sie ja wohl alle möglichen Arten von Scheinen überprüft.«
»Nein. Der Computer überprüft selbst die Exacta-Scheine. Der Computer schlug Alarm, als er entdeckte, daß für das sechste Rennen mehr Exacta-Scheine Gewinne gemacht haben, als verkauft worden sind. Also sind wir gestern dazu übergegangen, auch diese Scheine dem Wassertest zu unterziehen.«
Um mit einem Exacta-Schein zu gewinnen, mußte man entweder unglaublich viel Pferdeverstand besitzen oder Glück wie kein zweiter haben. Bei einer Exacta-Wette mußte der Wetter die ersten beiden Pferde — Sieg und Platz — bestimmen. Wenn acht Pferde teilnahmen, wie das gestern beim sechsten Rennen der Fall gewesen war, stand der Wetter vor sechsundfünfzig möglichen Kombinationen für den ersten und zweiten Platz. Hin und wieder tippten viele Wetter bei einer Exacta-Wette richtig und erhielten dann einen nur mäßigen Gewinn. Doch in der Regel bekam man bei einer solchen Wette mindestens hundert Dollar heraus. Es war auch schon vorgekommen, daß ein Wetter mehrere tausend Dollar einstecken konnte.
»Wieviel hat er damit gemacht?«
»Fünfhundertvierzig Dollar.«
»Und das achtmal. Also viertausenddreihundertzwanzig Dollar.«
»Damit ist er gestern fast an zwanzigtausend gekommen. Und da nicht auszuschließen ist, daß wir ein paar gefälschte Scheine übersehen haben . . .«
Killigan mußte sich hinsetzen. Seine Beine waren schwer wie Blei. »Was schätzen Sie, wieviel er sich in dieser Woche erschwindelt hat?«
»Sonntag und Montag haben wir noch keine Scheine überprüft. Aus irgendeinem Grund ist er am Dienstag still geblieben. Doch wenn wir die Summen vom Mittwoch

und Donnerstag hochrechnen, kommt man leicht auf einen Betrag von etwa vierzigtausend Dollar.«
Bis eben noch hatte Killigan den Fälscher für einen kleinen Dieb gehalten, der hier und da ein paar Dollar für sich abzwackte. Für einen kleinen Störenfried, den man erwischen mußte, der aber der Rennbahn keinen riesengroßen Schaden zufügte. Doch eine solche Summe konnte er nicht mehr auf die leichte Schulter nehmen. »Wenn er heute abend wieder zwanzigtausend macht und morgen noch mal, hat er uns in einer Woche um achtzigtausend erleichtert. Nein, das können und dürfen wir nicht hinnehmen.«
Cooper nickte knapp. Sein Kopf bewegte sich dabei etwa einen Zentimeter nach unten.
Der Manager klang verzweifelt, als er fragte: »Sie rechnen doch damit, daß er weitermacht, oder?«
»Selbstverständlich. Er wird sich denken, daß man eine Glückssträhne, wenn man sie erwischt hat, nicht mutwillig abbrechen soll.«
»Und Sie sind immer noch davon überzeugt, daß er einen Fehler machen wird?«
»Ich bin davon überzeugt.«
»Aber Sie sind sich nicht mehr ganz so sicher wie noch vor ein paar Tagen?«
»Er ist sehr gut«, gab der TRPB-Mann widerwillig zu. »Ich fürchte, daß wir ihn heute nacht noch nicht fassen werden. Wir geben uns natürlich alle Mühe. Aber ich denke, er wird uns wieder entwischen. Was morgen passiert, ist eine ganz andere Geschichte.«
»Wieso?«
Cooper richtete sich im Sessel auf. Zum ersten Mal, seit er das Büro betreten hatte, hellte sich seine Miene auf: »Ich habe da so ein eigenartiges Gefühl, ein sehr starkes eigenartiges Gefühl. Ich denke, unser Freund ist mit der Absicht gekommen, die ganze Woche hier zu verbringen,

trotz aller Risiken, die zwangsläufig auftreten, wenn ein Fälscher sich zu lange an einem Ort aufhält. Was er bis jetzt getan hat, waren nur kleine Fische. Er wartet auf den Samstag. Wir können uns bislang nicht über Besuchermangel beklagen, aber am Samstag wird die Besucherzahl alle Rekorde brechen. Man wird sich hier kaum noch bewegen können.«

»Das hoffe ich.«

»Je mehr Zuschauer und Wetter hier sind, desto mehr Schutz genießt unser Freund. Ich denke mir nun, daß er sich zu sehr auf diesen Schutz verläßt. Höchstwahrscheinlich wird er zu gierig und kann die Taschen nicht voll genug kriegen. Es würde mich nicht wundern, wenn er sich für den Samstag vierzig- oder fünfzigtausend zum Ziel gesetzt hat.«

»Das meinen Sie doch wohl nicht im Ernst?« keuchte Killigan.

»Doch, leider. Fünfzigtausend. Und damit geht er ganz entschieden zu weit. Bei einer solchen Summe muß er leichtsinnig werden. Und das ist dann der Moment, in dem wir ihn uns schnappen.«

»Am Samstag finden sich zusätzliche Agenten im Klubhaus und auf der Tribüne ein, nicht wahr?«

»Wir verdoppeln unsere Zivilstreifen. Ich denke, wir könnten sie sogar verdreifachen.« Er erhob sich. »Am Samstag fassen wir ihn.«

»Ihr Wort in Gottes Ohr.«

»Ja.«

Als der Manager um achtzehn Uhr unter der Dusche stand, spulte er nicht sein liebgewordenes Ritual ab. Er wollte nur den Schweiß auf seiner Haut loswerden, trocknete sich dann ab und zog sich rasch wieder an.

Er fragte sich die ganze Zeit, ob seine letzten Fehler wirklich die ersten waren, die ihm in Century Oaks unterlaufen waren. Vielleicht war schon von Anfang an alles in falschen Bahnen verlaufen, schon von dem Moment an, in dem er sich entschieden hatte, aus dieser heruntergekommenen Rennbahn etwas zu machen. Er hatte sich damals vorgenommen, sich hier nicht mit dem mageren Profit zu begnügen, mit dem sich die Besitzer auch zufriedengegeben hätten. Insgeheim hegte er den Wunsch, aus Century Oaks eine ähnlich bedeutende Rennbahn zu machen wie Hialeah, Churchill Downs, Aqueduct, Belmont ... Er wollte dieser Rennbahn ihr hinterwäldlerisches Image nehmen und die Wetter aus New York, New Jersey, Maryland und allen anderen Orten heranziehen, an denen das große Geld saß. Aber er hatte dabei vergessen oder gar nicht wahrhaben wollen, daß mit dem Geld auch die Probleme wachsen. Und je höher man stieg, desto tiefer und spektakulärer konnte man fallen.

Und er dachte an Rita, immer wieder an Rita. Wunderbare Rita. Köstliche Rita. Sie mußte seine letzte Nachricht schon vor Stunden erhalten haben. Aber sie hatte sich noch nicht gemeldet.

Um halb sieben nahm er seinen fünften Bourbon.

Gegen sieben hatte er den sechsten.

Der sanfte Nebel kehrte endlich zurück und hüllte ihn ein.

Kurz vor zehn an diesem Abend betrat er den Horsemen's Club. Das sechste Rennen stand bevor, und er war nicht mehr so mißgestimmt wie nach den Besprechungen mit Zuverbeck oder Cooper. Die Pony-Expreß-Mädchen eilten wieselflink zwischen den Schaltern und den Gästen hin und her und hatten alle Hände voll zu tun. Drei Viertel der Tische waren besetzt, und insgesamt herrschte eine ausgelassene Stimmung.

Und Rita war hier.

Sie saß an dem Tisch, der ihrem Vater gehörte. In dem langen und schulterfreien schwarzen Abendkleid, das so dunkel war wie ihr Haar, sah sie einfach hinreißend aus. Die meisten der anwesenden Männer teilten ihre Aufmerksamkeit zwischen ihren Wettscheinen und Rita auf. So gut wie alle der anwesenden Damen warfen Rita finstere Blicke zu. Aber Rita ließ sich davon erwartungsgemäß nicht im mindesten beeindrucken. Sie blickte zum Restauranteingang, so als warte sie auf jemanden.
Sie entdeckte Killigan und winkte ihm zu.
Er grinste wie ein kleiner Junge und eilte zu ihr. »Bist du mit deinem Vater hier?«
»Ich bin allein gekommen. Keins von Vaters Pferden startet heute abend hier.« Sie lächelte ihn an. »Warum setzt du dich nicht einen Augenblick zu mir? Oder steckst du bis über beide Ohren in typischer Managerarbeit?« Sie klang ganz normal. Keine Spur von Feindseligkeit mischte sich in ihre verführerische Stimme.
»Endlich mal eine halbwegs ruhige Nacht«, antwortete er. »Ich laufe hier eigentlich nur ein bißchen herum. Wenn du möchtest, können wir uns die letzten vier Rennen gemeinsam anschauen.«
»Ja, das wäre wirklich nett.«
Er nahm neben ihr Platz.
Sie gab einem Kellner ein Zeichen. Er eilte zu ihr, als sei er in einer heiligen Mission unterwegs.
»Zweimal Bourbon auf Eis. *Wild Turkey,* wenn Sie den führen.«
»Geht aufs Haus«, erklärte Killigan dem Kellner.
Seine Rechte lag auf dem Tisch. Sie legte ihre Linke darauf und drückte leicht seine Finger.
»Äh, zu der Nacht neulich ...« begann er.
»Pst!« machte sie nur. »Das Rennen fängt gleich an. Ich habe zweihundert auf Fancy Dancer gesetzt.«

Eine Stimme verkündete, daß die Pferde in den Startboxen stünden.
Augenblicklich legte sich Stille über den Raum. Die Atmosphäre im Klub wirkte elektrisch aufgeladen.
Die Pony-Expreß-Mädchen standen reglos an ihren Warteplätzen. Sie wirkten wie erotische Statuen. An den Wettschaltern waren die Fenster geschlossen.
Eine Glocke ertönte.
»Start!«
Die Stille im Raum verwandelte sich übergangslos in einen Hexenkessel, in dem alle den Namen ihres Favoriten durcheinanderbrüllten.
Rita folgte dem Feld mit ihrem Opernglas. Ständig wurden die Positionen der Pferde bekanntgegeben. *Fancy Dancer* führte gleich von Anfang an. Er behielt das ganze Rennen über einen Vorsprung von einer Länge bei, doch in der Kurve erlahmte seine Kraft etwas. Die Verfolger nutzten diese Chance. und dann ging *My Lovely Annabel* als erstes Pferd durchs Ziel. *Diamond Eyes* wurde zweiter, und *Fancy Dancer* kam erst als dritter an.
Obwohl Rita zweihundert auf *Fancy Dancer* gesetzt hatte, war sie nicht im mindesten über den Verlust enttäuscht.
»Was soll's«, sagte sie nur, »es gibt ja noch andere Rennen.«
Sie blätterte im Programmheft. »Kannst du mir für das siebte Rennen nicht einen Insider-Tip geben?«
»Tut mir leid. Ich müßte wirklich erst ins Heft schauen, um zu wissen, welche Pferde dort starten.«
»Hast du denn keinen Einfluß auf die Startfolge?«
»Das ist Aufgabe des Rennleiters.«
Sie biß sich auf die Unterlippe und studierte wieder die Seite im Heft.
Der Kellner brachte die Drinks. Er starrte unentwegt Rita an und schien vergessen zu haben, daß er auch noch für andere Tische zuständig war.

»Rita, wegen dieser Nacht...« begann Killigan wieder, als der Kellner endlich gegangen war.

»Vergiß sie doch einfach«, antwortete sie, ohne von ihrer Lektüre aufzublicken. Sie lächelte, und in ihren Zügen war keine Spur von Zorn. »Ich habe mich sehr dumm benommen.«

»Na ja, ich vermutlich auch.«

»Nein.«

»Ich denke, ich sollte mich bei dir...«

»Ich sagte doch, du sollst es vergessen!« sagte sie gereizt.

Er nahm einen Schluck von seinem Glas. Keine besondere Wirkung trat ein.

Killigan fragte sich, was er nun tun sollte und wie er Rita einschätzen sollte. Wenn die »Vergewaltigung« sie so durcheinandergebracht hatte, wie konnte sie ihm dann verzeihen und die ganze Geschichte vergessen? Wenn ihr die Geschichte aber doch nicht so viel ausgemacht hatte, wenn sie wieder nur geschauspielert hatte, warum hatte sie ihn dann drei Tage lang schmoren lassen? Er brauchte dringend eine Antwort, aber er wagte es nicht, Rita danach zu fragen.

Sie schob sich eine Strähne aus dem Gesicht und kicherte. »Darauf muß ich einfach wetten!«

»Worauf?«

Sie zeigte auf die Seite: »Die Nummer acht im anstehenden Rennen: Jack's Joy.«

»So, so.«

Sie grinste schelmisch. Ihre dunklen Augen durchbohrten ihn. »Das bin nämlich ich, Jack's Joy. Jacks Freude.«

Er drückte sanft ihren bloßen Arm und sagte: »Du bist ganz sicher ein Gewinn. Ich würde sofort auf dich setzen.«

Sie zog dreihundert Dollar aus ihrer Handtasche. »Die werde ich setzen.« Dann hielt sie ihm ihre Handfläche entgegen und sagte: »Gib mir nicht nur billige Schmeicheleien, sondern leg auch noch was drauf.«

»Ich weiß nicht, ob das gut wäre.«
»Nur als Glücksbringer.«
Er gab ihr einen Zwanziger.
»Auf Sieg?«
»Natürlich.« Als sie sich erhob, um zum Schalter zu gehen, sagte er: »Warum läßt du das nicht von unseren Pony-Expreß-Mädchen erledigen?«
Rita verzog das Gesicht. »Ich habe es nicht so gern, wenn Nutten mein Geld in den Fingern halten.« Sie klang sehr giftig. Doch im nächsten Moment war ihre gute Laune wieder da. »Bin sofort zurück.«
Jack's Joy war ein Vierjähriger, der seit zehn Rennen kein Geld mehr eingebracht hatte. Vor zwei Wochen auf der Bowie-Rennbahn war er dreiundvierzig Längen hinter dem Erstplazierten ins Ziel gegangen. Doch heute abend gewann er in einem Kopf-an-Kopf-Rennen.
Ein gutes Omen, sagte sich Killigan.
Nach dem Sieg von *Jack's Joy* wurde die Nacht wunderbar. Rita und er lachten viel, tranken noch etwas, und sie flirtete mit ihm wie ein Backfisch. Nach dem letzten Rennen begaben sich beide in sein Büro, um dort die Ergebnisse des Kassensturzes abzuwarten.
Mitternacht war gerade vorüber, als die ersten Zahlen eintrafen. Fast fünfzehntausend Menschen hatten eine Eintrittskarte gekauft, was einen neuen Rekord für Century Oaks darstellte. Der Umsatz betrug 2800000 Dollar, und das ließ darauf schließen, daß viele von denen, die erst am großen Samstag kommen wollten, schon einen Tag früher eingetroffen waren.
»Was für ein Erfolg!« rief Rita. Sie hockte auf der Erde seines Steinway-Schreibtisches.
»Ich hoffe nur, daß dieses Glück etwas länger anhält!«
»Du hast es ihnen allen gezeigt.«
»Wem?«

»Dem alten Farley, Mitchell und Demlinson.«
Er stand direkt vor ihr. Sie hatte den Kopf nach rechts geneigt. Er neigte seinen Kopf nach links, bis er ihr in die Augen sehen konnte. Farley, Mitchell und Demlinson waren drei von den zehn Besitzern der Rennbahn. »Wieso habe ich es ihnen gezeigt?«
Sie hatte die Schuhe abgestreift. Sie hob nun einen Fuß, der nur von einem langen Strumpf verhüllt war, und versuchte, mit den Zehen über sein Geschlechtsteil zu reiben. Aber es wollte ihr nicht so recht gelingen. »Weil es genau diese drei waren, die bei der Abstimmung über deine Einstellung gegen dich gestimmt haben«, antwortete sie. »Demlinson hält dich für einen Alkoholiker. Die beiden anderen halten dich nur für unfähig. Aber Daddy hat zu dir gestanden. Und schließlich sechs andere auch. Heute hast du es den drei Arschlöchern gezeigt, wie falsch sie mit ihrer Einschätzung gelegen haben.«
Killigan war etwas verwirrt von dieser Enthüllung. Er leerte sein Glas in einem einzigen, gierigen Zug. Dann riß er sich zusammen und beschloß, sich nicht von Farley, Mitchell und Demlinson die Laune verderben zu lassen. Sie hatten unrecht. Er leistete gute Arbeit. Fast drei Millionen Dollar an diesem Abend. Seine Pläne, die Publicity, alles schien Erfolg zu haben.
Nachdem er die Gläser gespült hatte, fragte er: »Kommst du mit zu mir?« Er hatte sich den ganzen Abend zurückgehalten, diese Frage zu stellen. Sein Mund war wie ausgedörrt.
»Wohin sollte ich denn sonst gehen?« entgegnete sie, glitt vom Klavier und stellte sich in ihre Schuhe. Letzteres bereitete ihr ein wenig Mühe, und sie kicherte vor sich hin.
»Was ist denn los?«
»Ich glaube, ich bin blau.«
»Du bist wunderbar.«

»Das auch, aber im Moment bin ich vor allem blau.«
Er nahm sie in die Arme und küßte sie. Ihre Zunge war sehr agil und suchte in seinem Mund wie ein Eichhörnchen, das seinen Wintervorrat vergraben möchte. Er spürte, wie eine ihrer Hände zwischen seine Beine glitt.
»Du bist soweit«, sagte sie.
»Ich mußte lange warten.«
»Dann wollen wir so schnell wie möglich zu dir.«
Im Wagen lehnte sie sich an ihn und erklärte ihm mit dem ihr eigenen Vokabular, was sie mit ihm anstellen wollte, sobald sie im Bett lagen. Sie wollte alles und noch mehr wiedererleben. Gegen zehn vor eins waren sie zu Hause. Er konnte seine Finger überhaupt nicht mehr von ihr lassen. Sie hatten erst die Küche erreicht, als er anfing, sie auszuziehen.
»Junge!« rief sie. »Es ist doch viel schöner, wenn man alles ganz langsam angehen läßt!«
»Klar. Wir dehnen unser Programm ja auch über Stunden aus. Ich kann es nur nicht erwarten, bis wir endlich anfangen!«
Sie löste sich von ihm und ging zum Kühlschrank. »Ich bin heute nachmittag hiergewesen und habe Wein mitgebracht.« Sie hielt eine grüne Flasche mit einem Hals in weißer Folie hoch.
»Ich habe schon reichlich Bourbon zu mir genommen«, sagte Jack.
»Ja und?«
»Man sollte nicht alles durcheinandertrinken.«
»Das ist ein Ammenmärchen.«
»Nach meiner persönlichen Erfahrung stimmt es.«
Sie zog einen Schmollmund. Bei ihr wirkte das sehr aufreizend, fast schon obszön. »Ich habe doch nur die eine Flasche hier, und die mußt du ja nicht einmal ganz trinken.«
»Ist mir trotzdem zuviel«, erklärte er mit belegter Stimme.

»Davon abgesehen ist das Asti spumante, ein Dessertwein. Wir haben das Ende des Tages erreicht, falls dir das noch nicht aufgefallen sein sollte. Und am Ende eines Tages ist es Zeit für das Dessert.«
Er griff nach ihr und sagte rauh: »Ich dachte, du wärst das Dessert.«
»Ich gehöre dazu.« Sie löste sich wieder von ihm. »Sei doch nicht so ein Spielverderber, Jack. Ich habe die Flasche bereits heute nachmittag geöffnet, um festzustellen, ob der Wein gut ist. Wenn wir sie heute nicht leermachen, ist der Wein morgen schal.«
Killigan wußte, daß er jetzt schon mehr als genug hatte. Morgen früh würde sein Magen wieder verrückt spielen. Und an das Kopfweh durfte er gar nicht denken. Beides stand jetzt schon fest. Wenn er aber jetzt noch den Wein zu sich nahm, würde er sich morgen wünschen, tot zu sein, und gar nicht mehr aus dem Bett kommen. Dabei waren von der Nacht nur noch ein paar Stunden übrig. Und er hatte morgen einiges zu klären. Da war Zuverbeck, der Fälscher und mochte Gott wissen, was sonst noch auf ihn zukam. Nein, er mußte morgen halbwegs fit sein.
»Was bist du doch für ein Stimmungstöter!« murrte sie, öffnete den Kühlschrank wieder und stellte die Flasche zurück.
»Warte«, sagte er.
Sie sah ihn erwartungsvoll an.
Worüber machte er sich eigentlich Sorgen? Hatte er nicht das Problem mit Agroco gelöst? Selbst Farley, Mitchell und Demlinson hatten ihm dafür Lob gezollt. Und hatte er nicht Harry Zuverbeck auflaufen lassen? Jeff Cassarian hatte gewettet, der Holländer würde morden bei der Sitzung klein beigeben und von sich aus einen neuen Weg vorschlagen. Der Betriebsprüfer schlotterte wahrscheinlich vor Angst. Und diese Angst hatte Jack Killigan in ihm ausgelöst. Also ... Was waren da schon ein paar Fehler? Jeder machte Feh-

ler. Gut, der Fälscher war noch auf freiem Fuß ... Und wenn schon, Cooper würde ihn morgen zu fassen kriegen. Der TRPB-Agent hatte das mehr oder weniger versprochen. Sicher, morgen würde es bestimmt auch wieder ein paar unliebsame Überraschungen geben, aber die würde er in den Griff bekommen, selbst mit gebundenen Händen (er lächelte über dieses Bild). Warum war er heute so schlecht drauf gewesen? Wie hatte er nur auf die Vorstellung kommen können, alles entglitte ihm? Der Bourbon machte ihm nicht viel aus. Niemand merkte ihm an, wenn er zuviel getrunken hatte. Er durfte nicht mehr soviel grübeln, das war nicht gut für ihn. Er wußte doch, daß er alle Probleme lösen konnte. Verdammt noch mal, das allergrößte Problem hatte er doch schon bewältigt: Rita war zurück. Rita war wieder bei ihm. Von jetzt an würde alles aufwärtsgehen.

»Nun?« fragte sie.

»Ich hole zwei Gläser.«

»Nachtisch!« schmunzelte sie.

»Den kompletten Nachtisch.«

Sie begaben sich nach oben.

Der Wein schmeckte nach Aprikose. Er trank ihn zu schnell. Sie schien sein Glas unentwegt aufzufüllen. Er goß etwas davon auf ihre Brüste und leckte die Tropfen auf.

Der Schein der Nachttischlampe strich über ihre Kurven und hüllte die anderen Partien in samtige Schatten.

»Ein wahnsinniger Körper«, flüsterte er.

»Bedien dich«, lächelte sie.

»Gern, Madame!«

»Hast du einen stehen?«

»Verdammt, das hab' ich.«

»Worauf wartest du dann noch?«

»Stets zu Diensten, Madame!«

Sie führte sein Glied ein und bewegte ihre Hüften im Takt zu seinen Stößen. Er schwebte über ihr, stützte sich auf

Knie und Hände und war so ein perfektes Ziel für ihre Fingernägel. Sie kratzte ihn, wo sie ihn treffen konnte. Er spürte den Schmerz kaum. Sie schlug unter ihm mit den Beinen aus, wand sich, zuckte, stöhnte, schrie auf ... sie schien einen Orgasmus nach dem anderen zu erleben.

Plötzlich schob sie ihn fort und sagte: »Eine andere Stellung.«

»Welche?«

»Ich oben.«

»Das hat mir immer gefallen.«

Vorher tranken sie Wein.

Als sie auf ihm saß und ihn ritt, als sie mit ihm zu verwachsen schien, fingen seine Sehstörungen an. Plötzlich war sie nur noch ein brauner, verwischter Fleck, im nächsten Augenblick sah er sie klarer, deutlicher und lebendiger als je zuvor. Als er auf ihre Brüste starrte, schienen sie anzuschwellen, wurden immer größer, bis er die Vorstellung hatte, mit einem Paar von Fesselballons zu schlafen, an denen ein weiblicher Körper hing. Die Riesenbrüste drohten, ihn zu ersticken. Er hob die Hänge, um sie zurückzudrängen. Als seine Handflächen die Brustwarzen berührten, verging die Vision. Ihre Brüste waren wieder so wie immer, zwar groß und schwer, aber nicht riesenhaft. Dann verschwamm ihm wieder alles vor den Augen. Er fühlte sich immer leichter. Er schien zu schweben. Der sanfte Schein der kleinen Lampe verwandelte sich in eine Explosion von Farben: Rot, Orange, Gelb, Grün, Blau, Violett und Pink. Lichtfäden hüpften und tanzten ums Bett herum.

»Muß etwas im Wein sein«, stöhnte er in einem der seltenen Momente, in denen in seinem Kopf so etwas wie Klarheit herrschte.

»Ich möchte heute nacht noch woandershin«, sagte sie, während sie weiter auf ihm ritt. »Irgendwohin. An einen Ort, an dem ich noch nie gewesen bin.«

»Was meinst du?«
»Ich habe ihn präpariert.«
Jack bekam einen furchtbaren Schrecken.
»Hab' ein paar Pillen in ihm aufgelöst«, erklärte sie. Dann fing sie an, wie ein Kind zu trällern. »Ich hab' ihn präpariert, ich hab' ihn präpariert, ich hab' ihn präpariert ...«
»Womit ...« Er vergaß kurz, was er eigentlich fragen wollte. »Womit hast du ihn präpariert, Rita?«
»Hauptsächlich mit LSD.«
»Hauptsächlich?«
»Bißchen Speed war auch dabei.«
»Wieviel?«
»Keine Ahnung, ehrlich.« Sie grinste. Ihre Zähne waren so groß wie Meilensteine.
Sie ist komplett wahnsinnig, dachte Jack.
Auf ihrem Höhepunkt drückte sie ihre Brüste. Ihr Kopf kippte zur Seite. Ihr Gesicht lag zur Hälfte unter dem langen schwarzen Haar verborgen. Ihre Lippen bewegten sich rasch, ohne daß ein Laut aus ihrem Mund kam.
Sie hat den Verstand verloren.
Als er sich in sie ergoß, schien das Bett sich in Schlagsahne zu verwandeln. Killigan versank darin. Sank tiefer und tiefer, eine ganze Meile hinab. Hinunter ins Licht, dem Lachen einer Frau entgegen.
Viele Stunden später — oder waren es nur Minuten? — sagte sie: »He, steh auf!«
Die Wände des Zimmers bewegten sich vor und zurück wie die Membranen der Herzkammern.
»Was ist denn los?« wollte er wissen.
»Zieh dich an«, sagte sie und zog an seinem Arm. »Ich will eine Spritztour machen. Nun komm schon!«
»Eine Spritztour? Wohin denn?«
»Das können wir uns unterwegs immer noch überlegen.« Sie kicherte, konnte gar nicht mehr damit aufhören.

Benommen und voller Halluzinationen stieg er in seine Kleider. Sein Herz hämmerte wie rasend in dem Versuch, die Drogen im Blutkreislauf zu verbrennen. Er stolperte hinter Rita die Treppe hinunter, stieg mit ihr in den Wagen, setzte sich hinters Steuer, starrte wie ein Neandertaler auf die Armaturen, brachte irgendwie den Motor zum Laufen und fuhr los.

Als Danny Eugene Foxen am Freitag nachmittag etwas freie Zeit hatte, fuhr er mit seinem gebrauchten Mustang in die Stadt. Er marschierte in einen Supermarkt und kaufte sechs Laib Brot, eine große Tüte Kartoffelchips, zwei Tüten Gebäck, eine Schachtel Marshmallows und vier große Rollen Küchentücher. Er stellte das alles auf dem Rücksitz seines Mustangs in zwei Kartons ab, die er vor einigen Wochen aus einem Schnapsladen mitgebracht hatte. Dann fuhr er nach East Shore in Harrisburg und kaufte gegen Bargeld zwei Zwanzig-Liter-Kanister. Von dort aus fuhr er zur nächsten Arco-Station und ließ dort die Kanister auffüllen.
Der Tankwart warnte ihn, als er sah, wie Foxen die beiden Kanister in den Kofferraum des Wagens stellte. »Ich hoffe, Sie lassen sie nicht für länger dort hinten drin. Das wäre sehr gefährlich. Es braucht Ihnen nur einer hinten draufzufahren, und schon fliegt Ihnen alles um die Ohren.«
»Danke, aber das ist mir bekannt«, entgegnete Foxen. »Der Kraftstoff ist für meinen Rasenmäher.«
»Vierzig Liter? Sie müssen ja einen ganzen Park Ihr Eigen nennen.«
»Nun, es sich ein paar Hektar«, sagte Danny.
Er fuhr zum Parkplatz des Supermarktes und stellte den Wagen in einer Ecke ab, in der ihn niemand bemerken würde. Er holte die Kanister aus dem Kofferraum und stellte sie in die Kartons. Darüber und dazwischen legte er die Küchenrollen und die Gebäcktüten.

Zwanzig Minuten später stand er mit seinem Mustang vor dem Tor zu den Stallungen. »Hab' nur ein paar Lebensmittel eingekauft«, erklärte er dem Wächter an der Schranke.

Der Uniformierte von Melkins-Peterson warf einen flüchtigen Blick auf den Rücksitz. Er war nicht im mindesten argwöhnisch. »Fahr durch, Danny.«

Er kam an der Feuerwache vorbei, am Büro des TRPB, an der Wohnung des Tierarztes und an Dutzenden von Ställen. Er hielt den Wagen vor dem sogenannten Motel, den Unterkünften der Angestellten, an und begab sich auf sein Zimmer.

Alles ist gut gegangen, freute er sich, *wunderbar.*

In der letzten Nacht hatte er wieder vom Feuer geträumt. Er war noch ganz aufgeregt und konnte es gar nicht abwarten.

Er trug erst die Kartons in sein Zimmer und fuhr dann den Wagen auf den Parkplatz für die Angestellten. Als er wieder in seinen vier Wänden war, packte er die gefüllten Kanister aus.

Er zog sich Handschuhe an und wischte mit einem Tuch die Kanister gründlich ab. Die TRPB-Agenten führten eine komplette Datei mit Photos und Fingerabdrücken von jedem einzelnen Angestellten der Rennbahn. Das Feuer würde sicher die meisten Fingerabdrücke auf den Kanistern verschwinden lassen, aber möglicherweise nicht alle. Foxen wußte nicht genug darüber, und er wollte kein Risiko eingehen.

Nach einem kurzen Schläfchen — der ruhevolle, tiefe Schlaf, bei dem man sich nur hinzulegen braucht, um sofort hinüberzudämmern; der Schlaf, den Rennbahnangestellte sich nach ein paar Jahren Arbeit antrainiert haben — fegte er ein paar Ställe aus. Er rieb einige Pferde ab und beschäftigte sich mit den Gäulen, die unter seiner Obhut

standen und heute an einem Rennen teilnehmen sollten. Da keines seiner Pferde nach dem sechsten Rennen starten würde, war er weit vor Mitternacht mit seiner Arbeit fertig und konnte in sein Zimmer zurück.
Er war zu nervös, um etwas essen zu können. Dabei hatte er seit dem Frühstück nichts mehr zu sich genommen.
Er setzte sich in seinen Schaukelstuhl und dachte an das Feuer, das er legen wollte. Er grinste so breit, daß seine Wangen schmerzten.
Noch vor ein paar Stunden war er nicht so glücklich gewesen. Er hatte eine Enttäuschung erlebt und schon in Erwägung gezogen, das Feuer um einen Tag zu verschieben.
Im Stall hatte er entdeckt, daß *Magic Pitcher, Shadow Show, Moonlighter, Mike's Daughter* und die sechs anderen Pferde, die morgen das Große Rennen für die Superlotterie bestreiten sollten, sich nicht mehr in ihren Boxen befanden. Man hatte sie in den Stall 52 am Ende des Geländes gebracht und ließ sie dort von sechs TRPB-Agenten bewachen. Danny erfuhr dann, daß diese besondere Vorsichtsmaßnahme getroffen worden war, weil der Preis für das Große Rennen auf 400 000 Dollar erhöht worden war. Damit blieb Foxen keine Gelegenheit mehr, ein Feuer zu legen, bei dem auch eines der Superpferde ums Leben kam. Dabei war das doch der tiefere Sinn seines Unternehmens: Ans große Geld zu kommen, indem er es vernichtete. Er mußte etwas Wertvolles zerstören, um durch diese Metamorphose in den Besitz desselben zu gelangen. Natürlich, das war das Spiel, das er spielte. Als er dann entdecken mußte, daß nur weniger wertvolle Pferde für sein Feuer zur Verfügung standen, hatte er mit einem Mal alle Energie verloren.
Doch dann hatte er sich rasch auf die neue Situation eingestellt. Er war wie ein Finanzier, der seit Monaten sein

Geld bereithält, um es in das beste Geschäft zu investieren. Diesem wird die Zeit dann lang, und so gibt er sich schließlich mit dem zweitbesten Geschäft zufrieden. Danny wollte unbedingt ein Feuer legen. Nach einer Woche des Wartens konnte er einen weiteren Tag ohne Feuer nicht mehr ertragen. Er würde dort einen Brand legen, von wo aus das Feuer vielleicht auf Stall 52 übergreifen würde.

Um ein Uhr morgens zog er sich wieder die Handschuhe an und bastelte aus den Kanistern Feuerbomben. Er schraubte die Deckel ab und schob ein Stück fest gedrehter Baumwolle hinein. Dann schloß er den Deckel so, daß etwa zehn Zentimeter der Baumwolle oben hinausragten. Als nächstes nahm er ein Knäuel starken Bindfadens aus einer Küchenschublade, schnitt zwei längere Stücke ab und brachte sie als Zündschnüre an. Die Bomben waren fertig. Er brauchte nur noch ein Zündholz daran zu halten.

Er setzte sich zufrieden in den Schaukelstuhl.

Er ließ seine Gedanken wandern.

Feuer.

Um halb drei stellte er die Kanister neben die Tür und schaltete das Licht aus. Als seine Augen sich an die Dunkelheit gewöhnt hatten, öffnete er die Tür und spähte hinaus zu den Stallungen. Alles lag ruhig da. Die Ruhe erinnerte ihn an die Berge von Connecticut im Winter, wo er aufgewachsen war. Danny entdeckte niemanden. Also würde auch niemand ihn entdecken. Die einzige Gefahr für ihn bestand darin, daß irgend jemand hier nicht schlafen konnte und sich ans Fenster stellte. Aber da er sich von den Unterkünften fort bewegte, war diese Gefahr eher gering. Er mußte zweimal laufen, denn die Bomben waren zu schwer, um sie auf einmal zu transportieren. Danny nahm mit der Rechten einen der Kanister, in der Linken hielt er Zündschnüre und Streichhölzer, und so trat er nach draußen.

Er rannte fünfzig Meter am Außenzaun entlang, bis er einen Busch erreichte, hinter dem er sich verbarg, um wieder zu Atem zu kommen. Nur eine dünne Sichel war vom Mond zu sehen. Dichtgedrängte, dicke Wolken zogen über den Himmel nach Osten. Die Luft war voller Elektrizität. Nicht mehr lange, und ein Gewitter würde kommen. Noch vor dem Sonnenaufgang würde das Gewitter über Century Oaks niedergehen. Der Tag hingegen würde wieder klar und sonnig werden. Ein oder zwei Stunden würden ihm bis zum Regen bleiben. Er hatte also ausreichend Zeit, und der bewölkte Himmel war ihm von Nutzen, denn in dieser Dunkelheit war er noch schlechter zu entdecken.

Als er sich wieder bei Kräften fühlte, überquerte er den Weg, gelangte zu den Ställen und wandte sich nach links, dem Stall 24 zu. Er huschte in den Stall, bis er die Mitte des Gebäudes erreicht hatte. Dort blieb er im Schatten stehen und stellte den Kanister ab.

Die Pferde schliefen alle. Die Katzen, Hunde und anderen Schoßtiere hatten sich ins Stroh in den Ecken und Winkeln verkrochen. Zwei Ziegen ruhten mitten auf dem Gang. Ihre Ruhe würde nicht mehr lange währen.

Danny kippte den Kanister, bis der Baumwoll-Lappen sich mit Benzin vollgesogen hatte. Ein paar Tropfen fielen auf den Boden. Alles schien nach Benzin zu stinken. Danny stellte den Kanister an die Wand. Er befestigte die Zündschnüre jetzt an dem benzindurchtränkten Baumwoll-Lappen. Damit war die Bombe einsatzbereit. Sobald er auch die zweite Bombe fertig hatte, würde er die Zündschnüre anzünden. Nach sechzig bis neunzig Sekunden würden die Kanister hochgehen.

Lächelnd erhob er sich und zuckte zusammen, als er hinter sich ein Auto hörte. Ein Patrouillenwagen vom TRPB! Unheimlicherweise nahm er dieselbe Route, die Danny zurückgelegt hatte. Der Wagen rollte langsam auf Stall 24 zu. Die beiden Wageninsassen blickten aufmerksam hierhin und dorthin.

Danny Foxen war wie gelähmt. Seine Gedanken purzelten wie Dominosteine durcheinander: *Was um alles in der Welt treiben sie hier draußen? Erst in einer Dreiviertelstunde wäre ihr nächster Rundgang fällig. Ich kann mich doch nicht so verrechnet haben, oder? Nein, das ist eine außerplanmäßige Patrouille. Sie haben mich entdeckt und suchen mich! Nein, unmöglich. Es könnte sich höchstens um eine Sonderpatrouille handeln, weil sich wegen der 400 000 Dollar alle vor Angst in die Hose machen. Und natürlich wegen der verdammten Spitzenpferde. Sie denken sicher, jeder Zweite hier auf dem Gelände hat sich mit einer Spritze bewaffnet, um dieses oder jenes Tier zu dopen. Wahrscheinlich suchen sie hinter jedem Strauch nach solchen Manipulatoren, diese verblödeten, dummen Arschlöcher!*

Dann drehte er sich um und rannte davon. Er wußte, daß sie ihn nicht entdeckt haben konnten. Sie drehten ihre Suchscheinwerfer — damit konnte man sicher einen Mann aufspüren, der sich in einer Ecke versteckt hatte, aber das Licht dieser Lampen reichte nicht aus, die Pferde zu wecken —, doch sie achteten wenig darauf, was sich vor ihnen tat. Bevor die Strahlen ihn erreichen konnten, war Danny bereits aus dem Stall hinaus und rannte weiter zwischen den Gebäuden entlang. Der Hufschmied. Danny atmete schwer. Der kreisrunde Platz zum Warmlaufen. Alle paar Sekunden warf er einen Blick über die Schulter.

Das dürfen sie nicht, diese Schweinehunde! Sie haben kein Recht dazu, an diesem Abend verstärkt Patrouille zu fahren, diese Mistkerle! Sie stören mich bei meiner Arbeit. Sie pfuschen mir ins Handwerk. Diese Saukerle wollen mich hereinlegen.

Er kam an einem Haufen von etwa hundert gestapelten Strohballen vorüber, bog nach rechts ab und erreichte endlich die Straße, die an der Vorderseite des »Motels« vorbeiführte. Danny bewegte sich nun vorsichtiger, lief bald auf Zehenspitzen, verließ die Straße und hüpfte durch das Gras. Als er dann den Busch wieder vor sich hatte, hinter dem er sich vorhin verborgen hatte, wartete er in aller Ruhe ab, bis er sicher war, daß sich niemand hier aufhielt. Er war allein hier draußen. Die beiden blöden TRPB-Männer kurvten wahrscheinlich immer noch zwischen den Ställen herum. Vielleicht marschierten sie auch in den einen oder anderen hinein . . .

Großer Gott!

Erst jetzt wurde Foxen bewußt, daß er die Bombe im Stall zurückgelassen hatte.

Im ersten Moment war er furchtbar wütend auf sich selbst. Dann erkannte er, daß ihm gar nichts anderes übriggeblieben war. Für ihn war es nur wichtig gewesen, möglichst schnell fortzukommen. Die ein oder zwei Sekunden, die er benötigt hätte, den Kanister aufzuheben, wären vielleicht schon zuviel gewesen. Und mit einem solchen Gewicht hätte er sich nicht so schnell bewegen können. Nein, er konnte sich keinen Vorwurf machen. Die Schuldigen waren eindeutig die TRPB-Arschlöcher.

Wütend rannte er die letzten Meter bis zu seiner Tür.

Niemand rief ihn an.

Im Zimmer wagte er es nicht, Licht zu machen. Er schaltete lediglich eine kleine Taschenlampe ein, während er die zweite Bombe in einem Karton verstaute. Er holte Chips, Küchentücher und Gebäck und breitete alles über dem Kanister aus. Als er die Handschuhe ausgezogen und sie in die Schublade seines Schreibtischs gelegt hatte, schaltete er die Taschenlampe aus.

Er stellte sich neben das Fenster und zog den Vorhang ein kleines Stück zur Seite. Zunächst bemerkte er nichts Außergewöhnliches. Alles sah so aus wie immer. Dann schienen TRPB-Agenten und Melkins-Peterson-Wachmänner wie Pilze aus dem Boden zu schießen. Sie liefen paarweise über alle Straßen und Wege und um die Ställe herum. Sie trugen große Stablampen und Pistolen.

Aber sie riefen nicht durcheinander.

Nach einer Weile hatte Foxen keine Lust mehr, ihnen zuzusehen.

»Idioten«, brummte er, zog sich aus, kroch ins Bett und zog die Decke bis zum Kinn.

Feuer.

Es war einfach nicht fair. Er hatte so viel Geld aufgebracht. Er hatte alles so sorgfältig geplant.

Aber er würde sein Feuer noch bekommen. Wenn nicht heute, dann eben morgen nacht, oder vielleicht noch später. Solange sie nicht herausgefunden hatten, wer die Feuerbombe gebaut hatte, würden sie verstärkt Patrouillen über das Gelände schicken.

Er war kurz vorm Einnicken, als ihm ein phantastischer Gedanke kam: Niemand würde damit rechnen, daß jemand am hellichten Tag ein Feuer legte, mitten im größten Betrieb und auch noch am Tag der großen Lotterie! Und er legte sich rasch einen Plan zurecht, wie er morgen vorgehen wollte.

»Großer Gott!« murmelte er. »Was für ein toller Plan!«

Er lachte.

Wieder im reinen mit sich zählte er seine Reichtümer aus Feuer . . . Er träumte von nackten Frauen, die auf brennenden Pferden über eine Straße von Dollarscheinen ritten . . .

TEIL ZWEI

DER GROSSE SAMSTAG AUSZAHLUNGEN ...

1

SAVESTIO

Mr. Bishop, der Stotterer, wartete am Samstag morgen um fünf Uhr in seinem Buick vor dem Motelzimmer Savestios. Er war pünktlich, wie Dominick es von ihm verlangt hatte. Aufgrund der Zeitumstellung würde es immer noch eine Stunde lang dunkel sein, wenn sie um Viertel nach fünf den Flughafen erreichten.

Der Kaman Huskie stand auf der hölzernen Plattform vor der letzten Flugzeughalle. Dominick schob sein Gepäck in den Helikopter, schloß die Schiebetür und wandte sich an Bishop: »Wieviel?«

»Wa-a-as me-e-einen Si-i-ie?«

»Na ja, Benzin, Wartung, Hangarnutzung ... wieviel?«

»Scho-o-on e-e-erledigt.«

»Wer hat das erledigt?« fragte Savestio verwundert.

»St. Cy-y-yr.«

»Ich pflege meine Rechnungen selbst zu bezahlen.«

»We-e-enden Si-i-ie si-i-ich da-a-afür a-a-an St. Cy-y-yr.«

Dominick nickte. »Das werde ich.«

Er stieg in den Helikopter, legte den Sicherheitsgurt an und schloß die Tür. Bishop lief zur Halle, um nicht in die Wirbel zu geraten, die die Drehflügel hervorrufen würden, obwohl er das eigentlich nicht zu fürchten brauchte, weil der Hubschrauber sich auf einer Plattform befand. Dominick setzte den Kopfhörer auf. Das Rauschen des Blutes erfüllte seine Ohren.

Er schaltete den Motor ein und studierte die verschiedenen Anzeigen. Nachdem er alles überprüft hatte, startete er die Turbine. Als sie mit voller Kraft lief, schaltete er die Rotoren ein. Um fünfundzwanzig Minuten nach fünf hob er vom Flugplatz unweit von Scranton ab.

Er orientierte sich an einer UKW-Station in Harrisburg und flog Richtung Südwesten. Er behielt eine Flughöhe von dreißig Metern bei und umflog alle größeren Ortschaften, die zwischen ihm und seinem Ziel lagen.

Er dachte an die zweihundert Hektar Land. Irgendwo draußen, weitab von aller Zivilisation. Keine Menschenseele weit und breit. Genug Geld, um sich Ruhe und Einsamkeit zu kaufen ... Genug Geld, um zwanzig oder sogar dreißig Jahre davon leben zu können. Und dort draußen würde er wirklich nicht viel brauchen. Eine Menge Bücher, natürlich, auch ein paar Schallplatten, ein gutes Jagdgewehr, eine Schrotflinte, ausreichend Munition, Whiskey ... und einen gewaltigen Vorrat von diesen verfluchten Schlafpillen.

Eine Zeitlang glitzerte der Susquehanna schwarz unter ihm. Dann verschwand er nach rechts. Er überflog Bauern, deren Arbeitstag schon begonnen hatte. Überall Wald, endloser Wald. Hier und da wie ein Tupfer ein Dorf mittendrin. Dann kam der Susquehanna wieder. Von da an war es nicht mehr weit bis Harrisburg in Pennsylvania.

Im ersten Morgenlicht war die Century-Oaks-Rennbahn leicht auszumachen. Savestio überflog sie jedoch nicht, sondern steuerte an den Bergen entlang um sie herum. Er entdeckte die Lichtung und landete den Hubschrauber dort um zehn Minuten vor sieben Uhr. Er hatte hundertsechzig Meilen in der Luft zurückgelegt.

Als die Rotoren sich ausgedreht hatten, schaltete Dominick alles ab und stieg aus. Das Gras auf der Lichtung war noch naß vom Gewitter, das vor ein paar Stunden heruntergekommen war. Ein paar Wolken zeigten sich noch, aber der blaue Himmel breitete sich immer weiter aus. Auf nahezu allen Ästen hockten Vögel und begrüßten zwitschernd den Morgen. Ein Eichhörnchen saß auf seinen Hinterbeinen im Gras. Der Kaman Huskie schien es zu interessieren.
Ein angenehmer Ort, um hier zehn oder zwölf Stunden zu verbringen, sagte sich Dominick. Besonders dann, wenn man auf zwei Millionen Dollar wartete.

KILLIGAN

Irgendwann in dieser Nacht waren sie an einer Bar vorbeigekommen und hatten sich dort ein Sechserpack Bier gekauft. Als sie wieder auf der Straße waren und Rita ihm eine geöffnete Dose reichte, konnte Jack sich nicht daran erinnern, irgendwo angehalten zu haben.
Sie blieben auf Seitenstraßen. Einige Male rasten sie über schmale Schotterstraßen, rasten mit über hundert Meilen in der Stunde darüber hinweg. Andere Male stellte Killigan fest, daß er auf der Kuppe eines Hügels parkte, und er wußte dann nicht zu sagen, wie lange sie hier schon hielten.
Sie lachten viel, auch wenn Jack nie so recht wußte, was eigentlich so komisch war. Ritas Lachen war ansteckend.
Einmal sagte sie ihm, er solle rechts ranfahren. Nachdem sie beide, wie Rita es ausdrückte, »dem Ruf der Natur mit einer tüchtigen Ladung Pisse gefolgt waren«, schob sie ihm eine weiße Pille in den Mund und erklärte ihm, er solle mit Bier nachspülen. Sie warf zwei Pillen ein. Als sie damit fertig war, gab sie ihm auch eine zweite.

Von irgendwoher tauchte in seinem benebelten Bewußtsein eine Warnung auf, was er sich allerdings nicht erklären konnte, weil er doch mit Rita eine so großartige Zeit erlebte.
»Was war das?«
»Das erste war Speed«, antwortete sie.
»Und das hier?« Er hielt die zweite Pille hoch.
»Acid. Glaub' ich wenigstens.«
»Glaubst du?«
»Ich habe hier so viele verschiedene«, sagte sie und kippte ihre Handtasche um. Alles ergoß sich auf ihren Schoß.
»Ich glaube nicht . . . Ich weiß nicht . . . Das ist doch . . .« Er schüttelte schwer den Kopf und schluckte die zweite Pille.
Er wußte nicht mehr, worüber sie sich unterhalten hatten, und er legte den Rückwärtsgang ein und fuhr auf die Landstraße zurück.
Sie kamen an einigen wenigen Fahrzeugen vorbei, vielleicht ein Dutzend in der ganzen Nacht. Doch jedesmal, wenn vor ihnen ein Wagen auftauchte, jagten sie ihn und versuchten, ihn von der Straße abzudrängen. Es gelang ihnen nie, nur einmal bekamen sie dabei ein paar Schrammen an der Seite des Thunderbirds ab.
Irgendwann waren nur noch zwei Bierdosen übrig.
Als sie die beiden letzten öffnete, sagte Rita: »Weißt du, daß ich ein verdammtes Miststück bin?«
Er hielt mit beiden Händen das Steuer fest und drehte sich zu ihr. »Nein, du bist höchstens etwas überkandidelt.«
Der Wagen kam von der Straße ab. Jack hätte fast die Kontrolle über ihn verloren. Die Reifen gelangten in den Graben, aber irgendwie kehrten sie auf die Straße zurück. Der Thunderbird raste weiter.
»Keiner mag mich«, fuhr sie fort. Sie hing schlaff an der Beifahrertür, hatte die Beine gespreizt, und dabei war der Rock sehr hoch gerutscht. »Ich bin ein Bastard.«
»Na, nun komm . . .«

»Doch, ich bin ein uneheliches Kind.«
»Du?«
»Ja, ich. Unten in Florida, da wo Daddy seine Farm hat.«
»Ja, ich weiß, ich war ja schon dort. Was willst du denn damit sagen?«
»Vor langer Zeit«, sagte sie, »als es mich noch nicht gab, hat dort ein Indianer gearbeitet. Ein großer, muskulöser Mann, von der vielen Arbeit draußen sonnenverbrannt. Mutter ist wieder und wieder mit ihm ins Bett gestiegen.«
Killigan wußte nicht, was er sagen sollte. Er hoffte, ein neuer Wagen würde vor ihnen auftauchen, damit sie wieder Spaß haben und diesen Blödsinn vergessen konnten.
»Hast du mir zugehört?« fuhr sie ihn an.
»Ja, natürlich.«
»Er hat meine Mama gevögelt, oder sie hat ihn gevögelt, oder wie auch immer. Daddy war immer schon irgendwie impotent. Da hat Mama nicht lange gezögert und sich nach etwas Besserem umgesehen. Hat sich schließlich ein Brötchen in den Ofen schieben lassen, und als sie die Ofentür aufgemacht hat, lag ich dort.«
»Du spinnst ja.«
»Nein, Mama hat Daddy gehaßt. Wirklich aus tiefstem Herzen gehaßt. Sie hat ihn gequält und gedemütigt, wann und wo immer sie konnte ... Dazu gehörte unter anderem auch, mich gegen ihn aufzubringen. Deshalb hat sie es mir eines Tages gesagt: Dein Daddy ist nicht dein Vater. Dein richtiger Vater ist irgendein namenloser Indianer in Florida.«
Killigan warf einen Blick auf den Tachometer: einhundertzehn. Er verlangsamte die Fahrt. Zumindest glaubte er, daß er das tat.
»Daher habe ich auch die schwarzen Haare, die dunklen Augen und diese, wie ein Klatschkolumnist einmal geschrieben hat, ›schwüle Ausstrahlung‹. Ich bin ein Halb-

blut, Jack. Deshalb haßt mich auch mein Vater, mein Vater Janifer, nicht mein indianischer Vater.«

»Er haßt dich nicht«, widersprach Jack. Alles drehte sich in seinem Kopf. Ihm war schlecht, und er sehnte sich nach dem Lachen zurück, das ihnen vor ein paar Minuten irgendwie abhandengekommen war.

»Weißt du«, fuhr sie leise fort, »als ich ein Kind war, konnte ich das alles noch nicht verstehen. Daddy wollte eben mit mir nichts zu tun haben. Basta! Ist mir ständig aus dem Weg gegangen. Manchmal hat er tagelang kein einziges Wort mit mir gesprochen, obwohl ich gar nichts angestellt hatte. Als ich dann vierzehn war, hat Mama mir alles erzählt. Ein halbes Jahr später ist sie gestorben. Ich bin ein Bastard. Ein Mischling. Ein Halbblut. Mama hat meinen alten Herrn zum Hahnrei gemacht. Und da Daddy sowieso Rassist und ein übler Chauvinist ist, konnte er mich natürlich nie leiden.« Sie erzählte und erzählte, während Jack sich am Lenkrad festhielt. »Ein Jahr lang oder so habe ich versucht, meinem Vater beizubringen, daß ich ihn wie einen richtigen Vater liebe, obwohl er doch gar nicht mein Vater ist. Ich begriff damals nicht, daß ihm weniger der Umstand zuwider war, daß ich ein Halbblut bin, als die Tatsache, daß indianisches Blut in mir fließt. Als ich dann sechzehn war, war ich so voller Komplexe, Neurosen und so weiter, daß ein ganzes Psychologen-Team seine helle Freude an mir gehabt hätte.«

»Als du sechzehn warst, habe ich dich kennengelernt«, sagte Killigan.

»Du hast mich an meinen Vater erinnert.«

»Vielen Dank!«

Sie saß jetzt still da und ließ ihren Tränen freien Lauf.

Jack beschleunigte auf hundertzehn.

Später sagte sie: »Jetzt bist du an der Reihe.«

Seine Gedanken wanderten schon die ganze Zeit durch Täler voller Lichter und eigenartiger Geräusche. Er begriff

plötzlich, daß er schon seit einiger Zeit fuhr, ohne so etwas wie eine Straße gesehen zu haben. Er setzte sich gerade hin, wischte sich mit dem Handrücken über den Mund und hielt nach der schwarzen Schotterstraße Ausschau. Er hatte nicht die geringste Ahnung, in welcher Richtung die Straße liegen mochte. Plötzlich hatte er große Angst. Eine Minute später sackte er wieder zusammen, hielt das Steuer mit beiden Händen fest und fuhr einfach drauflos. Es war ihm unglaublich egal, wohin sie gelangen würden.
»Na los«, drängte sie, »wo bleibt deine große Lebensbeichte?«
»Ich weiß nicht, wo ich da anfangen soll.«
»Fang da an, wo ich auch angefangen habe. Wen haßt du aus ganzem Herzen?«
»Mich«, sagte er. »Ich hasse am allermeisten mich selbst.«
Und dann fing er zu seinem größten Erstaunen an, die furchtbarsten und schlimmsten Dinge von sich zu erzählen. Ein Teil seines Bewußtseins schien sich vom Rest abzuspalten, wollte mit all dem nichts mehr zu tun haben. Dieser Teil ließ sich auf dem Rücksitz nieder und sah interessiert zu, wie der andere Teil ihn zugrunde richtete. Killigan redete lange. Er weinte beim Sprechen. Manchmal brüllte er seinen Haß hinaus. Aber er sprach zu sich selbst, nicht aber zu Rita.
Er konnte es kaum glauben, als er plötzlich wieder Gelächter hörte. Das Schwindelgefühl, die Farben und die Halluzinationen waren auch wieder da.
Als er erwachte, hielt er immer noch das Steuer zwischen seinen Händen, aber der Thunderbird stand mitten auf einer Wiese. Keine Straße weit und breit. Er sah an sich hinab. Er trug nur noch Hemd, Socken und Schuhe. Rita lag neben ihm auf dem Beifahrersitz. Sie war vollkommen nackt. Im Wagen stank es nach Urin.
Er sah auf seine Uhr.

Neun Uhr.
Am Morgen?
Die große Lotterie.
»Jesus!« Wo war er hier? Was tat er hier? Wie war er mit diesem ekelhaft beschmutzten Wagen in diese Einöde gelangt?
Ist egal, sagte er sich. *Im Moment kann ich mir darüber nicht den Kopf zerbrechen.*
Viel wichtiger war die Frage, wie er wieder nach Hause kam. Er mußte duschen und sich umziehen. Um zehn begann die Sitzung mit Zuverbeck. Und danach mußte er zur Rennbahn. Wenn irgendwas schiefging — und bei einer so riesigen Menschenmenge, wie sie heute auf Century Oaks erwartet wurde, mußte zwangsläufig etwas schiefgehen —, würde er diesen Job genauso verlieren wie Hialeah und all die anderen.
Er kletterte aus dem Wagen, um frische Luft zu atmen. Vielleicht konnte er ja auch herausfinden, wie sie auf dieses Feld gelangt waren. Nach dem dritten Atemzug brach es aus ihm heraus. Er übergab sich wie lange nicht mehr, fiel auf die Knie, brach zusammen. Zehn Minuten lang war er zu schwach, um etwas anderes zu tun, als hilflos liegenzubleiben und den Schmetterlingen zuzusehen, wie sie die Grashalme küßten.

2
GARRISON

Um elf Uhr steuerte Edgar Garrison den Mazda über die alte Waldstraße bis zur Lichtung hinter der Rennbahn. Annie folgte ihm in ihrem schwarzen Corvette. Edgar parkte seinen Wagen am Waldrand. Er schaltete den Motor ab, ließ die Schlüssel aber stecken.
Savestio kam auf ihn zu. »Sind Sie das, Garrison?«

Edgar hatte sich mit einfachen Mitteln sehr effektiv verkleidet. Gestern hatte Annie ihm das dichte braune Haar abrasiert. Sie hatte ihn kein einziges Mal geschnitten und nicht ein Härchen übriggelassen. Sein Schädel war glatt wie eine Eierschale. Mit Hilfe einer Ultraviolettlampe und reichlich Make-up war die freigelegte Schädelhaut jetzt genauso braun wie das restliche Gesicht. Annie hatte auch seine Brauen und Wimpern gebleicht, bis sie hellblond waren. Als Lou Velinski in New York City gewesen war, um dort an die Plastikkarte für den Kassenraum der Rennbahn zu gelangen, war er an einem Kostümgeschäft vorbeigekommen und hatte dort eine breitrandige Brille mit Linsen aus Fensterglas erworben. Garrison trug diese Brille jetzt. Er trug außerdem einen konservativen Anzug (und nicht wie gewöhnlich Jeans und Arbeitshemd) und fühlte sich darin sicher. Er konnte in dieser Aufmachung heute nachmittag auf der Rennbahn anonym bleiben und gegebenenfalls in der Menge untertauchen.

Savestio schüttelte überrascht den Kopf und sagte anerkennend: »Verdammt noch mal, Ihre eigene Mutter würde Sie nicht wiedererkennen!«

»Sicher nicht nur, was mein Äußeres betrifft.« Er betrachtete den Helikopter und sagte: »Ich hätte nicht gedacht, daß das Ding so groß ist.«

»Dafür paßt aber ein Haufen Bargeld in diesen Helikopter«, lächelte Savestio. »Das heißt, Sie können auch das Kleingeld einsacken.«

»Sobald der große Augenblick gekommen ist, müssen Sie den ganzen Weg bis nach Scranton zurückfliegen.«

»Das ist der nächste sichere Ort.«

»Der ganze Staat wird nach dem Kasten Ausschau halten«, runzelte Edgar die Stirn. »Er ist nicht nur ziemlich groß, sondern auch so gelb . . .«

»Keine Panik«, beruhigte Dominick ihn. »Ich habe genug

Benzin im Tank, um eine Geschwindigkeit von hundertfünfzig Meilen in der Stunde beibehalten zu können. Und ich fliege eine relativ gerade Strecke, ohne Umwege und Abzweigungen. Bevor die Öffentlichkeit vom Überfall auf Century Oaks erfährt, sitze ich schon in Scranton und habe den Helikopter gut versteckt. Die Staatspolizei braucht Stunden, bis sie ihre eigenen Hubschrauber in der Luft hat. Und sie weiß auch nicht, in welcher Richtung sie nach mir suchen soll.«

»Vermutlich haben Sie recht«, sagte Garrison, war innerlich aber nur halb davon überzeugt.

»Der Plan stammt von Ihnen.«

»Ursprünglich ja«, bestätigte Edgar. »Ich bin allerdings von einem alten Kasten ausgegangen. Nicht so groß und teuer wie dieser hier. Ein alter Kasten, den wir getrost zurücklassen könnten.«

»Sie brauchen sich wirklich keine Sorgen zu machen.«

Garrison sah auf die Uhr und antwortete: »Ich habe keine Zeit mehr, mir Sorgen zu machen. Haben Sie das Fernglas noch?«

Savestio nickte. »Ich stehe ab siebzehn Uhr fünfzehn auf dem Kamm und warte auf das Signal.«

»Sie trägt einen gelben Hosenanzug.«

»Der dürfte wohl kaum zu übersehen sein.«

»Viel Glück.«

Als Savestio Edgars Hand schüttelte, erklärte er: »Die großen Risiken nehmen Sie auf sich. Deshalb haben Sie das Glück nötiger als ich.«

Als Garrison wieder allein war, kam Annie zu ihm. »Sieht aus, als hätte jemand dort einen Jumbo-Jet gelandet.«

Im ersten Moment, als er den Kaman Huskie gesehen hatte, war Edgar bereits klargeworden, daß sein Plan nicht so simpel und einfach ablaufen würde, wie er sich das vorgestellt hatte. Die Angelegenheit war in Wirklichkeit außerordent-

lich komplex. Die Operation mußte wie eine militärische Unternehmung durchgeführt werden. Und wie beim Militär kam es entscheidend auf die Logistik an. Für Improvisationen, wenn etwas Unerwartetes eintrat, war kein Platz mehr. Wenn ein Element des Plans zu früh oder zu spät einsetzte, war damit die ganze Unternehmung gescheitert; dann würde die Operation wie ein Kartenhaus zusammenfallen.
»Dominick weiß, was er tut«, erwiderte Garrison.
Sie setzte sich wieder in ihren Corvette und startete den Wagen. »Hoffentlich!« rief sie. Dann wendete sie den Wagen und fuhr auf dem holprigen Weg zurück.

Als sie mittags vor der Rennbahn ankamen, gerieten sie in einen Stau. Viele hundert Fahrzeuge, etliche darunter mit Chauffeur, und eine beachtliche Anzahl von Bussen drängten sich auf den Zufahrten. Edgar und Annie gelangten erst nach über einer halben Stunde durch das Tor. Obwohl es noch eine Stunde hin war bis zum ersten Rennen, fanden sie nur am Rand einen Parkplatz und mußten ein gutes Stück zu Fuß laufen.
»Was für ein Ansturm!« entfuhr es Edgar. Er war begeistert. »Die zwei Millionen müßten spielend drin sein.« Er rieb sich die großen Hände. »Wer weiß, vielleicht sind es sogar drei Millionen!«
Seine Aufregung wurde jäh von der Erinnerung an den Traum unterbrochen, den er in den letzten zwei Wochen jede Nacht gehabt hatte: blutüberströmte Männer auf Granitstufen; Polizisten, die wie Möwen im Hafen zwischen den Leichen hin und her eilten; Blutflecke auf Geldscheinen, die wie die Abbildungen des Rorschachtestes wirkten.
»Oder auch gar nichts«, bemerkte Annie.
»Wie bitte?«
»Das ist es doch, woran du gerade denkst. Drei Millionen oder gar nichts.« Trotz ihrer Sommersprossen wirkte An-

nie jetzt außerordentlich blaß. »Oder Gefängnis ... oder etwas noch Schlimmeres.« Sie griff so fest ins Lenkrad, daß ihre Knöchel weiß wurden. Ihr Lächeln trug keine Spur von Humor.

»Wir werden es schon schaffen«, erklärte er und wünschte, er könnte sich dessen so sicher sein, wie er sie glauben machen wollte.

»Seit heute morgen habe ich furchtbare Angst«, gestand Annie. »Bis heute wollte ich mir in meinem Stolz die Angst nicht eingestehen. Ich war die ganze Zeit über der Meinung, daß man Joe und mich schändlich behandelt hat und daß ich ein Recht auf Rache habe. Dabei habe ich wohl den Umstand verdrängt, daß mein Recht zu dieser Tat noch lange nicht den Erfolg garantiert. Und heute, wo der Plan in die Tat umgesetzt werden soll, werden mir die Konsequenzen, auf die wir uns einlassen, immer deutlicher bewußt. Ich mache mir große Sorgen. Ich habe eine furchtbare Angst ... Joe war hundertsechs Tage im Krieg, bevor er getötet wurde.«

Garrison wußte nicht, was sie mit der letzten Bemerkung meinte.

Er wartete auf weitere Worte.

Ihre Gazellenaugen schienen jetzt durch ihn hindurchzustarren. »Ich muß immer an das Grauen denken, hundertsechs Tage mit dem Warten auf den Tod zu verbringen. Aber wenn Joe das geschafft hat, wird es mir auch gelingen.«

Die Sonne brannte ins Wageninnere. Ein Regenbogen schimmerte auf der Ablage.

»Wenn Helen den Sohn des reichen Pferdebesitzers damals nicht wegen Vergewaltigung angezeigt hätte, hätte dieser Dreckskerl nicht alles darangesetzt, uns zehn Jahre später in den Bankrott zu treiben. Daran muß ich oft denken. Ich denke häufig an Helen.« Seine Stimme erstarb für einen Moment. »Das Sauerstoffzelt. Der Infusionstropf. Wie sie von

Tag zu Tag mehr verfiel. Der furchtbare Auswurf, den sie immer häufiger heraushustete. Und als auch Blut darin war, wußten wir alle, daß es mit ihr zu Ende ging. Die Arzneimittel verwandelten sie in ein bewußtloses Stück Fleisch, konnten die Schmerzen aber nicht verdrängen. Die Schwestern haben sie stundenlang in ihrem eigenen Kot und Urin liegenlassen, weil sie sich wohl sagten, bei der braucht man sich mit dem Saubermachen nicht mehr zu beeilen. Wenn wir Geld gehabt hätten, hätte Helen sich nicht zu Tode schuften müssen, wäre sie nie so furchtbar krank geworden. Und als sie dann so schwer krank geworden ist, hätten wir uns bessere Medizin, bessere Ärzte, bessere Pflege für sie leisten können, wenn wir mehr Geld gehabt hätten ... Wenn wir mehr Geld gehabt hätten ... Ich erinnere mich oft an Helen, und dann wird mir stets klar, daß ich es nicht riskieren kann, um deine Hand anzuhalten; denn solange wir kein Geld haben, werde ich diese schrecklichen Bilder in meinem Kopf nicht los. Mit diesem Geld will ich meinen Platz in der Welt behaupten. Mir Schutz verschaffen. Ich könnte es nicht ertragen, noch einmal mitanzusehen, wie die Frau, die ich liebe, sterben muß, weil ich nicht genug Geld habe. So etwas will ich nicht noch einmal erleben. Das Gefühl der Hilflosigkeit dabei, die Hölle auf Erden ...«

Sie beugte sich zu ihm vor, um sich küssen zu lassen.

Edgar küßte sie und fuhr mit seinen Fingern durch ihr kastanienbraunes Haar.

»Wenn du mußt, setz' die Waffe ein.« Ihre Augen blickten so intensiv wie die einer Zigeunerin, die als Handleserin eine schlechte Nachricht verkünden muß.

Er hatte die Browning unter der Jacke in den Hosenbund geschoben. Das Eisen fühlte sich an seiner rechten Seite wie ein bösartiges Geschwür an.

»Wenn man dich mit einer Waffe bedroht, darfst du keinen Moment zögern«, erklärte sie.

»Ich habe auch schon darüber nachgedacht«, gestand er.
»Wenn die Rollen vertauscht wären, würde keiner der anderen zögern, auf dich zu schießen«, fügte sie hinzu.
»Steht es jetzt so für uns?«
»Ja. Wir gegen sie!«
»Ja, das denke ich auch.«
»Es mußte so kommen«, murmelte sie.
»Schön, es vereinfacht die Dinge, wenn man Klarheit hat.« Er öffnete die Wagentür. »Gib mir zehn Minuten, bevor du aussteigst. Von nun an sollten wir uns nicht mehr zusammen sehen lassen.«
Er verließ den Corvette und marschierte über den überfüllten Parkplatz.

VELINSKI

»Du wirkst überhaupt nicht nervös«, bemerkte Willie Denver.
»Warum sollte ich nervös sein?« Lou lächelte breit.
Die beiden hatten um elf Uhr ihr Hotel verlassen und dann Willies Wagen in eine Garage in der City von Harrisburg gebracht. Sie bestiegen um halb zwölf einen der Busse zur Rennbahn am Market Square (halbstündige Abfahrt) und ließen sich nach Century Oaks befördern. Willie beklagte sich, für einen Cadillac-Besitzer sei eine Fahrt im Bus demütigend und sein Selbstwertgefühl leide sehr. Er willigte nur ein, weil er den Cadillac nicht zur Flucht benutzen konnte, selbst wenn er ihn strategisch günstig an der Rennbahn abstellte. Für sie und die anderen gab es nur noch drei Möglichkeiten, Century Oaks zu verlassen: in einem Streifenwagen, in einem Ambulanzwagen oder im Helikopter. Jetzt, um halb eins, saßen sie an einem kleinen Zweipersonentisch im Restaurant des Klubhauses.

Willie zog zum zwanzigstenmal in der letzten Viertelstunde seine Hemdsärmel gerade. Der kleine Mann trug einen waldgrünen Anzug mit weißem Absatz an den Revers, Knopflöchern und Taschen. Er konnte einfach kein zufriedenstellendes Ergebnis in der Frage erzielen, wie weit die Ärmel des gelbgrünen Hemds aus den Jackettärmeln hinausragen sollten.
Amüsiert fragte Lou Velinski: »Bist du denn nervös?«
»Willie Denver ist ein wenig angespannt«, gab der kleine Mann zu. Die beiden saßen sich gegenüber, und der Tisch war klein genug, daß sie sich gedämpft unterhalten konnten. Da hier jeder Tisch besetzt war, hallten Hunderte von Privatgesprächen durch den Raum, und die bildeten eine Geräuschkulisse, hinter der man die allerprivatesten Konversationen führen konnte. Dennoch beugte sich Willie stets zu seinem Freund vor, wenn er etwas zu sagen hatte. So auch jetzt: »Man sollte zu seinen besten Freunden offen und ehrlich sein. In Wahrheit ist Willie Denver mehr als nur ein wenig angespannt. Sein ganzer Magen ist verknotet.«
Lou faltete die Hände auf seinem mächtigen Bauch zusammen: »Du solltest dir mehr Filme ansehen.«
»Was soll das denn heißen?«
»Kinofilme«, sagte Velinski. »Wenn du genug von ihnen gesehen hättest, wenn du sie nicht nur gesehen, sondern auch studiert hättest, würde es dir gelingen, deine Nerven unter Kontrolle zu halten.«
Die Kellnerin brachte die Getränke und nahm die Essensbestellung auf.
Als sie wieder fort war, fragte Willie: »Wie machst du das denn? Ich meine, was hast du aus den Filmen gelernt?«
»Nun, man bekommt eine Menge Beispiele gezeigt, wie andere bestimmte Situationen in ihrem Leben meistern.«
»Da mußt du für Willie Denver schon deutlicher werden.«
Velinski wartete, bis an einem größeren Tisch lautes Ge-

lächter ausbrach. Dann fragte er: »Weißt du, wer ich jetzt in dieser Minute bin?«
Willie runzelte die Stirn und sagte: »Lou Velinski.«
»Nur zum Teil.«
»Bist du schizophren?«
»Ich bin Lou Velinski«, entgegnete der Dicke und nippte an seinem Scotch, »aber ich bin auch Dean Martin in *Frankie und seine Spießgesellen*.«
»Dean Martin in was?«
Velinski lächelte nachsichtig: »*Ocean's Eleven* ist der Film über eine Bande von Dieben, die in Las Vegas ein Kasino ausnehmen. Alle diese Jungs haben ihre persönlichen Probleme, und der Coup ist nicht einfach. Aber Dean Martin gerät während des ganzen Films nicht einmal in Panik. Er ist verdammt cool. Deshalb versuche ich jetzt so zu sein, wie Dean Martin in *Ocean's Eleven*.«
»Und das funktioniert?« fragte Willie voller Zweifel.
»Ich bin kein bißchen nervös.«
Willie zupfte wieder an den Hemdsärmeln. »Und ist Dean Martin in dem Film mit seiner Masche durchgekommen?«
»Man hat ihn nicht geschnappt«, antwortete Lou. »Aber zum Ende haben die Diebe das ganze schöne Geld wieder verloren.«
»Wunderbar. Würdest du einem Freund einen Gefallen tun?«
»Gern.«
»Hör auf, wie Dean Martin sein zu wollen.«
Velinski lächelte: »Ich bin auch noch Robert Redford in *Vier schräge Vögel*.«
»Du leidest wohl überhaupt nicht an Selbstüberschätzung, was?« entgegnete Willie sarkastisch. »Zuerst willst du Dean Martin sein, und jetzt auch noch Robert Redford!«
Lou fühlte sich davon nicht angegriffen. Er klopfte auf seinen Bauch und erklärte: »Ich versuche nicht, wie sie auszusehen, sondern so wie sie zu sein.«

»Hatte Redford denn Erfolg?«
»Ja.«
»Dann sei meinetwegen Redford.«
Die Kellnerin brachte die Vorspeise: zwei Schüsseln mit grauen halbierten Grapefruits und gelben Orangenscheiben.
»Rennbahnfraß«, brummte Velinski ungnädig und schob sich dann alles auf einmal in den Mund.
»Also«, begann der kleine Mann seine Verteidigung, »Willie Denver ist nicht nervös, weil er etwa Angst vor diesem Job hätte. Damit kann man Willie Denver nicht so leicht schrekken. Aber er hat ein paar unangenehme Erinnerungen an Rennbahnen. Und diese Erinnerungen plagen ihn jetzt.«
Lou hatte noch den Mund halb voll, als er sagte: »Davon hast du mir noch nie erzählt.«
Willie zögerte, als eine Gruppe Gäste am Tisch vorbeikam und zu den Wettschaltern marschierte, die laut Ankündigung genau jetzt geöffnet werden sollten. Als sie wieder unter sich waren, beugte sich Willie über den Tisch vor und erklärte: »Vor drei Jahren, als Willie Denver zum letztenmal aus dem Knast entlassen wurde, mußte er sich zwei Jahre lang jede Woche bei seinem Bewährungshelfer melden und nachweisen, daß er ein ordentliches Leben gemäß der richterlichen Auflagen führte. Willie mußte den Job eines Verkäufers in einer Boutique für Herrenmoden annehmen. Eine ehrliche Arbeit, aber nichts für einen Mann von seiner Klasse. Willie Denver hatte etwas Geld von früheren Arbeiten zurückgelegt. Doch an dieses Geld kam er nicht so leicht heran, solange der Bewährungshelfer vorhanden war. Es waren zwei furchtbare Jahre.«
»Kann ich mir gut vorstellen.«
»Als Willie Denver dann den Bewährungshelfer nicht mehr aufsuchen mußte, ist er fast durchgedreht. Wollte in wenigen Tagen all das nachholen, was er in der Zeit vorher ent-

behren mußte. Er gab sein gespartes Geld mit vollen Händen aus, und es zerrann ihm zwischen den Fingern. Also mußte er zusehen, daß er wieder ein paar kleine Geschäftchen erledigen konnte. Nichts Großes. Nichts Gefährliches. Willie Denver hat sich unter anderem mit einer Buchmacherorganisation in Aqueduct zusammengetan.«
Velinski hörte auf zu kauen. Er sah zu den Nachbartischen. Niemand schien auf sie zu achten. »Du warst Verbindungsmann für die Buchmacher auf einem Rennplatz?«
»Nur zwei Monate lang.«
»Großer Gott, Willie!«
Der kleine Mann errötete. »Willie Denver weiß, auf was für eine niedere Arbeit er sich da eingelassen hat. Aber er brauchte dringend Geld.«
»Es stört mich nicht, was für schmutzige Arbeiten du schon in deinem Leben erledigt hast«, sagte Velinski besorgt und dachte konzentriert: *Dean Martin, Robert Redford. Dean Martin, Robert Redford* ... »Eben noch hast du gesagt, du hättest keine gefährlichen Dinger gedreht. Aber Verbindungsmann für Buchmacher zu sein, ist so ziemlich das letzte, was wir uns leisten können. Die Rennbahnpolizei hält doch unentwegt nach solchen Personen Ausschau.«
»Man macht eben seine Erfahrungen«, entgegnete Willie und schob sich einen Löffel Grapefruit in den Mund.
»Man hat dich erwischt?«
Willie nickte.
»Dafür wandert man in den Knast!«
»Willie Denver konnte seine Haut retten. Die Burschen, für die er gearbeitet hat, waren nicht gerade seine Freunde. Also hat Willie Denver, um sich zu schützen, der Rennbahnpolizei die Namen genannt, die sie wissen wollte.«
»Und dann haben sie dich gehen lassen? Einfach so?«
Willie kaute sehr langsam, so als wolle er sich die Antwort ersparen. Nach einer Weile sagte er jedoch: »Ein

Mann ist selten stolz darauf, seine Kumpane zu verpfeifen.«
Velinski schob seine leere Schüssel zum Tischrand. »Das stört mich nicht sonderlich. Und ich weiß auch, daß du mich nie verpfeifen würdest. Was mir nur Sorgen bereitet ... hast du jemals hier als Verbindungsmann gearbeitet?«
Willie sah überrascht von seiner Schüssel auf: »Selbstverständlich nicht!«
»Bist du dir da ganz sicher?« Velinski klang unerbittlich. Er war jetzt einer von den beinharten Detektiven im Film.
»Wofür hältst du Willie Denver eigentlich? Er war in seinem ganzen Leben noch nie auf Century Oaks. Und hier kennt ihn bestimmt niemand.«
»Nun ...« Lou hatte die buschigen Brauen zusammengezogen, so daß sie jetzt über seiner fleischigen Nase wie ein dicker Strich wirkten.
»Manchmal sollte man sich seinen Freunden offenbaren«, erklärte Willie. »Willie Denver wollte dir deutlich machen, warum er ein wenig nervös ist. Er wollte dir begreiflich machen, was für scheußliche Erinnerungen an die andere Rennbahn ihn plagen. Du sollst nicht denken, daß Willie Denver sich wegen diesem Job hier in die Hose macht. Unter anderen Umständen wäre er gar nicht erst auf dieses Thema zu sprechen gekommen.«
Velinski ertappte sich dabei, wie seine Finger versuchten, seine Hemdsärmel geradezuzupfen. Er zog rasch die Hand zurück. »Da hätten wir noch etwas, was man im Kino lernen kann.«
»Und das wäre?«
Velinski lächelte wieder freundlich: »Nun, du wirst niemals Dean Martin oder Robert Redford als Verbindungsmann auf einer Rennbahn sehen.«

Der Ausstellungsraum am Westende der dritten Etage im Klubhaus maß zwölf mal zwölf Meter. Er verfügte nur über einen Zugang, dessen Doppeltür jetzt weit geöffnet war. An den Wänden hingen Fotografien und Gemälde von Rennpferden. Doch der Mittelpunkt allen Interesses war ein zwei Meter hoher und ein Meter breiter Glaskasten in der Mitte des Raums. In dem Kasten lagen auf einem samtbezogenen Tisch eine Million Dollar. Dieser Anblick zog die Besucher an wie das Meer die Lemminge. Die meisten starrten den Haufen Bargeld an, als gäbe es nichts Schöneres auf der Welt, wie Dagobert Duck in Banknoten zu baden.

In einem solchen Haufen kann man auch ersticken. Nicht der schlechteste Tod, dachte Jessup, als er langsam mit der Menge um den Glaskasten herumlief. Er notierte sich in Gedanken die Lage der Bündel mit Zwanzigern, Fünfzigern und Hundertern.

»Das Glas darf nicht berührt werden, Sir.«

Jessup sah nach rechts und entdeckte den Wachmann. Er war groß, hatte lange Arme und lächelte schief. Über seiner rechten Brusttasche stand *Melkins-Peterson* und über der linken *Mike.*

»Wie bitte?« fragte Jessup etwas verwirrt.

»Wir müssen leider darauf achten, daß das Glas von den Besuchern nicht berührt wird«, sagte Mike, und mit einem freundlicheren Lächeln nahm er der Verordnung etwas von ihrer Schärfe.

Jessup folgte dem Blick des Wachmanns und stellte zu seiner Verblüffung fest, daß er tatsächlich das Glas berührte. Die Fingerspitzen seiner Rechten preßten sich so fest an die Scheibe, als wolle er nach dem Geld greifen. Er zog die Hand rasch zurück. »Tut mir leid, soll nicht wieder vorkommen.«

Der Wachmann nickte und sah woanders hin.
Jessup marschierte weiter dem Strom der Zuschauer folgend um den Kasten herum. Aber er richtete seine Aufmerksamkeit nicht mehr nur auf die Million. Insgeheim zählte er die Wachmänner: einer an der Tür, einer südlich vom Ausstellungskasten, einer nördlich davon. Alle drei waren bewaffnet. Und noch etwas fiel Jessup auf: Die Melkins-Peterson-Männer wirkten alle durchtrainiert. Keiner von ihnen sah aus wie ein Ex-Polizist. Und alle drei machten den Eindruck, als würden sie nicht lange überlegen, wenn sie für einen gezielten Schuß eine wöchentliche Gehaltserhöhung von zweihundert Dollar bekommen könnten.
Jessup lächelte Mike verlegen zu, als er an ihm vorbeikam, und verließ dann den Strom der Neugierigen. Er gesellte sich zu Vince Greenfield, der vor einem riesigen Ölgemälde stand und das darauf abgebildete Rennpferd betrachtete. »Was hältst du davon?« fragte er den alten Freund.
»Ich habe drei Wachmänner gezählt.«
»Ich auch.«
Greenfield sprach leise, flüsterte aber nicht, um keine unnötige Aufmerksamkeit auf sich zu lenken. »Keine Agenten in Zivil?«
»Höchstens einer.«
»Und draußen?«
»Woher soll ich das wissen?«
»Ist wohl anzunehmen.«
Ein Paar mittleren Alters näherte sich dem Gemälde. Sie hielt es für ausgesprochen hübsch. Er hielt es für die typisch kitschige Arbeit einer dreizehnjährigen Pferdenärrin.
»Wir sind zwei«, sagte Greenfield, als das Paar weitergegangen war. »Vier von ihnen, den Zivilagenten eingerechnet, gegen zwei von uns.« Er klang so, als würde er in seinem Kopf komplizierte Rechenoperationen durchführen.
»Und die Rosen«, sagte Jessup. Er richtete unmerklich sei-

nen Blick auf die lange, mit einem roten Band versehene Schachtel vom Blumenhändler, die Vince unter dem linken Arm trug. Heute morgen hatte Jessup drei Dutzend Rosen gekauft. Er hatte die Blumen in einen Mülleimer geworfen und statt dessen die leichte und kompakte Maschinenpistole belgischer Bauart, die er von McGill gekauft hatte, in der Schachtel untergebracht und befestigt. In Jessups Händen hätte die Schachtel einen mißtrauischen Polizisten sicher nervös gemacht. In den Händen eines schmächtigen jungen Yuppies wie Vince Greenfield wirkte sie ganz unschuldig. »Die Rosen machen den quantitativen Vorteil der anderen Seite wieder wett.«

»Es ist noch viel Zeit bis zum letzten Rennen«, sagte Greenfield, »und die Blumen werden mit jeder Minute schwerer. Wir wollen uns wieder an unseren Tisch setzen.«

»Geh du schon voraus«, sagte Jessup, »ich möchte noch ein paar Wetten plazieren.«

Das konnte Greenfield nicht verstehen. Er schüttelte leicht den Kopf, schloß die Augen und ging in Gedanken seine Notizen durch. Aber er kam einfach zu keiner Lösung. »Das meinst du doch wohl nicht im Ernst, oder?«

»Doch.«

»Aber es ist eine verdammte Zeitverschwendung. Heute gibt es für dich nur eine Sache, auf die du setzen mußt.«

»Wir müssen diese Scheine hier loswerden, nicht wahr?« entgegnete Jessup und zog ein Bündel Banknoten aus seiner Jackentasche. »Zur Tarnung. Wenn wir nicht ein paar Wetten plazieren, fallen wir an einem Ort wie diesem über kurz oder lang auf. Außerdem setze ich immer einen gewissen Betrag, wenn ich auf einer Rennbahn bin.«

Vince rieb sich nachdenklich das Kinn und sagte dann: »Ich schätze, du solltest für mich gleich mitsetzen.« Er zeigte auf das Programmheft, das Jessup in der Hand hielt. »Was könnte sich denn lohnen?«

»Beim Hauptrennen?«
»Das Hauptrennen ist doch im Grunde genommen nichts anderes als eine verdammte Lotterie«, entgegnete Greenfield. »Und darauf zu wetten, ist ein reines Glücksspiel.«
»Das weiß ich auch«, sagte Jessup. »Wenn ich in Las Vegas bin, spiele ich vornehmlich an den Black-Jack-Tischen und so. Aber hin und wieder juckt es mich, und dann setze ich auch beim Roulette ... Genauso halte ich es auch auf der Rennbahn. Ich plaziere Wetten bei den Rennen, bei denen man sich gewisse Chancen ausrechnen kann, aber von Zeit zu Zeit muß ich wie beim Roulette auf etwas setzen, was überhaupt keine Chancen hat. Manchmal kaufe ich einen Exacta-Schein, manchmal setze ich auf das Lotterie-Rennen.«
Greenfield nickte. »Das kann ich verstehen. Hat wohl etwas mit deinem Rubinring zu tun.«
Jessup verstand nicht, worauf Vince hinauswollte.
»Vergiß es«, sagte Greenfield. »Ich mache mit. Was sieht denn im Hauptrennen vielversprechend aus?«
Jessup schlug das Programmheft auf: »*Neat 'n' Clean* zusammen mit einem Dreijährigen namens *Trigonometry* auf Sieg und Platz.«
Greenfield lächelte. Er schob die Blumenschachtel unter den anderen Arm und zog einen Fünfer aus der Tasche. »Setz das bitte für mich. Die Namen der Pferde hören sich für mich sehr erfolgversprechend an.«
»Das dachte ich mir«, lächelte auch Jessup.
»Wieso?«
»Wie hätte dir diese Namenskombination nicht gefallen können?«
Greenfield machte noch immer eine verständnislose Miene.
»Vergiß es!« gab Jessup es ihm zurück.
In dem Bewußtsein, daß Greenfield nie mehr das Geld

ausgeben könnte (vorausgesetzt, er gewann bei seiner Wette), marschierte Jessup zum Wettschalter. Während er in der Schlange wartete, teilte er zwei Millionen Dollar durch sechs. 333 333 Dollar war jeder einzelne Mord wert, wenn er auf der Lichtung die anderen mit seiner Maschinenpistole niedermähte.

Er brauchte dann nie wieder zu arbeiten.

333 333 Dollar für jeden tödlichen Treffer.

Kein schlechter Schnitt.

3

DAS GELD

Zusätzlich zu den zwölf Schaltern im Horsemen's Club auf der vierten Etage, waren auf jeder anderen Etage vierzig Wettschalter für den Publikumsverkehr geöffnet. Auf jeder Etage waren diese Häuschen an der schwarzen Wand aufgestellt und in zwei Sektionen — zu acht Kassen und zwölf Wettannahmen — unterteilt. Im ersten Stock wurden die beiden Sektionen von Imbißständen getrennt, im zweiten vom Klubhauseingang und im dritten von den öffentlichen Toiletten und der Saddle-Bar. In den fünfundzwanzig Minuten vor jedem Rennen, wenn Wetten plaziert werden konnten, arbeiteten die vierundzwanzig Scheinverkäufer auf jeder Etage so rasch und effektiv wie Roboter.

Da für das erste Rennen an diesem Samstag eine Wetteinsatzzeit von anderthalb Stunden eingeräumt worden war, schlossen die Schalter erst etwas später, aber auf die Minute genau. Nur die Kassenhäuschen blieben geöffnet. Jeder, der zu diesem Zeitpunkt noch in einer der Schlangen vor den Wetthäuschen stand, hatte dann eben Pech. Century Oaks hielt sich strikt an die Öffnungs- und Schließungszeiten, denn die Rennbahn-

verordnungen duldeten keine verspäteten Plazierungen.
In dem Moment, in dem die Fenster geschlossen wurden, öffneten die Schalterbediensteten ihre Kassen. Sie legten einen gelben Zettel auf jedes Fach, ohne das Geld vorher zu zählen. Auf dem Zettel stand die Schalternummer. Die Bediensteten achteten natürlich peinlich genau darauf, daß alles Geld aus ihrem Häuschen ordnungsgemäß etikettiert wurde. Am Ende des Renntages war ein Schalterbediensteter persönlich dafür verantwortlich, daß die Bilanz an seinem Schalter stimmte. Wenn es zu einer Differenz zwischen den Werten, die seine Kasse anzeigte, und den Bündeln kam, die er in den Kassenraum geschickt hatte, mußte er die Differenz aus der eigenen Tasche begleichen. Nachdem er die gelben Zettel aufgelegt hatte, legte er einen Gummiring um jedes Bündel. Dann nahm er einen weiteren Zettel und vermerkte auf ihm die Gesamteinnahmen der letzten Wettperiode. Den Wert las er von der Kasse ab.
In jeder Halbreihe von zwanzig Schaltern fungierte ein Verkäufer als Sammler. Er marschierte zu den zwölf Annahmestellen und sammelte bei jedem in einem Leinensack die Geldbündel ein, die die Bediensteten hineinwarfen. Zusätzlich nahm er den Zettel mit den jeweiligen Gesamteinnahmen entgegen. Er zog den Sack nach dem letzten Häuschen ein paar Meter weiter bis vor die blauen Fahrstuhltüren. Er addierte in Gedanken die zwölf Gesamteinnahmen, zog fünfzehn Prozent ab und notierte diesen Wert auf einen rosafarbenen Block, den er in der Hemdtasche trug. Bis er das erledigt hatte, öffneten sich meistens schon die Fahrstuhltüren.
Es waren noch keine zwei Minuten seit dem Ende der Wettzeit für das erste Rennen vergangen. Auf dem Turf hatten die Pferdejungen und -mädchen die üblichen Schwierigkeiten, die hochgezüchteten Tiere in ihren Bo-

xen ruhig zu halten. Bis zum Start würde noch eine volle Minute verstreichen.
Kurz vor dem Startzeichen verließen zwei Wachmänner von Melkins-Peterson und zwei Agenten in Zivil den Kassenraum im Keller des Klubhauses. Sie zogen zwei Wäschekarren und begaben sich damit in verschiedene Richtungen, je ein Uniformierter und ein Mann in Zivil nach Osten und nach Westen. Die, die in Richtung Osten unterwegs waren, fuhren im Aufzug zum vierten Stock hinauf. Hier öffneten sich die Türen zwischen den Schaltern und dem Horsemen's Club. Das andere Paar fuhr in den dritten Stock. Beide hielten auf jeder Etage, und die Sammler warfen ihre Säcke und die rosafarbenen Zettel hinein. Beim Start auf dem Turf waren alle Einnahmen bereits im Keller angelangt. Als der Gewinner dieses Rennens, *Buttercup's Beau,* mit vier Längen in Führung lag, betraten die beiden Paare mit ihren Wagen den Kassenraum.
Die Uniformierten händigten die rosafarbenen Zettel Leroy Franson, dem Chefbuchhalter von Century Oaks, aus, der am ersten Tisch saß. Die fünfzehn Prozent Abzug auf den Zetteln waren die Summe, die erwartungsgemäß von den Kassen benötigt wurde, um die Gewinne des ersten Rennens auszuzahlen. Franson und seine vier Mitarbeiter öffneten den Safe, der das Anfangskapital enthielt. Dreihunderttausend Dollar, die heute morgen von der Bank gebracht worden waren. Sie zählten neun Päckchen Geldscheine ab und legten sie in die Säcke, die die Uniformierten bereithielten.
Oben, draußen, war das erste Rennen gelaufen. Das Pferd mit der Startnummer sechs, *Buttercup's Beau,* hatte das Rennen eindeutig für sich entschieden. Es gab allerdings einige Unstimmigkeiten darüber, ob *Golden Rulah* oder *Absolute Triumph* als Zweiter ins Ziel gegangen war. Die elektronische Schautafel im Innern des Turfs gab zwar *Golden Rulah* als

Zweiten bekannt, doch der Ansager mahnte, die Wettscheine noch nicht einzulösen, da die Jury noch zu keinem endgültigen Ergebnis gelangt sei. Eine Minute oder mehr würde vergehen, ehe die Jury sich entschieden hätte und der Gewinnkurs auf der Anzeigetafel erscheinen würde. Erst dann würde der große Run auf die Kassenschalter einsetzen.
Im Keller verließen die Wäschekarren den Kassenraum. Auf dem einen lagen fünf, auf dem anderen vier Säcke. Sie fuhren mit den Aufzügen hinauf und warfen auf jeder Etage dem dortigen Sammler seinen Beutel zu. Diese quittierten den Empfang und machten sich dann daran, das darin enthaltene Geld auf die Kassen zu verteilen.
Um 13.36 Uhr erschien das offizielle Ergebnis des ersten Rennens auf der Anzeigetafel: *Buttercup's Beau, Absolute Triumph, Golden Rulah.*
Die Kassenschalter öffneten ihre Fenster. Die anderen Schalter verkauften bereits Wettscheine, denn die Kaufperiode für das zweite Rennen hatte vor einer Minute begonnen. Auf allen Etagen drängten sich die glücklichen Gewinner, um für ein Stück Papier bares Geld zu erhalten. Daneben natürlich die enttäuschten oder brummelnden Verlierer, die sich überlegten, ob sie den Verlust schon beim nächsten oder erst bei einem späteren Rennen wieder hereinholen sollten.
Im Kassenraum im Keller zählten Leroy Franson und seine vier Mitarbeiter die Einnahmen des ersten Rennens. Sie verglichen die Summen mit denen, die der Kassencomputer angab, überprüften die Werte, trugen sie dann in die Rechnungsbücher ein und machten sich daran, die Geldmengen für das zweite Rennen zurechtzulegen.
Der Geldkreislauf hatte begonnen und verlief wie ein Strom, der in ein vielschichtiges Kanalsystem eindringt.

4
COOPER

Bud Teagarten war einer der beiden TRPB-Agenten, die am Westende des obersten Stockwerks postiert waren. Wie viele andere in der Agentur auch hatte Teagarten früher beim FBI gearbeitet. Aber Teagarten war nicht so stämmig wie Cooper und auch nicht so auf sein Äußeres bedacht. Er trug lange Koteletten und einen breiten Schnurrbart. Seine dunklen Augen kamen nie zur Ruhe. Cooper schätzte Teagarten als wertvollen Mitarbeiter.

Cooper trug eine zusammengefaltete Ausgabe des DAILY RACING FORM unter dem Arm, kämpfte sich behende durch die Menge und stellte sich neben Teagarten. »Wie steht's?«

»Zu viele Menschen hier«, antwortete der Agent mit besorgter Miene. »Manchmal glaube ich, der Betonboden biegt sich unter ihrem Gewicht.«

»Ist Ihnen irgend jemand aufgefallen?«

»Nein, bislang noch nicht.«

»Ich denke, ich habe eine Idee, die uns weiterhelfen könnte«, verkündete Cooper.

»Was für eine Idee?«

»Vor dem Fünf-Dollar-Schalter steht jemand, dessen Gesicht mir bekannt vorkommt. Ich habe das Gesicht irgendwo schon einmal gesehen, kann es aber noch nicht richtig einordnen. Kommen Sie doch bitte mit und sehen Sie sich den Herrn an.«

Sie begaben sich zu den Monitoren unweit der Schalter. Sie taten so, als würden sie sich für die Angaben zum zweiten Rennen interessieren, behielten aber in Wirklichkeit den Fünf-Dollar-Schalter im Auge.

»Wen meinen Sie?« fragte Teagarten.

»Im Moment ist er von anderen verdeckt. Gleich ist er an der Reihe. Passen Sie gut auf.«

»Der Kleine?«

»Ja, genau der.«

In diesem Augenblick wandte sich der kleine Mann vom Schalter ab. Er hielt ein paar Wettscheine in der Hand.

»Er geht in unsere Richtung«, sagte Cooper.

Der Mann sah gesund und gepflegt aus, war aber so schmächtig, daß man ihn leicht für einen Jockey hätte halten können. Er war kaum einssechzig groß und wog nur etwas mehr als fünfzig Kilo. Sein Gesicht war sonnengebräunt, und er trug dichtes und lockiges schwarzes Haar. Er war in einen grünen Anzug gekleidet und trug dazu ein gelbgrünes Hemd.

»Ein Mann, der sich zu kleiden versteht«, bemerkte Teagarten.

Der Fremde ging an ihnen vorüber und marschierte die Treppe zum Restaurant hinunter. Dort ließ er sich an einem kleinen Tisch nieder, an dem ein weißhaariger, schwergewichtiger Mann saß. Diesem reichte er eines der Tickets.

»Haben Sie den schon einmal gesehen?« fragte Cooper.

Teagarten nickte langsam: »Das Gesicht kommt mir bekannt vor. Aber woher? Sollen wir in der Kartei nachsehen?«

Das TRPB unterhielt ausführliche Karteien mit Fotografien von allen Arten von Betrügern, Buchmachern, Taschendieben und anderen Kriminellen, die vorzugsweise auf Rennbahnen ihr Unwesen trieben. Im Hauptquartier des TRPB auf Century Oaks, das aus fünf Räumen bestand, gab es sechs dicke Fahndungsbücher, die ständig durch Rundschreiben vom nationalen Hauptquartier auf dem neuesten Stand gehalten wurden. Hier fanden sich ausführliche Biografien von allen Betrügern, die jemals auf einer der Rennbahnen in den USA und in Kanada in

Erscheinung getreten waren. Jeder Agent nahm sich ein- bis zweimal in der Woche diese Bücher vor, um sich die Gesichter der Betreffenden einzuprägen, um sie möglichst schnell wiederzuerkennen, sobald sie sich in Century Oaks zeigten.
»Tja, da bleibt uns wohl nicht viel anderes übrig«, sagte Cooper enttäuscht.
Die beiden standen am Geländer über dem Restaurant und beobachteten die zwei Männer an dem kleinen Tisch.
»Kennen Sie den Dicken?« fragte Teagarten.
»Nein.«
»Ich habe ihn auch noch nie gesehen.«
»Ich möchte, daß Sie ins Hauptquartier gehen und die Bücher durchblättern«, sagte Cooper. »Wenn Sie auf den Kleinen stoßen, kommen Sie sofort zu mir.«
»Glauben Sie, das ist unser Freund?«
»Dafür ist es noch zu früh.«
Teagarten zog sich am Ohrläppchen. Ein besorgter Blick trat in seine dunklen Augen. »Auf ihn trifft aber nicht die Beschreibung zu, die wir von dem Lehrer aus Baltimore erhalten haben. Und der kleine Mann ist uns erst heute aufgefallen.«
»Ich weiß.«
»Aber möglicherweise arbeitet unser Freund nicht allein.«
»Ja«, brummte Cooper. »Könnte aber auch sein, daß der Mann überhaupt nichts mit den Wettscheinfälschungen zu tun hat. Ich habe so ein Gefühl, als könnte der Kleine uns einen ganz anderen Ärger bescheren.«
»Hübsche Vorstellung.«
»Ich möchte gern wissen, was das für ein Ärger sein könnte.«
»Bin schon unterwegs, Chef.«

Gegen vierzehn Uhr kam Jack Killigan endlich zu Hause an. Er bog von der Straße ab und parkte seinen weißen Thunderbird vor der Hintertür.
Rita wachte in diesem Moment auf und reckte den Kopf. Sie war immer noch atemberaubend schön, wenn auch nicht mehr so verführerisch wie in der vergangenen Nacht. Ihr schwarzes Haar war strähnig und hatte den Glanz verloren. Ihr Lippenstift war verschmiert. Ihre Augen waren blutunterlaufen, und ihr Mund stand offen wie bei einer Geistesgestörten. Rita war immer noch nackt, aber über und über mit Dreck bedeckt.
»Holen wir uns endlich neues Bier?« fragte sie benommen.
»Nein.«
»Ich hab aber noch Durst.«
»Du hast bereits mehr zu dir genommen, als du vertragen kannst.«
»Ich hab nie genug.«
»Du legst dich jetzt hin und schläfst ein paar Runden.«
Zu Jacks großer Überraschung gehorchte Rita, wenn auch auf ihre Weise. Sie schlief auf der Stelle ein.
»Großer Gott«, sagte Killigan, »wenn du doch nur auch bei anderen Gelegenheiten ein so braves Mädchen sein könntest.«
Rita schnarchte.
Jack schaltete alles im Wagen aus, lehnte seine schweißverklebte Stirn ans Steuer und versuchte, seine Gedanken zu ordnen. Er stand immer noch etwas unter dem Einfluß der Drogen, die Rita ihm verabreicht hatte. Wenn er etwas länger auf einen Punkt blickte, begann der zu verschwimmen. Sein Herz schlug immer noch wie rasend. Er ertappte sich dabei, wie er irgend etwas vor sich hin summte. Alle paar Minuten schüttelte er den Kopf und begann grundlos zu lachen.

Aber wenigstens bin ich wieder zu Hause, dachte er. *Und von hier aus kann ich auch zur Rennbahn kommen. Sicher sind dort wieder Probleme aufgetaucht, die ich lösen muß. Und ich werde diese verdammte Rennbahn nicht so verlieren wie die vorangegangenen!*
Er stieg aus dem Wagen und stöhnte, als die schwüle Luft sich wie eine schwere Decke über ihn legte. Er marschierte um den Wagen herum, öffnete die Beifahrertür und rüttelte Rita an der Schulter.
»Verpiß dich!« sagte sie mit schwerer Zunge.
»Du mußt ins Haus.«
Sie war schon wieder eingeschlafen.
»Rita?«
Keine Reaktion.
»Schlampe!«
Trotz seiner Benommenheit und Erschöpfung gelang es ihm irgendwie, Rita vom besudelten Beifahrersitz zu ziehen und in seinen Armen zu halten. Er schwankte und wäre fast gestürzt, doch im letzten Moment fand er sein Gleichgewicht wieder. Ohne darüber nachzudenken, was die Nachbarn wohl sagen würden, wenn sie ihn jetzt sehen könnten, zog und zerrte er Rita zur Hintertür. Im Haus selbst schaffte er es nur bis zum Wohnzimmer. Er legte sie auf die Couch und plumpste dann in einen Sessel, wo er japsend nach Atem rang.
Keine Zeit zum Ausruhen.
Genau in diesem Augenblick entglitt ihm Century Oaks. Er verlor seine letzte Chance. Jede Sekunde zählte jetzt. Minuten waren unbezahlbar.
Er hob Rita wieder hoch und schleppte sie hinauf ins Schlafzimmer. Er keuchte wie eine alte Dampfmaschine und mußte sich alle paar Stufen gegen das Geländer lehnen. Endlich lag Rita im Bett. Er zog ihr die Decke bis unter das Kinn.
Sie öffnete die Augen.

»Wo sind wir?«
»Daheim.«
»Bei dir?«
»Ja.«
»Wollen wir vögeln?«
»Nein, jetzt nicht.«
»Ich will mit dir schlafen.«
»Rita, ich muß ins Büro!«
»Ein einziges Mal ist Daddy stolz auf mich gewesen, und das war, als ich in Hollywood Erfolg hatte«, sagte sie. Ihre heisere Stimme klang fernab. Sie streckte einen Arm aus und bekam Killigans Hemd zu fassen. Ihre Finger waren stark wie Adlerkrallen. Er konnte sich nicht von ihr befreien. »Habe ich dir das jemals erzählt? Ein einziges Mal ist Daddy stolz ...«
»Du hast es mir schon mehrmals erzählt«, entgegnete er und versuchte, von ihr loszukommen.
»Als Daddy erfuhr, wieviel Geld ich machte, entdeckte er doch noch so etwas ... so etwas wie eine Verwandtschaft zwischen uns.«
»Rita, das hast du mir alles schon etliche Male erzählt.«
Sie besaß so viel Kraft in dem schlanken Arm, daß sie ihn fast von den Füßen gerissen und auf sich gezogen hätte.
»Hast du wirklich deine Mutter umgebracht?«
Jack schloß die Augen.
Sie schüttelte ihn. »Hast du?«
Er wollte sich jetzt wirklich von ihr befreien. Er zog an ihren beiden Händen. Doch was die Drogen ihm an Kraft und Energie genommen hatten, schienen sie Rita an zusätzlicher Stärke zu geben. Sie hielt ihn im Griff wie ein Vampir, der auch noch den letzten Blutstropfen haben will.
»Hast du sie umgebracht?«
»Selbstverständlich nicht!«
»Letzte Nacht hast du es aber gesagt.«

»Letzte Nacht war ich auch nicht bei Verstand.«
Sie zog sich an ihm hoch, bis sie saß. Ihr Gesicht war nicht mehr weit von seinem entfernt. »Öffne deine Augen, Jack.«
Er öffnete sie.
Ihre Augen waren wie Ölseen. »Du hast mir erzählt, deine arme alte Mutter hätte einen Herzanfall gehabt.«
»Hör auf!«
»Sie konnte nicht mehr sprechen«, fuhr Rita fort. »Erinnerst du dich jetzt? Ein Arm war gelähmt. Auch ihr Gesicht war paralysiert.« Rita hielt ihn wie einen ertappten Sünder fest und sah ihn an wie eine Schlange das Kaninchen. »Dein Daddy starb vor zehn Jahren. Er hinterließ kein Geld. Du mußtest bei deiner gräßlichen Tante leben. Du warst fünfzehn, deine Schwester dreizehn, nicht wahr? Deine arme Mutter war halb gelähmt, und du hast hinter ihrem Rücken deine Schwester gebumst.« Sie grinste ihn verächtlich an. Ihre Zähne waren gelb. Ihre Zunge war belegt und silbrig wie ein Stück vergammelten Schinkens.
Jack zitterte. Warum hatte er ihr das erzählt? Warum hatte er Rita solche Munition in die Hand gegeben, sich ihr gegenüber so angreifbar gemacht? »So ist es doch garnicht gewesen«, sagte er lahm. »Wir haben nichts miteinander angestellt. Wir haben uns nur ausgezogen und einander angesehen.«
»Ja, das ist natürlich etwas ganz anderes!« Sie klang sehr giftig.
»Es war ganz harmlos!«
»Warum mußte die alte Mutter auch mitten in der Nacht aufstehen und durchs Haus wandern?« sagte Rita ätzend scharf. Tränen rannen Killigan übers Gesicht. »Dieses Haus«, stöhnte er, »du kannst dir ja nicht vorstellen, wie es dort zugegangen ist. Meine Schwester . . . Wir hatten niemanden außer uns. Und wir haben nicht . . .«

Rita lachte schrill: »Was hast du denn gesagt, als deine arme alte Mutter euch beide überrascht hat?«
Er gab ihr keine Antwort.
»Als ihr beide zusammen im Bett gelegen habt. Erinnerst du dich noch?«
»Es war etwas ganz Unschuldiges.«
»Ach, Jack!« rief sie. »Versuch' jetzt nicht, auf eine so lahme Tour alles ungeschehen zu machen. Gestern nacht hast du mir alles erzählt. Du hast es damals getan, also mußt du jetzt auch damit leben. Wate in deiner Sünde. Das ist es doch, was man euch Katholiken aufträgt, nicht wahr?«
»Ich bin schon lange kein Katholik mehr.«
»Weil du bis gestern nacht nie eine Beichte abgelegt hast! Natürlich bist du kein Katholik mehr. Kannst es ja auch gar nicht sein, jedenfalls kein guter. Du hast die Beichte zu lange zurückgehalten. Aber jetzt ist alles wieder im reinen. Ich erteile dir die Absolution.« Sie versuchte, ihn auf die Lippen zu küssen.
Killigan würgte, als er ihren fauligen Mundgeruch roch. In diesem Moment erkannte er mit aller Klarheit, daß Rita nichts weiter als ein gestörtes Geschöpf war, das nie so etwas wie ein inneres Gleichgewicht besessen hatte. Sie war wie eine Dämonin. Sie stank, und ihr Gesicht war eine einzige Fratze. Und dennoch ging von ihr noch so etwas wie Schönheit aus, allerdings keine menschliche Schönheit. Obwohl das auch auf die Drogen in seinem Körper zurückzuführen sein mochte, erschien sie ihm jetzt wie ein unheiliger Geist, ein Sukkubus, der sich nachts in eine Frau verwandelte, um Killigans Samen zu stehlen und in andere Körper zu verpflanzen.
Jesus, Maria und Josef, bin ich so krank? Bin ich wirklich so krank?
Sie kicherte leise wie ein Teufel, so als könne sie in diesem Moment seine Gedanken lesen. Sie ließ ihn endlich

los, fiel aufs Bett und war im nächsten Moment eingeschlafen.

Furchtsam und verwirrt marschierte Jack unter die Dusche. Das heiße Wasser reinigte ihn von getrocknetem Schweiß und sonstigem äußerlichen Unrat. Und es nahm ihm auch ein wenig von seiner Verzweiflung. Aber nachdem er sich abgetrocknet hatte und sich jetzt einen Anzug heraussuchte, konnte er wieder nur an das eine denken, nämlich wie er seinen Job auf der Rennbahn retten konnte. Die Furcht blieb, doch die Verwirrung machte grimmiger Entschlossenheit Platz. So wie die Dusche ihm die Verzweiflung fortgespült hatte, würde er jetzt auch die anderen Probleme abwaschen, die auf der Rennbahn entstanden waren oder noch entstehen würden.

Alles wird gut werden.

Sicher, da gab es noch den Wettscheinfälscher. Aber den hatte Cooper vermutlich schon gefaßt.

Er hatte die Sitzung mit Zuverbeck verpennt. Und wenn schon. Jeff Cassarian würde sicher sehr aufgebracht sein. Zuverbeck war wahrscheinlich immer noch wütend. Aber was konnte der Holländer schon gegen ihn ausrichten? Man würde eben eine neue Sitzung einberufen, und am Ende dieser Sitzung würde man zu den gleichen Resultaten kommen . . . oder etwa nicht? Die Betriebsprüfer konnten doch keinen Vorteil aus der zeitlichen Verzögerung ziehen, oder?

Natürlich gab es da noch die anderen Schwierigkeiten: wie man riesige Menschenmengen auf die Parkplätze bringen und sie von dort auf die Tribüne und ins Klubhaus schaffen konnte. Doch dafür hatte Jack schließlich sein ausgezeichnetes Personal. In den letzten Monaten hatte er ein paar hundert gute Leute eingestellt. Die würden auch mit einem Massenansturm fertigwerden.

Alles wird gut werden.

5
GRIMES

Wenn er endlich etwas gewinnen wollte, sagte sich Ely Grimes Freitag nacht, dann mußte er endlich aufhören, dauernd Geld zu verlieren. Die ganze Woche hindurch hatte er an allem gespart, wo man nur sparen konnte. Täglich hatte er dutzendmal das ihm verbliebene Geld gezählt. Montag bis Freitag hatte er nur den Tribüneneintritt bezahlt, um die zwei Dollar Eintritt fürs Klubhaus zu sparen. Auch hatte er sich auf der Rennbahn nie an den Ständen etwas zu essen oder zu trinken gekauft. Und jede Nacht war er nach dem letzten Rennen gleich in das billige Motel mit seinem heruntergekommenen Mobiliar und dem fadenscheinigen Teppich zurückgekehrt.

Heute, am Samstag, war es jedoch ganz anders. Er fühlte sich als Gewinner und benahm sich auch entsprechend. Er saß an einem der kleinen Tische im Klubhaus-Restaurant. Er hatte dem Oberkellner ein paar Scheine zugesteckt, um den Tisch für sich allein behalten zu können. An einem überfüllten Tag wie diesem war das keine Selbstverständlichkeit. Vor ihm stand eine Flasche Weißwein.

Er wußte, daß er heute gewinnen würde. Sein Tippsystem hatte sich regelmäßig als gut und brauchbar erwiesen. Das Problem hatte bei ihm selbst gelegen. Er hatte sich einfach nicht genug konzentriert und die Dinge nicht sorgfältig genug geprüft. Doch diese Phase lag jetzt hinter ihm. Von heute an würde er nur noch gewinnen. Er wußte es, und deswegen konnte es auch gar nicht anders kommen.

Heute plazierte er lediglich für zwei Rennen Wetten, für das vierte und das letzte. Die anderen sieben Rennen waren etwas für Amateure, die auf Namen, die ihnen gefielen, setzten oder auf Startzahlen, die ihren Geburtsdaten oder Telefonnummern entsprachen, oder für Glücksspieler, denen beim Mittagessen ein todsicheres System eingefallen war. Bei Grimes war das anders. Er ging methodisch vor. Den ganzen Morgen hatte er über seinen Tabellen, Graphiken und Dateien verbracht. Dann hatte festgestanden, daß er im vierten Rennen fünfhundert Dollar auf *Lucky Bucky* setzen wollte. Grimes rechnete sich aus, daß beim Start die Wetten acht zu eins auf dieses Pferd stehen würden. Im letzten, dem Großen Rennen, wollte er zweitausend Dollar auf *Magic Pitcher* setzen. Und er rechnete sich auch hier eine größere Gewinnsumme aus.

Von den achttausend Dollar, mit denen er Anfang der Woche hierhergekommen war — das Geld vom gemeinsamen Konto und der neuen Hypothek —, waren ihm nur noch zweitausendfünfhundert geblieben. Doch Grimes machte sich darüber keine großen Gedanken. Verdammt, zweitausendfünfhundert ließen sich leicht verzehnfachen, wenn man die Wetten nur mit System plazierte. Gut, fünfundzwanzigtausend waren nicht das Vermögen, das er sich hier erhofft hatte, aber mit der Summe konnte Clara bequem in den ersten Monaten nach seinem Tod über die Runden kommen.

Er trank einen Schluck Wein.

Er lächelte gönnerhaft, als er die schwatzenden und aufgeregten Gäste an den anderen Tischen bemerkte. Was für törichte Menschen, dachte er. Sie warfen ihr Geld zum Fenster hinaus, weil sie Pferderennen einfach nicht ernst genug nahmen. Die meisten von ihnen hatten für alle Rennen Tickets gekauft. Einige versuchten sich sogar an Exactas. Was für blutige Anfänger. Sollten sie nur. Ihr Geld würde seine Gewinne im vierten und neunten Rennen nur vergrößern.

COOPER

Cooper wartete am Geländer über dem Restaurant auf Teagartens Rückkehr und Bericht. Er konnte von hier aus den kleinen Mann und seinen schwergewichtigen Begleiter sehr gut im Auge behalten. Eine Gruppe Fans hatte sich ebenfalls ans Geländer gestellt, weil man von hier aus die Anzeigetafel, die paradierenden Pferde und die Rennen selbst sehr gut im Blick hatte. Der TRPB-Agent nutzte den Schutz dieser Gruppe und vertiefte sich immer wieder in die heutige Ausgabe des DAILY RACING FORM.

In der vergangenen Stunde hatten die beiden Verdächtigen nichts Außergewöhnliches getan. Sie tranken mehrere Tassen Kaffee, nahmen jeder einen Brandy zu sich und suchten nacheinander die Toilette auf. Aber keiner von ihnen trug eine Mappe oder ein größeres Kuvert bei sich, worin man eine Fälschergrundausstattung hätte unterbringen können. Und weder der eine noch der andere blieb länger als ein paar Minuten auf der Toilette. Sie hatten im zweiten, dritten und jetzt auch im vierten Rennen Wetten plaziert, doch anscheinend noch nichts gewonnen, denn sie hatten die Tickets für das zweite und dritte Rennen nach der Bekanntgabe der Sieger zerrissen.

Cooper bekämpfte seine immer wieder aufkeimende Langeweile mit gelegentlichen Blicken auf eine recht attraktive Frau, die unweit der Verdächtigen im Restaurant Platz genommen hatte. Dann war da auch noch eine atemberaubende Blondine, die etwas weiter ganz allein an einem Tisch saß. Sie trug ein kurzes Sommerkleid, das tiefen Einblick auf ihren großen, cremefarbenen Busen gestattete. Von seinem Standort aus hatte Cooper sogar einen ausgezeichneten Einblick.

Der TRPB-Agent gönnte sich gerade wieder einen aufregenden Blick, als sich Arthur Hudson, der schmächtige

Lehrer aus Baltimore, zu der Blondine an den Tisch setzte. Die junge Frau lächelte den Alten an, als wollte sie einen Stein zum Schmelzen bringen. Cooper glaubte, die Hitze ihres Blickes bis zu sich hinauf zu spüren.
Obwohl Cooper mit Leib und Seele Sicherheitsmann war, bedeutete das noch lange nicht, daß er für Frauen nichts übrig hatte. Er hatte sich mehr als einmal um eine bemüht, hatte schon einigen nachgestellt. Er wußte, daß er weder häßlich noch ohne Manieren noch übermäßig ungehobelt war, und damit war er für Frauen als Sexobjekt ebenso interessant wie die meisten anderen Männer auch. Aber in seinem ganzen Leben war er noch nie an eine so berauschende Blondine geraten wie die unten am Tisch mit Arthur Hudson.
Wie kann ein so alter Knacker an eine solche Frau geraten? Und was hat er an sich, daß sie bei ihm bleibt?
Kaum hatte er sich diese Fragen gestellt, gab ihm der Zufall die Antwort. Er sah nämlich, wie der pensionierte Lehrer der Blondine ein dickes Geldbündel übergab — etliche hundert, vielleicht sogar tausend Dollar —, das sie rasch in ihrer Handtasche verschwinden ließ. Wettgewinne? Besaß Arthur Hudson das absolute System? Hatte er als Mathematiklehrer eines Tages das todsichere System entdeckt?
Hudson glättete die Tischdecke und breitete dann Wettscheine darauf aus. Mindestens zwanzig Tickets, und kein einziges davon vom Zwei-Dollar-Schalter.
Der perfekte Systemtipper?
Oder hatte Arthur Hudson vielleicht etwas ganz anderes ausgeklügelt?
»Ich hab ihn!«
Cooper fuhr erschrocken zusammen. Er hatte Teagartens Kommen gar nicht bemerkt.
»Er steht tatsächlich im Fahndungsbuch!«
»Unser kleiner Freund heißt Willie Denver«, verkündete

Teagarten. Er stand mit dem Rücken zum Restaurant seinem Chef gegenüber. Sie konnten sich so ruhig unterhalten, ohne von jemandem in der Nähe belauscht zu werden. »Er hat zweimal wegen bewaffneten Raubüberfalls gesessen.«

»Warum haben wir dann eine Akte über ihn?«

»Weil er vor einiger Zeit für einen Buchmacher in Aqueduct gearbeitet hat.«

»Als Verbindungsmann auf der Rennbahn?«

»Ja.«

»Warum sitzt er dann nicht mehr?«

»Er war ein braver Junge und hat alle Namen ausgeplaudert.«

»Deswegen müßte ihm trotzdem der Zutritt zu Rennbahnen verboten sein.«

»Oh, aber er steht auf der schwarzen Liste«, sagte Teagarten.

»Und warum sitzt er dann hier?«

»Sie haben ihn doch die ganze Zeit über beobachtet.«

»Aber er hat nichts Verbotenes getan. Absolut nichts ... Vielleicht will er hier ja wirklich nur wetten.«

»Könnte natürlich sein«, sagte Teagarten und drehte sich zum Restaurant um. »Aber das glauben weder Sie noch ich.«

»Nein«, bestätigte Cooper. »Haben Sie etwas über den Dicken herausgefunden?«

»Wir haben nichts über ihn.«

Die Pferde zum vierten Rennen standen in ihren Boxen. Die Gespräche verstummten überall.

»Sollen wir uns die beiden vorknöpfen?«

Cooper dachte kurz nach. »Nein, Sie bleiben jetzt hier und behalten die beiden im Auge.«

»Und wenn sie doch noch irgendwas anstellen?«

»Dann entscheiden Sie, was zu tun ist.«

»Wo gehen Sie denn hin?«
»Ich bleibe ganz in der Nähe«, sagte der Vorgesetzte. »Da gibt es noch einen Herrn, den ich gern beobachten möchte.«
»Wen denn?«
»Wenn Sie das wüßten, würden Sie sich nicht mehr nur auf den Kleinen konzentrieren. Observieren Sie Denver und den Dicken.«
»Ich würde ihm bis in die Toilette folgen, Chef, wenn es sein müßte.«
Cooper lächelte: »Bravo, und am Ende würde man Sie wegen unsittlicher Belästigung verhaften.«
Die Glocke zum Rennen ertönte.
Augenblicklich begannen die Gäste zu brüllen und zu schreien.
Ein Pferd namens *Lucky Bell* ging sofort in Führung, kam auf halber Strecke jedoch aus dem Tritt und fiel weit zurück. *Elmo's Fire* gewann schließlich bei einem Kopf-an-Kopf-Rennen. Die Wetten auf dieses Pferd standen sechs zu eins.
Als das Rennen vorüber war, verließ Cooper seinen Mitarbeiter, schlenderte ein paar Meter am Geländer entlang und blieb dann an einem neuen Standort stehen. Er achtete nicht mehr auf Denver und den Schwergewichtigen. Er wartete ab, ob Arthur Hudson die Tickets einlösen würde.

DAS GELD

Der Besucherstrom an diesem Samstag war ohne Zweifel der größte in der vierjährigen Geschichte von Century Oaks. Für einen Sitzplatz auf der Tribüne oder für einen Platz auf den provisorischen Podesten, die auf der ganzen Länge vor dem Klubhaus aufgestellt worden waren, hatten genau 25 262 Personen den Eintrittspreis von zwei Dollar bezahlt. Weitere 8710 Gäste hatten die vier Dollar für den Eintritt ins Klubhaus entrichtet. Zweihundert Personen mit Klubkarten waren gezählt worden. Insgesamt waren bei den Eingängen 85 364 Dollar eingenommen worden.

Und diese Summe lag bereits im Kassenraum.

Auf den Parkplätzen drängten sich 7800 Fahrzeuge. Den zusätzlichen Dollar für Service miteingerechnet, hatte man hier 8800 Dollar eingenommen.

Auch dieser Betrag befand sich bereits im Kassenraum.

24 200 Programmhefte waren zum Stückpreis von 50 Cent verkauft worden. Diese 12 100 Dollar lagerten ebenfalls im Kassenraum.

Bei den ersten vier Rennen waren 1 685 840 Dollar zusammengekommen. Etwa 15% davon, oder 252 822 Dollar, hatten den Weg in den Kassenraum gefunden. Rechnete man die Beträge dazu, die sich jetzt in den Kassen oder als Wechselgeld in den Verkaufsschaltern befanden, so hatte man bereits jetzt ein gutes durchschnittliches Tagesergebnis erzielt.

Bis zu dieser Stunde hatte man bereits dreihunderttausend Dollar gebündelt und in besonders gesicherten Stahlschränken am hinteren Ende des Kellerraums deponiert. Diese Summe war vorher für die Auszahlungen nach dem ersten Rennen entnommen worden. Der Geldkreislauf lief jetzt von allein. Keine Rücklagen mußten mehr angegriffen werden.

Im Kassenraum selbst lagerten momentan etwa 660 000 Dollar. Und dabei waren noch nicht einmal die Hälfte der heutigen Rennen gelaufen.

Sobald die Jury das offizielle Endergebnis für das vierte Rennen verkündet hatte, steckte Arthur Hudson die Tickets ein, die vor ihm auf dem Tisch lagen. Er schob vier davon in die Hemd- und die sechzehn anderen in die Hosentasche. Er machte seiner Begleiterin gegenüber eine kurze Bemerkung, was bei ihr wieder das atemberaubende Lächeln auslöste. Hudson verließ den Tisch und stieg die Treppe zu den Schaltern hinauf. Er schob sich durch die Menge und steuerte die Zwanzig-Dollar-Kasse an.
Cooper folgte ihm unauffällig.
Hudson klapperte vier Kassen ab, steckte überall seinen Gewinn ein und schob das Geld in die Hemdtasche. Dann steuerte er die Herrentoilette an.
Cooper wartete auf seine Rückkehr.
Sieben Minuten später verließ der pensionierte Lehrer die Örtlichkeit. Er marschierte an dem TRPB-Agenten vorbei, ohne ihn zu bemerken. Der schmächtige Mann wirkte angespannt und nervös. Er bewegte sich steif, hielt den Kopf krampfhaft nach oben und marschierte wie ein Roboter auf sein Ziel zu.
Keine Tasche und kein Umschlag, dachte Cooper. *Nichts, um all die nötigen Fälscherutensilien zu transportieren. Und er war nicht lange genug auf der Toilette gewesen, um sechzehn Scheine zu präparieren.*
Cooper folgte ihm dennoch.
Hudson trat vor die Monitore und studierte die Wetten für das nächste Rennen. Kurz darauf stellte sich ein älterer Herr zu ihm und reichte ihm unauffällig Geld. Der Lehrer schüttelte ihm freudig die Hand, gab ihm einen Zehn-Dollar-Schein und steckte den Rest ein.
Wo ist der alte Knabe hergekommen? wunderte sich der TRPB-Agent. *Höchstwahrscheinlich steckt er nicht unbedingt*

hinter den Manipulationen. Wo hat Hudson ihn getroffen? Auf der Toilette?
Als der Alte wieder verschwunden war, begab sich Hudson zum Zwanzig-Dollar-Schalter am Westende dieser Etage. Dort reichte er zwei Gewinnscheine ein. Offenbar war er jetzt unvorsichtig geworden, warum sonst sollte er die gefälschten Tickets persönlich einlösen?
Jetzt habe ich ihn!
Kein Wunder, daß er so lange gebraucht hatte, dem Fälscher auf die Spur zu kommen. Der pensionierte Lehrer entsprach so gar nicht den Vorstellungen, die man sich im allgemeinen von einem Wettschein-Manipulator machte. Hudson hatte einen ehrbaren Beruf ausgeübt. Er war ein schmächtiger und leicht einzuschüchternder Mann. Dennoch hatte er am Anfang der Woche seine gefälschten Tickets selbst eingelöst. Und er hatte sich beim Verhör durch Cooper unglaublich geschickt angestellt. Also mußte der ehemalige Lehrer trotz seiner Angst Zähigkeit, Wagemut und Cleverneß besitzen. Nur jemand, der seit vielen Jahren auf Details achtete, konnte ihm auf die Schliche kommen. Hätte Cooper sich nicht gewundert, wie ein so unscheinbarer alter Mann an eine so aufregende Blondine geraten konnte, wäre ihm der kleine Mann nicht verdächtig vorgekommen. Cooper spürte ein Triumphgefühl.
Hudson strich seine Gewinne ein, eilte durch die Halle und fuhr mit dem Aufzug ein Stockwerk tiefer. Dort erstand er an einer Bude ein Päckchen Zigaretten und verwickelte anschließend eine junge Frau in ein Gespräch. Sie marschierte einige Minuten später zu einem Kassenschalter. Als Hudson von ihr einen gewissen Betrag entgegengenommen hatte, fuhr er ein weiteres Stockwerk hinab, begab sich zu einem Zehn-Dollar-Schalter und löste dort zwei weitere Gewinnscheine ein.
Cooper trat neben ihn. Er legte eine Hand auf die Tickets,

bevor der Kassierer sie nehmen konnte. »TRPB«, sagte Cooper nur. Er hielt die Tickets vor seine Augen und studierte sie.
»Oh, hallo«, sagte Hudson und blinzelte nervös. »Stimmt etwas nicht?«
»Gehören diese Scheine Ihnen?« fragte Cooper streng.
Der ehemalige Lehrer schien sich unglaublich schnell gefaßt zu haben, denn er fragte jetzt mit gespieltem Entsetzen: »Glauben Sie, man hat mich schon wieder benutzt?«
Cooper hätte fast laut gelacht.
»Haben Sie denn den Fälscher noch nicht gefaßt?« erkundigte sich Hudson besorgt.
Gerissenes kleines Arschloch, dachte Cooper und sagte dann laut: »Sie meinen den großen, blauäugigen und blondhaarigen Mann mit der klassischen Nase und dem dunklen Teint?«
»Ja, genau den«, antwortete der Ex-Lehrer und nickte eifrig.
»Nein, den haben wir noch nicht. Aber ich schätze, das hat noch Zeit. Ich habe gerade eben einen anderen Fälscher ertappt, und mit diesem Erfolg will ich mich für heute zufriedengeben. Man darf ja nicht unbescheiden sein, nicht wahr?«
Hudson versuchte immer noch, so zu tun, als hätte er keine Ahnung, wovon der TRPB-Mann eigentlich sprach.

6
KILLIGAN

Als Jack Killigan um sechzehn Uhr erwachte, lag er neben Rita auf dem Bett. Eine seiner Hände ruhte auf ihrem bloßen Oberschenkel. Er trug noch den Anzug, den er vor etwa einer Stunde angezogen hatte, aber er konnte sich nicht daran erinnern, wann und warum er sich hingelegt hatte. Er hatte es doch so eilig gehabt, nach Century Oaks zu kommen ...

Und ich muß immer noch dringend dorthin. Jetzt. Sofort. Auf der Stelle.

Er setzte sich auf die Bettkante, stöhnte und hielt den Kopf mit beiden Händen fest.

Rita murmelte etwas, so als wolle sie ihn dazu auffordern, sich endlich wieder intensiv mit ihr zu beschäftigen.

Jack erhob sich, machte ein paar Schritte und schwankte, als würde er sich auf Watte bewegen. Ihm war schlecht, und der Schädel wollte ihm zerplatzen. Irgendwie gelangte er zur Schlafzimmertür, dann in die Diele ... dort mußte er sich erst einmal hinsetzen und verschnaufen, bevor er die Treppe in Angriff nehmen konnte.

COOPER

Zwei Männer vom Melkins-Peterson-Wachdienst — ein stämmiger Kerl mit einer säuerlichen Miene und ein muskulöser, drahtiger Farbiger — betraten den Warteraum neben dem Büro des Managers. Der erste nickte Cooper zu und erklärte: »Ich kann Mr. Killigan nirgends finden. Eine Menge anderer Angestellter suchen ihn auch. Suchen ihn schon den ganzen Tag. Es hat ganz den Anschein, als wäre er heute gar nicht hier erschienen.«

»Am Tag des Großen Rennens und der Lotterie?« fragte Cooper ungläubig.

Der Wachmann zuckte nur die Achseln.

Cooper saß auf dem Schreibtischsessel von Molly Barnes, den er sich von ihr ausgeborgt hatte. Der Sessel stand zwischen der Zimmertür und der schwarzen, mit Kunstleder bezogenen Couch, auf der Arthur Hudson hockte. Der

TRPB-Agent wandte sich an den Farbigen: »Was ist mit der Blondine?«
»Sie saß nicht mehr an dem Tisch«, antwortete der Mann. »Also habe ich mich neben der Tür postiert und gewartet, ob sie zurückkehren würde.«
»Was sie aber nicht getan hat?« erriet Cooper.
»Vielleicht war es weibliche Intuition«, brummte der Farbige. »Vielleicht ist ihr auch aufgefallen, daß Sie diesem Herrn hier gefolgt sind. Nach einer Weile bin ich in den Wachraum gegangen und habe Ihre Beschreibung an alle unsere Männer weitergegeben.« Er klopfte auf das kleine Funkgerät an seinem Gürtel. »Ich erklärte den Männern, daß sie etwas mit der Wettscheinfälschung zu tun habe und sofort festzunehmen und ins Büro von Mr. Killigan zu bringen sei.«
»Tja, kann man nichts machen. Vielleicht haben wir ja Glück«, sagte Cooper. »Sie beide bleiben bitte hier. Ich brauche Sie vielleicht noch.« Er drehte sich zu dem kleinen ehemaligen Lehrer um, der von der Anwesenheit der drei großen Männer sichtlich eingeschüchtert war. »Nun, Mr. Hudson, ich hatte gehofft, Sie in Anwesenheit des Managers befragen zu können, aber ich fürchte, wir können unser Gespräch nicht länger aufschieben.«
Der kleine Mann fuhr sich mit der langen, blassen Hand über die Lippen, räusperte sich und schaute seine Füße an. Er hatte es mittlerweile aufgegeben, so zu tun, als hätte er von nichts eine Ahnung. Seit einer guten halben Stunde wartete Cooper auf das Erscheinen Killigans. Während dieser Zeit war Hudson offenbar zu der Einsicht gelangt, daß er so lange sicher war, wie er den Mund hielt. Das einzige, was er jetzt von sich gab, war: »Ich sage nichts ohne einen Anwalt.«
Cooper achtete gar nicht darauf und erklärte: »Sie haben mich angelogen, als ich mich Anfang der Woche mit Ihnen

unterhielt. Sie wohnen auch nicht in dem Motel, das Sie mir genannt haben. Daher wissen wir nicht, wo wir nach Ihrer blonden Gefährtin suchen sollen. Doch verlassen Sie sich drauf, früher oder später geht sie uns ins Netz. Sie kann nicht mehr einfach untertauchen. Also, erleichtern Sie Ihre Lage und nennen Sie uns ihren Namen.«

Hudson schwieg.

»Sind Sie wirklich pensionierter Lehrer?«

»Das wissen Sie doch.«

»Was hat Sie dann dazu bewogen, sich auf solche Manipulationen einzulassen?«

Keine Antwort.

»Und welche Rolle spielt Ihre Gefährtin in dem Spiel?«

Keine Reaktion.

»Sie hat Ihnen gehörig den Kopf verdreht, nicht wahr?«

Hudson starrte ihn mit funkelnden Augen an.

»Welche Fächer haben Sie unterrichtet?«

»Kunst«, platzte es aus Hudson heraus. Er schien gar nicht darüber nachgedacht zu haben, denn jetzt ärgerte er sich sichtlich über sich selbst.

Cooper lächelte zufrieden, entspannte sich ein wenig und sagte: »Ich wette, Sie sind ein wirklicher Künstler.«

Hudson blickte auf seine Hände.

»Wahrscheinlich können Sie Szenen gut wiedergeben«, fuhr der TRPB-Agent fort. »Sie malen oder zeichnen vermutlich sehr realistisch und legen größten Wert auf die Richtigkeit aller Details. Das würde erklären, warum Sie auf eine umfangreiche Werkstatt verzichten können, um Wettscheine zu fälschen. Wir haben auf Personen geachtet, die eine Tüte oder Tasche mit sich führen, aber das brauchen Sie ja gar nicht, nicht wahr? Sie benötigen lediglich einen harten Radiergummi, um die ursprüngliche Ziffer zu entfernen, und ein paar Stifte, um die gewünschte Zahl einzutragen. Sie sind ein Künstler, der so etwas von Hand ausführen kann.«

»Vielleicht gibt es Fälscher, die so etwas können«, widersprach Hudson. »Ich jedenfalls nicht. Ich kann lange nicht so gut wiedergeben, wie Sie es mir unterstellen.« Er klang überzeugend, wirkte aber sehr besorgt.
»Na, na, wer wird denn so bescheiden sein«, lächelte Cooper. Er wandte sich an die Uniformierten und sagte: »Er muß den Radiergummi und die Stifte noch bei sich tragen. Und sicher auch ein paar Wettscheine, gefälschte und originale. Durchsuchen Sie ihn bitte.«
Hudsons Kopf fuhr hoch: »Das dürfen Sie nicht!«
»Und warum nicht?«
»Dazu müßte mein Anwalt anwesend sein.«
»Das können wir später nachholen«, entgegnete Cooper.
»Nein, jetzt!«
»Fangen Sie an, meine Herren.«
Obwohl der ehemalige Lehrer sich wehrte, fanden die Uniformierten alles, was der TRPB-Agent bei Hudson vermutet hatte. Sie legten alles auf den Tisch, und dazu noch die Brieftasche und die Papiere des Ex-Lehrers.
»Das beweist gar nichts«, schimpfte Hudson, nagte aber nervös an seiner Unterlippe.
»In Mr. Killigans Büro befindet sich eine Bar«, erklärte Cooper dem Farbigen. »Holen Sie dort bitte ein paar Gläser und füllen Sie sie im Badezimmer mit heißem Wasser, damit wir diese Tickets hier sofort testen können.«
Die beiden Scheine, die Hudson in dem Moment einlösen wollte, als Cooper neben ihn getreten war, saugten sich voll und verfärbten dann das Wasser. Aber keines der zehn anderen Tickets — allesamt Zwanzig-Dollar-Wetten auf ein Pferd im vierten Rennen — war manipuliert worden.
»Was ist denn mit diesen hier?« fragte der TRPB-Agent.
Hudson blickte ihn nur feindselig an.
Cooper fragte die Melkins-Peterson-Männer: »Kennen Sie

zufällig die Gewinnquote für dieses Pferd im vierten Rennen?«

»Ein kleiner Gewinn war zu erwarten«, sagte der Stämmige. »Das Pferd hier hätte wohl zwei Dollar achtzig für zwei Dollar eingebracht.«

»Wie mager«, lächelte Cooper und wandte sich wieder an den Lehrer: »Sie bedienen sich aller möglichen Tickets, nicht wahr? Sie setzen nicht nur auf Sieg, sondern auch auf Platz. Im vierten Rennen haben Sie mit den Siegscheinen so viel gemacht, daß Sie die Platz-Tickets für dieses Pferd hier nicht mehr benötigt haben. Bei einem so bescheidenen Gewinn ist das ja auch selbstverständlich.«

»Selbst wenn ich mich schuldig gemacht hätte«, erklärte Hudson reichlich niedergeschlagen, »so machen Sie doch alles falsch. Sie haben ohne Haftbefehl nach mir gefahndet und mich festgenommen. Sie sind noch nicht einmal ein richtiger Polizist. Selbst wenn ich mich eines Vergehens schuldig gemacht hätte, würde jedes Gericht die Anklage gegen mich verwerfen — aufgrund Ihrer illegalen Vorgehensweise.«

Cooper erhob sich, stellte sich vor ihn und beugte sich zu ihm hinab: »Sie verstehen nicht recht, Mr. Hudson. Es ist mir völlig gleich, ob Sie hinter Gittern landen oder nicht!«

»So?«

»Ja, darauf können Sie sich verlassen.«

Hudson sah vorsichtig hoch: »Ich verstehe nicht ganz, worauf Sie hinauswollen.«

»Mein größtes Anliegen ist, Ihre Gefährtin zu finden und das Geld sicherzustellen, das Sie uns in dieser Woche gestohlen haben. Ich will dieses Geld zurückhaben, und zwar jeden einzelnen Cent davon. Danach werde ich dafür Sorge tragen, daß Sie auf jeder Rennbahn dieses Landes Zutrittsverbot erhalten. Des weiteren möchte ich Ihr Bild und Ihre persönlichen Angaben für unsere Kartei. Und

wenn Sie schließlich auch noch hinter Gittern landen, nun, dann würde ich das als persönlichen Bonus für mich sehen.« Er grinste den kleineren Mann unfreundlich an: »Die Blondine hat Sie ausgenommen, Mr. Hudson, ausgenommen wie eine Weihnachtsgans. Sehen Sie endlich den Tatsachen ins Auge. Irgendwo haben Sie beide sich getroffen, und sie hat gleich bemerkt, wie sie Sie ausnutzen kann. Sie fühlten sich natürlich geschmeichelt, und als diese Dame Sie ein wenig hat zappeln lassen, haben Sie in Ihrer Verzweiflung alles getan, um sie an sich zu binden. Sie haben von Mal zu Mal mehr Scheine gefälscht, bis Sie nicht mehr genug Ahnungslose finden konnten, die sich bereit fanden, diese Tickets für Sie einzulösen. Schließlich waren Sie gezwungen, die manipulierten Tickets selbst einzulösen. Und Ihre saubere Freundin hat Sie von Mal zu Mal mehr gedrängt, noch größere Summen zu erschwindeln. Sie wollte immer mehr, immer noch mehr ... Verstehen Sie mich richtig, ich habe seit mehreren Tagen nichts anderes getan, als dem Fälscher auf die Spur zu kommen. Ich habe nicht genug geschlafen und nur unregelmäßig gegessen. Ich habe sogar zum erstenmal Zweifel an meiner Befähigung zum Polizisten bekommen. Mr. Hudson, ich bin voller innerer Anspannung. Die kleinste Provokation könnte bei mir das Faß zum Überlaufen bringen.«
Hudson starrte ängstlich auf Coopers geballte Fäuste und fing an zu zittern. Er blickte hilfesuchend zu den Uniformierten: »Das würden Sie doch nicht zulassen, oder?«
Der Stämmige zuckte die Achseln.
Der Farbige pfiff nur vor sich hin und sah interessiert zur Decke hinauf.
»Okay!« sagte Hudson gepreßt. »Okay! Okay! Dann wollen wir es hinter uns bringen.«

Auf seinem Weg die Treppe hinunter kam Killigan plötzlich die Idee, daß er auf dem besten Wege war, vollkommen auszutrocknen. Seit vierundzwanzig Stunden hatte er nichts mehr gegessen und nur Bier, Bourbon und Wein zu sich genommen. Er wußte, wie sehr Alkohol dem Körper Wasser entzog. Deshalb wachten ja auch die meisten, die zuviel getrunken hatten, mitten in der Nacht mit einem fürchterlichen Durst auf. Und Gott allein mochte wissen, wie sehr die Drogen, die Rita ihm verabreicht hatte, außerdem dem Körper Wasser entzogen.

Er ging in die Küche und beugte sich über das Spülbecken. Er füllte ein Glas mit Wasser. Er trank es leer, dann ein zweites, und nach dem sechsten Glas wurde ihm bewußt, wie viel Flüssigkeit ihm gefehlt hatte. Seine Lippen waren so aufgesprungen, daß selbst das Wasser ihnen Schmerzen bereitete. Sein Gaumen und seine Kehle waren hart und trocken wie Pergamentpapier. Nach dem letzten Glas fühlte er sich nicht mehr ganz so verwirrt und schlecht wie vor einigen Stunden, als er mitten auf irgendeinem Feld in seinem Wagen erwacht war.

Wasser war das, was er jetzt brauchte. Nur noch etwas Wasser, und dann würde sich alles zum Guten wenden.

Sein Blick fiel auf die Küchenuhr. 16.30 Uhr.

Er trank ein weiteres Glas Wasser.

Er machte sich auf den Weg zu seinem Wagen.

Im Thunderbird stank es entsetzlich. Die Mischung aus Bier, getrocknetem Schweiß, Urin und anderem traf ihn wie ein Schlag in die Magengrube. Er wandte sich fluchtartig vom Wagen ab und stolperte ein paar Schritte zur Wiese. Dort hockte er sich hin und mußte feststellen, daß trotz Wasserverlust sein Magen noch nicht wieder in der Lage war, sieben Gläser Wasser zu verkraften.

DIE AMERICAN BROADCASTING COMPANY (ABC)

Um siebzehn Uhr sechs zeigten die Monitore auf Century Oaks noch einmal das achte Rennen. Dann wurde auf die Vorbereitungen zum Großen Rennen umgeschaltet. Die Kameras bei den Stallungen liefen jetzt und zeigten einen Mann und eine Frau vor roten Schuppen und wartenden Pferden. Der Mann war einer der Sportreporter von ABC, und die Frau war Penny Ellen Rupert, der Jockey, der *Moonlighter* im Großen Rennen reiten sollte. Als die Kameras der Rennbahn mit der Übertragung beginnen wollten, befand sich der Reporter gerade bei den Eröffnungsworten:

ABC: ... handelt es sich ganz ohne Zweifel um die ausgezeichnetsten und ausgesuchtesten Pferde des heutigen Rennsports. Jedermann hier wartet gespannt darauf, wer von diesen Superpferden das Rennen machen wird. Aber mir will es so scheinen, Penny, als gäbe es einen weiteren Faktor, der dieses Rennen zu einem der Höhepunkte dieser Saison macht. Ich spreche von der Prämie. Ohne diese gewaltige Prämie wäre wohl keines dieser Pferde auf die Reise nach Pennsylvania geschickt worden. Und ohne diese Superpferde hätte sich die Hälfte der anwesenden Gäste heute etwas anderes vorgenommen. Und ohne die vielen Fans würden wohl kaum solche Summen in die Wettschalter fließen. Die Prämie für das heutige neunte Rennen beläuft sich auf sage und schreibe 400 000 Dollar. Drei Viertel davon stammen von Century Oaks, und das letzte Viertel haben die Eigentümer der Pferde gestiftet, die bei diesem Rennen starten. Penny, wenn *Moonlighter* heute gewinnen sollte, wieviel dürfen Sie dann erwarten?

(Schwenk auf Pennys Gesicht. Großaufnahme.)

Penny: Nun, zuerst einmal müssen zehntausend Dollar abgezogen werden, die der Eigentümer gestiftet hat. Das Siegpferd macht dann allerdings nur 65% der Siegprämie...
ABC: Das wären immerhin noch 260000.
Penny: Ja. Der Zweitplazierte erhält 25%. Und der dritte bekommt immerhin noch zehn Prozent. Die anderen sieben müssen sich mit der Ehre begnügen, dabeigewesen zu sein.

(Schwenk auf das Gesicht des Reporters.)

ABC: (lacht) Also gut... Wenn *Moonlighter* es schafft und die 260000 einstreicht, bekommen Sie dann eine Prämie, oder sind Sie prozentual beteiligt?
Penny: Wenn *Moonlighter* als erster durchs Ziel gehen sollte, bekomme ich zehn Prozent. Für den zweiten oder dritten Platz darf ich fünf Prozent erwarten. Das hat mein Agent so für mich geregelt. Aber diese Regelung ist nicht so außergewöhnlich. Bei den meisten größeren Rennen kommt der Jockey auf einen solchen Schnitt.
ABC: Wenn Sie also einen der führenden Plätze erreichen, erhalten Sie entweder 25000 oder 12500 Dollar. Was aber dürften Sie für einen vierten oder noch niedrigeren Platz erwarten?
Penny: Dann erhalte ich das übliche Handgeld. Und das beträgt 40 Dollar.
ABC: Das sieht mir ganz so aus, als würde es einen gewaltigen Unterschied machen, ob man gewinnt oder auf den hinteren Plätzen landet, nicht wahr, Penny?
Penny: Tja, aber wo ist das nicht so?

(Plötzlich eine laute Explosion irgendwo zwischen den Stallungen.)

ABC: Was um alles in der Welt . . .

FOXEN

Um siebzehn Uhr, als alle bei den Stallungen die letzten Vorbereitungen für das Große Rennen trafen oder sich um die ABC-TV-Kameras drängten, verließ Danny Foxen sein Zimmer mit einem großen Karton voller Flaschen, Dosen und Tuben, die Salben, Öle, Arzneimittel und elastische Bandagen für die Pferde enthielten. Es war absolut normal, wenn hier ein Pferdeknecht mit solch einer Ausrüstung herumlief, und so schenkte niemand Foxen größere Beachtung.

Er marschierte über den Weg bis zum Ende der Stallungen und blieb vor den Strohballen stehen, die dort gelagert wurden. Er stellte den Karton auf einem Ballen ab. Er hockte sich daneben, und für jeden sah es so aus, als wollte er nur kurz verschnaufen.

Nachdem Foxen sich davon überzeugt hatte, daß niemand in der Nähe war und ihn beobachten konnte, machte er sich an die Arbeit. Er packte die Dosen, Tuben und Flaschen aus dem Karton und zog den 20-Liter-Kanister heraus. Er schuf zwischen zwei Strohballen eine Höhlung und schob den Kanister hinein. Dann packte er alles andere wieder in den Karton und stellte diesen beiseite, damit er ihn nicht behindern konnte.

Er sah sich noch einmal nach allen Seiten um. Niemand war in der Nähe.

Die Explosion würde brennendes Stroh auf alle Dächer in der Nähe fegen und auch in die Hütten der Hufschmiede. Binnen Minuten würde diese ganze Ecke in Flammen ste-

hen. Und die Chancen standen nicht schlecht, daß ein oder zwei der Superpferde, die noch nicht fortgeführt worden waren, in dieser Feuersbrunst verendeten.
Er zog die Schachtel Streichhölzer aus seiner Hosentasche, zündete ein Hölzchen an, betrachtete zufrieden die kleine Flamme und setzte es dann an die Lunte.
Zum erstenmal in seiner Karriere als Brandstifter hatte Danny einen Fehler gemacht. Damit er die Brandbombe sofort einsetzen konnte, sobald sich eine Gelegenheit dazu bot, hatte er den Kanister schon am frühen Nachmittag scharfgemacht. Er hatte den Metallkasten umgedreht, damit der Baumwollstreifen sich mit Benzin vollsaugen konnte. Dann hatte er den Bindfaden fest darum gebunden. Doch in den vergangenen vier Stunden hatte sich auch der Faden mit Benzin vollgesaugt. Als Danny nun die Flamme daran hielt, brannte die Lunte nicht langsam ab, sondern explodierte förmlich. Im Nu hatte sich das Feuer durch die Baumwolle gefressen und raste in den Kanister. Bevor Danny Foxen überhaupt begreifen konnte, was da vor sich ging, detonierte die Bombe in seinem Gesicht.
Es erging ihm so wie einem übereiligen Finanzier, der sich übernimmt.
Danny sah Goldmünzen vor sich — und im nächsten Moment nur noch Schwärze.
Schweigend und lichterloh brennend zuckte er, verdrehte sich und fiel zu Boden. Die Feuerwehr brauste bereits heran, aber Danny Foxen war schon tot.

COOPER

Henry Cooper tippte gerade Arthur Hudsons Geständnis ab, als Bud Teagarten in der offenen Tür erschien. Cooper schaltete sofort die Schreibmaschine aus und fragte: »Was ist geschehen?«

»Bei den Stallungen hat es eine Explosion gegeben«, berichtete Teagarten. »Ein Mann ist dabei verbrannt.«

»Lieber Himmel!«

Arthur Hudson machte ein gurgelndes Geräusch, so als wolle er andeuten, daß er damit nun wirklich nichts zu tun habe und daß er für heute genug habe.

»Der Tote befand sich mittendrin in der Explosion«, fuhr Teagarten fort. »Ansonsten scheint niemand verletzt worden zu sein. Und auch den Pferden ist nichts geschehen. Nur ein Schuppen von der Schmiede ist abgebrannt.«

»Weiß man schon, wie es zu dieser Explosion gekommen ist?«

Teagarten nickte: »Letzte Nacht hat man in einem Stall eine einsatzbereite Feuerbombe gefunden. Ein präparierter 20-Liter-Kanister. Haben Sie davon denn noch nichts gehört?«

»Nein«, antwortete Cooper. »Ich war so mit der Wettscheinfälschung beschäftigt, daß ich nichts anderes mitbekommen habe.«

»Wir vermuten, daß derselbe Verrückte heute die Bombe gelegt hat, der es gestern schon einmal versucht hat, aber wahrscheinlich von einem unserer Patrouillenwagen bei seinem Tun gestört worden ist.«

»Haben Sie schon eine Ahnung, wer es gewesen sein könnte?«

»Vielleicht war es der Mann, der dabei verbrannt ist. Vielleicht handelt es sich bei ihm aber auch nur um jemanden, der gerade zufällig in der Nähe war. Der Tote ist bis zur Unkenntlichkeit verkohlt. Nur ein Zahnarzt könnte ihn noch anhand seiner Zähne identifizieren. Bis wir genaueres herausgefunden haben, soll der ganze Komplex der Stallungen abgeriegelt werden, sagt Oscar. Niemand darf den Bereich verlassen. Oscar hat jeden verfügbaren Agenten aus dem Klubhaus abgezogen. Ich war mir unschlüssig, ob ich hier benötigt werde oder zu den Stallungen gehen soll.«

»Und was ist mit Denver und seinem dicken Freund?«

Enttäuschung zeigte sich auf Teagartens Gesicht, als er antwortete: »Nichts. Absolut nichts. Ich schätze, die beiden sind nur gekommen, um hier ihr Glück beim Wetten zu versuchen. Der Tag ist fast vorüber, und sie haben noch nichts angestellt.«

»Okay«, sagte Cooper, »dann verärgern Sie mal nicht unseren Boß. Gehen Sie zu den Stallungen und helfen Sie dort mit. Ich mache hier weiter. Sobald ich etwas über die Blondine herausgefunden habe, begebe ich mich ins Restaurant und werfe noch einen Blick auf Denver.«

»Die Menge war heute sehr friedlich«, bemerkte Teagarten. »Vermutlich können Sie allein hier die Stellung halten.« Er lächelte zum Abschied und machte sich auf den Weg.

ASPIN

Auf Wunsch der Fernsehgesellschaft ABC war das letzte Rennen des heutigen Tages, das Große Rennen, von 17.30 auf 17.45 Uhr verschoben worden. Um diese Lücke zu schließen und um der Erwartungshaltung der Menge entgegenzukommen, die die ganze Woche über angeheizt worden war, sollte um 17.15 Uhr eine Tausend-Dollar-Ziehung stattfinden. Jack Killigan sollte die Ziehung vornehmen und vor dem Klubhaus den Gewinner bekanntgeben.

Aber der Manager war nirgendwo aufzutreiben.

Zehn Minuten nach dem vorgesehenen Zeitpunkt der Ziehung sagte sich Roy Aspin, Publicity-Chef von Century Oaks, daß er sie nicht länger aufschieben durfte. Er nahm

Killigans Platz an der Lostrommel ein, in der sich von jeder an diesem Tag verkauften Eintrittskarte ein Abschnitt befand. Er wartete, bis der Ansager die Trommel in Bewegung setzte. Tausend Papierschnipsel wurden durcheinandergewirbelt. Dann öffnete Aspin das Türchen, griff hinein und zog eine Nummer heraus. Er besah den Abschnitt kurz und reichte ihn dann dem Ansager weiter.

»Das glückliche Ticket trägt die Nummer ...« Der Ansager legte eine dramatische Kunstpause ein. Aspin wünschte sich, er würde endlich die Prozedur hinter sich haben. »Sehen Sie jetzt bitte alle auf Ihren Eintrittskarten nach ... Wer liest dort folgende Nummer? ... 000 224 ... Ich wiederhole 0-0-0-2-2-4. Muß eine der ersten Karten sein, die wir heute verkauft haben. Wenn Sie der glückliche Besitzer dieses Tickets sind, wenden Sie sich an den nächsten Mann in Uniform und lassen Sie sich von ihm hierher vors Klubhaus bringen. Fassen Sie sich ein Herz, Mr. oder Mrs. 000 224!«

GARRISON

Um siebzehn Uhr dreißig verließ Edgar Garrison seinen Platz in der überfüllten, verrauchten Saddle-Bar und marschierte zum Ostende des Gebäudes. Kühn und ohne sich umzusehen, ob jemand ihn beobachtete, öffnete Garrison eine schwarze Tür, obwohl ein Schild den Zutritt für Publikum untersagte. Edgar verließ sich auf die Menge der Anwesenden, die ihn vor den Blicken der Sicherheitsmänner verbergen würde. Er trat durch diese Tür, ließ sie hinter sich zufallen und wartete nach ein paar Schritten darauf, ob ihm jemand folgte. Das war nicht der Fall, und so eilte er die Betonstufen bis in den Keller hinab und wartete am Zugang zum langen Korridor vor dem Kassenraum.

Er knöpfte seine Jacke auf und zog die Browning aus dem Hosenbund. Er griff in seine rechte Hosentasche, um festzustellen (zum wiederholten Mal festzustellen), ob er sich ein Reservemagazin eingesteckt hatte. Er entsicherte die Pistole und wartete ab.
Schritte kamen die Treppe herunter.
Edgar hob die Waffe und richtete sie auf den Treppenabsatz. Seine Hand zitterte ein wenig. Er war überrascht, wie cool er sein konnte.
Willie Denver erschien auf der Treppe, erblickte sogleich den Pistolenlauf und fragte: »Wie tot würde Willie Denver jetzt sein, wenn er nicht Willie Denver wäre?«
»Sehr tot«, antwortete Garrison.
»Hört sich gefährlich an.«
»Ich schätze, ich kann gefährlich werden, wenn mir nichts anderes mehr übrigbleibt!«
Edgar hatte keinen Zweifel mehr, daß er im Ernstfall jemanden töten könnte. Dabei hätte er sich bis vor kurzem noch nicht vorstellen können, jemals zum Mörder zu werden. Doch in den letzten Wochen hatte er so oft und gründlich über diese Frage nachgedacht, daß es ihm jetzt nicht mehr ausgeschlossen schien. Zuerst war ihm bewußt geworden, daß er unter bestimmten Umständen zur Waffe greifen mußte. Dann hatte er sich klargemacht, daß man unter besonderen Umständen keine Skrupel vor Mord haben durfte: Entweder schoß man selbst, oder man wurde erschossen. Ein bißchen tot sein gab es genausowenig wie bei einer Frau ein bißchen schwanger. Wenn er also fähig war, zum Killer zu werden, mußte er diese Eigenschaft bewahren bis zu dem Moment, in dem es unabdingbar wurde, sie einzusetzen. Nach dieser Überlegung hatte er sich ganz deprimiert gefragt, was ihn eigentlich noch von Pat Jessup unterschied. Endlich hatte er den Unterschied zwischen sich und Jessup erkannt: Für ihn war das Töten eine

Notwendigkeit. Jessup hingegen empfand Freude und Lust daran.

»Lou wartet oben, ob jemand ihm und Willie gefolgt ist«, erklärte der kleine Mann.

Ein paar Augenblicke später stieg Velinski die Treppe hinunter. Im engen Treppenhaus wirkte er fast monströs. Doch im Gegensatz zu Willie kam Lou nahezu geräuschlos die Stufen herunter.

»Wißt ihr, wie ich mich jetzt fühle?« fragte Lou.

»Wie Robert Redford«, brummte Willie.

»Nein, nicht mehr Redford«, entgegnete der Dicke. »Jetzt fühle ich mich wie Richard Burton in *Agenten sterben einsam*. Ihr wißt doch, was ich meine, oder? Der Spezialist hinter den deutschen Linien, der durch die gegnerische Kanalisation schleicht und sich bewußt ist, daß jeder Schritt sein letzter sein kann ...«

»Willst du Willie Angst machen, oder was?« fragte der Kleine.

»Nein, ich sage dir nur, wie ich mich fühle. Genau wie Richard Burton. Oder vielleicht wie Gregory Peck in *Die Kanonen von Navarone*. Spielt auch hinter den deutschen Linien.«

Garrison schüttelte den Kopf. »Sie sind mir schon einer!«

»Vielen Dank.«

»Seid ihr bereit, ein wenig hinter den feindlichen Linien herumzuschleichen?« fragte Edgar.

»Wie der Plan es vorsieht«, antwortete Velinski.

»Gehen Sie voran«, sagte Willie.

Edgar drückte sich mit dem Rücken an die Wand. *Ist tatsächlich so wie in einem der alten Filme,* dachte er.

Er spähte vorsichtig um die Ecke. Der Korridor war leer. Die Kamera an der Decke drehte sich gerade langsam zu ihm hin. Er zog den Kopf ein und zählte die Sekunden wie Annie jeden Morgen bei ihren Gymnastikübungen.

Und eins und hoch.
Und zwei und nieder.
Als Annie vor genau einer Woche ihren Rundgang durch das Gebäude gemacht hatte, hatte sie notiert, daß die Kamera achtundzwanzig Sekunden für eine Drehung um dreihundertsechzig Grad benötigte.
Drei und linkes Bein.
Vier und rechtes Bein.
Vierzehn Sekunden würde das Kameraauge in diese Richtung blicken, die nächsten vierzehn Sekunden in die andere.
Fünf und strecken.
Gleich würden sie losrennen. Einer nach dem anderen, um sich nicht gegenseitig zu behindern, um dem blinden Fleck zu erreichen, den die Kamera gerade nicht erfaßte.
Sechs und bücken.
Sieben und strecken.
Sobald sie direkt unter der Kamera standen, hatten sie beim Überfall auf den Kassenraum die Überraschung auf ihrer Seite.
Acht und bücken.
Die Schwierigkeit bestand nicht hauptsächlich darin, die neunzig Meter in vierzehn Sekunden zu durcheilen — was auch für einen normalen Läufer nicht unbedingt die leichteste Übung war —, das Problem war vielmehr, diese Strecke leise hinter sich zu bringen. Wenn sie zu viel Lärm veranstalteten, würden die Wachen auf sie aufmerksam werden.
Und neun und hoch.
Und zehn und nieder.
Elf und linkes Bein.
Sie hatten vorher den Spring geübt und es unter vierzehn Sekunden geschafft. Aber bei der inneren Anspannung im Ernstfall würden sie bestimmt nicht so schnell sein.

Zwölf und rechtes Bein.
Dreizehn und strecken.
Garrison dachte an splitterndes Glas, an sausende Kugeln und an Granitstufen voller Blut.
Vierzehn und bücken.
Edgar blickte um die Ecke.
Das Kameraauge entfernte sich von ihm.
Er sprintete los. Er lief auf den Zehenspitzen, um weniger Lärm zu machen. Er wedelte mit den Armen wie ein Vogel beim Flugstart. Die Browning hielt er vorgestreckt. Er erreichte die Stelle unter der Kamera und wäre fast darüber hinausgelangt, wo ihn die Kamera gleich erfaßt und Alarm ausgelöst hätte. Gerade noch konnte er sich zum Stehen bringen. Er schwankte auf den Zehenspitzen, ruderte mit den Armen und hatte endlich sein Gleichgewicht wieder.
Edgar drehte sich um und blickte zurück. Willie und Lou hatten seinen Lauf verfolgt und zogen sich jetzt rasch von der Ecke zurück, als die Kamera sich wieder in ihre Richtung drehte.
Die nächsten vierzehn Sekunden waren die längsten in Garrisons Leben. Er rechnete jeden Augenblick damit, daß die Stahltür auffliegen und bewaffnete Wachmänner ausspucken würde.
Als die Kamera sich von der Ecke fortdrehte, erschien Willie im Gang. Er rannte mit gesenktem Kopf los. Die weiße Krawatte flatterte ihm nach. Seine Augen traten hervor, und sein Mund war zu einem unterdrückten Schrei geöffnet. Er machte deutlich mehr Lärm als Garrison, aber noch nicht genug, um die Aufmerksamkeit der Wachmänner zu erregen.
Die nächsten vierzehn Sekunden vergingen in quälender Langsamkeit.
Wie eine Figur aus einem Comicfilm brauste Lou Velinski

los. Sein Bauch schwappte nach links und nach rechts. Seine Füße, die gegenüber dem Rest des Körpers absurd klein wirkten, hüpften eher, als daß sie liefen. Er erinnerte Garrison an ein Nilpferd, das aus einer Laune der Natur heraus mit Rehbeinen ausgestattet war.
Vier.
Fünf.
Er hatte die Arme ausgestreckt und hielt die Finger gespreizt, als wollte er aus einer kostbaren Porzellantasse trinken.
Sechs.
Wenn ihr Leben nicht von der Schnelligkeit Velinskis abgehangen hätte, hätte man über Lous Bewegungen schmunzeln müssen. Doch so, wie die Dinge standen, bekam Garrison große Angst. Velinski machte zwar so gut wie überhaupt keinen Lärm, aber er war entsetzlich langsam.
Sieben.
Die halbe Zeit war um, aber Lou hatte nicht einmal die halbe Strecke zurückgelegt.
Acht.
Willie flüsterte so laut, wie es ihm eben möglich war, ohne das Wachpersonal aufzuschrecken: »Nun mach schon!«
Neun.
Im nächsten Moment veränderte sich Velinskis Gesichtsausdruck. Hatte er vorher grimmig dreingeschaut, schweißbedeckt, zusammengepreßte Lippen und fast geschlossene Augen, so schien er sich jetzt an Richard Burton und Gregory Peck zu erinnern. Sein Gesicht strahlte, und die harten Züge verschwanden. Und, dem Himmel sei Dank, er bewegte sich rascher.
Zehn.
Elf.
Edgar starrte auf die Kamera. Sie näherte sich unerbittlich Lou. Garrison betete um einen Kurzschluß.

Zwölf.
Dreizehn.
Velinski landete wie ein überdimensionierter Strandball bei seinen Kumpanen. Gerade in dem Moment, in dem die Kamera herumfuhr. Er keuchte wie nach einem Marathonlauf, denn er hatte alles für den letzten Sprung gegeben. Natürlich schoß er über sein Ziel hinaus, kehrte dann grinsend zurück.
Keiner von ihnen sprach ein Wort.
Willie, der von der Aufregung noch zitterte, zog seine Pistole und entsicherte sie.
Velinski tat es ihm nach. Dann zog er die weiße Plastikkarte aus der Jackentasche. Wenn ihn sein New Yorker Kontaktmann nicht betrogen hatte, ließ sich damit die Stahltür öffnen. Lou sah Garrison fragend an.
Edgar nickte.
Velinski trat vor die Tür und schob die Karte in den Schlitz. Einen quälend langen Moment geschah überhaupt nichts. In den Köpfen der drei Männer machten sich die furchtbarsten Gedanken breit. Dann wurde die Karte ausgespuckt und fiel in Lous Hand. Die Stahltür glitt auf.
Die drei stürmten rasch hinein.
Zehn Personen befanden sich im Kassenraum. Fünf Zivilisten zählten an Tischen Geldbündel. Am anderen Ende des Raums hielten sich drei Uniformierte und zwei Männer in Zivilkleidung auf. Alle zehn starrten verwundert auf die drei Fremden, die ihre Waffen auf sie richteten. Ein Melkins-Peterson-Wachmann schrie etwas Unverständliches und griff nach seinem Revolver.
»Keine Bewegung!« fuhr Garrison ihn kalt an. »Sonst trifft die erste Kugel Sie in den Bauch!«

GRIMES

Ely Grimes folgte dem Uniformierten am Klubhaus entlang bis zum Eingang. Trotz des Schweißgeruchs der Pferde war die Luft frisch und rein. Der Himmel zeigte sich strahlend blau. Ely hatte sich schon seit vielen Monaten nicht mehr so gut gefühlt.

Als seine Nummer für den 1000-Dollar-Gewinn verlesen wurde, war das für Grimes mehr als nur ein glücklicher Zufall. Es kam ihm wie ein Omen auf bessere Zeiten vor, auf einen neuen Start. Von nun an würde er nicht mehr verlieren. Er wußte es einfach.

Aus irgendeinem dummen Grund hatte *Lucky Bucky* im vierten Rennen verloren. Dabei hatten die Wetten zwölf zu eins gestanden. Mit seinem fünfhundert Dollar Einsatz hätte Ely sechstausend machen können. Warum war dem verdammten Pferd auf einmal die Puste ausgegangen? Bei seiner Abstammung, seinen früheren Siegen, seiner Klasse! Gleich vom Start an war *Lucky Bucky* in Führung gegangen. Hatte lange das Feld angeführt. Die Bedingungen waren für dieses Tier geradezu ideal gewesen. Eine schnelle Bahn, ein starkes Herz, der unbestrittene Siegeswille, seine großartige Tagesform, ein hervorragender Jockey ... und dann war es aus dem Schritt gekommen, war gegen die Seitenplanke geprallt und hatte sich endlich am Schluß des Feldes wiedergefunden. Irgend etwas mußte das Tier erschreckt haben. Vielleicht eine Plastiktüte, auf der das Sonnenlicht reflektiert und *Lucky Bucky* geblendet hatte. Dabei wiesen überall Schilder darauf hin, keine reflektierenden Gegenstände auf die Tribüne mitzunehmen! Wie hatte es nur so weit kommen können?

Aber vorbei ist vorbei, dachte Grimes. *Vergiß den blöden Gaul. Konzentrier dich jetzt ganz auf die Zukunft, auf das letzte Rennen, in dem »Magic Pitcher« an den Start geht. Die Wetten auf ihn stehen sechs zu eins.*

Während Roy Aspin den Namen von Ely Grimes auf den 1000-Dollar-Scheck schrieb, verkündete der Ansager über sein Mikrofon: »Unser Gewinner heißt Ely Grimes und stammt aus Tenafly, New Jersey. Ich muß schon sagen, ein echter Frühaufsteher, wenn es um den Tag des Großen Rennens geht.« Er wandte sich an den Gewinner. »Sagen Sie mir bitte, was Sie mit den tausend Dollar anfangen wollen.«

Ely wich zurück, als ihm der Ansager das Mikrofon mitten vors Gesicht hielt. »Äh ... nun, verwetten«, stammelte er. »Auf ein Pferd!«

Das gefiel den Umstehenden. Sie applaudierten Grimes.

Als Roy Aspin die Hand von Ely schüttelte, wurden von den beiden Bilder geschossen. Der Ansager kehrte zu seinem Hochstand zurück, und Ely fand sich allein mit Aspin und den Reportern auf der Empore vor dem Eingang wieder.

Grimes macht sich nicht die Mühe, in die Kameras zu lächeln, und fragte den Publicity-Chef: »Kann ich diesen Scheck setzen?«

»Nein«, antwortete Aspin. »Das Gesetz schreibt den Schaltern vor, nur Bargeld zu akzeptieren.«

Die Kameras wurden ausgeschaltet, und Aspin zog seine Hand von Elys zurück.

Grimes hielt ihm den Scheck entgegen und sagte: »Würden Sie ihn dann bitte für mich einlösen?«

»Jetzt?«

»Ja, ich möchte das Geld auf eine Wette setzen.«

»Nun ja, gern ... sobald hier alles gelaufen ist ...« entgegnete Aspin.

»Aber ich möchte den Betrag im letzten Rennen setzen.«

Der Manager kratzte sich am Hinterkopf und dachte sichtlich angestrengt nach. Er blickte auf die Anzeigetafel und brummte: »Nur noch neun Minuten ... Ich fürchte, die

Zeit reicht nicht mehr aus, den Scheck zu Bargeld zu machen. Ich ...«

Ely war verzweifelt. Wenn er ein hübsches Paket für Clara zusammenbekommen wollte, mußte er auch diese tausend Dollar auf *Magic Pitcher* setzen. Seine Stimme klang schrill, als er rief: »Wenn Sie ihn mir nicht einlösen können, dann will ich ihn nicht mehr.«

Einer der Reporter fuhr herum: »Wie war das?«

Aspin nahm den Scheck aus Elys Hand und erklärte: »Nichts. Gar nichts.«

»Er will den Scheck nicht haben!« beharrte der Reporter.

»Er möchte lieber Bargeld«, beschwichtigte der Manager. Er lächelte erst Grimes und dann nacheinander die Reporter an: »Und diesen Wunsch wollen wir ihm gern erfüllen.«

»Auf der Stelle?« fragte Ely.

»Unser Zahlmeister sitzt im Keller im Kassenraum«, erklärte Aspin. »Er wird Ihnen für den Scheck Bargeld aushändigen. Wenn Sie sofort loslaufen, müßten Sie es eigentlich noch vor Annahmeschluß schaffen.«

»Dann nichts wie los«, freute sich Grimes und folgte dem Manager, der vorausging.

7
JESSUP

Er trat durch die Doppeltür. Greenfield ging direkt hinterher.

Acht Minuten vor dem Annahmeschluß für das neunte Rennen hielten sich nur noch fünf Personen im Display-Raum auf der dritten Etage auf. Die Fans waren entweder zu ihren Sitzplätzen zurückgekehrt, um das letzte Rennen zu verfolgen, oder standen in den Schlangen vor den

Schaltern. Ein junges Paar stand Arm in Arm vor dem Glaskasten, in dem sich die Million befand. Sie stellten einem der Wachmänner Fragen. Der gab ihnen bereitwillig Auskunft und starrte dabei unentwegt das Mädchen an. Die beiden anderen Wachmänner standen zusammen am anderen Ende des Raums. Ihre Aufmerksamkeit hatte deutlich nachgelassen, denn sie waren sich sicher, daß nun nicht mehr viel passieren konnte. Sie warfen nur einen flüchtigen Blick auf die beiden späten Besucher und stürzten sich dann wieder in ihre hitzige Debatte über die Siegesaussichten der Pferde, die beim neunten Rennen an den Start gingen.

»Wie sieht's aus?« fragte Jessup.

»Für mich sieht's großartig aus«, antwortete Greenfield.

»Dann wollen wir es ihnen geben.«

Greenfield stellte die große Tasche ab, die er mitgebracht hatte, und entnahm ihr ein fünfzig mal fünfzig Zentimeter großes Plakat, an dem eine Schnur zum Aufhängen befestigt war. GESCHLOSSEN stand darauf in großen roten Buchstaben. Vince hatte das Schild selbst angefertigt. Er bewegte sich so normal wie möglich, hängte das Schild draußen an die Tür und kehrte dann leise in den Raum zurück. Die Wachmänner hatten nichts davon bemerkt.

Pat Jessup stand ein halbes Dutzend Schritte von der Tür entfernt, als er den Deckel von der Blumenschachtel fallen ließ. Im selben Augenblick zog Greenfield die Doppeltür hinter sich zu und stellte sich davor.

»Was geht denn hier vor?« rief ein Wachmann verständnislos.

Pat ließ die andere Hälfte der Schachtel zu Boden fallen. Er hielt die gefährlich aussehende belgische Maschinenpistole in Hüfthöhe. In dieser Haltung konnte er in Sekundenschnelle alle fünf Anwesenden in ein blutiges Sieb verwandeln. Jessup grinste nur.

Die Uniformierten starrten unsicher auf den luftgekühlten Lauf der Schußwaffe. Sie alle hatten genug Gangster- und Kriegsfilme gesehen, um zu wissen, was ein kurzes Bellen dieser Maschinenpistole bewirken konnte ... Keiner der drei machte auch nur den Versuch, nach seiner Pistole zu greifen.

»Niemand wird verletzt, wenn sich alle schön an die Spielregeln halten«, knurrte Pat.

»Damit kommen Sie niemals durch«, widersprach ein Wächter, der auf der Brust den Namen Mike trug.

Jessup achtete nicht auf ihn. Er zeigte mit dem Lauf auf das Pärchen und den Wachmann, der die Fragen beantwortet hatte. »Fort vom Glaskasten.«

Sie zogen sich vorsichtig zurück.

»Fein«, lobte Pat. »Und nun legen sich alle, bis auf das Mädchen, flach auf den Bauch.«

Der Begleiter der jungen Frau machte ein empörtes Gesicht: »Was haben Sie mit ihr vor?«

»Nichts«, antwortete Jessup, »es sei denn, Ihnen fiele plötzlich ein, hier den großen Erretter spielen zu müssen. Sobald Sie eine falsche Bewegung machen, knall' ich Ihre Begleiterin ab.«

Niemand regte sich.

»Runter mit euch, Arschlöcher!«

Alle Männer ließen sich fallen und blieben auf dem Bauch liegen. Das Mädchen stand unglücklich da, ließ die Arme herabhängen und war außerordentlich blaß.

»Keine Bewegung«, knurrte Pat, »auch wenn Sie gleich fälschlicherweise den Eindruck gewinnen sollten, ich wäre unkonzentriert. Ein Griff zur Waffe bringt meine Maschinenpistole augenblicklich zum Bellen. Ich habe schon hundert solche Geschichten durchgezogen und habe dabei noch nicht einmal einen Streifschuß abbekommen. Haben wir uns verstanden?«

Niemand gab auch nur einen Mucks von sich.
Greenfield bewegte sich von der Doppeltür weg. Er stellte die große Tasche neben dem Mädchen ab. Er entnahm der Tasche einige Geräte und ein Paar Handschuhe. Dann begab er sich zum Glaskasten.
Jessup stellte sich vor die am Boden liegenden Männer und ließ den Lauf seiner Waffe von einem zum anderen wandern. »Okay«, sagte er jetzt, »wir legen hübsch unsere Hände auf den Rücken.« Zwei Männer verstanden nicht ganz. Er erklärte es ihnen noch einmal, diesmal jedoch wesentlich unfreundlicher. Dann wandte er sich an die junge Frau: »Name.«
»Mein Name?«
»Nein, der vom Papst!«
Sie war eine schlanke Brünette mit dunklen Augen und einem großen Mund. Ihre vollen Brüste gefielen Pat. Und die Beine waren auch nicht die schlechtesten.
»Pamela«, antwortete sie leise. Sie wirkte eingeschüchtert, schien aber keine große Angst zu haben.
»Pamela«, begann Jessup, »neben der Tasche liegen vier große Rollen Klebeband. Und eine Schere müßte auch dort sein. Ich möchte, daß Sie diese Gegenstände nehmen und damit den vier Männern die Hände zusammenbinden. Darüber hinaus verbinden Sie die Hände der Männer mit einem langen Streifen. Verstanden?«
Sie nickte.
»Danach kleben Sie ihnen ein Stück Band über den Mund. Sobald das erledigt ist, binden Sie ihnen die Füße aneinander. Wie bei den Händen machen Sie sich nicht die Mühe, nach jedem das Band abzuschneiden. Sie umwickeln die Füße und ziehen dann mit dem Band zum nächsten. Versuchen Sie keine Tricks, und machen Sie Ihre Arbeit ordentlich. Ich würde es sofort bemerken. Alles klar?«
Sie ging zu der Tasche.

»Noch etwas, Pamela.«
Sie sah ihn fragend an.
»Kommen Sie auf keine dummen Gedanken, wenn Sie die Schere in der Hand halten.« Jessup lächelte sie an. »Bevor Sie den zweiten Schritt auf mich zu gemacht haben, habe ich bereits zwanzig Kugeln in Ihre hübschen Titten gejagt.«
Ihre Miene zeigte nichts als Ekel. Sie starrte ihn kurz empört an und machte sich dann an die Arbeit. Sie stellte sich geschickt an und war drei Minuten vor Annahmeschluß an den Schaltern fertig. Greenfield war noch mit dem Glaskasten beschäftigt. Pat sah, daß Pamela keine besonders gründliche Arbeit geleistet hatte. Aber diese Fesseln würden die Männer eine Weile beschäftigt halten.
»Und jetzt auf den Bauch mit Ihnen«, sagte Jessup.
Sie legte sich hin und schob die Hände auf den Rücken.
Er beugte sich über sie, drückte ihr mit einer Hand den Lauf der Waffe an den Rücken und zog mit der anderen ihren Rock hoch.
»Hübsch«, sagte er anerkennend.
Sie bemühte sich, ruhig zu bleiben.
Er schob den Lauf zwischen ihre Schenkel und strich damit an ihren Strümpfen entlang.
Sie keuchte und verkrampfte sich.
Lachend schob Jessup den Lauf zwischen ihre Pobacken.
Als sie noch immer nichts sagte und nicht einmal zusammenzuckte, gab Pat sein Spielchen auf und fesselte Pamela mit dem Klebeband.
Sie war klug genug, sich nicht gegen diese Behandlung zu wehren, aber sie wollte sich auch nicht so feige geben wie die vier Männer. Als Jessup ihr den Mund zukleben wollte, biß sie ihm in die Finger. Der Biß schmerzte, aber Pat ließ sich nichts anmerken. Er lachte nur und schlug ihr zweimal ins Gesicht. Die Schläge betäubten sie halb. Sie setzte sich nicht mehr zur Wehr.

Greenfield war beinahe bis zum Geld vorgestoßen. Er hatte zwei Saugnäpfe an die kugelsichere Scheibe gesetzt und dann mit einem Glasschneider ein Rechteck hineingeritzt. Als nächstes sprühte er eine scharfe Säure auf die Schnittstellen. Die Säure verdampfte auf der glatten Oberfläche, brodelte und qualmte aber in den Schnittstellen.
Jessup bekam den ätzenden Geruch in die Nase und schimpfte: »Bah! Was stinkt das!«
Vince nickte nur.
»Hast du keine Angst um deine Haut?«
»Nein. Es handelt sich bei diesem Mittel um die Kombination von zwei Säuren, die verschieden agieren. Die eine zerfrißt Silikat-Moleküle. Die andere löst Blei auf.«
»Was, in der Scheibe ist auch Blei?«
»Natürlich, wie in jeder kugelsicheren Scheibe. Aber diese Säure wird damit rasch fertig.«
»Hoffen wir es.« Pat sah zu den fünf Gefangenen hinab.
»Wie lange noch?« fragte er.
»Ungefähr bis jetzt!«
»Gleich ist Annahmeschluß.«
»Keine Bange«, beruhigte ihn Vince.
»Ich bin ganz ruhig. Ich wollte dich nur an die Zeit erinnern.«
»Bring mir die Tasche«, sagte Greenfield.
Jessup reichte sie ihm.
Greenfield packte die Griffe der beiden Saugnäpfe. Er zog einmal, zweimal fest daran, wartete einen Moment und zog dann wieder. Das Rechteck brach aus dem Glas. Vince legte alles vorsichtig auf den Boden. Er hatte die Alarmanlage geschickt umgangen. Obwohl ein Loch im Glaskasten war, schrillten keine Glocken oder Sirenen.

Als sich die Stahltür öffnete, folgte Ely Grimes dem Publicity-Chef in einen Raum voller bewaffneter Männer.
»Eine falsche Bewegung, und Sie sind tot«, warnte sie ein glatzköpfiger Mann. Er war groß und wirkte kalt und gewalttätig.
Trotz seiner Überraschung war Grimes sofort bewußt, was hier vor sich ging. Sieben Männer, darunter zwei uniformierte Wächter, standen mit erhobenen Händen an der Wand. Sie hielten die Hände weit auseinander und hatten die Beine gespreizt, so als sollten sie abgeklopft werden. Drei weitere Männer, von denen nur einer eine Uniform trug, lagen auf dem Boden und waren mit Klebeband gefesselt. Der Glatzköpfige und zwei weitere Bewaffnete führten offensichtlich gerade einen Überfall durch.
»An die Wand mit euch, zu den anderen!« befahl der Anführer.
»Damit kommen Sie doch nie durch«, bemerkte Aspin.
»An die Wand!« brummte der Glatzköpfige.
Aspin gehorchte.
Ely konnte nicht glauben, daß es seine Stimme war, die jetzt »Nein« sagte.
Die drei Räuber sahen ihn ungläubig an.
»Magic Pitcher«, sechs zu eins. Letzte Chance. Ich muß Clara etwas hinterlassen. »Magic Pitcher«. Eine todsichere Wette.
»Wir haben keine Zeit für dumme Witze«, sagte der Schwergewichtige aus dem Trio. Er sah Grimes an wie ein Kind, das man wegen einer Unartigkeit ausschimpft. Er besaß ein sympathisches Lachen, das so gar nicht zu seiner Waffe passen wollte.
»Sie verstehen nicht . . .« begann Ely. »Ich muß den Scheck zu Bargeld machen, damit ich alles auf *Magic Pitcher* setzen kann! Eine ganz sichere Wette. Ich will nur meinen Scheck

umtauschen und dann zum Schalter eilen. Ich verspreche Ihnen, niemandem etwas von dieser Geschichte hier zu sagen. Ehrlich!«

»Ein Irrer«, erklärte der Dicke seinen Kumpanen. Dann marschierte er auf Grimes zu.

»Nein, warten Sie«, brach es aus Ely heraus. »Ich habe in dieser Woche schon sechstausend verloren. Das System funktioniert, nur ich bin zu blöde dafür gewesen. Und das Geld habe ich von unserem Konto genommen. Und eine Hypothek aufgenommen. Ich muß einfach einen Gewinn machen, verstehen Sie? Ich muß Clara versorgen. Wenn ich tot bin ... Ich ... Begreifen Sie denn nicht?«

»Doch, doch«, sagte der Übergewichtige und streckte lächelnd einen Arm aus.

»Verdammt, nein!« schrie Grimes. Er machte auf dem Absatz kehrt und rannte durch die noch immer offenstehende Tür hinaus.

Der Dicke rief ihm etwas nach.

Ely warf im Laufen einen Blick über die Schulter und entdeckte, daß der Mann eine Pistole auf ihn richtete.

Grimes hörte einen Knall und spürte einen schweren Stoß im Rücken. Er stolperte, fiel und rutschte über den Fußboden.

Seine letzten Gedanken waren wie die herumfliegenden Teile einer explodierenden Handgranate: *Lebensversicherung. Zehntausend. Risikoversicherung. Aufgestockt auf zwanzigtausend. Claras Sparstrumpf. Mein System funktioniert, funktioniert tatsächlich! Zwanzigtausend hätte ich damit spielend machen können. Warum habe ich das System nicht schon früher ausprobiert?*

Dann hörte er, wie Pferdehufe über ihn hinwegdonnerten, obwohl er doch nirgendwo ein Pferd entdecken konnte. Donnern ... Donnern ... Als das unsichtbare Tier an ihm vorüberkam, streifte es ihn mit seinem endlosen, tiefschwarzen Schweif.

Greenfield holte die letzten Geldbündel aus dem Kasten. Er mußte jetzt schieben und drücken, um alles in der Tasche unterzubringen. »Da paßt kein Cent mehr hinein«, brummte er.
»Noch eine Minute bis zum Annahmeschluß!« ertönte dröhnend die Stimme des Ansagers.
»Das paßt ja auf die Minute genau«, lächelte Pat.
Greenfield beugte sich über die Tasche. »Du packst jetzt besser deine Kanone wieder in die Schachtel.«
Jessup stand direkt hinter ihm und erklärte: »Ja, natürlich. Du hast vollkommen recht.« Er hob den Lauf der Waffe, packte ihn mit beiden Händen, holte weit aus und ließ den Stahlkolben auf den Schädel seines Kumpanen krachen.
Vince fiel über die Tasche und rollte auf den Boden. Blut rann hinter seinem Ohr über den Hals. Seine Augen waren weit aufgerissen und starr.
»Das wären die ersten 333 333 Dollar«, lächelte Pat.
Die Gefangenen waren Zeugen dieses Mordes geworden. Unruhe machte sich unter ihnen breit. Sie strampelten und zerrten, um sich von ihren Fesseln zu befreien.
»Ruhe da unten«, befahl Jessup. »Es nützt mir gar nichts, wenn ich euch abknalle.«
Er legte die Maschinenpistole in die Blumenschachtel und schob sie unter seinen linken Arm. Mit der Rechten hob er die Geldtasche. Sie war nicht leicht, aber Jessup war ein kräftiger Mann. Er marschierte zur Tür, öffnete eine Hälfte, trat hinaus und ließ sie hinter sich ins Schloß fallen.
Auf dieser Etage wimmelte es von aufgeregten Menschen, die das Große Rennen nicht abwarten konnten. Das Geländer über dem Restaurant war von einer Men-

schenkette verdeckt. Männer, die sich nervös die Hände rieben oder eine Zigarette nach der anderen rauchten. Jessup kämpfte sich durch die Menge, fand einen Aufzug und fuhr nach unten.

COOPER

Die Blondine hieß Elsa Dorsey. Sie war neunundzwanzig, geboren in Macon und aufgewachsen in Philadelphia. Sie hatte auf verschiedenen Rennbahnen im Schalterdienst gearbeitet, bevor ihr Arthur Hudson über den Weg gelaufen war. Es war ihr nicht schwergefallen, ihn dazu zu bewegen, sein Talent für Wettscheinmanipulationen einzusetzen. Elsa hatte zweimal geheiratet und war zweimal geschieden. Und obwohl Hudson allmählich glaubte, daß Sex ihr keinen großen Spaß machte, wußte sie ihren Körper sehr genau als Waffe einzusetzen.

Als die Nachricht eintraf, daß man Elsa festgenommen hatte (sie hatte gerade mit einer Tasche voller Geld ihr Motelzimmer verlassen wollen), schrie Cooper vor Freude auf. Er übergab Arthur Hudson den beiden richtigen Polizisten, die auf seinen Anruf hin erschienen waren. Trotz der langen Tage und nahezu schlaflosen Nächte, die hinter ihm lagen, fühlte Cooper sich jetzt in Bestform. Er pfiff sogar vor sich hin.

Er fuhr ein Stockwerk tiefer, um wenigstens noch einen kurzen Blick auf Willie Denver zu werfen. Doch als er das Geländer erreichte und ins Restaurant hinuntersah, entdeckte er, daß Willies Tisch leer war.

»Annahmeschluß«, verkündete der Ansager. »Die Schalter schließen jetzt.«

Seinem sechsten Sinn folgend, der ihn wie jeden guten Polizisten auszeichnete, sagte sich der TRPB-Agent, daß etwas nicht stimmte. Das Große Rennen würde gleich beginnen, und die Menge befand sich bereits in außerordentlicher Erregung. Als Cooper an den Schaltern vorbeigekommen war, hatten nur noch wenige Wetter davorgestanden. Denver und sein schwergewichtiger Freund waren nicht darunter gewesen. Die Schalter wurden geschlossen. Alle Einnahmen befanden sich auf dem Weg in den Keller. Die Pferde wurden in die Startboxen gebracht. Denver und sein Freund müßten eigentlich an ihrem Tisch sitzen. Um an einem solchen Tag ohne besondere Einladung einen solchen Tisch zu bekommen, mußte man dem Oberkellner ein Trinkgeld zustecken, von dem eine mexikanische Familie sechs Monate lang leben konnte. Einen solchen Tisch gab man nicht grundlos kurz vor dem Großen Rennen auf. Nein, nicht grundlos.

Irgend etwas kribbelte auf Coopers Rücken, und in seinen Gedanken rumorte etwas, was er schon viel früher hätte wahrnehmen sollen. Er versuchte, sich darauf zu konzentrieren. Aber wie ein Schmetterling, den man mit einem Netz fangen will, entwischte der Gedanke immer wieder.

Die ganze Woche über und ganz besonders heute hast du dich nur um diesen Fälscher gekümmert, sagte sich Cooper. *Du hast an gar nichts anderes mehr gedacht. Du warst blind. Du hast alle anderen verdächtigen Entwicklungen außer acht gelassen. Wenn nun Arthur Hudson gar nicht das größte Problem dieser Woche war? Wenn sich die ganze Zeit hinter deinem Rücken etwas viel Größeres angebahnt hat?*

Kaum war ihm der letzte Gedanke gekommen, da wußte er, daß es so war. Die Luft roch mit einem Mal elektrisch aufgeladen.

Der Schmetterling tanzte immer noch hierhin und dorthin . . .

. . . und dann bekam er ihn zu fassen.

»Oh, mein Gott!« stöhnte er.

Seit Teagartens Bericht hatte er in Denver nicht viel mehr gesehen als einen kleinen Verbindungsmann für irgendeinen Buchmacher; denn genau aus diesem Grund war Denver auf allen Rennbahnen registriert. Aber Teagarten hatte auch berichtet, daß Denver bereits zweimal wegen bewaffneten Raubüberfalls gesessen hatte. Sofort begriff der TRPB-Agent, daß Denver etwas in letzterer Hinsicht plante und hier keineswegs als windiger Buchmachergehilfe tätig war.

Aber was um alles in der Welt konnte man hier stehlen? Eine Rennbahn war besser gesichert als eine Schweizer Bank, und Century Oaks war darüber hinaus noch von Pro-Teck ausgerüstet worden. Hier wurden nicht, wie auf anderen Rennbahnen üblich, die gefüllten Geldsäcke einfach in den leeren Schacht geworfen, nein, nicht hier. Hier wurde der Geldtransport besonders gesichert. Wollte Denver mit seinem Kumpan einen Schalter ausrauben? Einen einzigen lausigen Schalter? Dort ein paar tausend Dollar erbeuten, dafür ein ungeheures Risiko eingehen ... Litten sie so sehr unter Geldmangel, oder waren sie schlichtweg dämlich?

In diesem Moment sagte sich Cooper, daß er gar nicht wußte, ob Denver eigentlich kleine Spielsalons ausgeraubt hatte oder ob er an wirklich großen Unternehmungen beteiligt gewesen war?

»Die Pferde sind am Start«, verkündete der Ansager.

Das allgemeine Geschrei dämpfte sich zu einem leisen Plätschern. Alle im Restaurant saßen kerzengerade auf ihren Stühlen. Frauen spielten nervös mit ihren Tickets. Männer klopften unruhig mit den Fingern auf die Tischplatte.

Keine Zeit, sagte sich der TRPB-Agent. *Überhaupt keine Zeit. Wenn hier in irgendeiner Form ein Raubüberfall stattfinden soll, dann hat er schon stattgefunden oder geht in der nächsten Sekunde los ...*

Panik stieg in ihm auf. Er wandte sich vom Geländer ab und eilte über die freie Fläche.

Und das blöde Feuer in den Stallungen kam Denver gerade gelegen. Vermutlich bin ich der einzige Wachmann auf dieser ganzen verfluchten Etage. Vielleicht sogar der einzige im ganzen Klubhaus!

Cooper blieb in der Menschentraube vor den Monitoren stecken. Er zögerte. Wo sollte er überhaupt nachsehen, falls Denver ein Verbrechen plante oder durchführte? Er fragte sich kurz, ob er nicht nur Gespenster sah. Dann fiel ihm der Display-Raum mit der einen Million Dollar in bar ein. Genau, das und nur das konnte Gauner anlocken. Er rannte, so schnell es ging, stieß empörte Fans beiseite und brüllte vor Enttäuschung, als er das Schild entdeckte, das an der Tür zum Display-Raum hing. GESCHLOSSEN verkündete es.

8

DAS GELD

Die Anzeigetafel präsentierte eine Menge interessanter Zahlen und Werte. Neben der Uhrzeit, der Temperatur, dem Wettstand, der Gewinnquote, der Plazierung der Pferde und den Namen der Jockeys verkündete sie die höchste Gewinnquote dieses Tages: 2340 Dollar für die richtige Exacta-Kombination im sechsten Rennen. Die Tafel führte außerdem die Wetteinsätze der ersten acht Rennen auf. Insgesamt 3 485 900 Dollar. Und darunter standen die Einsätze für das neunte, das Große Rennen, bei dem anscheinend jedermann plaziert hatte: 640 100 Dollar.

Bei Annahmeschluß zum neunten Rennen lagerten im Kassenraum 850 000 Dollar. Die Einsammler der einzelnen Etagen machten sich daran, weitere 640 000 Dollar in den Keller zu schicken.

SHERRED

Während des achten Rennens hatte Annie Sherred ihren Sitzplatz auf der Tribüne verlassen, wo sie den Großteil des Nachmittags verbracht hatte. Auf dem Weg zum Klubhaus nahm sie den gefälschten Presseausweis aus ihrer Handtasche und steckte ihn ans rechte Revers ihres Jacketts. Der uniformierte Wachmann vor dem Klubhaus lächelte sie an und zeigte ihr, ohne Fragen zu stellen, den Weg zu den oberen Stockwerken.

Im dritten Stock fand sie rasch die schwarze Tür mit der roten Aufschrift KEIN ÖFFENTLICHER ZUTRITT, schritt hindurch und begab sich wie selbstverständlich nach oben. Doch statt in den Presseraum eilte sie in das kleine Zimmer, schloß die Tür hinter sich und wartete auf den Annahmeschluß für das letzte Rennen.

Um Viertel vor sechs stand sie neben dem Fenster und spähte vorsichtig hinaus auf die Rennbahn. Als sie entdeckte, daß die Pferde in ihren Startboxen standen und auch sonst alles einen ganz normalen Eindruck machte, stellte sie sich direkt vor das Fenster, um Savestio das vereinbarte Signal zu geben.

Die ganze Zeit über beschlich sie die Furcht, die Tür könnte sich hinter ihr öffnen.

Doch niemand hatte in diesen Minuten in dem kleinen Raum etwas zu erledigen.

Annie mußte das Signal im rechten Moment geben, damit der Helikopter nicht zu früh auf dem Dach des Klubhauses landete. Ein Hubschrauber, der das Gelände überflog und dann auch noch auf dem Dach des Hauptgebäudes niederging, würde nicht lange unbemerkt bleiben. Wenn Savestio zu früh kam, wurde damit das Unternehmen stark gefährdet. Und wenn er zu spät erschien, war das eine genauso große Gefahr für sie.

Als eine ganze Minute verstrichen war, wandte sich Annie vom Fenster ab und ging zur Tür. Sie öffnete sie einen Spalt und erstarrte, als sie zwei richtige Polizisten und einen dritten Mann in der Halle entdeckte. Der Mann in Zivil wurde offenbar abgeführt. Er war klein und schmächtig, und für einen furchtbaren Augenblick lang hielt Annie ihn für Willie. War denn jetzt schon etwas schiefgegangen? Sie öffnete die Tür ein Stück weiter, um sich Klarheit zu verschaffen. Die Männer kehrten ihr den Rücken zu. Dann erkannte sie, daß der Kleine nicht Willie Denver sein konnte, denn er war schlampig gekleidet und trug einen zerknitterten Anzug von der Stange.

Als die drei verschwunden waren, verließ Annie den Raum und kehrte auf die vierte Etage zurück. Dort nahm sie den Fahrstuhl und ließ sich in den zweiten Stock befördern. Sie drängte sich durch die Menge und verließ das Klubhaus durch den Hauptausgang.

Sie war ständig darauf gefaßt, daß jemand ihr nachrufen oder gar eine feste Hand auf ihre Schulter legen würde.

Auf dem Parkplatz machte sie Pat Jessup aus. Er war gut fünfzig Meter von ihr entfernt und eilte über das Hitzeflimmern, das von dem sonnengebackenen Asphalt aufstieg. Sein Ziel war ein blauer Chevrolet, den er eine Stunde vor seinem Erscheinen auf der Rennbahn in Harrisburg in einer Seitenstraße gestohlen hatte. Vince Greenfield mußte schon in dem Wagen sitzen, denn Annie konnte ihn nirgendwo sehen.

Annie begab sich zu ihrem schwarzen Corvette, setzte sich

hinters Steuer, legte den Sicherheitsgurt an und startete den Motor. In diesem Moment begann sie am ganzen Körper so zu zittern, daß sie sich nicht mehr zutraute, den Wagen zu steuern.

SAVESTIO

Auf halbem Wege den Hang hinunter, kam Dominick Savestio plötzlich eine sehr lebendige Erinnerung an den Waldweg in Vietnam, wo er an den Stolperdraht gestoßen war und damit die Mine zur Explosion gebracht hatte. Er erschrak so sehr darüber, daß er stolperte und vornüberfiel. Dominick purzelte durch die Brombeerranken, wedelte hilflos mit den Armen durch die Luft und schrie jedesmal auf, wenn die Dornen ihn an den Armen oder im Gesicht verletzten. Er bekam ein Büschel Lorbeer zu fassen und hielt sich daran fest. Die Blätter rissen unter seinem Griff ab und bedeckten seine Hände mit ihrem grünen Saft. Die dünnen Zweige rissen auseinander. Savestio rollte weiter, prallte gegen einen Fels und schlug mit dem Kopf daran. Schwärze machte sich in seinem Bewußtsein breit.

Er kam mit Mühe auf die Knie und hielt sich wie ein Bergsteiger an dem Stück Stein fest. Er hatte Schwierigkeiten, zu Atem zu kommen. Ein tonnenschweres Gewicht schien auf seiner Brust zu lasten. Er zog sich an dem Fels hoch. Als er wieder auf den Füßen stand, schaffte er nur ein paar Schritte, dann gaben die Beine unter ihm nach.

Blut rann über sein Gesicht. Er mußte auf der Stirn eine Platzwunde haben. Das Blut drang in sein rechtes Auge und vermischte sich mit den Tränen. Als diese Mischung in seinen Mund lief, mußte er würgen.

Er war benommen, und alles tat ihm weh. Er wollte nie wieder aufstehen.

Zweihundert Hektar, schoß es ihm plötzlich durch den Kopf. Hämmerte und hämmerte in seinem schmerzenden Schädel.
Er kam wieder hoch und stolperte weiter den Hang hinunter.

GARRISON

Leroy Franson, der schwarze Buchhalter, entgegnete: »Aber Sie können uns doch nicht alle sechs in den Tresor sperren!«
»Halten Sie endlich den Mund und bewegen Sie Ihren Hintern«, fuhr Edgar Garrison ihn an. Er hielt den Lauf der Browning auf den Farbigen gerichtet. »Uns bleibt nicht die Zeit, Sie alle zu fesseln. Also bleibt Ihnen nur die Wahl, Tresor oder Kugel in den Kopf. Entscheiden Sie sich bitte schnell.«
»Aber für sechs Personen gibt es im Tresor nicht genügend Sauerstoff.«
»Ach was, es wird schon reichen!«
»Wir überleben keine Viertelstunde!«
»Das ist mehr als genug«, sagte Garrison. »In zehn Minuten wimmelt es hier von Wachmännern und Polizisten. Die holen Sie schon wieder raus.«
Die vier anderen Rennbahnangestellten und Roy Aspin standen hinter Franson. Anscheinend hatten sie ihn zu ihrem Sprecher erkoren. Andererseits wirkten sie fassungslos über die Kühnheit des Chefbuchhalters.
»Ich weigere mich ...«, erklärte der Farbige.
Zu seiner eigenen Verwunderung schlug Garrison dem Mann den Griff seiner Waffe ans Kinn. Der Farbige spuckte Blut.
»Bewegen Sie sich, verdammt noch mal!« knurrte Edgar.

Edgar wußte, daß er jetzt seine Nerven behalten mußte. Eine so komplexe Unternehmung wie die ihre mußte geradezu Überraschungen und unvorhergesehene Probleme mit sich bringen. Und dennoch hatte ihn die Erschießung des eigenartigen Fremden, der so plötzlich mit Aspin in den Kassenraum gekommen war, fast aus dem Gleichgewicht gebracht. Seine Nerven waren immer noch angespannt. Er fragte sich wieder und wieder, wie die Bankräuber vor sechzehn Jahren auf eine so unerwartete Wendung reagiert hätten.

Widerstrebend drängten sich der Chefbuchhalter und die fünf anderen in den Tresor. Sie paßten gerade noch alle dort hinein.

Edgar schob die schwere Tür hinter ihnen zu und drehte das Rad. Der Tresor war versperrt.

In weniger als fünfzehn Minuten hat man sie gefunden und befreit, sagte er sich.

Er marschierte zu seinen Freunden. Willie war gerade damit fertig geworden, die Säcke auf die beiden Wäschekarren zu laden.

»Alles klar?« fragte Edgar.

»Nach meiner Uhr dürfte jeden Moment Annahmeschluß sein«, sagte Velinski. Er bewachte die drei Männer, die gebunden und geknebelt am Boden lagen. Mit seiner Waffe hielt er die zwei Wachmänner von Melkins-Peterson in Schach, die man nicht gefesselt, aber entwaffnet hatte.

»Ihr zwei kommt mit uns«, erklärte Lou ihnen jetzt.

Sie nickten, zeigten aber eine finstere Miene.

Willie und Edgar schoben die Karren aus dem Kassenraum.

»Wartet auf mich«, sagte Velinski.

»O Gott!« spielte Willie den Entsetzten. »Du hast so viel Geld dabei, daß dich schon keiner vergessen wird!«

Einer der Uniformierten mußte einen Karren zum West-

ende des Korridors schieben. Lou folgte ihm und hielt ihm seine Pistole ins Kreuz.
Edgar und Willie machten sich mit dem anderen Wachmann auf den Weg zum Ostende. Sie kamen an dem Toten vorbei.
»Hältst du es für klug, ihn hier liegen zu lassen?« fragte Edgar. »Wenn jemand zufällig hier vorbeikommen sollte . . .«
»Hier ist zuviel Blut«, antwortete der kleine Mann. »Auch wenn wir die Leiche verstecken, die Blutflecke bleiben. Darum können wir uns jetzt nicht mehr kümmern. Also bleibt der Tote auch hier.«
Garrison nickte.
»Bist du okay?«
»Alles bestens.«
Der Uniformierte stieg mit dem Karren in den Aufzug. Garrison folgte ihm. Willie blieb auf dem Gang zurück. Die Einsammler auf den Etagen waren es gewohnt, daß ein in Zivil gekleideter und ein uniformierter Mann im Fahrstuhl das Geld entgegennahmen. Ein dritter Mann hätte sie mißtrauisch gemacht.
»Alles läuft wie im Bilderbuch«, lächelte Willie. Er schien Garrisons Unruhe zu spüren.
»Ja, bis jetzt.«
Die Aufzugtüren glitten zu. Sie fuhren hinauf ins Erdgeschoß. Edgar erklärte dem Gefangenen: »Ich habe die Pistole in meiner Jackentasche. Sie ist entsichert und geladen. Wenn Sie nur den Mund aufmachen, drücke ich ab.«
»Werden Sie bloß nicht nervös«, entgegnete der Uniformierte. »Ich bin nicht der Typ, der unbedingt den Helden spielen will. Davon abgesehen, fassen wir Sie über kurz oder lang sowieso.«
Die Türen glitten auf.
Draußen stand der Einsammler. Er war ein kurzer, stämmiger Mann mit Stirnglatze und buschigen Koteletten. Er lä-

chelte und warf den Geldsack den Männern zu. Der Uniformierte nahm den rosafarbenen Zettel entgegen. Der Einsammler schien gar nicht bemerkt zu haben, daß dieser Aufzug von unten und nicht wie sonst üblich von oben kam. Vermutlich war er froh, das letzte Rennen hinter sich zu haben und freute sich schon auf seinen Feierabend. »Diesmal haben wir sicher ein Vermögen gemacht«, erklärte er. Nicht die leiseste Spur von Mißtrauen war in seiner Stimme.
Die Türen schlossen sich.
Der Fahrstuhl setzte seine Reise fort.
Es funktionierte.
Aber uns erwarten sicher noch weitere Überraschungen, sagte sich Edgar.

FRANSON

Nach einigen Sekunden des Schweigens im dunklen Tresor, sagte einer der Angestellten: »Meine Güte, Mr. Franson, Sie haben ja wirklich Talent, Sie hätten Schauspieler werden sollen!«
»Reif für den Oscar«, bemerkte ein anderer.
»Immerhin habe ich mir dabei eine aufgeplatzte Lippe eingehandelt«, sagte Franson. »Aber ich schätze, das war es wert.«
Ein anderer brummte: »Ein Spaziergang wird es trotzdem nicht. Schließlich stehen wir hier so eng wie die Ölsardinen.« Er grunzte, als jemand sich bewegte und ihm dabei den Ellbogen in den Bauch rammte.
Roy Aspin räusperte sich nervös. Seine Stimme klang rauh, als er fragte: »Kann mir, zum Donnerwetter, vielleicht mal jemand erklären, worüber hier eigentlich geredet wird?«
Der Chefbuchhalter blinzelte angestrengt in die Dunkel-

heit, konnte aber beim besten Willen nicht einmal die Silhouette des Publicity-Chefs ausmachen: »Irgendwo in einem dieser Fächer hängt ein Telefon.«
»Großer Gott, wo denn?« wollte Aspin wissen.
»Ich versuche gerade, mich zu erinnern«, antwortete Franson. »Ich leide an Klaustrophobie, und die Dunkelheit tut ein übriges, ich kann mich kaum orientieren ...«
Etwas klapperte zu seiner Linken, und eine Stimme verkündete: »Ich habe es! Direkt hier neben meinem Kopf.«
Bevor Franson etwas sagen konnte, wurde der Hörer schon durchgereicht und landete schließlich in seiner Hand. Er drückte auf die Tastatur, die im Hörer eingelassen war, und wartete auf die Vermittlung. Doch er hörte nur statisches Brummen. Er drückte alle möglichen Knöpfe, doch er erhielt keine Verbindung.
»Was ist denn los?« erkundigte sich Aspin.
»Gottverdammte Schlampe!« schimpfte der Farbige. »Während die Rennen laufen, gibt es so gut wie keine Anrufer, die verbunden werden wollen. Die Damen und Herren der Vermittlung nutzen diese paar Minuten gern, um ihren Platz zu verlassen und sich irgendwo einen Happen zu essen oder eine Cola zu kaufen.«
»Und Sie glauben, die Frau in der Vermittlung ist gerade unterwegs?« fragte Aspin enttäuscht.
Franson drückte wieder auf ein paar Knöpfe. Dann sagte er: »Ich fürchte, ja.«
Eine Minute verging.
Eine zweite.
Die Wände und die Decke schienen näher zu rücken.
Immer noch keine Verbindung.
»Ich bringe sie um, sobald ich hier raus bin!« murmelte Aspin.
»Da müssen Sie warten, bis Sie an der Reihe sind«, knurrte Franson.

9

GARRISON

Edgar und der Melkins-Peterson-Wachmann verließen auf der vierten Etage den Aufzug. Garrison schickte ihn zu Willie in den Keller zurück.
»Was ist denn los?« fragte der hiesige Einsammler, der sich diese Abweichung von der Routine nicht erklären konnte.
Edgar zeigte ihm seine Browning, denn er wußte, daß er dem Mann keine dumme Geschichte erzählen konnte. »Dreizehn Schuß«, erläuterte er kalt. »Und ich bin ein guter Schütze. Eine für Sie, für jeden Ihrer Verkäufer und Kassierer eine und schließlich eine für meinen Freund hier in der Uniform.«
»Was ... wieso?« stammelte der Einsammler.
»Sie brauchen die Gründe nicht zu erfahren«, unterbrach ihn Garrison. »Sorgen Sie lediglich dafür, daß in den nächsten Minuten hier alles ruhig bleibt.« Er warf einen Blick durch ein Türfenster ins Restaurant. »Alle Gäste verfolgen das Rennen. Sogar die Mädchen vom Pony-Expreß-Dienst. Solange das so bleibt, kommt auch niemand zu Schaden.« Er sah den Mann streng an. »Haben Sie mich verstanden? Sie wollen doch wohl nicht ein Blutbad auf dem Gewissen haben, oder?«
Der Einsammler war schlank und trug einen Schnurrbart und einen Spitzbart. Er schüttelte den Kopf. Zusammen mit dem Spitzbart wirkte sein Gesicht wie ein Ausrufezeichen. Er schluckte so laut, daß Garrison fürchtete, selbst im Restaurant würden alle darauf aufmerksam.
Der Fahrstuhl öffnete sich, und Willie Denver stieg aus.
»Jetzt sind es schon zwei Pistolen«, erklärte Edgar dem Einsammler. Die Kassierer und Verkäufer waren mittlerweile

auf die Szene aufmerksam geworden, verhielten sich aber abwartend. »Zwei Waffen. Sechsundzwanzig Schuß.« Garrison fühlte sich beobachtet. Die Rennbahnangestellten starrten ihn an wie eine Kobra. »Sie haben zwei Möglichkeiten, von hier fortzukommen. Entweder mit dem Fahrstuhl oder durch das Restaurant. Doch gleich, für welchen Weg Sie sich entscheiden, Sie müssen an mir vorbei. Versuchen Sie es lieber gar nicht erst.« Er redete auf die Angestellten ein, sagte immer wieder das gleiche, denn er wußte: solange sie ihm zuhörten, konnten sie kaum auf dumme Gedanken kommen.
Eine Glocke ertönte.
Edgar fuhr zusammen.
»Da rennen sie hin!« verkündete der Ansager.

VELINSKI

Als Lou Velinski mit seinem Uniformierten am Westende der vierten Etage aus dem Fahrstuhl stieg, ließ er seinen Gefangenen vorausgehen und den Wagen schieben. Lou folgte ihm dichtauf und hätte ihn bei der geringsten falschen Bewegung sofort niedergeschossen.
Der nicht ungefährliche und eilige Marsch den langen Korridor hinunter verlief so reibungslos, daß Lou die Vorstellung gewann, er bewege sich nach einem Drehbuch. Er fragte sich, wer ein solches Drehbuch verfassen konnte, wer so viel Gespür für Abläufe hatte. Herrmann Mankiewicz oder Lillian Hellman? Nein, es mußte jemand sein, der sehr talentiert war, aber auch eine Vorliebe für Actionszenen besaß. Vielleicht William Goldman? oder David S. Ward. Oder Peter Stone.
Velinski hielt seine Browning bereit, aber er brauchte sie nicht einzusetzen. Sie kamen an verlassenen Büros und

Abstellkammern vorbei. Trotz der Lotterie und des Großen Rennens arbeitete an einem Samstag niemand aus der Verwaltung länger als vorgeschrieben. Die Türen der Aufenthaltsräume für Angestellte standen zwar auf, aber jeder darin schien nur Augen für das Hauptrennen des Tages zu haben. Auch die Reporter hatten offenbar keine Zeit, sich um das zu kümmern, was hinter ihrem Rücken auf dem Gang vor sich ging.

Als sie den Horsemen's Club erreichten, verkündete der Ansager gerade den Start der Pferde.

»Keine Zeit zum Herumtrödeln«, flüsterte Lou seinem Gefangenen zu.

Sie betraten den Horsemen's Club. Bis auf die Männer und Frauen an den Schaltern — die von Edgar und Willie in Schach gehalten wurden —, bekam niemand von den Gästen mit, daß unerwünschter Besuch erschienen war. Alle starrten wie gebannt auf das Rennen über fünf Viertelmeilen.

Als sie zwei Drittel des großen Raums durchquert hatten, kam Edgar zu ihnen und bedeutete dem Uniformierten, sich zu den anderen zu stellen. Der Melkins-Peterson-Wachmann zögerte, gehorchte dann aber rasch, als Lou ihm die Pistole an die Nieren hielt.

»*Moonlighter* liegt mit einer Kopflänge in Führung, dicht gefolgt von *Mike's Daughter. Shadow Show* holt auf der Außenbahn auf!« verkündete der Ansager enthusiastisch.

Lou schob den Wäschekarren bis zur Dachtür. Edgar überließ es Willie, alle Angestellten und Uniformierten im Auge zu behalten und half Velinski, die Karren nach oben zu befördern. Sie schoben und trugen den Wagen die Stufen hinauf, mußten noch eine Tür öffnen und standen dann auf dem Dach.

Der Hubschrauber war noch nicht da.

»Er kommt sicher gleich«, sagte Edgar.

»Wollen wir's hoffen.«
Sie eilten die Stufen hinunter zurück zum Horsemen's Club.
Das bringt mich noch um, dachte Lou. Sein Herz donnerte wie Urwaldtrommeln in einem *Tarzan*-Film.
Der Ansager befand sich an der Grenze zur Hysterie: »Nun übernimmt *Shadow Show* die Führung, und *Ironclad* schiebt nach vorn, um zweiter zu werden. Um den dritten Platz findet ein Kopf-an-Kopf-Rennen zwischen *Mike's Daughter* und *Moonlighter* statt!«
Edgar und Lou beförderten keuchend den zweiten Karren aufs Dach. Am Ende ihrer Kräfte stellten sie ihn neben den ersten.
Selbst hier oben entkamen sie dem Geschrei des Ansagers nicht. »Und jetzt kommt *Shadow Show! Shadow Show!* Um eine Nasenlänge in Führung! *Shadow Show* macht das Rennen!«
Willie kam die Treppe heraufgerannt. »Wo bleibt der gottverdammte Helikopter?« Er hüpfte hierhin und dorthin, als hätte sich der Hubschrauber hinter seinen Kumpanen versteckt. »In einer Minute ist hier die Hölle los!«
Willies letztes Wort ging im Dröhnen einer großen Maschine unter. Vier Räder berührten das Dach. Die Drehflügel wirbelten ohrenbetäubend durch die Luft und hätten die Wartenden fast von den Füßen gerissen. Die Nottür an der Seite des Kaman Huskie glitt automatisch auf.
Edgar und Lou rannten mit eingezogenen Köpfen zu der Luke und hoben die Karren nacheinander hinein.
Velinski war blau und rot angelaufen. Er ächzte und keuchte und dachte dabei: *Gott, so ist es in den Filmen nie! In den Filmen geht immer alles so einfach!*

Die Vermittlung war immer noch nicht besetzt.
»Umbringen ist noch viel zu gut für sie«, schimpfte Roy Aspin. »Wir sollten sie vorher noch ausgiebig foltern!«
Franson drückte immer noch Knöpfe. Er konnte sich nicht mehr erinnern, wann er damit angefangen hatte.
»Hallo?« meldete sich plötzlich eine weibliche Stimme.
Der Chefbuchhalter wollte seinen Ohren nicht trauen. »Minerva?« erkundigte er sich vorsichtig.
»Was ist denn da los?« wollte die Frau wissen. »Wer auch immer da dran ist, hören Sie auf damit, an den Knöpfen herumzuspielen!«
Franson hörte auf, an den Knöpfen herumzuspielen. Gefaßt sagte er: »Minerva, hier spricht Leroy Franson.«
»Oh, hallo«, erwiderte sie erfreut.
»Minerva, verbinden Sie mich auf der Stelle mit dem TRPB-Büro im Hause. Danach rufen Sie die Staatspolizei an und erklären ihr, daß wir ...«
»Die Polizei? Wozu das denn?«
»Man hat uns ausgeraubt«, antwortete der Chefbuchhalter immer noch gefaßt. »Und man hat uns ...«
»Ausgeraubt ...«
»Minerva! Man hat mich und fünf weitere Herrschaften im Tresor des Kassenraums eingesperrt«, fuhr Franson fort. »Drei Männer sind erschienen und haben uns um die Tageseinnahmen erleichtert, und ...«
Minerva kicherte. »Leroy, für was für eine dumme Gans halten Sie mich eigentlich?« Sie kicherte wieder und legte kurz den Hörer beiseite.
Franson konnte nicht mehr an sich halten. Verschlimmernd kam hinzu, daß seine Klaustrophobie ihren Höhepunkt erreichte. »Minerva! Sie blöde Kuh!« brüllte er. »Machen Sie die Ohren auf und schalten Sie ausnahmsweise

einmal Ihren Verstand ein! Ich mache keine Witze! Man hat uns ausgeraubt! Ausgeraubt! Überfallen! Ausgenommen! Kapiert? Stellen Sie mich jetzt endlich zum TRPB-Büro durch und rufen Sie dann die Polizei an!«
»Ich muß schon sehr bitten«, entgegnete die Frau ungehalten. »Das ist noch lange kein Grund, unverschämt zu werden. Ich verbinde Sie jetzt mit dem Sicherheitsdienst.«

COOPER

Als er im Display-Raum den Toten und die Gefesselten entdeckte, machte sich Henry Cooper gar nicht erst die Mühe, die fünf Personen loszubinden. Er rannte nach draußen und stürmte durch die Halle zum nächsten Telefon. Er mußte bis zur Saddle-Bar. Er riß den Hörer von der Gabel und wählte.
Minerva war offenbar nicht da.
»Verdammte Scheiße!«
Da er keine Lust hatte, zehn Minuten oder länger auf ihre Rückkehr zu warten, ließ Cooper den Hörer fallen und eilte aus der Bar. Draußen traf er auf einen Melkins-Peterson-Wachmann und teilte ihm mit, wie es im Display-Raum aussah. Dann rannte er die Treppe hinunter, bis er im Erdgeschoß des Klubhauses angelangt war. Er verließ das Gebäude durch den Angestellteneingang und lief über den Sattelplatz, wo die Pferdejungen und -mädchen gerade Pferdemist aufkehrten und in eine Tonne kippten.
»*Moonlighter* liegt um eine Kopflänge vorn. Gefolgt von *Mike's Daughter*. Und auf der Außenbahn schiebt sich *Shadow Show* nach vorn!« rief der Ansager.
Zwanzig Minuten vor ihrem Start wurden die Pferde auf den Sattelplatz geführt. Ein hell beleuchteter Tunnel führte von den Stallungen hierher. Man brachte die Tiere

durch den Tunnel und führte sie nach ihrem Rennen auf dem gleichen Weg wieder zurück.

Coopers Schritte hallten wie Schüsse aus einem Schrotgewehr durch den Tunnel, konnten aber die laute Stimme des Ansagers nicht übertönen. Als er den Tunnel wieder verließ und unweit der TRPB-Büros ans Tageslicht gelangte, hörte Cooper wieder den Ansager:

»*Shadow Show* um eine Nasenlänge! *Shadow Show! Shadow Show* macht das Rennen!«

Stark gerötet, keuchend und schwitzend stürzte Cooper in den Aufenthaltsraum seiner Organisation. Zwölf Männer waren dort an ihren Schränken beschäftigt. Sie hielten entweder ihre Waffen in den Händen oder schoben sie gerade ins Holster unter dem Arm. Cooper entdeckte Teagarten und packte ihn: »Bud, Bud, man ... man hat uns überfallen!«

»Wissen wir«, antwortete der Mann.

»Sie wissen Bescheid über den Display-Raum?« entfuhr es Cooper. Er konnte sich nicht erklären, wie die Meldung vor ihm hier angekommen war.

»Display-Raum?« Teagarten sah ihn mit großen Augen an.

»Die ausgestellte Million in bar. Alles fort!«

»Großer Gott!« stöhnte Teagarten. »Die Burschen haben gründliche Arbeit geleistet!«

»Was denn noch?« wollte Cooper wissen.

»Sie haben den Kassenraum im Keller ausgeräumt«, antwortete Teagarten. »Und sie haben vermutlich auch noch die Einnahmen des letzten Rennens eingesackt.«

Cooper fühlte sich wie betäubt. »Sie sprechen von nahezu hundert Kilo Geld ... wie um alles in der Welt sollte jemand diese Menge von hier fortschaffen können?«

»Mit einem Helikopter«, erklärte Teagarten. »Ein riesiger verdammter Hubschrauber ist über die Stallungen herangekommen und vor wenigen Sekunden auf dem Dach des Klubhauses gelandet.«

Cooper griff nach seiner eigenen Waffe und hörte jetzt zum erstenmal in einiger Entfernung die Geräusche eines Helikopters. Er rannte hinter Teagarten nach draußen.

GARRISON

Sobald die beiden Karren voller Geld im Hubschrauber standen, überstieg Edgar die Trennwand zwischen dem Laderaum und der Kanzel, nahm auf dem Kopilotensitz Platz und schnallte sich an.

»Alles glattgegangen?« rief Savestio.

»Bis jetzt, ja!«

»Dann nichts wie fort von hier!«

Dominick hatte eine große Platzwunde auf der Stirn. Getrocknetes Blut klebte auf seinem Gesicht.

»Was ist denn mit Ihnen geschehen?« erkundigte sich Garrison.

»Bin ausgeglitten. Auf dem Hang. Hätte fast das Bewußtsein verloren.«

Garrison machte ein besorgtes Gesicht.

»Ist aber schon wieder gut.«

»Sind Sie sich da sicher?«

»Ein klein wenig benommen«, entgegnete Dominick. »Aber das geht vorbei.«

Edgar drehte sich um und sah, wie Lou Willie in den Frachtraum half. »Alles an Bord!« erklärte er dem Piloten. »Starten Sie!«

Mit einem gewaltigen Schub hob der Kaman Huskie ab. Er stieg wie eine Hummel höher, die alle Luftströmungen ausnutzt. Der Helikopter stand für einen Moment in der Luft und bog dann zu den Stallungen ab, auf die Reihe der Eichenbäume zu.

»Zwei Millionen?« fragte Savestio.

»Mindestens!«
»Alles glattgegangen?«
»Das haben Sie eben schon gefragt?«
»Tatsächlich?« Dominick wischte sich mit einer Hand über die Augen. Danach klebte Blut an seinen Fingern.
Als sie die Stallungen überflogen, eröffneten unter ihnen etwa zwanzig Männer das Feuer auf sie.
»Verdammte Idioten«, brummte Savestio. »Wenn sie uns gut genug treffen, stürzen wir genau auf die Tiere in ihren Boxen!«
Kugeln prallten vom Metall des Hubschraubers ab und platzten lautstark gegen die zweieinhalb Zentimeter dicke Kuppel aus Plexiglas. Direkt vor Edgars Brust wurde ein Loch ins Plexiglas geschlagen. Aber das Material zersplitterte nicht.
Savestio ließ den Helikopter zwanzig, dann dreißig Meter höher steigen. Sie hatten die Stallungen jetzt überflogen und näherten sich dem Höhenzug und dem Wald. Dahinter wartete auf einer Lichtung der Mazda.
Garrison hielt sich krampfhaft am Rand seines Sitzes fest. Der Hubschrauber flog mit der Nase nach unten, und diese ungewohnte Perspektive rief bei ihm Brechreiz hervor. Er wagte es kaum zu atmen, als der Wald unter ihnen vorbeihuschte. Dann atmete er jedoch sehr scharf ein, als der Helikopter einen engen Bogen zog. Er warf einen beunruhigten Blick auf den Piloten. Savestio war über dem Steuer zusammengebrochen. Er erinnerte in seiner Haltung an einen hilflosen Betrunkenen am Steuer eines rasenden Wagens.
Er ist ausgeglitten! Warum mußte er am Hang ausrutschen? dachte Edgar bitter. *Ist das die gottverdammte Überraschung, die noch kommen mußte? Was für ein Witz des Schicksals! Ein Mann gleitet aus! Nach all dem, was wir durchgemacht haben, soll es jetzt daran scheitern? Nein, das ist nicht fair!*
Er beugte sich so weit zur Seite, wie es seine Gurte zulie-

ßen, und packte Dominick an der Schulter. Er schüttelte ihn. Brüllte ihn an.
Savestio hatte das Bewußtsein verloren.
Der Helikopter ächzte unangenehm und verlor an Höhe. Er streifte die Wipfel.
Die Lichtung tauchte auf.
So weit sind wir gekommen, dachte Edgar.
Er hörte, wie Willie irgend etwas schrie, was er jedoch nicht verstehen konnte.
»Dominick!« Edgar stand kurz vor einer Panik.
Savestio hing schlaff in seinen Gurten.
»Die Steuerung!« rief Denver. Er steckte seinen Kopf in die Kanzel. Seine Oberlippe war aufgeschlagen, und seine Zähne waren rot vor Blut. »Übernimm doch die verdammte Steuerung!«
»Ich kann keinen Hubschrauber fliegen!« schrie Garrison.
Kurz vor dem Rand der Lichtung verhedderten sich die Räder des Kaman Huskie in den Ästen der höheren Bäume. Metall kreischte. Splitter pfiffen schrill. Die Männer im Helikopter kamen sich vor wie in einem umstürzenden Panzer. Der Kaman Huskie machte in der Luft einen Looping, gelangte über die Lichtung und stand dann wie eine Mondrakete dreißig Meter über dem Boden auf seinem Schwanz.
Garrison sah den Himmel. Sah nichts anderes als Himmel, wohin er auch blickte.
Raus! Nichts wie raus hier!
Angesichts des Todes und nur von dem Wunsch beseelt, hier hinauszukommen, zerrte er an seinen Gurten. Er wollte sich von ihnen lösen, dann die Tür öffnen und nach unten springen, bevor der Hubschrauber aufprallen konnte. Ja. So mußte es gehen. Nur so konnte es gehen. Warum war ihm diese Idee nicht früher gekommen? Warum ließ sich dieser elende Gurt nicht öffnen?

Und dann sauste plötzlich der Boden auf den Helikopter zu. Das Heck schlug auf, knickte um und krachte in die Tragfläche. Die Drehflügel wühlten die Erde auf und wurden abgerissen. Die ganze Welt verwandelte sich in ein Tohuwabohu von Krachen, Reißen und undefinierbarem Getöse.

KILLIGAN

Als er im dritten Stockwerk des Klubhauses aus dem Fahrstuhl stieg (wenige Minuten nach dem Großen Rennen), fand sich Jack Killigan inmitten eines lärmenden Chaos wieder. Hunderte von Männern und Frauen hatten einen dichten Belagerungskordon vor den Auszahlungsschaltern gebildet und machten Miene, die Fenster zu stürmen. Sie fuchtelten mit Wettscheinen herum, brüllten, kreischten, drohten, wedelten mit den Händen in der Luft herum, stießen Flüche aus, wie Killigan sie zum Teil noch nie gehört hatte, und bedrohten die Melkins-Peterson-Wachleute, die allesamt sehr blaß und angespannt wirkten. Die meisten von ihnen überlegten wohl, daß sie ohne Gewaltanwendung die Menge nicht mehr lange zurückhalten konnten. Natürlich war es undenkbar, von der Schußwaffe Gebrauch zu machen, aber die Situation spitzte sich zu. Killigan hatte so etwas noch nie auf einer Rennbahn erlebt. Die Liebhaber von Pferderennen gehörten zu den gesittetsten und wohlerzogensten aller Sportarten. Doch die Masse hier schien dieses Urteil widerlegen zu wollen. Heute war alles anders. Heute schienen die Fans durchzudrehen.

Killigan hatte erhebliche Mühe, zu der Treppe zu gelangen, die ihn eine Etage höher zu seinem Büro führte. Vor der Tür stieß er auf Roy Aspin. »Was um alles in der Welt geht denn hier vor?« fragte er den Publicity-Chef.

»Wo haben Sie denn die ganze Zeit gesteckt?« fragte Aspin außer Atem zurück. »Alles geht hier drunter und drüber. Ich war eben im Kassenraum. Man hat uns ausgeraubt. Und jetzt haben wir kein Geld mehr, um die Gewinne auszuzahlen. In ein paar Minuten schlagen die Besucher hier alles kurz und klein!«

Jack packte den Mann an der Schulter. Die Nachwirkungen der Drogen machten ihn immer noch matt, und so war sein Griff nicht sehr fest. Aber er reichte aus, um Roy zum Schweigen zu bringen. »Ich habe kein Wort verstanden. Also beruhigen Sie sich und erzählen Sie mir alles der Reihe nach.«

Aspin berichtete, was vorgefallen war. Er begann mit den drei Männern, die den Kassenraum überfallen hatten, kehrte dann zurück zum Feuer in den Stallungen und kam endlich zum Raub im Display-Raum. Er sprach so hastig, daß seine Stimme sich fast überschlug.

Als Killigan das Ausmaß der ganzen Sache erkannte, ließ er sich hinter seinem Steinway-Schreibtisch in den Sessel fallen. Er befand sich in einer furchtbaren Katastrophe. Schlimmer als alles, was ihm je auf einer Rennbahn widerfahren war. Schlimmer auch als alle Alpträume unter Drogen.

»Was sollen wir nur tun?« fragte der Publicity-Chef.

Ohne ihm eine Antwort zu geben, nahm Killigan den Telefonhörer und rief den Küchenchef der auf Century Oaks stationierten M.-Stevens-Imbißstände an. »Peter, wieviel Wein haben Sie noch auf Lager?«

»Was für Wein?«

»Roten, weißen, ganz egal, wie viele Flaschen?«

»Tausend. Vielleicht elfhundert.«

»Das müßte reichen.«

»Wofür?«

»Öffnen Sie alle Flaschen. Trommeln Sie alle Kellner zusammen, auch die, die gerade Pause haben. Wir veranstalten eine Party mit freiem Wein für alle Gäste, die sich noch im Haus aufhalten.«

»Freier Weinausschank?« erkundigte sich Peter erstaunt.

»Wir haben hier etwa dreitausend Personen, die einen Gewinnschein einlösen wollen. Aber im Moment stehen uns zu wenig Mittel zur Verfügung, sie auszuzahlen. Ich möchte nicht, daß es hier zu häßlichen Szenen kommt, nicht wahr? Wir wollen sie glücklich und zufrieden halten, bis ich irgendwo Geld besorgt habe. Sobald ich eingehängt habe, rufe ich in der Saddle-Bar an und ordne an, daß dort Drinks auf Kosten des Hauses ausgegeben werden. Damit und mit Ihrem Wein dürften wir die Meute für eine Weile ruhig halten.«

»Die Rennbahngesellschaft wird uns doch wohl die Kosten erstatten, oder?«

»Ja, und jeden Ihrer Kellner mit einer hübschen Prämie glücklich machen«, antwortete der Manager. »Und nun bringen Sie die Räder ins Rollen, ja?«

»Bin schon dabei«, sagte Peter.

Killigan hängte ein. Seine Hände zitterten. Kalte Schweißperlen rannen langsam sein Rückgrat hinunter und erreichten seinen Hintern.

»Eine Wahnsinnsidee!« lobte Aspin. »Ich gehe sofort hinunter und verkünde allen die frohe Botschaft. Freie Getränke! Das sollte ihnen die Wartezeit versüßen.« Er eilte aus dem Büro und lächelte erleichtert.

Nachdem Jack den Chef der Saddle-Bar informiert hatte, rief er den Präsidenten der Harrisburg-Bank zu Hause an. Century Oaks wickelte alle Bankgeschäfte über dieses Institut ab. Es war zwar Wochenende, und die Bank hatte geschlossen, aber Killigan konnte dem Präsidenten dennoch die Zusicherung abringen, eine halbe Million Dollar zusammenzubringen und zur Rennbahn zu schaffen. In anderthalb Stunden sollte das Geld angekommen sein.

Jack hatte gerade eingehängt, als ein Polizeibeamter in sein Büro kam, um ihn zu befragen. Er war groß und gepflegt und hatte ein breites, eckiges Kinn. »Wir brauchen Täterbeschreibungen, um die Fahndung einzuleiten«, erklärte er.

»Sie wollen doch wohl hoffentlich nicht meine Daten«, antwortete Killigan. Er rief den Kassenraum und den Display-Raum an. »Wenden Sie sich bitte dorthin. Dort finden Sie Personen, die Zeugen der Überfälle waren. Sie können Ihnen sicher mehr sagen als ich.«

»Vielen Dank, Sir.« Der Mann wandte sich zur Tür.

»Einen Augenblick, bitte«, rief Jack ihm nach.

Der Polizist drehte sich um.

»Was unternehmen Sie eigentlich im Augenblick?«

»Sir, die Meldung vom Überfall ist erst vor fünfzehn Minuten bei uns eingegangen«, verteidigte sich der Polizist. »In einer Viertelstunde gehen unsere Hubschrauber in die Luft. Und in zehn Minuten kann ich die Täterbeschreibungen über Funk durchgeben.«

»Verstehe.«

»Die Bande kommt nicht weit.«

»Das hoffe ich.«

Der Polizist verließ das Büro.

Aspin erschien kurz darauf, um vom Erfolg seiner Bemühungen zu berichten: »Erstaunlich«, rief er atemlos, »einfach unglaublich. Der Wein und die Drinks vollführen wahre Wunder. Dann ist irgendwie die Nachricht vom Überfall durchgesickert. Die Leute sind ganz aus dem Häuschen. Alle trinken, und jeder weiß den Gerüchten noch seine eigene Darstellung der Ereignisse hinzuzufügen. Die perfekte Kombination. Noch vor ein paar Minuten standen wir hier kurz vor dem Ausbruch eines Aufstands. Und nun herrscht im ganzen Klubhaus ausgelassene Feststimmung, und auf der Tribüne läuft es sogar noch fröhlicher ab.« Er schüttelte den Kopf. »Jack, ganz ehrlich, so etwas habe ich noch nicht erlebt. Sie halten alle Fäden in der Hand. Sie ganz allein retten Century Oaks.« Jack lächelte matt.

»Doch, ich sage so etwas nicht oft!«

»Vielleicht habe ich tatsächlich etwas zur Rettung beigetragen.« Doch er wußte viel zu gut, daß er Century Oaks verloren hatte, mochte er die Krise noch so gut meistern.

GARRISON

Er war nicht verletzt. Als das Heck des Kaman Huskie umgeknickt war, erhielt die Kanzel zwar einen derben Stoß, zerbrach aber nicht. Der Hubschrauber stand auf dem Kopf, schwankte leicht und fast schon elegant, kippte aber nicht um. Die Plexiglaskuppel, die dem Beschuß von Handfeuerwaffen standhalten konnte, hatte auch den Schlag des Hecks ausgehalten. Aber noch war man nicht außer Gefahr. Die Maschine konnte jeden Moment Feuer fangen. Benzin lief aus und konnte sich so leicht entzünden. Garrison war beim Aufprall nicht verletzt worden. Er konnte nicht darauf bauen, daß er auch weiterhin Glück hatte.

»Edgar?« Die Stimme kam ihm bekannt und dennoch verfremdet vor. Dünn und matt, so als sei der Mund voller Blut. Die Stimme ertönte aus dem Frachtraum.

»Willie? Bist du das?«

Willie hustete, würgte und spuckte aus.

»Bist du in Ordnung?«

»Kann nicht ... Willie kann sich nicht bewegen ... tut ... tut so weh!«

Edgar kämpfte wieder mit seinen Gurten. Er war immer noch zu sehr in Panik, um die Schnallen lösen zu können. Entmutigung stieg in ihm auf wie bei einem kleinen Jungen, dem es noch nicht gelingt, Seemannsknoten zu knüpfen.

»Halt aus, Willie.«
»Kann nicht ... kann nicht ...«
»Doch, du wirst es schaffen.«
»Schwer verletzt ... viel Blut ...«
»Verdammt noch mal, halt aus! Kämpf dagegen an!« Edgar hörte sich selbst schreien, ein irrationales Verhalten, aber er konnte nichts dagegen tun. *Wir haben das Geld. Wir haben das große Los gezogen! Und jetzt ist zuletzt doch noch alles schiefgegangen!*
Und der gottverdammte Gurt wollte einfach nicht aufgehen.
Garrison lag hilflos auf dem Kopilotensitz. Zu seiner Rechten breitete sich der Boden aus. Die Tür auf dieser Seite ließ sich daher nicht öffnen. Zu seiner Linken hing über ihm im kopfstehenden Kaman Huskie Dominick Savestio. Und darüber war die einzige Tür, durch die er nach draußen gelangen konnte. Wenn er nur den elenden Gurt lösen könnte. Dann würde er hinaufsteigen, sich am bewußtlosen Piloten vorbeizwängen, die Tür aufreißen und dann Dominick und Willie hinaus auf die Lichtung schaffen, bevor der verfluchte Kasten in die Luft flog. Aber die Gurte blieben stur.
»Lou ist tot«, wimmerte Willie.
»Nein, das glaube ich nicht.«
Willie stieß ein schrilles, humorloses Lachen aus, in dem viel Hysterie mitschwang. »Oh, doch, das solltest du aber. Er ist mausetot. Ein ... ein Stahlrohr hat seine Brust durchbohrt.«
Edgars Panik machte tiefer Verzweiflung Platz. Bei der Suche nach dem Glück trat um ihm herum überall nur der Tod ein. Warum war ihm selbst noch nichts passiert? Oder war er der nächste? »Halt bitte durch«, sagte er. »Willie, tust du mir den Gefallen? Halt bitte durch. Ja, Willie?«
Schweigen.
»Willie, Herrgott noch mal!«

Der Benzingestank war mittlerweile kaum noch zu ertragen. Die Dämpfe brachten Tränen in Edgars Augen und füllten seinen Mund mit einem scharfen Geschmack.
In diesem Moment öffnete sich die Schnalle. Edgar war frei. Er erhob sich, so gut es ging, und stieg mühselig am Fußboden hoch. Er bekam eine Kante vom Pilotensitz zu fassen und zog sich daran hoch. Mit der anderen Hand konnte er sich jetzt an der halbhohen Trennwand zum Frachtraum festhalten. Er zog die Füße an und stemmte sie gegen die Rückseite des Pilotensitzes. Wenn er jetzt irgendwo abglitt, würde er wieder in seinen Sitz fallen. Und dabei würde er sich einen oder mehrere Knochen brechen.
Savestio murmelte etwas vor sich hin und hustete.
»Dominick?«
Aber der Pilot war schon wieder in seine Bewußtlosigkeit zurückgefallen.
Garrison atmete schnell, um Luft zu bekommen. Dabei drangen fast nur Benzindämpfe in seine Lungen. Er fühlte sich schwindlig, alles drehte sich in seinem Kopf, und seine Kräfte erlahmten. Er konnte nur noch verschwommen sehen. Wenn er nicht innerhalb der nächsten Sekunden die Tür geöffnet hatte, würde er das Bewußtsein verlieren. Und es war nicht klar, ob er dann jemals wieder aufwachen würde.
Er würde im Helikopter sterben. Entweder ersticken oder verbrennen.
Was für eine Alternative, dachte er bitter.
Er zwängte sich an Dominick vorbei und schob sich in den engen Raum zwischen Tür und Pilotensitz. Er fand den Griff und drückte ihn nach unten. Er drückte gegen die Tür.
Sie bewegte sich keinen Millimeter.
Vielleicht hatte sich beim Aufprall der Rahmen verzogen. Oder war der Öffnungsmechanismus beschädigt worden?

Gütiger Himmel, bitte das nicht!
Seine Lungen brannten. Die Augen tränten. Schon setzte sich die Frage in seinem Bewußtsein fest, ob er nicht lieber aufgeben, hier einfach liegenbleiben und die Ruhe genießen sollte.
Er drückte mit der Schulter gegen die Tür, bis ihm das Blut in den Schläfen raste. Er gab sich der Vorstellung hin, wie ein Rennpferd noch einmal sein Bestes zu geben, um ein Rennen für sich zu entscheiden. Er keuchte, stöhnte, schluchzte und murmelte gleichzeitig. Tränen und Schweißperlen rannen über sein Gesicht hinab. Die Tür hielt, als wäre sie festgeschweißt. Und dann flog sie mit einem unangenehmen Kreischen von verbogenem Metall auf.
Garrison sagte sich im selben Moment, daß dabei Funken entstanden sein mußten.
Doch keine Explosion erfolgte.
Er hob sich aus der Kanzel, rutschte an der Seite des Hubschraubers nach unten und blieb — alle viere ausgestreckt — auf dem Boden liegen. Wie angenehm die Luft hier draußen war. So süß wie frisch gemolkene Milch.
Zwei Minuten später, als er wieder zu sich gekommen war, machte er sich daran, Savestio aus der Kanzel zu bergen. Garrison hatte erhebliche Mühe damit, und einem schwächeren Mann wäre das wohl nicht gelungen. Doch nach fünf Minuten lag Dominick auf dem Rücksitz des Mazdas.
Der Helikopter hatte immer noch kein Feuer gefangen.
Edgar kehrte zu ihm zurück. Er kletterte an der Seite hoch, zögerte nur einen Moment und stieg dann in die Kanzel. Es stank hier immer noch zum Gotterbarmen nach Benzin, aber da jetzt frische Luft hineingelangen konnte, raubte der Geruch ihm nicht gleich die Besinnung. Er kletterte über die Trennwand und kniete kurz darauf neben Willie Denver nieder.
Der kleine Mann wirkte wie eine stark mitgenommene

Kinderpuppe. Er lag auf der ehemaligen Seite des Frachtraums, die jetzt zum Boden geworden war. Er lag unter einem Teil des Schwanzes begraben, der vorhin umgeknickt und in den Frachtraum gestoßen war. Willies Beine waren fast vom Rumpf getrennt. Er hatte wirklich sehr viel Blut verloren. Daß er überhaupt noch lebte, hatte er nur dem Umstand zu verdanken, daß die Stahlstreben des Hecks wie Kompressen auf die Arterien drückten, die sie aufgerissen hatten.
»Willie?« sagte Garrison leise.
Der kleine Mann öffnete die Augen. Die Lider flatterten.
»Ich schaffe dich hier raus!«
»Kann ... kann kaum atmen.«
»Das liegt an den Benzindämpfen.«
»Nein, nicht ... nicht nur daran.«
»Kann ... kann nicht bewegt werden ...«
»Unsinn!«
Willie hustete, und ein dicker Strom dunklen Blutes quoll über seine Lippen.
Edgar betrachtete die verbogenen Streben und Stangen. Es mußte doch eine Stelle geben, an der er dieses Gewirr anheben konnte, um Willie darunter hervorzuziehen.
»Hör zu!« flüsterte der kleine Mann. »Hör Willie Denver zu.«
Garrison sah ihn an.
»Wenn's zu Ende geht, kann man nichts mehr dran ändern, verstanden? Willie ist am Ende, fertig, erledigt. Wenn du hier bleibst ... schnappen sie dich. Die Bullen ... Sind bestimmt schon auf dem Weg hierher ... und jeden Moment fliegt der ganze Kasten in die Luft ...« Sein Gesicht war mit Schweißperlen übersät.
»Willie, ich will dich hier nicht liegenlassen. Das ... das wäre mir einfach unmöglich.«
Willie wurde zornig. »Du mußt fort ... mit dem Geld ...

Raus mit dir ... Zum erstenmal ... zum erstenmal in seinem nichtswürdigen Leben ... hat Willie Denver ... an einer wirklich großen Sache teilgenommen ... An einem der größten Coups des Jahrzehnts ... Von der Sache wird ... man noch jahrelang sprechen ... und der Wurm Willie Denver war dabei ... der kleine Mistkerl, der seinen Namen geändert hat ... Der kleine Bastard ... war bei der großen Sache dabei ... Noch Jahre ... Du darfst ... jetzt nicht ... noch alles scheitern lassen ... Wäre Willie gegenüber nicht fair ... Willie war dabei ... Sollen die Leute sagen, Willie war beim größten Fehlschlag des Jahrhunderts dabei ... Jemand muß durchkommen ... mit dem Geld durchkommen ... Jemand, gleich wer, aber einer muß durchkommen ... Das darfst ... darfst du Willie nicht verwehren ... Er hat es endlich geschafft ... Das ... das darfst du ihm nicht verwehren ... *Nicht verwehren!*«

»Willie, ich ...«

»Du hast Annie«, flüsterte Willie. Seine Zunge war scharlachrot. »Eine tolle Frau ... eine wunderbare Frau ... Bedeutet sie dir ... dir denn gar nichts? Nun mach schon ... Pack das Geld ... zusammen ... Mach, daß du raus kommst ... Geh zu ... Annie.« Er versuchte zu lächeln, zuckte jedoch schmerzhaft zusammen. »Und ... richte Annie aus ... aus, wie sehr Willie sie geliebt hat ... Oh, mein Gott ...« Er hustete und spuckte einen neuen Blutschwall aus. »Richte ihr aus ... aus, daß ich sie ... auf meine Art geliebt habe ... Verstanden?«

Edgar nickte. »Wird gemacht, Willie.«

»Sag ihr ... wie Willie es gesagt hat ... Willie hat nicht gesagt, Willie hat sie geliebt, sondern ... sondern ich habe habe sie ... auf meine Art geliebt ... Ich, verstehst du?«

»Ich habe verstanden, Willie.«

»Ich habe es geschafft ... doch noch geschafft ... endlich bin ich wer.«

»Das bist du und warst du auch vorher schon.«
»Versprich mir, daß ihr zwei es euch gutgehen laßt.«
»Wir wollen uns die größte Mühe geben, Willie!«
»Versprich es ... Ihr müßt Spaß haben ... es euch gutgehen lassen ... das Geld genießen ... Das Geld war doch das Ziel ... Alles andere ... ist doch sowieso Scheiße ... Große Sache ... jetzt bloß kein Fehlschlag ... Verstanden?«
»Verstanden, Willie.«
Willie stöhnte. Das Stöhnen verwandelte sich in Würgen und Erbrechen. Willie zitterte am ganzen Leib. Blut schoß aus seinen Nasenlöchern. Er schloß die Augen und machte sie nie wieder auf.
Edgar fühlte sich dem toten Freund ebenso verpflichtet wie Annie und sich selbst. Er erhob sich mit einem Ruck und sammelte die Säcke ein, die beim Aufprall durch den Frachtraum geflogen waren. Auf zweien lag der massige Körper von Lou Velinski. Garrison hätte es fast nicht geschafft, sie darunter hervorzuziehen. Nicht nur Lous Gewicht hinderte ihn daran, sondern auch die Erinnerung an den Mann, der für kurze Zeit Teil seines Lebens gewesen war. Er schaffte alle Säcke in die Kanzel und warf sie einen nach dem anderen durch die aufgebrochene Tür. Einige fielen wieder zurück, und er mußte sie ein zweites Mal hochheben. Die Arme schmerzten ihm, als er damit endlich fertig war.
In ein paar Minuten hatte er das ganze Geld in den Mazda geschafft. Er konnte davonfahren.
Doch da kam ihm ein Gedanke. Er nahm ein Bündel Zehn-Dollar-Scheine aus dem Sack, setzte es mit dem Zigarettenanzünder des Wagens in Brand und warf es in die Helikopterkanzel.
Das ausgelaufene Benzin fing sofort Feuer.
Wenn die Polizei hier eintraf, würde sie abwarten müssen, bis sich der ausgebrannte Hubschrauber weit genug abgekühlt hatte. Und es würde noch mehr Zeit vergehen, bis

sie erkannten, daß nicht alle Diebe in den Trümmern den Tod gefunden hatten.
Edgar zog sich die Jacke aus, nahm die Krawatte ab und öffnete die beiden obersten Knöpfe seines Hemds. Er stieg in den Wagen und schloß die Tür hinter sich.

COOPER

Trotz des langen Laufs atmete Henry Cooper nur ein wenig rascher als sonst. Er erreichte den Kamm des Höhenzugs hinter dem Gelände der Stallungen. Er blieb kurz stehen, um die vier anderen Männer aufholen zu lassen.
»Nun macht schon!« rief er ihnen zu.
Sie hatten schon zu viel Zeit verschwendet. Cooper hatte schon gleich geahnt, daß der Hubschrauber irgendwo im Wald gelandet war. Der Pilot war ein schlechter Flieger. Der Helikopter hatte geschlingert und war ausgebrochen, als er die Rennbahn hinter sich gelassen hatte. Und die Maschine war zu tief über den Baumspitzen geflogen. Vielleicht hatte ja eine Kugel den Weg durch das Plexiglas gefunden. Wie auch immer, sein Instinkt sagte ihm, daß der Helikopter nicht weit gekommen sein konnte. Leider hatte er fünf Minuten gebraucht, um seine Mitarbeiter davon zu überzeugen. Nachdem der Hubschrauber über dem Wald angelangt war, hatten die meisten Agenten alle Hoffnung aufgegeben. Und als Cooper dann vier Männer überredet hatte, mit ihm zu kommen, war weitere kostbare Zeit damit verloren gegangen, Oscar Fletcher, den Chef der TRPB-Einheit auf Century Oaks, vom Sinn und Zweck dieses Unternehmens zu überzeugen. Denn außerhalb der Rennbahn besaß das TRPB keinerlei Exekutivgewalt. Und als wäre das alles noch nicht genug, hatten sie einige Minuten damit vergeudet, an die Gewehre und die Munition zu

gelangen. Der Gewehrschrank war selbstverständlich verschlossen gewesen und niemand konnte den Schlüssel finden. In seiner Not hatte Cooper schließlich die Glasfront eingetreten. Nachdem sie ihre Waffen geladen und sich endlich an die Verfolgung gemacht hatten, glaubte Cooper fast schon nicht mehr an einen Erfolg des Unternehmens.

Bud Teagarten und die drei anderen stapften zu ihrem Chef hinauf und eilten mit ihm in den Schatten der Bäume.

»Eine Minute Verschnaufpause«, verkündete Cooper. »Und keine Sekunde länger. Wenn wir weiterlaufen, folgt einer dem anderen im Abstand von zehn Metern. Wir schwärmen in einer Linie aus und bringen möglichst rasch und heil den Hang hinter uns. Eine gründlichere Suche heben wir uns für unten auf, wenn wir ebenes Gelände erreicht haben. Sie werden den Helikopter nicht an einem Hang abgestellt haben. Unten steht eine Menge Wald, den wir absuchen müssen. Vielleicht haben wir Glück. Es wird höchste Zeit, daß auch wir einmal ein bißchen Glück haben.«

»Das denke ich auch«, brummte Teagarten.

»Alles bereit?« fragte Cooper.

Alle nickten.

GARRISON

Im Wagen setzte sich Garrison eine braune Perücke auf den Kopf und schob und zog so lange daran herum, bis sie perfekt saß. Die Brille mit den dicken Gläsern hatte er unterwegs fortgeworfen. Er sah nicht nur so aus wie ein neuer Mensch, er fühlte sich auch so. Edgar legte den Sicherheitsgurt an und hatte kurz ein unangenehmes Gefühl in der Magengegend, als er sich an die störrischen Gurte in der Kanzel erinnerte. Er startete den Wagen und

fuhr in dem Moment davon, als der erste Zusatztank des Kaman Huskie wie eine 100-Kilo-Bombe hochging.
Wie schon vor sechs Tagen verlangte Edgar dem Mazda das Letzte ab. Diesmal nicht ohne Grund. Er konnte sich ausrechnen, daß die Polizeihubschrauber in wenigen Minuten in der Luft sein würden. Und bis dahin wollte er möglichst viele Kilometer hinter sich gebracht haben, am besten ganz aus dieser Gegend verschwunden sein. Er erledigte alle Kurven auf zwei Rädern. Er krachte mehrmals gegen offenliegende Wurzeln und verschaffte beiden Wagenseiten etliche Schrammen und Dellen. Einmal raste er mit Vollgas durch zwei Kiefern. Zwischen ihnen war gerade noch Platz für den Mazda.
Er erreichte den Kamm des Hügels, auf dem er letzten Sonntag große Schwierigkeiten gehabt hatte. Er donnerte die halbe Meile der Piste hinunter, erreichte unten das Schlammland und gelangte in den dunklen Tunnel der Kiefern. Er hatte sich die Strecke gut eingeprägt, befuhr sie sicher wie ein alter Hase eine Grand-Prix-Route. Diesmal kam ihm der Weg auch nicht mehr so trügerisch vor. Er brauste dahin, als wäre er sein Leben lang täglich diese Strecke gefahren. Er schaffte aber nur die halbe Strecke, dann stand Pat Jessup ihm im Weg.
Annie hatte recht gehabt. Bei einer so gewaltigen Summe durfte man einem Mann wie Pat Jessup nicht trauen.
»Sie haben einen Fehler gemacht«, sagte Garrison, auch wenn Jessup ihn nicht hören konnte. »Sie haben einen großen Fehler gemacht.«
Auf dem Rücksitz stöhnte Savestio.
»Wenn Sie mich hören können!« brüllte Edgar nach hinten. »Wenn Sie mich hören können, dann halten Sie sich jetzt gut fest!«

Sie hatten den größten Teil des Hangs hinter sich gebracht, als die Explosion durch den Wald dröhnte und vom dichten Laub über ihnen widerhallte. Alle blieben auf der Stelle stehen, nur Cooper nicht. Ein Agent fiel auf die Knie, riß sein Gewehr hoch und suchte aufmerksam nach einem Ziel, auf das er feuern konnte.

Cooper drehte sich um und rief seinen Männern zu: »Nun kommen Sie schon, verdammt noch mal! Hier wirft niemand mit Bomben oder Handgranaten um sich!«

Knapp eine Minute später erreichten sie die Lichtung und näherten sich vorsichtig dem brennenden Kaman Huskie.

»Sie hatten recht!« rief Teagarten laut genug, um das Zischen und Prasseln der Flammen zu übertönen. »Glauben Sie, die Burschen sitzen noch da drin?«

Bevor Cooper eine Antwort geben konnte, knatterte eine Maschinenpistole los. Die Männer ließen sich fallen oder suchten verzweifelt sonstwo Deckung.

Nach ein paar Sekunden hob Cooper den Kopf, ließ seinen Blick über die Baumstämme fahren und beruhigte sich wieder: »Das hat nicht uns gegolten. Die Schüsse waren mindestens eine Meile weit weg.«

»Halten Sie es für möglich, daß sie sich gegenseitig abknallen?« fragte Teagarten. »Daß sie sich über die Beute nicht einig werden konnten?«

Cooper nickte. »Nicht ausgeschlossen. Was meinen Sie, aus welcher Richtung die Schußgeräusche gekommen sind?«

»Von Osten«, antwortete der Mann, ohne zu zögern.

»Ja, scheint mir auch so.« Cooper erhob sich und zeigte mit seinem Gewehr zur Ostseite der Lichtung. »Sehen Sie den Busch dort hinten? Macht er auf Sie auch den Eindruck, als sei er vor einer Weile von einem Wagen überfahren worden?«

»Ja, verdammt, Sie haben recht.«

Die anderen Männer verließen ihre Deckung.
»Wenn sie sich jetzt gegenseitig beschießen«, sagte Cooper, »sitzen sie wahrscheinlich nicht mehr in einem Wagen. Wir wollen nachsehen, was inzwischen geschehen ist.«

GARRISON

Auf halbem Weg zwischen der Piste und dem ebenen Schlammland hatte Jessup seinen gestohlenen Chevrolet quergestellt. Er stand zehn Meter davon entfernt und hielt die Maschinenpistole in den Händen, so als wollte er den Wagen bewachen.
Edgar trat wiederholt auf die Bremse, bis sein Wagen nur noch fünf Meilen in der Stunde fuhr. Er steuerte direkt auf Jessup zu.
Jessup grinste. Er verließ die Straße und stellte sich an den Rand, damit Garrison ausreichend Platz zum Anhalten hatte. Er glaubte wohl, Garrison würde den Wagen zum Stehen bringen und ihm seinen Anteil an der Beute aushändigen wollen.
Vielleicht hätte ich das früher auch getan. Vielleicht wäre ich früher wirklich so dumm gewesen. Aber Sie haben einen dummen Fehler gemacht, Pat Jessup. Und was für einen Fehler!
Garrison wollte, daß der Mann glaubte, er wäre tatsächlich ahnungslos. Jessup fiel darauf herein. Als er sich seiner sicher fühlte, senkte er den Lauf der Waffe. Augenblicklich trat Garrison das Gaspedal bis zum Boden durch und lenkte den Wagen in Jessups Richtung.
Der Rubinring glitzerte im Sonnenlicht, als der Mann seine Waffe wieder hochriß. Er war schnell, aber nicht schnell genug. Der Mazda erfaßte ihn an der rechten Hüfte, hob ihn vom Boden und schleuderte ihn ins Unterholz.
Edgar hielt den Wagen an und sprang hinaus.

Zuerst fand er die belgische Maschinenpistole und dann Jessup. Die Hüfte des Mannes war zerschmettert, das Bein an mehreren Stellen gebrochen. Weißer Knochen, mit Blut bespritzt, stach durch das zerrissene Hosenbein. Jessup war noch bei Bewußtsein. Aber er litt solche Schmerzen, daß Garrison schon aus ein paar Meter Entfernung hören konnte, wie er die Zähne zusammenbiß.
»Wie um alles in der Welt . . .« stöhnte Jessup, als Garrison über ihm stand. Sein Gesicht war von den Schmerzen und von Verständnislosigkeit verzerrt.
Eine Grille begann irgendwo zu zirpen.
»Sie hätten mich erschießen müssen, als ich die Piste hinunterfuhr. Aber ich schätze, das hätte Ihnen kein Vergnügen bereitet. Sie wollten meinen Gesichtsausdruck sehen, wenn die Kugeln in meinen Körper fahren. Ja, ich denke, Sie sind ein Mensch, der an so etwas Vergnügen empfindet.«
»Ich wollte nicht . . . nicht Sie umbringen.«
»Doch. Und danach wollten Sie Annie in Ihre Gewalt bringen, nicht wahr? Vermutlich hätten Sie sie auf ihrer Farm überfallen. Sie vergewaltigt und vermutlich auch verprügelt. Und dann hätten Sie Annie auch ermordet. Ich glaube, so sind Sie schon immer gewesen.« Er blickte auf Jessup hinab wie auf ein Tier, das er in einer Falle gefangen hatte. »Selbst als Kind sind Sie wohl nicht anders gewesen. Haben sich ständig Quälereien und andere Grausamkeiten ausgedacht. Vielleicht steckt das bei Ihnen in den Genen. Vielleicht ist bei Ihnen aber auch nur etwas vergessen worden.«
»Um Himmels willen, so helfen Sie mir doch!« stöhnte Jessup und zog sinnloserweise an seinem kaputten Bein.
»Weil Sie schon immer so gewesen sind und sich nie geändert haben«, fuhr Edgar fort, »konnten Sie sich auch nie vorstellen, daß andere Menschen sich durchaus ändern

können. So etwas können Sie nicht begreifen. Für Sie ist ein Mann immer so, wie er ist. Und wird nie etwas anderes sein.«
Jessup versuchte, sich zu erheben. Es gelang ihm natürlich nicht. Er fiel nach hinten um, mitten hinein in den Schlamm.
»Als Sie mich kennengelernt haben«, sagte Garrison, »war ich ein harmloser Mann, der sich nicht durchsetzen konnte und sich von der Welt übervorteilen ließ. Ein lieber, aber auch beschränkter Bursche. Und dieses Bild von mir hat sich in Ihnen festgesetzt. Deshalb haben Sie sich eben mitten auf die Straße gestellt und mein Kommen abgewartet. Ich will nicht sagen, daß Sie mir vertraut haben, nein, Sie haben mir nichts anderes zugetraut. Aber ich habe mich geändert. Ich wollte das Geld, und dafür habe ich mich geändert. Ich hoffe nur, daß ich einen Teil des alten Edgar jetzt, wo ich das Geld habe, wiederfinden kann.«
Jessup hielt ihm die Rechte hin. »Wir sind doch Kumpel! Kameraden! Haben wir nicht zusammen eine große Sache durchgezogen?«
»Was ist aus Vince Greenfield geworden?«
Jessup sah ihn verständnislos an.
»Ist er tot?«
»Tot? Aber wie kommen Sie denn darauf? Natürlich ist er nicht tot!«
»Tut mir leid«, entgegnete Edgar, »aber es geht nicht. Ich kann Ihnen nicht trauen. Sobald es Ihnen etwas besser geht, suchen Sie mich. Aber Sie können sich ja nicht ändern. Sie bleiben so, wie Sie immer waren. Wenn die Bullen Sie fassen, spucken Sie alles aus, um für sich eine geringere Haftstrafe zu erwirken. Sie würde selbst Ihre eigene Mutter an den Pranger stellen, wenn dabei für Sie ein Vorteil herausspringen würde. Nein. Ich habe die Beute,

und ich entwickle gerade die Spürnase eines guten Bankiers. Es tut mir leid. Ehrlich.«
Er richtete die Maschinenpistole auf Pat Jessup.
Das *Rattattattattatt* brachte die Grille zum Verstummen.

COOPER

Cooper bemühte sich, dem Toten nicht ins Gesicht zu sehen und sich nicht mit dem Blut zu beflecken, als er die Taschen des braunen Anzugs durchsuchte. Teagarten stellte sich neben ihn. Er hatte mit den anderen Agenten den Chevrolet überprüft, den irgend jemand hier mitten auf der Straße abgestellt hatte. Teagarten machte ein unglückliches Gesicht.
»Und?« fragte Cooper.
»Kein Geld.«
»Damit haben wir ja auch nicht gerechnet, oder?«
»Sie können die Beute in die Sitze eingenäht haben.«
»Dazu blieb ihnen keine Zeit.«
»Ja, keine Zeit«, erklärte Teagarten niedergeschlagen.
Die beiden standen nebeneinander und lauschten dem Zirpen der Grillen.
Dann seufzte Cooper und brummte: »Das war's dann wohl. Mindestens einer von ihnen ist mit der Beute entkommen.«
»Aber jetzt ist die Staatspolizei hinter ihnen her«, wandte Teagarten ein.
»Sicher«, sagte Cooper leise. »Sie hatten einen Haufen Pech, aber wir haben unsere Chance nicht genutzt. Wenn wir nur ein paar Minuten schneller gewesen wären. Aber wir haben alles vermasselt.«
»Na ja, ich gebe es nur ungern zu ... aber ich fürchte, Sie haben wie immer recht.«

»Mein Instinkt sagt es mir. Und der hat mich noch nie betrogen.«

Teagarten blickte auf die Leiche, runzelte die Stirn und wandte dem Toten den Rücken zu. »Na ja, kann schon sein, daß jemand hierfür bezahlen muß, aber ganz gewiß nicht Sie. Man wird Ihnen mindestens einen Orden verleihen.«

»Wie kommen Sie denn darauf?«

»Kann man sich doch an fünf Fingern abzählen«, antwortete Teagarten. »Sie waren derjenige, der den Wettscheinfälscher enttarnt und gefaßt hat. Sie waren derjenige, dem Willie Denver aufgefallen ist. Sie waren derjenige, der den Raub im Ausstellungsraum entdeckt hat. Sie waren derjenige, der erkannt hat, daß der Hubschrauber im Wald gelandet sein mußte. Soll ich fortfahren? Großer Gott, Mann, die Zentrale wird sich doch auch ihre Gedanken machen. Was hat Oscar Fletcher dagegen zu bieten? Unter seinem Hintern hat ein Pyromane in den Stallungen eine Brandbombe gezündet. Er hat alle Agenten vom Klubhaus abgezogen, als dort gerade der größte Raubüberfall auf eine Rennbahn durchgeführt wurde. Und ...«

»Er konnte doch nicht wissen, daß jemand beabsichtigte, die Rennbahn zu überfallen«, erwiderte Cooper. »Kommen Sie, auch die Zentrale muß fair bleiben.«

»Die Zentrale interessiert sich einen feuchten Kehricht dafür, was Oscar gewußt haben könnte und was nicht. Für die Zentrale zählen die Ergebnisse. Man wird dort seine Ergebnisse den Ihren gegenüberstellen. Und da kommt sicher auch noch der fünfte Punkt ins Spiel: Als Sie hinaus in den Wald wollten, war es vor allem Oscar, der versuchte, Sie aufzuhalten.«

Er pflückte ein paar Blätter von einem Strauch. »Man wird Sie auf Century Oaks die Treppe hinauffallen lassen. Ich wette hundert zu eins auf Sie als neuen Chef.«

»Sie sind ja verrückt«, sagte Cooper. »Fletcher ist ein guter Mann. Die Zentrale wird ihn nicht absägen wollen.«
»Nicht unbedingt absägen. Aber er hat das Rentenalter so gut wie erreicht. Dann gibt es eben einen vorzeitig Pensionierten mehr.«
Cooper lauschte dem Schrei einer Eule, die irgendwo in den Bäumen saß. Plötzlich lachte er: »Wissen Sie was, Ihre Überlegungen klingen gar nicht so dumm!«
»Die Beförderung ist Ihnen doch hoffentlich lieber als die Millionenbeute, die man uns heute gestohlen hat, oder?« fragte Teagarten.
»Sicher.«
»Sie sind mir einer.«
»Ich bin eben mit Leib und Seele Bulle. Mir macht dieser Beruf Spaß«, sagte Cooper. »Geld ist nicht der einzige Lohn, den ich dafür erhalte. Nein, da gibt es noch einiges mehr.«

DER GROSSE PREIS

Rita wartete auf ihn, als er an diesem Abend um zweiundzwanzig Uhr nach Hause kam. Sie hatte am Küchentisch für zwei Personen gedeckt. Zwei lange Kerzen schufen das einzige Licht in diesem Raum. Für den Hunger lagen gebackene Kartoffeln im Backofen, und zwei schwere Steaks waren fix und fertig zubereitet und brauchten nur noch in die Pfanne gelegt zu werden.
Rita führte ihn zum Küchentisch, drückte ihn in einen Stuhl und küßte ihn züchtig auf die Stirn.
»Ich besorg' uns einen Drink«, sagte sie.
»Nein«, erwiderte er, »ich brauche keinen.«
»Ach was!« Sie stellte ihm einen Bourbon mit Eis hin.
Er ließ das Glas unberührt stehen.
»Ich habe gehört, es hat heute auf der Rennbahn einige Aufregung gegeben«, lächelte sie. Sie kniete sich vor ihm hin und nahm seine Hände. »Erzähl mir doch bitte alles.«
»Ich habe Century Oaks verloren.«
»Das bildest du dir nur ein.«
»Es ist die Wahrheit.«
»Wer hat das gesagt?«
»Bis jetzt noch keiner.«
»Na bitte!«
»Aber morgen wird es bekanntgegeben.«
»Niemand wird dich feuern«, versicherte sie ihm. »Nie-

mand wird dir den Stuhl unterm Hintern wegziehen. Wart's nur ab, ich rede mit Daddy darüber. Und jetzt sei ein artiger Junge und trink deinen Bourbon.«

Er sah sie nicht an und starrte in die Flamme einer Kerze. »Irgendwann letzte Nacht«, begann er leise, »ich weiß nicht mehr genau, wann oder wo das war, habe ich etwas sehr Wichtiges über mich herausgefunden. Nichts Schönes. Ich bin ein Gefühlskrüppel. Es gibt nur eine Sache auf der Welt, die mir Freude bereitet: Geld. Große Summen verwalten, große Summen besitzen, Menschen manipulieren, um an ihr Geld zu kommen, mich selbst benutzen lassen, wenn nur ein Profit dabei herausspringt. Das ist meine Welt. Oh, keine Frage, ich bin ein sehr guter Geschäftsmann. Ein Finanzgenie. Agroco, Zuverbeck und wie ich heute abend die Menge beruhigt habe, das macht mir so schnell keiner nach. Aber ich kann meine Gefühle nicht unter Kontrolle halten. Und wenn mein Privatleben zu großen Einfluß auf mein Berufsleben hat ...«

»Ach, Schatz«, sagte Rita, »ich kann grüblerische Männer, die Nabelschau betreiben, nicht ausstehen.« Sie trug ein langes, halb durchsichtiges weißes Negligé, das er noch nie an ihr gesehen hatte. Sie legte eine seiner Hände auf ihre Brust. Die Brustwarze war hart und geschwollen. »Ich stehe viel mehr auf romantische Männer.«

»Wenn ich Century Oaks verliere, ist damit meine letzte Chance auf einen Job vertan, der mit viel Geld zu tun hat. Ich werde dann nie wieder Macht haben. Dann wird es mir nie wieder vergönnt sein, das zu tun, was ich am liebsten tue.«

Mit flinken Fingern zog sie seinen Reißverschluß herunter, griff in seine Hose und fand das, was sie suchte. Ihre Finger waren erfahren und machten die richtigen Bewegungen.

»Nein, Rita. Heute nicht.«
»Red nicht so einen Mist«, sagte sie und klang entschieden unfreundlicher. »Ich kenne dich besser als du dich selbst.«
Obwohl sein Glied sich unter ihren Berührungen rasch versteifte, verspürte Killigan nur Ekel, aber keine Lust.
»Weißt du, was du noch viel lieber hast als Geld und den großen Manager spielen?«
Er wollte ihre Hand aus seiner Hose ziehen, aber statt dessen lehnte er sich zurück und seufzte, als sie seinen Penis aus der Hose holte, um ihn mit beiden Händen zu bearbeiten. Er haßte sich, doch er sah ihren langen Fingern bei ihrer obszönen Tätigkeit zu.
»Am allerliebsten haßt du dich selbst«, erklärte sie. »Und du solltest dir klarmachen, möglichst schnell klarmachen, daß du beides verlieren kannst: Century Oaks und mich. Du mußt aufhören, dich selbst zu hassen. Sonst verlierst du wirklich alles, sogar deinen Verstand.«
»Das ... das ist nicht wahr!«
»Natürlich ist es nicht wahr«, lächelte sie boshaft. »Du hast Angst davor, mich und die Rennbahn zu verlieren, denn dann bleibt dir gar nichts mehr. Was soll dann aus dir werden?«
Er starrte sie an und erkannte unter ihrer Schönheit den korrupten Dämon, den Sukkubus wieder, der wie eine Leiche in einem See unter der Oberfläche dahintrieb.
»Ich kann auch ohne dich auskommen«, sagte er ganz ruhig.
Sie lachte laut.
Ja, das war komisch, sagte er sich mit grimmiger Entschlossenheit, wirklich komisch.
Sie ließ seinen Penis los und nahm das Whiskeyglas. Sie hielt es ihm an die Lippen. »Trink aus, Schatz, damit ich

dir einen neuen Bourbon holen kann. Danach gehen wir beide hinaus auf den Rasen, legen uns ins taunasse Gras und rammeln wie die Kaninchen.«
Er seufzte und leerte das Glas.

10. JUNI

Dominick schüttete die eine Million Dollar aus seiner Aktentasche auf den Schreibtisch. Ein ansehnlicher Haufen kam zusammen.
»Große Scheiße!« entfuhr es Barry St. Cyr. Er lief in die Küche und kehrte mit einem Sechserpack Bier zurück. Er blieb vor dem Haufen stehen und starrte ihn an.
Savestio nahm sich eine Dose Budweiser und öffnete sie. »Meinst du, du kannst diesen Betrag waschen? Für, sagen wir, fünfzig Cent pro Dollar?«
St. Cyr nickte nur.
»Okay, dann machen wir halbe-halbe.«
»Nein.«
»Entweder jeder die Hälfte oder gar nichts.«
»Will es dir nicht in deinen verdammten Dickschädel, daß du mir nichts, rein gar nichts schuldig bist. Im Gegenteil, ich habe einiges bei dir gutzumachen.«
Dominick trank aus seiner Dose. »Die Dinge haben sich verändert, Barry. Ich bin dir sehr dankbar für alles, was du getan hast. Aber ich kann es nicht zulassen, daß du mir überall und immerzu aus der Patsche hilfst. Das kann auf die Dauer nicht gutgehen. Ich habe jetzt diesen Haufen Geld und kann mir damit mein eigenes Leben kaufen. Und diese Million hier ist noch nicht alles, was mir die Rennbahn-Geschichte eingebracht hat. Am Ende mußten wir nur noch durch drei teilen. Ich habe noch ein paar Hunderttausender anderswo untergebracht. Zum er-

stenmal kann ich über mein Leben selbst bestimmen. Verdammt, ich fühle mich schon wieder ein bißchen wie ein Mann. Selbst ... selbst ohne Frauen bin ich wieder ein Mann, wenn ich für mich selbst bezahlen kann. Hast du das jetzt endlich kapiert?«
St. Cyr starrte ihn eine Weile an. Dann lächelte er. »Alles klar, Dom, ich denke, ich habe kapiert.«
»Halbe-halbe?«
»Einverstanden.«

15. SEPTEMBER

Das Pferd traf am Nachmittag um vierzehn Uhr ein. Es war ein hübscher, schwarzer zweijähriger Hengst mit einer dreieckigen weißen Blesse auf der Nase. Er war als Nachkomme von *Bold Ruler* und von *Narragansett* geboren worden. *Narragansett* war eine Stute mit einer absolut reinrassigen Abstammung. Auf der Auktion vor zwei Wochen hatte er fünfzigtausend eingebracht. Und nun war er das Prunkstück des Garrison-Stalls in Hollywood Park, Kalifornien.
Edgar und Annie verbrachten an diesem Nachmittag fast drei Stunden mit dem Tier. Sie rieben es gründlich ab, ließen es schnell und langsam laufen und gaben ihm mehr Würfelzucker, als gut für ihn war.
»Wie wollen wir ihn nennen?« fragte Annie.
»Na ja, so wie er mit dir flirtet, um noch mehr Zucker zu erhalten ... wie wäre es mit *Annie's Beau*?«
»Oder *Edgar Rival*.«
Er verdrehte die Augen.
»Doch, ich habe einen Namen«, erklärte sie ernster. »Er ist allerdings ein wenig sentimental. Kann sein, daß er dir nicht gefällt.«

»Nur heraus damit.«
»*Willie's Memory*.«
Sein Lächeln gefror, taute aber im nächsten Augenblick wieder auf. »Okay, aber keine Tränen. Willie hat uns zu sehr viel Geld verholfen. Und dieser Willie hier wird viele Rennen gewinnen und uns zu noch mehr Geld verhelfen. Ja, der Name paßt und ist ein besseres Andenken an unseren Freund als ein Marmorgrabstein.«
Um siebzehn Uhr kehrten sie ins Haus mit den sechzehn Zimmern zurück, wo bereits die Tische für die Party zu Ehren von *Willie's Memory* aufgestellt wurden. Ab zwanzig Uhr erschienen die Gäste paarweise und in kleinen Gruppen. Wein und andere Getränke flossen in Strömen. Das Essen wurde von jedermann in den höchsten Tönen gelobt. Als um drei Uhr morgens die letzten Gäste gegangen waren, zogen Edgar und Annie sich aus und sprangen ins beheizte Schwimmbecken im Mittelteil ihres U-förmigen Anwesens.
Edgar hielt sie im Wasser fest, küßte ihre nassen Brüste und vergrub dann sein Gesicht in ihrem kastanienroten Haar. »Du kennst doch das alte Sprichwort?« fragte er leise.
»Welches Sprichwort?«
»Daß Geld allein nicht glücklich macht.«
Sie küßte ihn leicht auf die Lippen, umarmte ihn und drückte ihn leicht unter Wasser. »Ja und? Was ist damit?«
»Blödsinn«, lachte Edgar. »Der reine Blödsinn!«

Schauplatz: die Pferderennbahn »Century Oaks« … nnsyl-
vania. Eine neue Saison beginnt …
Die Rennbahn ist mit den modernsten Sich…
gen ausgestattet worden. Manager …
Rekordeinnahmen. Doch das große …
einzigen Alptraum.

Knaur®

ISB N 3-426-01780-6 DM +007.80

00780

9 783426 017807